El atelier de la calle Lagasca

El atelier de la calle Lagasca

LUCÍA CHACÓN

Papel certificado por el Forest Stewardship Council®

Primera edición: marzo de 2025

© Lucía Chacón McWeeny
Los derechos de esta obra han sido cedidos a través de Bookbank Agencia Literaria
© 2025, Penguin Random House Grupo Editorial, S. A. U.
Travessera de Gràcia, 47-49. 08021 Barcelona

Penguin Random House Grupo Editorial apoya la protección de la propiedad intelectual. La propiedad intelectual estimula la creatividad, defiende la diversidad en el ámbito de las ideas y el conocimiento, promueve la libre expresión y favorece una cultura viva. Gracias por comprar una edición autorizada de este libro y por respetar las leyes de propiedad intelectual al no reproducir ni distribuir ninguna parte de esta obra por ningún medio sin permiso. Al hacerlo está respaldando a los autores y permitiendo que PRHGE continúe publicando libros para todos los lectores. De conformidad con lo dispuesto en el artículo 67.3 del Real Decreto Ley 24/2021, de 2 de noviembre, PRHGE se reserva expresamente los derechos de reproducción y de uso de esta obra y de todos sus elementos mediante medios de lectura mecánica y otros medios adecuados a tal fin. Diríjase a CEDRO (Centro Español de Derechos Reprográficos, http://www.cedro.org) si necesita reproducir algún fragmento de esta obra.
En caso de necesidad, contacte con: seguridadproductos@penguinrandomhouse.com

Printed in Spain – Impreso en España

ISBN: 978-84-666-8129-2
Depósito legal: B-752-2025

Compuesto en Llibresimes

Impreso en Rotoprint By Domingo, S. L.
Castellar del Vallès (Barcelona)

BS 8 1 2 9 2

A las mujeres que me sostienen.
Mis amigas, mis hermanas, mis maestras

Prólogo

Madrid, otoño de 2001

El anuncio, sujeto con cuatro bridas, apenas duró un par de semanas en el balcón del primer piso del número cinco de la calle Lagasca.

El espíritu emprendedor de Patty parecía no tener límites. Pero esta vez era diferente. Estaba dispuesta a arriesgar su patrimonio para lograr que una mujer, que ya había demostrado su capacidad de trabajo, consiguiera alcanzar un nuevo sueño. Cuando conocí su plan no dudé en aplaudirlo, segura de que mi amiga merecía una oportunidad como la que se le brindaba.

Gracias a un golpe de suerte y a muchos años de experiencia, hacía tiempo que los diseños de Julia triunfaban entre los nombres más destacados de la vida social. Las mujeres que buscaban costura a medida para ocasiones especiales ya no eran solo de Madrid. Desde que su primer diseño apareció en una conocida revista de la prensa rosa, muchas se desplazaban hasta la capital para que Julia les confeccionara vestidos de fiesta o ceremonia exclusivos.

Vivió este nuevo giro en su carrera como algo natural y creo que, aunque las demás no dejábamos de sorprendernos con cada nueva creación que salía de sus manos, en el fondo ella no era consciente de lo que estaba consiguiendo. Su humildad resultaba casi exasperante cuando se trataba de reconocer sus logros.

Con cada prenda se superaba a sí misma. Me maravillaba la facilidad que tenía para dibujar un boceto, trasladar a la tela el diseño inicial y, con ello, hacer felices a sus clientas. Conseguía que salieran por la puerta orgullosas de llevarse un tesoro único. Las citas de su agenda se solapaban unas con otras y, en según qué fechas, la carga de trabajo era inasumible.

Por suerte, en casa, Ramón y Daniel se habían adaptado a esa actividad frenética y habían conseguido organizarse para que Julia pudiera dedicarle al negocio las horas que requería sin sentir que desatendía a su familia.

—¡Julia! —exclamó Patty nada más entrar en El Cuarto de Costura—. Ven, siéntate y escucha bien lo que tengo que decirte.

—Buenos días, socia, ¿qué traes ahí? —preguntó atónita, sin perder de vista el cartel que llevaba bajo el brazo al entrar y que había dejado caer sobre la mesa de centro.

—Llevo un par de noches dándole a la cabeza y esta mañana, por fin, me he decidido. Vaya por delante que no voy a aceptar un «no» por respuesta y que, aunque te pueda parecer precipitado, lo he meditado lo suficiente como para convencerme de que esta aventura también va a salir bien.

Patty había demostrado tener buen ojo para los negocios. Desde que se quedó viuda y decidió vivir intensamente los años que tenía por delante, se había vuelto una experta en apostar por ideas disparatadas que para su propia sorpresa solían tener éxito. Resultaba admirable ver cómo había gestionado el patrimonio que había heredado de su difunto marido sin perder un ápice de energía y empuje para todo lo que se propusiera. Por eso, cuando en su día Julia me contó preocupada que Amelia se había visto en la necesidad de venderle su parte del negocio a Patty, supe que lo dejaba en buenas manos. Había sido una socia en la sombra y ahora quería dar un paso al frente.

—Soy toda oídos —acertó a decir Julia, que no sabía cómo reaccionar ante tanto entusiasmo.

—Puede que te parezca una locura, pero, como dicen en mi querida Italia, *«chi non fa, non falla»*, quien no hace, no falla, y ya sabes cómo me gusta plantearme nuevos retos.

El edificio en el que se encontraba la academia era muy similar al resto de los que poblaban el barrio de Salamanca. Construido en el primer cuarto del siglo pasado, conservaba el esplendor de sus primeros años. El paso del tiempo no hacía sino darle más carácter. En cada planta había dos viviendas distribuidas en torno a un amplio patio central. Los balcones de hierro fundido y las grandes ventanas aseguraban luz natural a las estancias principales. Tan solo hacía unas semanas que un apartamento del primer piso se había quedado vacío y una inmobiliaria extranjera no había tardado en colocar un anuncio en un lugar bien visible de la fachada.

—La última vez que vine por aquí me fijé en el cartel y hoy me he pasado por la inmobiliaria para pedirles que me enseñaran la casa. ¿Ves a ese chico que hay en la acera? —preguntó Patty señalando al hombre que aguardaba fuera—, me está esperando para que le acompañe a firmar el contrato de arras. Creo que esta va a ser una de las mejores inversiones de mi vida, así de claro lo tengo. El piso es mío, y en cuanto vuelva con la llave quiero que subamos a verlo juntas. Tenemos mucho trabajo por delante. Estamos escribiendo un nuevo capítulo para que El Cuarto de Costura y tu nombre brillen como nunca.

—Sea lo que sea lo que tienes en mente, me alegro de

verte tan ilusionada —comentó Julia intentando adivinar de qué se trataba.

Gracias al apoyo de Amelia había hecho realidad su sueño, pero lo que le proponía su socia actual implicaba dar un salto muy arriesgado, incluso aunque el capital no saliera de su bolsillo. Julia había contemplado la idea de abrir un taller de costura al uso, que le permitiera recibir a su nueva clientela en un ambiente más íntimo. Incluso Carmen había bromeado con esa posibilidad cuando el *¡Hola!* reseñó el nombre de su jefa en una sonada boda el año anterior. Sin embargo, la inversión necesaria era escandalosa, algo que ni de lejos podía permitirse y que además la alejaría de una de las cosas que más disfrutaba, enseñar a coser.

Patty apenas tardó unas horas en volver a la academia. Aprovechando que Malena daba una de sus clases, le pidió a Julia que dejara lo que tenía entre manos y que la acompañara. Tras firmar el contrato de arras, había convencido al agente inmobiliario de que le dejara una llave, que prometió devolver antes de que cerraran.

—Pasa —le ordenó al atravesar la puerta— y ayúdame a abrir las ventanas. Estoy segura de que te vas a enamorar de este lugar.

A pesar de que no era una tarde especialmente soleada, la luz de la calle entraba a raudales en todas las habitaciones y dejó ver un piso espacioso con techos altos decorados con molduras de escayola y un suelo de parqué barnizado en tonos caoba y en muy buenas condiciones.

Julia no pudo evitar recordar el día en el que Amelia y ella entraron por primera vez en la antigua sombrerería. Como entonces, no tardó en imaginar cómo podría transformar el espacio para adecuarlo a este nuevo sueño al que apenas había tenido tiempo de dar forma.

La vivienda tenía unos doscientos metros cuadrados; más que suficiente para hacer un pequeño apartamento cuyo alquiler ayudaría a amortizar la inversión. El resto lo dedicaría al nuevo negocio. Parecía que Patty había pensado en todo.

—La puerta de servicio se usará como acceso al apartamento. Calculo que unos sesenta metros serán suficientes para un dormitorio, un baño, una pequeña cocina americana y una sala de estar; el resto, querida, si todo sale como espero, será tuyo.

—Patty, no quisiera parecer desagradecida, pero tengo que confesarte que tu idea me asusta. Embarcarme ahora en esto, y más sin Carmen… No sé. Quizá no sea el momento.

—Los trenes hay que cogerlos cuando pasan. No tienes de qué preocuparte. Yo me encargaré de todo y así podrás seguir al frente de El Cuarto de Costura hasta que el taller esté listo. Voy a pedirle a Alfonso que me recomiende alguna empresa capaz de reformar este piso lo antes posible. Piénsalo, al final para ti no será más trabajo, será hacer lo mismo que haces ahora, pero en un espacio nuevo, más cómodo y profesional. Verás cuando se lo cuente a Amelia. Contrataremos personal e iremos ampliando el negocio poco a poco. Dime, ¿no te ves recibiendo aquí a tus nuevas clientas?

Julia miró a su alrededor e imaginó visillos de gasa vistiendo las ventanas, flores frescas en el recibidor, rollos de crepé, chifón, mikado y organza, acericos en las muñecas de sus ayudantes… Casi podía oír el sonido de las tijeras sobre la mesa de corte y las máquinas de coser en plena faena.

Los planes de Patty eran ambiciosos y reavivaron la ilusión de Julia. Volver a crear algo nuevo, imaginar, diseñar, construir… era estimulante. Muy pronto se vio dándole forma a lo que apenas se había atrevido a soñar. Un taller de costura suponía un paso importante en su carrera, era algo más que coser para sus clientas en un entorno distinto. Tendría que remodelar el espacio, contratar personal, aprender a gestionar un negocio del que solo conocía la parte más creativa y artesanal. Era un paso de gigante, pero la ilusión era mucho mayor que el miedo.

Recuerdo que su voz derrochaba entusiasmo cuando al llegar a casa, esa misma noche, me llamó para contármelo todo. Era una niña pequeña en una mañana de Reyes.

A aquella sorprendente noticia le siguieron meses de un trabajo intenso que Patty capitaneó encantada. Se mudó a Madrid un tiempo para seguir de cerca la reforma y se involucró en cada una de las etapas.

La distribución del piso cambió por completo. La habitación más amplia se destinó al taller de costura, el corazón de esa nueva aventura. En ella colocaron una gran mesa de corte bien iluminada y, pegadas a la pared, dos máquinas de coser y una remalladora. Tiraron varios tabiques de los antiguos dormitorios y formaron dos estancias que convirtieron en probadores. En el centro de cada una de ellas instalaron una tarima de madera donde la clienta podía situarse durante las pruebas y mirarse en los espejos que, estratégicamente colocados, le permitían verse desde distintos ángulos. Tan solo un pequeño sillón descalzador en una esquina y un perchero completaban la decoración. Intentaron pensar en todo. La idea era que cualquier mujer que entrara en ese lugar se sintiera cómoda y confiara en la privacidad que merecía cada una de las piezas que allí se confeccionaran.

Una pequeña oficina, un aseo y un almacén interior completaban el taller.

En una ocasión Julia me confesó que la idea le había producido mucho vértigo. Por suerte, Patty tenía confianza ciega en ella y el tiempo no tardaría en darle la razón.

Las obras se alargaron más de lo previsto. Durante ese periodo ambas mantuvieron en secreto todos los detalles del proyecto. Conocía a Julia y sabía que se moría por contármelo todo, pero se mantuvo fiel a su socia. Gracias a eso, el día de la inauguración, a mediados del año siguiente, tanto Amelia como el resto de las alumnas se llevaron una gran sorpresa. Desde Londres, podía imaginar la emoción que debieron de sentir al descubrir el resultado final todas juntas.

Contrataron a dos modistas, que, uniformadas con una bata blanca, les dieron la bienvenida y las invitaron a pasar a un pequeño distribuidor. Coincidieron en que la decoración era muy elegante y sofisticada, con cierto aire italiano que no les sorprendió en absoluto.

Justo a la entrada, se toparon con la Singer de la madre de Julia. Moverla de su emplazamiento original en la academia para colocarla en un lugar distinguido del taller fue una idea de última hora. La máquina pronto se convirtió en motivo de conversación, pues la mayoría de las clientas, al entrar, comentaban haber visto una parecida en su casa familiar cuando eran niñas. También yo, al visitar el taller por primera vez unos meses después, recordé los vestiditos de verano que mi abuela y mi tía me cosían durante mis vacaciones en Almuñécar.

La etiqueta «Julia Castillo» se hizo cada vez más habitual en los vestidores de las protagonistas del papel cuché, y los encargos se sucedían con tal ritmo que, antes de lo esperado, Julia tuvo que contratar nuevo personal. El *atelier*, como lo llamaba Amelia, gozó casi desde el primer día de un éxito más que merecido.

Así fue durante unos años.

1

Madrid, primavera de 2003

Rozando los cuarenta había aceptado que las cosas podían torcerse de un día para otro. Me pasó con Manu, mi primer novio, con quien pensé casarme algún día, abandonar el hogar de mi madre y formar juntos nuestra propia familia. Pero me engañó y ese futuro soñado desapareció con él. A partir de ahí, todo cambió.

No me arrepentía de nada. Había aprendido a sacar una enseñanza de cada tropiezo y sabía que era capaz de salir de cualquier situación, por complicada que fuera. Parte de esa confianza en mí misma se la debía a Julia y al resto de mis compañeras. Sin ellas no creo que hubiese tenido el coraje suficiente para dejarlo todo atrás, instalarme en Londres y empezar una vida tan distinta a la que tenía en Madrid. Tuve suerte, pero también me esforcé mucho por encajar. Poco a poco aprendí a disfrutar de una sensación de libertad que no había experimentado jamás.

Vivir alejada de cuanto conocía y tener que valerme por mí misma fue una gran escuela. Había días grises en los que me sentía sola, me cuestionaba mi decisión y no confiaba en encontrar un trabajo que me permitiera seguir allí. Muchas veces pensé en tirar la toalla y volver a casa de mi madre. Cuando eso pasaba, recordaba a mi tía. Ella me había enseñado a escuchar a mi corazón y a pensar en mí sin sentirme egoísta. Sabía bien de lo que hablaba y sus palabras me sirvieron de inspiración cuando necesitaba recordar por qué había elegido ese nuevo camino.

Mi padre también había sabido alentarme en esos momentos. Él, que en su día se enfrentó al gran dilema de permanecer o no junto a su familia, comprendió mi necesidad de cambiar mi destino y me apoyó desde el primer instante.

«Tomar una decisión siempre implica renunciar a algo. Sin garantías —me dijo—. Yo tuve que hacerlo y casi me cuesta perderos a ti y a tus hermanos. Por fortuna, no me equivoqué. Tienes que confiar en tu instinto. Apuesta por ti, pequeña».

A mi madre le costó más. Al principio, como era de esperar, sintió que era ella la que salía perdiendo con mi marcha. Con el tiempo, aunque a regañadientes, acabó por entender que yo tenía derecho a buscar mi felicidad y a labrarme un futuro. Hoy sé que esa distancia entre nosotras la ayudó a deshacerse del rencor y encontrar en el perdón una forma de liberarse y congraciarse consigo misma. Curiosamente, mientras yo me afanaba en hallar mi lugar lejos de casa, ella reconquistó su independencia y se abrió a la posibilidad de recomponer su vida. Creo que ninguna de las dos nos reconocemos ahora en las que fuimos entonces.

Todo sucede por algo.

Me aferré a esa frase cuando las cosas se torcieron con Andrew. Nos conocimos en una fiesta de cumpleaños de un amigo en común, un compañero del periódico en el que comencé a trabajar. Al principio todo fueron atenciones que, lejos de hacerme sospechar, me halagaban. No estaba acostumbrada a que me tratasen así y era agradable sentirse querida y protegida.

Lo nuestro sucedió muy rápido. No había pasado ni un mes desde que coincidimos en aquella fiesta, cuando empezamos a pasar todos los fines de semana juntos. Dejé de ver a mis amigos de siempre y me integró en su círculo de amistades. Ocupaba todo mi tiempo libre sin que yo fuese muy consciente de que mi mundo se hacía cada vez más pequeño y de que solo giraba en torno a él.

Era generoso, original, aventurero y muy atractivo. Siempre tenía planes apetecibles que proponerme que, sin que yo reparara en ello, él daba por decididos.

Viajamos mucho por el suroeste de Inglaterra, en especial por la región de los Cotswolds, de donde me dijo que provenía parte de su familia. Esos pueblecitos tan pintorescos con casas de piedra, tejados de paja y jardines perfectos parecían de cuento de hadas. Algunos recordaban a los decorados de una película, no les faltaba ni un solo detalle. Nunca había visto nada igual y me enamoré de esos paisajes tan distintos de los de la ruidosa Londres. La gente era amable y el tiempo parecía transcurrir a un ritmo diferente al del resto del planeta. Nos hicimos asiduos de una casita rural regentada por una familia de la zona, que estaba a un par de horas de Londres. Allí nos aislábamos del mundo.

Cuando éramos solo dos todo era perfecto. Sentía que él se entregaba a mí por completo y yo le correspondía con la misma intensidad. Poco a poco mis amigas dejaron de llamar, mis compañeros ya no contaban conmigo para tomar algo después del trabajo. Sus amigos también desaparecieron de nuestra vida social. Nos aislamos. Me quería solo para él y yo lo interpreté como una prueba de su compromiso.

Manah, la madre de la familia hindú con la que vivía cuando le conocí, percibió en mí pequeños cambios desde el principio de nuestra historia. Me lo confesó poco después de que lo que teníamos saltara por los aires. Viniendo de una cultura en la que la mujer no tenía el mismo valor que el hombre, a ella le fue fácil identificar que la nuestra no era una relación de igual a igual. Nunca se había metido en mi vida y había sido muy discreta a la hora de darme su opinión cuando se la pedía. Aunque me hubiera advertido de forma más evidente, no la habría escuchado. Estaba entregada por completo a Andrew. Mi nueva vida, que tanto me había costado construir lejos de casa, se desdibujaba. Él se convirtió en mi centro.

Desde que dejé a Manu no había tenido una relación seria con nadie. Habían pasado unos años desde entonces y creía saber qué quería de una pareja o, como mínimo, qué no quería. Me sentía mucho menos ingenua y supongo que bajé la guardia. Pensé que ya estaba a salvo, que había madurado. Pero me equivoqué.

Un domingo, mientras volvíamos de una de nuestras escapadas, recibí un SMS de una antigua compañera de trabajo a la que hacía tiempo que no veía. Quería hablar conmigo y me propuso que cenáramos juntas.

—Voy a quedar con mi amiga Sam esta semana. Al parecer tiene algo que contarme —comenté sin darle mayor importancia.

—¿Sam? ¿Esa de la que no sabes nada desde hace meses? ¿Ahora se acuerda de ti? Seguro que es para pedirte algo. Eso no es una amiga —sentenció Andrew.

Percibí un tono de enfado en su voz. Su reacción me incomodó y, por un momento, hasta pensé que podía tener razón. Era cierto que no nos habíamos visto desde hacía mucho, pero no tenía motivos para sospechar nada malo de ella. Noté que Andrew pisaba el acelerador con rabia y corté la conversación, desviando su atención para no irritarle más. Me dejó en la puerta de casa sin despedirse. Esa noche no pegué ojo.

Al día siguiente no pude comunicarme con él. Le dejé mensajes en el contestador, le envié SMS y hasta le llamé al trabajo, cosa que tenía prohibida. Silencio. Tan solo cuando me planté en la puerta de su casa, desesperada, implorando su perdón, él aceptó mis disculpas y se justificó diciendo que me quería tanto que le costaba compartirme con alguien más. Subimos a su apartamento, hicimos el amor y dos días después me mudé a su casa. Sentía que se lo debía.

A partir de ese momento, mi mundo se hizo aún más pequeño. Había renunciado de nuevo a mi espacio personal. Estaba en su casa, con sus reglas. Me dejaba en la puerta del trabajo cada mañana y me recogía cada tarde. Controlaba todos mis movimientos, mis horarios, lo que comía, cómo vestía. Si me notaba molesta, aparecía con unas flores o mencionaba algún plan para el fin de semana. No sé cómo lo logró, pero se convirtió en mi dueño.

Hasta que un día, aprovechando que él estaba de viaje, me pasé a recoger algunas cosas de mi antigua habitación. Cuando estaba a punto de salir, Manah me invitó a tomar un té.

—Voy a preparar un earl-grey, ¿te apetece? —preguntó ofreciéndome una silla en la mesa de la cocina.

—Te lo agradezco, pero tengo que irme. Andrew se encuentra de viaje y quiero estar en casa cuando llame esta tarde.

—Sara, solo es una taza de té. Solo eso. Por favor —añadió mirándome fijamente a los ojos.

Aunque sabía que si no contestaba al teléfono de casa podía tener problemas, no pude negarme. Habría sido una descortesía. Algo en su mirada me decía que me sentara. Aquella taza de té me salvó.

Manah me habló como lo hubiera hecho una madre, con la certeza de que, dijera lo que dijera, la iba a seguir queriendo. La conversación se alargó mucho más de lo que hubiera deseado y cada frase que pronunciaba me abría los ojos más y más. Aquella charla me permitió tomar algo de distancia y observar mi relación desde fuera. No me gustó lo que vi.

Había recorrido un camino muy difícil hasta encontrarme, hasta sentirme válida para tomar las riendas de mi vida. ¿Qué había sido de todo aquello?

Cuando regresé comprobé que tenía varias llamadas perdidas y mensajes en el contestador. Noté que me temblaba el cuerpo.

Intenté contactar con él, pero no cogió el teléfono. De nuevo, silencio.

Volvió de viaje al día siguiente. Andrew sabía lo que quería y cómo lograrlo.

Sentí el miedo en la piel e hice las maletas. Todo sucede por algo, aunque no lo entendamos en el momento.

Dejé atrás mi puesto en el periódico, mis amigos y la ciudad que me había acogido con los brazos abiertos cuando necesité un lugar en el que empezar de nuevo. Y a mi pequeña familia hindú, mi tabla de salvación. Volví a casa como la que llega en mitad de una tormenta buscando un refugio. Asustada. Herida.

Pero no volví sola.

2

Volver a la academia después de regresar de Londres fue una de mis prioridades. Formaba parte de mi plan para retomar el contacto con lo que me hacía feliz y sanar mis heridas. Mi relación con Andrew había dañado mi autoestima. Tenía que asimilar la manipulación a la que me había sometido y recuperar mi amor propio. Sabía que, como en el pasado, compartir tiempo con otras mujeres y conversar mientras cosíamos tenía un poder terapéutico que solo las que nos habíamos refugiado antes en esa labor podíamos describir. Mis circunstancias en aquel momento eran muy distintas, pero confiaba en que las horas entre hilos y patrones obraran el mismo efecto que la primera vez.

A las pocas semanas de mi regreso, me di cuenta de que estaba embarazada. No había pasado suficiente tiempo lejos de Andrew para conseguir apartarlo de mi mente y asumir que ese hijo sería solo mío. Mientras esperaba a que la distancia diluyera el impacto de una relación fallida, Elliot iba creciendo en mi interior y la duda acerca de lo que sería correcto y, sobre todo, lo que sería más justo para mi hijo me quitaba el sueño. No me sentía con derecho a privarle de un padre, pero tampoco quería que la persona que me había hecho tanto daño tuviese un papel en nuestra vida. Si había sido tan posesivo y manipulador conmigo, podría hacer lo mismo con nuestro hijo. Le llevaba en mi vientre desde hacía poco, pero ya se había convertido en el centro de mi existencia y la razón principal para recuperarme.

Formar una familia no entraba en mis planes más inmediatos. Andrew y yo ni siquiera habíamos hablado de tener niños. La ruptura era muy reciente y la decepción demasiado profunda. Era incapaz de imaginarnos como una familia feliz. Creo que justo eso me decidió a criar sola a mi hijo.

Mantuve largas conversaciones con Laura, la madre más ejemplar que conocía, buscando el modo de validar mi decisión, que, a ratos, perdía fuerza a favor de una reconciliación. Ella me hizo ver que no sería fácil y que tener a ambos padres a su lado no suponía necesariamente proporcionar a un hijo un entorno estable. A veces sucedía justo lo contrario.

—Una familia no es una conjunción de elementos,

sino la suma de ellos —me explicó—. Existen muchos tipos de familia y todos son válidos mientras los hijos encuentren el amor necesario para desarrollarse como personas. Tendemos a idealizarla, pero no existe la familia perfecta. Fíjate en la mía. Quién me iba a decir que después de mi divorcio iba a encontrar a Michel, alguien que encajara tan bien con mi realidad, alguien que además fuese un bálsamo para enfrentar las dificultades que hemos superado juntos. Ahora miro hacia atrás y sé que lo hicimos bien. Inés y Ndeye se adoran y para Sergio tan hermana es la una como la otra.

Laura me ayudó a confiar en que mi capacidad de amar era lo más importante para ser madre, pero el baile de hormonas que estaba experimentando me jugaba malas pasadas. A veces imaginaba que Andrew cambiaría al convertirse en padre y que podríamos construir un hogar en el que nuestro hijo se criara feliz. Entonces, revivía los últimos días a su lado y en mi cabeza se afianzaba la idea de que estaba tomando la decisión correcta. Con todo, a medida que fueron sucediéndose las semanas de gestación, mi determinación se volvió cada vez más firme.

La distancia jugaba a mi favor. Si me hubiese quedado en Londres, no sé cómo habría impedido que se acercara de nuevo a nosotros y reclamara su derecho a formar parte de nuestras vidas. Sabía que en algún momento nuestro hijo haría preguntas y tendría que darle respuestas claras, pero todavía tenía unos años por delante para hallar la forma de explicarle por qué éramos solo dos.

Mi madre, mis hermanos y también mi padre, Natalia y Fran se volcaron conmigo nada más conocer la noticia. Me arroparon con tal fuerza que dejé de sentir que cargar sola con la responsabilidad de traer una vida a este mundo iba a ser algo imposible de sostener. La idea de tener un bebé entre mis brazos ya no me resultaba tan extraña, y me convencí de que sería capaz de darle una familia donde crecer rodeado de afecto.

Me tomé un tiempo para asumir mi nueva situación. Aún contaba con algo de dinero y no tenía prisa por encontrar un trabajo. Deseaba vivir los meses de embarazo plenamente y disfrutar de los cambios que experimentaría conforme pasara el tiempo.

Las piezas fueron encajando y El Cuarto de Costura se convirtió en el lugar donde compartir mis miedos y mis ilusiones, pero también en el que reírme y encontrar el apoyo que necesitaba.

—Qué ganas tengo de que se te note ya la tripita —exclamó Carmen al verme llegar aquella tarde—. Estás más guapa que nunca. Va a ser verdad eso que dicen de que las embarazadas tenéis una luz especial.

—Ay, gracias, Carmen, pero yo me siento como si viviera en un barco, todo el día mareada y con náuseas.

—Suele ser solo el primer trimestre, verás como en un

par de semanas estás mejor —comentó Laura—. A mí me pasó con Inés.

—Cruzo los dedos. La verdad es que no es agradable. La única postura en la que me encuentro bien es tumbada.

—Pues aprovecha, porque cuando ese niño salga de ahí se te acaba lo bueno.

—Anda, Carmen, ¿cómo dices eso? —la riñó Julia.

—Uy, lo que me han contado, que estáis todas deseando verle la carita al niño y en cuanto nace empezáis a echar de menos dormir una noche del tirón.

—No os adelantéis, que todavía me queda mucho embarazo por delante.

—Tú ni caso —me susurró Julia al oído—, que luego no es para tanto. Os dejo que, me subo al atelier; esta tarde tengo dos pruebas y una entrega.

—¡Cuenta! —exclamó Carmen con la esperanza de que Julia nos desvelara algún detalle.

—No, y no me tires de la lengua, que sabes que una de las cosas que más aprecian mis clientes es la discreción. Solo diré que este último ha sido el traje de madrina que más me ha gustado confeccionar. Mi clienta tiene un porte muy elegante y no he querido hacerle nada recargado, sino más bien resaltar su naturalidad. Como decía Chanel, la sencillez es la clave de la elegancia, y si además la señora tiene una buena percha, el éxito está asegurado. Tendréis que esperar a verlo en el *¡Hola!* —añadió guiñando un ojo.

—Buena percha y buen presupuesto —rio Carmen—, porque la organza de seda con la que estaban trabajando las modistas el otro día era una maravilla.

—Todo ayuda —asintió Julia uniéndose a las risas de su compañera—. Seguid con lo vuestro que se os va la tarde. Nos vemos otro día. Y tú cuídate, Sara, y tómate las cosas con calma. Todo pasa.

El atelier llevaba abierto apenas un año y el nombre de Julia ya era muy conocido en ciertos círculos, por lo que su clientela había aumentado mucho en muy poco tiempo. Amelia había hecho un gran trabajo corriendo la voz y sus amistades más cercanas permanecían fieles desde el principio.

«Para algo debían servir tantas tardes de té con pastas en el Embassy», solía comentar divertida.

En el barrio de Salamanca las ocasiones especiales eran muy variadas: pedidas de mano, bodas, recepciones, puestas de largo, ceremonias religiosas… Algunas me sonaban desfasadas, como de otra época, pero, como decía Carmen cuando se daba el caso, hay gente para todo. El atelier estaba situado en el lugar perfecto para aprovechar todas las celebraciones sociales que requerían de una etiqueta determinada. Por eso nunca faltaba trabajo y las previsiones iniciales pronto quedaron superadas por la cantidad de encargos que entraba cada mes, sobre todo cuando se acercaba la temporada de bodas, en primavera.

Poner en marcha un proyecto tan ambicioso precisaba una buena planificación. Lo que más le costó a Julia, según ella misma me comentó, fue coordinar el trabajo de las modistas y las costureras que tenía a su cargo. Era la primera vez que estaba al frente de un equipo y, aunque confiaba en su capacidad para que este proyecto resultara, le preocupaba que sus trabajadoras estuviesen a gusto y lograran darle a cada prenda la calidad que necesitaba en los plazos acordados.

Su experiencia como diseñadora no era muy sólida. Hasta el momento, prácticamente se había limitado a coser los diseños que sus clientas tenían en mente, salvando algún caso en que se dejaban aconsejar y ella podía desplegar su creatividad. Su fuerte era la confección, su destreza con la aguja y su ojo para cuidar los detalles más pequeños, los que le daban a cada pieza el acabado perfecto. Era muy hábil interpretando la idea inicial y transformándola en una prenda impecable al gusto de la clienta. Su mejor recompensa, solía decir, era la sonrisa de cada señora al mirarse al espejo en la última prueba.

Era consciente de sus limitaciones y por eso no dudó en trasladarse algunas semanas a Barcelona para recibir formación en una reputada escuela de diseño.

—Al Ramón de hace unos años no le habría gustado

nada que faltara de casa por trabajo y ahora es el primero en animarme. Hasta Daniel lo ha entendido. Cada noche me dice que me echa de menos, pero que no me preocupe, que sabe que volveré muy pronto —me contaba en nuestra charla telefónica semanal.

—Es que mi ahijado es un sol y tu marido sabe lo que esto significa para ti. Es una suerte que te apoye de esa manera. Estoy deseando conocer el taller, Julia. No creo que pueda estar ahí para la inauguración, pero cuando vaya en verano será una de las primeras cosas que haga.

Coser la canastilla de mi bebé se convirtió en mi objetivo al regresar a la academia. Me sirvió para retomar el contacto con la costura y preparar la llegada de mi hijo. Sin embargo, después de unas cuantas tardes en El Cuarto de Costura, aplacé la idea. Julia se empeñó en que me cosiera algunas prendas holgadas con las que pasar el verano, y no pude negarme.

—La ropa para embarazadas suele ser cara y con la soltura que tienes tú ya puedes hacerte un par de blusas fresquitas en unas cuantas tardes. Te enseñaré a modificar los patrones base, no es nada complicado y si quieres te acompaño a comprar las telas.

Me apetecía enfrentarme a nuevos patrones y aprender de ella, ahora que no podía disfrutar de sus clases como antes. A pesar de que casi todo su tiempo lo dedicaba al atelier, en los meses siguientes se volcó conmigo. Me decía que era como si reviviera el embarazo de Daniel, y me aportaba serenidad y confianza. Era lo más parecido a una hermana mayor.

Laura se movió rápido para encontrar un buen ginecólogo y se ofreció a acompañarme a las citas médicas. Me sentía muy arropada por ellas y sabía que estaban ahí para lo que necesitara. Estaba convencida de que, aunque no tuviese a mi lado al padre de mi hijo, mis amigas y mi familia serían más que suficiente para que su ausencia no supusiera un vacío. Ellos me daban la fuerza para alejar mis miedos y confiar en que sería una buena madre.

Pero mi cabeza no descansaba. Me preocupaba pensar que después de dar a luz tendría que buscar trabajo, aunque también confiaba en que las cartas de recomendación que traía de Londres serían de gran ayuda. Mi madre se ofreció a echarme una mano, intuía que separarme de mi hijo durante toda una jornada laboral no me resultaría fácil. No pocas veces había oído hablar del sentimiento de culpa de muchas mujeres por no llegar a todo. Julia y Laura eran mi mayor ejemplo cuando me angustiaba pensando en que no conseguiría conciliar mi profesión con esa nueva faceta de mi vida. Compartir mis inquietudes con ellas me ayudaba a aliviar la angustia.

—Por supuesto que se pueden tener planes, pero a

menudo la vida se encarga de desbaratarlos o introducir variables imprevistas, y hay que reorganizarse. Por más que quieras controlarlo todo, Sara, las circunstancias mandan. Lo importante es que, ante cualquier adversidad, tengas la agilidad para idear un plan alternativo y la confianza para saber que, tarde o temprano, te harás con cualquier situación que se te presente.

—Ahí te doy la razón —añadió Carmen—. La vida te vapulea a su antojo y a veces no puedes hacer más que amoldarte. Pero no atosiguemos a esta chiquilla, que bastante tiene.

—Mujer, dicho así... —me quejé medio en broma.

—Entendedme, jolín —protestó.

Laura sabía de lo que hablaba. Había pasado por un divorcio que la había sumido en una depresión. Después, encajó que su marido volviera a casarse y formara una nueva familia. Tuvo que aprender a delegar el cuidado de sus hijos. Le costó un tiempo disfrutar de la libertad quincenal de las parejas separadas y encontrar en ese descanso el placer de dedicarse tiempo a sí misma. Pero, como ella decía, la vida puede echar por tierra todos tus planes en un momento. Tras pasar dos años en la misión de Senegal y afianzar su relación con Michel, volvieron juntos a Madrid. Entonces se enfrentó al reto de rehacer su familia. Sus hijos estaban en unas edades difíciles y, aunque Sergio celebró su vuelta, Inés se mostró muy reticente a volver con ella.

—Dice que se siente abandonada, ¡como si la hubiese dejado a cargo de cualquiera! —le había confesado a Amelia durante la merienda de Navidad aquel año—. Los he llamado cada semana. Todo este tiempo, Martín me aseguraba que los niños estaban felices y que, aunque me echaban de menos, se habían adaptado bien. Me he esforzado mucho desde que eran muy pequeños para que entendieran mi profesión, y hasta ahora parecía que lo habían hecho. Sé que Inés está muy encariñada con su hermana Rocío y que Mónica la trata casi como si fuese su hija, pero de ahí a que no quiera volver a casa, la verdad, lo llevo mal.

—Dale tiempo, en cuanto conozca a Michel un poco mejor lo verá todo con otros ojos. Son muchos cambios y necesita espacio para asumirlos.

—Me preocupa Ndeye. Antes de volver le hablé de mis hijos y de cómo la ayudarían a acostumbrarse a una vida lejos de Senegal, en un entorno tan distinto para ella. Sergio la ha acogido como yo esperaba, pero me está costando que Inés la acepte. No quiero que la perciba como una imposición, solo que le dé la oportunidad de acercarse y que la conozca, la cría es un encanto. Si la traje conmigo después de que perdiera a su madre fue para darle un hogar y que sea una hija más.

—Puede que solo sean celos y que se sienta desplazada. Yo tampoco encajé bien que Alfonso no quisiera saber nada de Elsa cuando apareció en nuestras vidas. Él me dejó muy claro que no le parecía bien que fuésemos amigas. Estaba muy resentido con su padre por las fechorías que habíamos descubierto. Sabía que Elsa no tenía la culpa, pero le recordaba a él. Ahora le tiene un aprecio sincero y han forjado una amistad muy bonita.

—Ojalá sea como dices, Amelia. Contaba con que pasar estos años lejos de casa y volver con Michel y con Ndeye no iba a ser un camino de rosas, pero confiaba en que mis hijos apoyarían mi decisión. Seguro que llevas razón y es solo cuestión de tiempo.

En cierto modo, ambas se habían enfrentado al mismo reto y solo deseaban que la familia estuviese unida. Aún era pronto para que yo lo descubriera, pero las madres son capaces de lograr cualquier cosa.

3

Hacía treinta y cinco semanas que el tiempo transcurría en grupos de siete días. Me sentía pesada, había perdido de vista los pies y tenía las piernas tan hinchadas que casi no las reconocía como propias. A cambio, jamás había tenido la piel tan luminosa ni los labios tan carnosos. Me había conseguido librar de las temidas manchas del embarazo y me veía guapa, aunque sentía la amenaza de unas ojeras incipientes que parecían tener prisa por asomar bajo mis ojos. Desde principios de diciembre pasaba la mayor parte de las noches en vela intentando encontrar una postura cómoda y entregarme a un sueño reparador. Pero empezaba a dudar de que llegara algún día.

Había leído que las últimas semanas eran complicadas, pero no imaginaba que mi cuerpo, cansado y deforme, se iba a negar a responder a mis necesidades y se iba a dedicar por completo a la nueva vida que gestaba. A pesar de la falta de sueño, las mañanas eran llevaderas, me levantaba con energía y dedicaba el tiempo a completar los preparativos para la llegada de mi bebé. En ese momento ya solo quedaba comprar las últimas cosas para la canastilla, preparar la maleta para el hospital y revisar la lista que Laura me había ayudado a elaborar con las cosas que iba a necesitar durante el posparto. Tenerlo todo controlado me daba cierta tranquilidad.

Mi madre, ilusionada por el nacimiento de su quinto nieto, se había ocupado de comprar todos los trastos posibles que podía necesitar una criatura recién nacida, y algunos más. Miguel Ángel, a quien en público presentaba por fin como su novio, la había acompañado a recorrer las tiendas que había visto anunciadas en las revistas de niños y bebés que yo leía cada mes.

Los dos se habían mudado de buen grado al piso de él y me habían ayudado a acondicionar la casa familiar para la llegada de mi hijo. Ellos mismos se habían encargado de la decoración del cuarto de mi pequeño, que, aunque me pareció algo ñoña, acepté sin rechistar a sabiendas de que delegarla era la única forma de conseguir que estuviese lista a tiempo.

La ilusión de reunirme con mis amigas me servía de motivación para caminar hasta la academia un par de veces a la semana. Cuando retomaron las clases después de verano dejaron de lado sus proyectos de costura y se centraron en coser ropa para el niño: faldones, sábanas, cambiadores de paseo, arrullos, baberos, ranitas... Todo les parecía poco. Me era casi imposible imaginar que un recién nacido pudiera necesitar tantas cosas.

—Nosotras somos sus tías postizas y le vamos a coser todo lo que haga falta —anunció Carmen cuando le pedí que no le hiciera más sábanas.

—No me tengáis por una desagradecida. La cajonera del dormitorio ya está a rebosar y no quisiera dejar nada sin estrenar. Laura, tú misma me has dicho que crecen más rápido de lo que una se imagina.

—Llevas razón, Sara, nos hemos dejado llevar. Los niños se crían igual con la mitad de las cosas.

Nadie lo sabía mejor que ella. La Laura que volvió de Senegal distaba mucho de la que había viajado allí. La experiencia la había cambiado para siempre. Le costaba encontrar consuelo ante la impotencia que tantas veces había sentido en la misión. Desde la comodidad de nuestro modo de vida era complicado ponerse en su lugar. La tenía por una persona fuerte, decidida y resolutiva, pero a la vez sensible ante el sufrimiento humano y más empática de lo que a ella le gustaba reconocer. Puede que entre las razones para volver, además de su familia, estuviera la necesidad de protegerse, de no normalizar aquel terrible día a día.

Andábamos enfrascadas en nuestras costuras cuando

Julia abrió la puerta apresurada. Había bajado las escaleras del atelier a toda prisa y se esforzaba por recuperar el aliento. Nunca olvidaré la expresión de su cara.

—Es Ramón —acertó a decir.

—¿Qué le ha pasado? —preguntamos a coro.

Laura enseguida se puso de pie para acercarse a ella.

—Siéntate, Julia. Cálmate —le indicó mientras le hacía un gesto a Carmen para que le llevara un vaso de agua.

—No, no. Tengo que irme.

—Pero dinos —insistí.

—Me acaban de llamar del hospital de la Paz. Ha tenido un accidente de coche y está grave. No sé nada más. Me voy corriendo para allá. Por favor, Carmen, llama a casa y habla con Marina. No le des muchos detalles, solo dile que tardaré en llegar y que le prepare a Daniel algo de cena antes de irse. Les he dicho a las modistas que cierren ellas y que te dejen a ti las llaves cuando se marchen.

—Descuida, yo me encargo.

—Voy contigo —anunció Laura.

—No hace falta.

—Lo sé, pero quiero acompañarte.

—Gracias. Chicas, ya os contaré. ¿Nos vamos?

Laura cogió el bolso y el abrigo, y nos pidió que recogiéramos sus cosas para no perder ni un minuto. Se marcharon en un abrir y cerrar de ojos.

Una hora después sonó el teléfono. Al parecer, Ramón

había ingresado en estado de muerte cerebral y no se podía hacer nada por su vida. Se me encogió el corazón. Me alegré de que Julia no estuviera sola. Laura era el mejor apoyo en esos momentos de desasosiego.

Carmen y yo nos miramos a los ojos con una misma idea en la mente. Daniel.

—Cuando cierre y compruebe que el atelier se queda en orden, me iré para casa de Julia. La noche será larga y no quiero que el crío esté solo —comentó Carmen. Tú vete tranquila, que, si tengo noticias, te llamaré.

—¡Ay, Carmen, qué horror! Pobre Julia y pobre Daniel. Me iría contigo si pudiera ayudar, pero en este estado… Si ves que hay algo que pueda hacer, dímelo. Intentaré hablar con Laura más tarde, ahora no quiero molestar. Me cuesta hacerme a la idea de que pasen estas cosas así, de repente. No nos damos cuenta de que la vida es mucho más frágil de lo que pensamos.

—Tranquila. Me quedaré con tu ahijado hasta que haga falta y te prometo que te mantendré al tanto de todo.

Los días siguientes fueron una mezcla de tristeza, incertidumbre y rabia. La muerte de Ramón nos partió el alma. Era el final de una de las historias de amor más bonitas que habíamos conocido, por cómo se fraguó y por las barreras que ambos derribaron mientras la construían.

Mi amiga hacía lo imposible por permanecer entera y ofrecerle a su hijo el consuelo que necesitaba; sin embargo, se derrumbaba cuando se quedaba sola. El tiempo no pasaba tan deprisa como hubiese deseado. Los días se convertían en semanas, pero las semanas volvían a ser una sucesión de horas infinitas cuando llegaba la noche. Durante el día, el trabajo era lo único que lograba mantenerla en pie. Se aferró a él de un modo casi enfermizo, como si todo el dolor del mundo se pudiera ocultar entre capas de tela. Como si cada aguja que cogía se le clavara en la piel y sintiera un dolor tan profundo que el de su espíritu desapareciera. Deseó verse condenada a coser sin descanso, no tener tiempo más que para pensar en la próxima costura, en hilvanes, ajustes e hilos flojos.

Las demás intentamos acompañarla, respetando su dolor y permitiendo que encontrara la manera de aceptar que su vida y la de Daniel habían cambiado para siempre. Su única opción era seguir adelante. Por ella, por su hijo.

Amelia fue, una vez más, la madre que necesitaba. Aunque la viudez le había sobrevenido también de la noche a la mañana, la relación que tenía con su marido era muy distinta. Su muerte casi fue un alivio. Para ella supuso recuperar la relación con su hijo y la esperanza de construir una nueva vida. Julia lo tenía más complicado.

En uno de los paseos que Laura me recomendó para favorecer un parto más amable que el que había predicho mi ginecólogo, me acerqué al atelier. Era media mañana y mi amiga estaba en la puerta, despidiendo a una clienta que se marchaba con un portatrajes en la mano y una gran sonrisa en la cara. No me costó convencerla para salir a tomar algo.

—Esta mañana me he quedado dormida. Menos mal que Daniel ya estaba en pie cuando me he levantado y se había preparado algo de desayunar.

—Mira que es apañado mi ahijado, le has enseñado bien. Está hecho un hombrecito.

—Le ha tocado hacerse mayor antes de tiempo. Yo también perdí a mi padre demasiado pronto, pero esto… Así, de repente, es más difícil de encajar. Él no me dice nada, Sara, pero a veces le oigo llorar en su habitación y, cuando entro, disimula como puede para no hacerme llorar a mí también. Ayer le conté lo de la donación de órganos. Es algo de lo que nunca habíamos hablado y me preocupaba su reacción.

—Estoy segura de que lo habrá entendido.

—No te creas. Le ha costado. Le expliqué que a mí me servía de consuelo saber que gracias a Ramón otras personas habían salvado la vida. Es una de las decisiones más difíciles que he tomado nunca, pero no me arrepiento, al contrario. Le estoy muy agradecida a Laura por haberlo sugerido. En un momento tan complicado no caes en que tienes en tu mano salvar la vida de otras personas. Si no hubiera sido por ella, yo sencillamente me habría sumido en mi dolor.

—El golpe es demasiado duro para pensar en otra cosa que no sea en tu propia pérdida. Es normal.

—Ahora, cuando camino por la calle, no puedo evitar buscar sus ojos en cada persona que me cruzo. Me pregunto si nos reconoceríamos. ¿Tendrá un hijo a quien mirar como Ramón miraba a Daniel, como me miraba a mí? A veces me parece verle, le sigo unos metros y me derrumbo al pensar que nunca volverá. Las noches se me hacen tan largas que las paso haciéndome preguntas sin sentido, una tras otra. En el fondo creo que necesito encontrar la razón por la que ha pasado esto.

—Ay, Julia, ojalá pudiera decirte algo que te consolara.

—Me acompañas y eso es lo más importante. Es una suerte que estés de vuelta en Madrid.

Yo también había llegado a esa conclusión. Me habría sentido muy impotente si me hubiera pillado en Londres. El destino es caprichoso, pero tiene sus razones.

—¿Y no has pensado en tomarte unos meses de descanso? Los duelos son necesarios y, a veces, es mejor parar y darse un tiempo. Hay que permitirse estar mal, sin regodearse en el dolor, solo asumiendo que es un proceso y que pasará.

—No puedo, Sara. Si paro, me caigo. El trabajo me da

fuerzas. Ahora yo soy la única responsable del bienestar de Daniel. Sé que tú y el resto de las chicas estáis ahí y sois un gran apoyo. Sé que os tengo para lo que necesite, pero la realidad es que somos dos, solo dos. Así es como tenemos que aprender a vivir.

—En cierto modo, te entiendo; yo siento algo parecido ante el nacimiento de mi pequeño. Pero, Daniel… Quizá a él sí le venga bien tenerte más cerca hasta que asuma lo sucedido.

—Esta es nuestra nueva realidad. Aunque me duela, cuanto antes la normalicemos, mejor. Sigo estando ahí para él. Hace mucho que organicé mi trabajo con intención de no desatenderle.

—Entiéndeme, Julia, no trato de decirte qué hacer con tu vida.

—Tranquila, sé lo que has querido decir y sé que solo piensas en nuestro bien. Eres una gran amiga.

Un movimiento brusco de mi hijo me hizo llevarme la mano a la barriga y buscar una postura más cómoda. Julia se dio cuenta.

—¿Todo bien? Recuerdo mis últimas semanas de embarazo y fueron bastante incómodas.

—Sí, estoy bien, pero tengo las costillas machacadas. Este niño será futbolista.

—Esa frase la hemos dicho todas las embarazadas alguna vez —comentó sonriendo.

—Qué ganas tengo de salir de cuentas.

—Paciencia, ya no te queda nada.

—Cierto, pero la espera se me está haciendo muy larga. Esta tarde voy a hacerme otra ecografía. Cruzo los dedos para que se haya colocado cabeza abajo por fin. El ginecólogo ya me ha avisado de que, de no ser así, vamos directos a una cesárea.

—Verás como todo sale bien. Me quedaría toda la mañana charlando contigo, pero tengo que volver al trabajo. El taller va mejor que nunca y los encargos se acumulan.

Acompañé a Julia de vuelta hasta el atelier y pasé por El Cuarto de Costura para saludar a Carmen.

—¿Qué tal está la jefa? —preguntó al verme llegar.

—Bueno, se la ve bastante entera, y eso me preocupa. Es una mujer fuerte, pero estar así de bien con la muerte de Ramón tan reciente no es normal. En el fondo creo que se refugia en el trabajo para no pensar. Puede que a la larga esa actitud le pase factura.

—Yo se lo tengo dicho: «Julia, tómatelo con calma. El atelier está bien atendido, aquí entre Malena y yo nos apañamos estupendamente, tómate unos días». Se lo he repetido no sé cuántas veces, pero no me hace caso. Ya sabes lo cabezota que es. Yo creía que confiaba en nosotras para llevar el negocio, pero parece que no es así.

—No creo que sea eso. Eres su mano derecha y lo sabes. Esta es su manera de mantenerse ocupada y no darle a la cabeza, una forma de no pensar en sí misma y en Daniel, y de poner toda su energía en seguir adelante. Cada una se ayuda de las herramientas que tiene alrededor y en su caso es el trabajo; además, está bastante angustiada porque ahora su familia solo depende de ella. La responsabilidad es mayor y la presión también.

—De lo físico se repone una, soy la prueba viviente, pero las cositas de la cabeza, si no las atendemos, las acabamos pagando.

—Vamos a darle tiempo. Daniel es un amor de niño, responsable y cariñoso, y juntos superarán esta desgracia. Lo comentaba con Laura el otro día, ella también está preocupada. Lo único que podemos hacer es estar cerca de ella, que sienta que nos tiene como nos ha tenido siempre.

—Eso por descontado, que aquí más que amigas somos familia y nos sostenemos unas a otras. A saber qué habría hecho yo sin todas vosotras cuando me tocó a mí la china. En fin… ¿Vendrás esta tarde a seguir dándole a la aguja?

—En principio, sí. Tengo cita con el ginecólogo a las cuatro, pero, en cuanto acabe, me paso. Mi madre ya ha terminado de mudarse al piso de Miguel Ángel, y ahora que estoy sola en casa me impaciento aún más. Prefiero echar la tarde con vosotras que ver las horas pasar. Estas últimas semanas se me están haciendo muy largas.

—Pues nada, ya nos encargamos nosotras de que estés entretenida hasta que esta criatura se decida a salir de ahí —comentó acariciándome la barriga—. Hala, hasta la tarde.

Estaba convencida de que Julia acabaría recurriendo a nosotras para desahogarse y hacernos partícipes de su dolor. Así lo habíamos hecho todos estos años. «Compartidas, las alegrías se multiplican y las penas se dividen», nos habíamos repetido unas a otras frente a cualquier adversidad o al celebrar una nueva conquista.

4

«Vivir es conocer el dolor, pero también el gozo, sentir el viento en la cara, reírte hasta que te duela, ver crecer a tu hijo y creer que puedes dejar algo bueno sobre la tierra que pisas». Esa frase que Catherine pronunció en el entierro de Ramón tenía todo el sentido. En aquellos días de enero me quedaba poco para dar a luz y mis miedos se confundían con la incertidumbre que cualquier embarazada puede sentir poco antes de conocer a su hijo.

Esa Navidad había estado impregnada de una mezcla de ilusión y tristeza a partes iguales. Elliot estaba a punto de nacer y mi mejor amiga atravesaba uno de los trances más duros de su vida. Me costaba separar las emociones y otorgarle a cada una el espacio que se merecía.

—Sara, ahora debes centrarte en ti —me recomendaba mi madre—. Muy pronto tendrás a tu hijo en los brazos y créeme cuando te digo que tu vida nunca volverá a ser la misma. Ni mejor ni peor, distinta, para siempre. Julia sería la primera en reñirte si supiera que su pérdida te está causando tanta angustia en un momento tan delicado.

—Todas me decís lo mismo y yo no dejo de pensar en cómo se le ha roto la vida de la noche a la mañana. Es tan injusto…

—Pues sí, cariño, es injusto, pero ahora debes cuidarte. Este niño que vas a traer al mundo será una alegría para todos los que te queremos, incluida ella.

—Es que no entiendo por qué se niega a asumir que el duelo es necesario. No creo que volcarse en el trabajo como está haciendo sea la mejor decisión. La responsabilidad que había compartido con su marido desde que se casaron recae ahora solo sobre ella y es comprensible que se sienta sobrepasada. De hecho, la última vez que nos vimos me confesó que el peso que sentía sobre sus hombros no le permitía más que centrarse en trabajar para que Daniel siguiera disfrutando de los privilegios que entre los dos le habían procurado. «Bastante tiene con haber perdido a su padre como para que le falte ninguna otra cosa», me decía, y así es como justifica las interminables horas que le dedica a su negocio. Pero yo no creo que eso sea ahora lo más importante.

—Tienes que dejar que viva este episodio como ella quiera. Cada uno encuentra la forma de lidiar con lo que la vida le pone por delante. Es normal que te preocupe, sé lo que esa mujer significa para ti, pero tienes que respetar sus decisiones.

—Supongo que es su forma de no enfrentarse a sus propios sentimientos. Creo que su dolor es demasiado grande como para aceptarlo sin más. Solo espero que reaccione a tiempo y que pueda sobreponerse sin comprometer su salud.

—Seguro que sí. Os tiene a vosotras. ¿Cómo dices que os llama Carmen? Sus «agujitas». No he visto nunca un grupo de mujeres que se quiera tanto. Si yo hubiera tenido amigas como las tuyas… Habéis pasado por mucho juntas y esta será una de esas veces en que con vuestro apoyo Julia saldrá adelante. Anda, ven.

Sellamos nuestra conversación con un largo abrazo que agradecí de corazón. Mi madre y yo no éramos especialmente cariñosas la una con la otra; sin embargo, en esos meses de embarazo me había sentido muy unida a ella. Supongo que hay lazos que no se pueden romper, somos naturaleza y madres e hijos, queramos o no, hemos compartido una misma sangre. Yo estaba a punto de descubrir cómo esa conexión podía unirnos con una fuerza extraordinaria, muy difícil de describir con palabras.

Elliot nació a mediados de enero, en uno de esos días luminosos del invierno madrileño en el que los árboles desnudos, los abrigos y los guantes forman parte natural del paisaje.

De madrugada, cuando me levanté para ir al baño, sentí que todo mi interior se sacudía.

—Lo lógico sería pensar que tu hijo acaba de darse la vuelta y que se ha colocado cabeza abajo. Es una buena señal. Ya verás, vas a tener un parto precioso —auguró Laura cuando la llamé a primera hora de la mañana desde la cama.

—Me das una alegría, casi me había hecho a la idea de que tendría que sufrir una cesárea.

—No creo que debas preocuparte ya por eso. Todo va a ir bien. Ya sabes, si empiezas a sentir contracciones, controla el tiempo entre una y otra. Tengo la corazonada de que hoy será el gran día, amiga. Dile a tu madre que me avise cuando lleguéis al hospital.

Pocas horas después un cuerpecito tembloroso reposaba sobre mi torso y, como cualquier cachorro recién nacido, buscaba el calor del pecho de su madre.

Ninguna de las emociones que se describían en las revistas que había leído durante el embarazo se acercaba a lo que sentí al notar el latido de su corazón cerca del mío. Me invadió una ternura desconocida. Mi cuerpo entero se inclinaba ante una nueva vida que despertaba en mí una forma de amor que no había experimentado hasta entonces, pero también inseguridad, duda y temor, sentimientos que se convertían en mil preguntas que me ponían en alerta. Desde ese momento, esa pequeña criatura se situaba en el centro de mi vida, sus alegrías y su dolor serían también míos. Sobrecogida por ese pensamiento, que era en sí mismo un baño de realidad, las lágrimas brotaron sin ningún rubor.

En los días siguientes descubrir mi reflejo en sus ojos se convirtió en el placer más grande que había sentido jamás. El olor de su piel, el movimiento torpe de sus dedos, sus pestañas, las arrugas de sus pies..., todo era nuevo, todo formaba parte de un cuerpo perfecto, de un milagro que no dejó de fascinarme aun cuando se convirtió en cotidiano. Podía pasar horas inmóvil mirándole mientras dormía, hipnotizada por el ritmo de su respiración, vigilando que las aletas de su nariz se expandieran y encogieran con cada soplo de aire que llenaba sus pulmones.

Si el mundo hubiera dejado de girar en ese momento, no me habría dado cuenta. Las mañanas, las tardes y las noches eran una división ajena a nuestros días. El tiempo era solo un intervalo entre unos ojos abiertos y unos ojos cerrados.

Mi hijo acababa de transformar mi existencia y con ella mis ilusiones y mis metas. Las palabras de mi madre volvían de forma recurrente, «tu vida nunca volverá a ser la misma». Esta vez no necesitaba rebatirla. Había entendido, de la manera más certera posible, lo que yo significaba para ella, algo que solo pude apreciar cuando comprendí que no hay amor más grande que el que nos une a una parte de nosotros mismos. Elliot también había venido, sin saberlo, a reforzar los lazos que me unían a mi madre.

Cuando pude vencer el cansancio de los primeros días y acostumbrarme a una nueva realidad, que acogía feliz pero exhausta, avisé a las chicas para pasarme por El Cuarto de Costura.

—¿Quieres que te acompañe?

—Gracias, mamá —contesté declinando su ofrecimiento—, pero en algún momento tendré que atreverme a sacarle a la calle sola. Si nos abrigamos bien, no tendremos frío. Será agradable pasear un rato, necesito mover las piernas y sentir el aire en la cara. El trayecto desde casa hasta la calle Lagasca representaba una aventura nueva. Me sentía como una auténtica novata manejando el carrito por las calles. Me paraba treinta centímetros antes de llegar al borde de la acera frente a un semáforo en rojo y, sin darme cuenta, inventaba peligros inexistentes de los que tendría que salvar a mi bebé. Era como una leona que debía proteger a su cachorro frente al mundo. Achacaba esos ridículos pensamientos al baile de hormonas que sufría mi cuerpo, pero lo cierto era que habían aflorado nuevos instintos que no había sentido jamás y que me sorprendían casi a diario.

—¡Mira quién está aquí! —exclamó Carmen mientras

me abría la puerta de la academia, que ahora me parecía mucho más pesada que antes.

—Ay, gracias, todavía no me he acostumbrado a hacer las cosas con una sola mano.

—Tranquila, que para eso estoy yo. ¿Cómo estás? ¿Y cómo está mi sobrino postizo? A ver —añadió liberándole de las capas que le cubrían—. Pero si está para comérselo, qué ricura de crío. Y mira quién lo dice, que yo no soy muy de niños, pero esto..., esto es un bombón.

—Buenas tardes —saludó Catherine al entrar—. Parece que llego justo a tiempo de conocer a este pequeño.

—Pensaba que ya te habrías vuelto a casa —comenté cuando me acerqué a saludarla.

—He querido esperar a conocer a Elliot, yo también soy una tía postiza, como dice Carmen —rio—. ¿Cómo está esta nueva mamá?

—Agotada, pero muy feliz, mucho más de lo que podía imaginar.

—Suele ser así, pero, aunque ahora todas las atenciones sean para él, no te olvides de cuidarte tú. Los primeros meses son delicados, hay que encajar muchos cambios y no siempre es fácil —añadió.

—Me estoy recuperando muy rápido. Tengo a mi madre y eso ayuda mucho. Me hace sentir más segura y me permite descansar un poco entre toma y toma.

—¿Me dejas cogerlo? —preguntó Catherine dirigiéndose a Carmen.

—Claro, toma, es tan tuyo como mío —asintió guiñándome un ojo—. Voy a avisar a Julia para que baje.

—No hay nada como coger a un bebé en brazos, transmiten una paz indescriptible.

Catherine se acercó al escaparate para ver a Elliot a la luz del día. Le separó de su cuerpo y lo tomó entre las manos, mirándole cara a cara. No podía dejar de contemplarlos. La escena era preciosa. Su mirada se volvió más dulce todavía. Me pareció un momento tan enternecedor que a punto estuvo de costarme alguna lágrima.

—¿Estás bien, Sara? —quiso saber al fijarse en el brillo de mis ojos.

—Sí, no es nada, pura felicidad. Tenía tantas ganas de que conocierais a Elliot… Traerle aquí, al lugar donde nos conocimos y en el que hemos compartido tantas tardes, es muy emotivo.

La campanita de la puerta anunció la llegada de Laura.

—No sé cómo me las apaño, pero siempre llego la última por mucho que corra. Buenas tardes, chicas.

—No te preocupes, acabo de llegar ahora, como quien dice —contesté.

—Hola, Laura, qué alegría verte. Como nos saltamos la merienda de Navidad, pensé que me marcharía sin verte. Ha sido toda una sorpresa —comentó Catherine.

—Para mí también. Uy, yo diría que este niño ya ha cogido algo de peso, ¿no?

—¿Tú crees? Yo le veo tan pequeño… Mañana lo voy a llevar a la farmacia a pesarlo.

—No te obsesiones con la báscula, al final todos crecen —bromeó.

Unos minutos después, volvió Carmen acompañada de Julia. Nos fundimos en un abrazo en el que sobraban las palabras.

—¿Cómo estás? —Noté que no era una pregunta casual. Julia sabía que me había enfrentado a la maternidad en solitario, con mil dudas, y probablemente intuía que al nacer mi hijo se habían disipado por completo.

—Les comentaba a las chicas que me estoy recuperando muy bien. Creo que Elliot y yo nos vamos a llevar de maravilla —bromeé—. Es un cielo de niño.

—Y a la abuela Fermina, ¿qué? Se le caerá la baba… —afirmó Carmen.

—Así es. Imagínate, un bebé en casa. Está como loca. ¿Quieres cogerlo, Julia?

—Claro. —Le tomó en brazos y se sentó en la mesa de centro. Me fijé en cómo le miraba. Parecía estar reviviendo el nacimiento de Daniel y las sensaciones tras cogerle en brazos por primera vez.

—Es precioso —me susurró entre lágrimas, con la voz rota.

—Julia...

—Tranquila, estoy bien.

—Voy a poner un café, que Malena está a punto de llegar. Le he dicho que trajera unos cruasancitos. Esto hay que celebrarlo.

El Cuarto de Costura era, una vez más, el lugar de encuentro que todas necesitábamos, donde arreglábamos el mundo charlando distendidas, ajenas a lo que ocurría de puertas para fuera. Y Julia seguía siendo el alma del lugar, nuestro referente, una mujer fuerte hasta que se rompió por dentro.

Unas semanas después de nuestro encuentro, entrado el mes de marzo, el país entero sufrió como no lo había hecho jamás y Julia se sintió más vulnerable que nunca. Ahí nació su miedo más profundo, ese que le impedía volver a tener una vida normal, reconstruirse y aprender a caminar por una nueva realidad dura de asumir, pero suya al fin y al cabo. Ella misma me contó cómo vivió esa mañana a la que culpaba, no sin razón.

Bajé a la cocina a prepararme un café antes de despertar a Daniel. Necesito ese momento de silencio cada mañana al empezar el día. Luego todo son prisas y carreras para no llegar tarde al cole. Oí cómo tocaban a la puerta con insistencia. Me extrañó tanto que llegué a pensar que eran imaginaciones mías, pero el timbre no dejaba de sonar. Me crucé la bata y me dirigí a la entrada. A través de la mirilla vi la cara de Fer con una expresión que no sé describir. Retiré la cadena y abrí lo más rápido que pude.

—¡Julia! Perdona que me presente así, pero no cogías el móvil y el fijo comunicaba todo el rato.

—Daniel estuvo hablando con su abuelo anoche, supongo que lo dejaría descolgado. El móvil lo tengo sin batería, iba a cargarlo ahora. ¿Qué pasa? ¿A qué viene esa cara? Entra.

Se dirigió al salón y encendió la tele. No podía creer lo que veían mis ojos. Las noticias eran confusas, pero las imágenes hablaban por sí solas. No dejaba de preguntarme quién podía haber hecho algo así. Cuánto odio podía caber en el corazón de una persona para provocar semejante barbarie. Seguimos pegados a la pantalla gran parte de la mañana. Según pasaban las horas me sentía cada vez peor.

El dolor me atravesó y desde ese día solo puedo pensar que, si algo me pasara, Daniel se quedaría solo. Yo cojo el tren a diario para ir a trabajar, paso por esa estación de camino a Recoletos. ¿Qué habría sido de mi hijo si yo hubiese ido en uno de esos trenes? Ya ha perdido a su padre, soy lo único que tiene.

Las imágenes del horror, de la tragedia más grande de la que habíamos sido testigos, se nos grabaron a todos en la memoria. Aquel 11 de marzo el país entero se paralizó y Julia se quedó ahí, en ese jueves, en ese miedo. Se negó a tomar el tren cada mañana y se alejó de El Cuarto de Costura. Los meses de trabajo frenético que siguieron al fallecimiento de Ramón se detuvieron de repente como se detuvo la vida de los muertos, de los heridos y de sus familias. Ese día, que había cambiado la vida de tanta gente, cambio también a Julia.

—Dirás que soy una egoísta, que con todo el sufrimiento que está pasando este país me fijo solo en mí, pero no puedo evitarlo. Sara, por favor, no me juzgues y deja que me quede aquí, no me siento segura en ninguna otra parte —me confesó en su día.

El temor a salir de casa se sumó a un duelo que no había atendido en su momento. El miedo y la tristeza iban a durar más de lo que podíamos imaginar. Las amigas nos hicimos el firme propósito de facilitarle las cosas. Carmen y Malena reorganizaron las clases de la academia, Amelia la visitaba con frecuencia y Laura hizo lo imposible por encontrar una psicóloga con la que pudiera hablar. En los meses siguientes se encerró cada vez más en sí misma. Hicimos turnos para visitarla. Elliot apenas tenía dos meses, pero yo acudía a su casa siempre que podía.

El atelier, que no llevaba más de un par de años en marcha, tuvo que cerrar después de entregar los últimos encargos. Una de las modistas se quedó durante un tiempo en El Cuarto de Costura sustituyendo a Julia, y Patty se encargó de despedir al resto del personal. El negocio sin ella al frente no tenía sentido. No llegaba a comprender cómo había renunciado a uno de sus grandes sueños por algo tan irracional. Pensamos que aquello duraría solo unos días, pero trascurrieron meses y Julia no parecía desprenderse de esa sensación de peligro que había anidado en ella.

5

Madrid, otoño de 2006

Por suerte la lluvia nos había dado un respiro. Con los años me acostumbré al cielo gris y encapotado de Londres, pero agradecía un día de otoño radiante en mi ciudad, de esos que invitan a pasear sorteando los pequeños charcos que se habían formado en las calles.

Salí de casa convencida de que la tarde iba a ser más divertida y emocionante de lo que pudiera imaginar. Quedaba poco para lo que Carmen había marcado en la agenda de la academia como «el día B», y estaba deseando reunirme con las chicas.

No era habitual ver las luces de El Cuarto de Costura encendidas un sábado a esas horas, pero se trataba de una ocasión especial. Antes de tocar a la puerta me quedé un momento observando el jaleo del interior. Laura, Malena y Carmen iban de un lado a otro de la sala preparándolo todo. Sobre la mesa de centro pude ver un acerico, unas cajas de zapatos y unas tazas de café que, con toda seguridad, las chicas habían disfrutado poco antes entre risas. La plancha estaba enchufada y los maniquís vestidos.

Habían pasado quince años desde la primera vez que pisé ese lugar que me transformó para siempre. Un instante antes de rozar el cristal con los nudillos, volví la vista atrás y me trasladé al preciso momento en que crucé esa puerta por primera vez. Casi no reconocía a aquella Sara. No quedaba ni rastro de la chica que había renunciado a sus sueños y se dejaba arrastrar a una vida que no había elegido solo por hacer lo que creía que se esperaba de ella.

Sentía tanto agradecimiento hacia esas mujeres… En las tardes que compartimos aguja en mano había aprendido mucho más que a coser mi propia ropa. Aprendí a reconocer mis costuras, a mirar de frente mis rotos y a utilizar mi creatividad para recomponerme. Pero, sobre todo, había entendido que la fuerza que necesitaba para elegir mi camino estaba en mi interior. Compartimos tanto que ya me parecía imposible imaginar la vida sin ellas.

Todo había cambiado desde aquellos primeros días, pero nuestra unión se fue volviendo más fuerte con el paso de los años. Construimos un espacio tan valioso para nosotras que lo mantendríamos a salvo mientras nos quedaran fuerzas. Volver de Londres, afrontar una maternidad imprevista, encontrar un buen trabajo y hacerme de nuevo a la ciudad no había sido tan complicado teniéndolas cerca.

—Pero ¿qué haces ahí pasmada? Pasa, anda, que no tenemos ni un minuto que perder —me ordenó Carmen sin darme tiempo siquiera a saludarla.

—¿A qué vienen esas prisas? Todavía no estamos todas, ¿no?

—Elsa dijo que se acercaría a recoger a Amelia. Imagino que estaría descansando. Puede que se retrasen un poco —comentó Laura mientras se acercaba a saludarme—. No creo que tarden.

—Nosotras ya lo tenemos todo listo —añadió Malena señalando los vestidos—. Cuando le conté a mi madre que habíamos quedado hoy, se moría de envidia. Está deseando veros.

—Y yo me muero de ganas por ver el modelito que trae de Italia. ¡Con ese estilazo que se gasta nuestra Patty! —exclamó Carmen.

Puse sobre la mesa la bolsa que llevaba y me acerqué a ver los vestidos en detalle. Si me lo hubieran dicho unos años atrás, no me lo habría creído. Carmen llevaba toda la vida cosiendo, pero Laura y Malena no eran profesionales, por muy bien que se defendieran después de tantas tardes de costura. Sin embargo, aquellas prendas estaban a la altura de cualesquiera de las que se vendían en las mejores boutiques del barrio.

Sonreí al comprobar lo fácil que resultaba adivinar a quién pertenecía cada pieza. Aun así, las tres tenían en común esos acabados tan cuidados que habíamos aprendido en los primeros meses en la academia. Por algo Julia había insistido tanto en que atendiéramos los detalles que, según ella, hacían cada trabajo especial y único.

«Fijaos bien cuando os probéis ropa en las tiendas. Volvedla del revés y mirad cómo están rematadas las costuras, si se han entretelado los puños y el cuello o si el dobladillo está cosido a mano —nos aconsejaba—. Ahora que sabéis lo que es una prenda bien confeccionada, podéis elegir mejor. Nunca será como una pieza cosida en casa, pero al menos sabréis lo que estáis comprando». Extrañaba sus clases y estaba segura de que el resto de sus alumnas también.

Aprovechamos que las demás todavía no habían llegado para probarnos cada una nuestros vestidos y cogernos el bajo las unas a las otras. Eso y un buen planchado era lo único que nos faltaba para dejarlos listos.

Laura fue la primera en entrar al probador. Durante semanas había estado cosiendo un precioso vestido entallado de crepé en un tono verde musgo, y una blusa de organza cruzada por delante y anudada en la espalda en una lazada. Los puños eran altos y se cerraban con unos botones pequeños que había mandado forrar con la misma tela en una mercería cercana. El diseño no era nada recargado y eso era lo que lo hacía tan especial.

«La sencillez siempre es elegante, y más si el diseño se acompaña de una buena tela», me parecía estar oyéndole a Julia.

—A sus pies, doctora. —Carmen hizo todo tipo de aspavientos al verla salir. Estás espectacular. Qué tino tuviste al elegir esa tela, sin duda el verde es tu color. Estás guapísima, es que te sienta de escándalo. Cálzate y ven, deja que te coja el dobladillo. Un dedito, no metería mucho más.

Con el acerico en la muñeca, le prendió unos alfileres y la hizo caminar unos pasos.

—¿Cómo te lo ves? Yo no lo tocaría. ¿Qué os parece a vosotras? —nos preguntó Carmen.

Malena y yo coincidimos en que el largo era el adecuado y el resultado, impecable. Siempre me había parecido que con el porte que tenía Laura cualquier cosa le sentaba bien, y ese vestido le favorecía especialmente.

—Muchas gracias, Carmen. Ya sabéis que soy una perfeccionista. Reconozco que me he dejado los ojos en este vestido, pero ha merecido la pena. Me veo muy guapa —añadió volviendo a mirarse en el espejo del probador—. Tendré que ponerme los zapatos en casa unos días antes para ver si me acostumbro a los tacones, porque me paso la vida en zuecos. No sé si los aguantaré un día entero. ¿Quién es la siguiente?

—¡Yo misma! En cuanto tú te cambies, me pongo el mío —respondió Malena desabrochándose las botas—. Me muero por probármelo.

Había elegido un diseño asimétrico muy colorido, como el resto de su armario. En los últimos años se había vuelto menos extravagante, pero todavía mantenía ese aire tan personal.

Una tras otra fuimos pasando al probador y ayudándonos a dar los últimos retoques a nuestros vestidos. Les habíamos dedicado muchas horas y estábamos satisfechas con el resultado. Nos regalamos todo tipo de halagos y celebramos poder compartir ese momento tan especial.

—No me negaréis que esto no tiene nada que ver con ir a comprarse un traje. Cada vez que veamos estas prendas colgadas en su percha, nos acordaremos de las tardes que hemos compartido mientras las cosíamos.

Carmen tenía razón. Tan valioso me parecía un vestido hecho con mis manos como los ratos que pasábamos juntas. Por mucha ropa que hubiera cosido hasta entonces, y no era poca, me fascinaba dibujar algo en un papel y llevarlo después a la tela.

De pronto oímos que un coche se paraba delante de El Cuarto de Costura y todas miramos hacia la calle. Carmen soltó la aguja y se apresuró a abrir la puerta.

—Buenas tardes, perdonad que lleguemos a estas horas, pero necesito echarme un rato por las tardes; ya no soy una jovencita y el corazón me pide descanso. Suerte que este ángel se ha pasado a por mí —añadió mirando a Elsa, en cuyo brazo se apoyaba.

—Sabes que no me cuesta nada —replicó la joven—. Además, lo último que querría sería perderme la prueba final.

Acompañé a Amelia a sentarse a la mesa del centro mientras Elsa se quitaba la chaqueta.

—¿Te apetece una infusión? ¿Un vaso de agua?

—Agua está bien, gracias —contestó con la respiración aún entrecortada.

En esos últimos años, Amelia y Elsa habían construido una relación muy especial que ninguna de las dos podría haber intuido cuando se conocieron. Recuerdo con claridad el día en que Amelia, abatida, me contó que había descubierto que su difunto marido tenía una hija ilegítima y que los detalles que rodeaban esa paternidad eran deleznables.

Ambas, que habían sobrevivido a la conducta retorcida de un mismo hombre, lograron transformar lo sucedido en una amistad tan sólida como inesperada. La firme convicción de Amelia de no dejar que el pasado condicionara su presente ayudó a que juntas superaran su dolor y se aferraran a la oportunidad que les había brindado aquel encuentro.

—¿Lista para probarte, Elsa? —le preguntó Carmen

tras saludarla con un par de sonoros besos. Nosotras ya hemos acabado.

—Lista y expectante. Es mi primer vestido a medida. Yo me habría comprado cualquier cosa.

—La ocasión no merece cualquier cosa, y menos tratándose de nosotras —la riñó Amelia con cariño—. Cámbiate ya, que estoy deseando ver cómo te queda.

Elsa se apresuró a entrar en el probador. Mientras Carmen y Malena inspeccionaban cada costura del vestido y le pedían que se moviera de un lado a otro de la sala en busca del más mínimo fallo, me senté junto a Amelia.

—Quién iba a imaginar que vería a mi hijo casarse. A pocas parejas conozco que se quieran como ellos y que hayan luchado tanto para hacerlo posible.

—Así es. ¿Cómo van los preparativos? —pregunté—. ¿Alguna complicación de última hora?

—Ya conoces a los chicos, lo tienen todo organizado al detalle. Felipe me ha enseñado un boceto de la decoración del banquete y es una maravilla. No han escatimado en gastos, quieren que sea una celebración por todo lo alto. Tras tantos años de relación, este es un sueño cumplido para ellos. Estoy tan feliz…, aunque me da apuro pensar que por mi culpa no pueden celebrarlo en Barcelona. Todas sus amistades van a tener que trasladarse hasta aquí, pero no me veo cogiendo un avión. Los médicos me han dicho que procure no hacer demasiados esfuerzos, no me queda otra que atender a sus indicaciones. Después de los sustos que he sufrido, no me fío de este cuerpo, Sara.

—La salud es lo primero, Amelia; además, seguro que no les preocupa lo más mínimo. Lo importante es que los acompañes en un día tan importante para ellos. Sus amigos disfrutarán de un fin de semana en Madrid. Verás como todo sale a pedir de boca. Nos hace tanta ilusión… Bueno, ya has visto los modelazos que vamos a llevar, y el tuyo será el más elegante de todos.

—Sí, son una maravilla. Yo he quedado con Julia para probarme dentro de unos días. Hoy me faltan las fuerzas. Si no hubiera sido por Elsa, no habría salido de casa.

—No te angusties, todavía queda tiempo, no hay prisa. ¿Has hablado hoy con Julia?

—Sí, está muy pendiente de mí. No hay semana que no me llame un par de veces. Sara, empiezo a pensar que no va a levantar cabeza nunca. Ya no sé cuántas veces le he dicho que vuelva al trabajo, que seguro que le sienta bien, pero no consigo que me haga caso. Me preocupa el niño, está muy volcado en ella. A su edad, Daniel debería salir más, estar con sus amigos y divertirse. La noto tan triste como el primer día y es descorazonador sentir que no hay nada que hacer para que salga de ese estado.

—Es verdad que ya han pasado más de dos años, pero todos tenemos nuestros tiempos. Ella, aunque es muy fuerte, ha sufrido mucho. Siempre ha sido una luchadora y tenemos que confiar en que también saldrá de esta. La llamaré esta tarde y, si le apetece, me pasaré a verla el domingo con Elliot, que hace mucho que no lo ve. Seguro que le hace ilusión.

Laura se acercó a nosotras y se sentó.

—¿Habláis de Julia? —asentimos—. La he llamado esta mañana por si lograba persuadirla para que se pasara por aquí, pero no ha habido manera.

—Estaba convencida de que la terapia la ayudaría —apunté.

—Y yo. Me alegré mucho cuando por fin accedió a ir. Pasados unos meses la noté más animada y parecía que estaba lista para incorporarse al trabajo. Es verdad que salir de algo así no es un proceso lineal. Creo que ahora mismo está en medio de uno de esos momentos bajos en los que vuelve a sentir un miedo incontrolable, una gran falta de ilusión y de confianza en sí misma. Es importante que le dejemos su espacio, que viva el duelo como ella necesite, aunque lleva así mucho tiempo. Me preocupa que no encuentre una razón para superarlo y se rinda. Menos mal que Daniel está demostrando una fortaleza inusual, pero cuidar de su madre no debería ser su preocupación principal. Él también merece vivir como un chaval de su edad.

Laura tenía razón. Yo había pasado mucho tiempo cerca de una persona con depresión y creía saber cómo se sentía Julia. Aunque sus circunstancias eran muy diferentes a las de mi madre, la tristeza y la apatía eran similares. Reconozco que me resultaba imposible ponerme en su piel. Entre todas teníamos que conseguir que encontrara un motivo para dejar atrás su pena, superar sus miedos, aceptar lo ocurrido y seguir adelante. Necesitaba recuperar la ilusión para encontrarle un sentido a cada día. Y no por su hijo o por su negocio, sino por ella misma. No podíamos consentir que se dejara arrastrar por la desidia de ese modo. Resultaba doloroso verla así.

—Bueno, ¿qué os parece? ¿Está o no está Elsa estupenda con este vestido? —preguntó Malena haciéndola dar una vuelta completa ante nosotras.

—Divina —aplaudió Amelia.

—Es precioso. Me encanta la caída de la tela, ¿verdad, Laura?

—Ideal —asintió—. Estás guapísima.

—Muchas gracias, me siento como una princesa. Vaya manos tenéis.

—No sé, esa manga no me convence —observó Carmen torciendo la boca—. Le falta volumen en la copa, pero no quiero meterle una hombrera. Voy a subir al atelier, a ver si encuentro un poco de tul y la apañamos.

—¿No va a quedar demasiado pomposa? —preguntó Elsa.

—Tú espera, Carmen tiene mucho ojo para esto —contestó Malena.

Al minuto estaba de vuelta. Cortó una tira de tul, la frunció en la máquina y la acomodó en su sitio, cogiéndola con alfileres.

—Ahora sí. Mírate en el espejo, Elsa, ¿ves la diferencia entre una y otra? ¿Qué decís? —preguntó volviéndose hacia nosotras—, mucho mejor ahora, ¿no?

—Sin duda —respondió Amelia—. Ese detalle realza el corte de la manga. Es todo un acierto.

—Esta boda va a parecer un desfile —afirmó Carmen mientras caminaba cruzando un pie delante del otro y moviendo las caderas de lado a lado—. Con este tipín que se me ha quedado…

—Eres única buscando el lado bueno de las cosas —comentó Laura.

—¡Ay, mi Laura! Si no fuera por ti, a saber si estaría aquí haciendo el payaso —concluyó Carmen acercándose a ella y dándole un beso en la mejilla.

Carmen me demostraba, una vez más, que echarle humor a la vida era la mejor manera de encarar los reveses a los que todos nos enfrentamos. En ausencia de Julia se desvivía por mantener el ánimo alto y hacer que el negocio continuara siendo rentable doblando las clases cuando hacía falta. Incluso Malena, que por fin tenía un trabajo fijo en una galería de arte, mantenía su grupo de alumnas para que el negocio se mantuviera a flote.

A ratos confiaba en que mi amiga volvería a El Cuarto de Costura cualquier día y otras veces me parecía algo tan lejano que costaba imaginarlo. De nada me servía pensar que la vida era injusta y que ella, que había luchado sin descanso, no merecía sufrir de esa manera. Junto con Amelia había puesto en pie algo más grande de lo que ellas mismas soñaron. Aquel local triste y oscuro al que habían dado vida se había convertido en mucho más que un negocio; era el punto de encuentro de un grupo de mujeres que habían tejido una red sólida que las sostenía. Allí, entre todas, encontramos respuesta a preguntas que ni siquiera habíamos tenido el valor de hacernos a nosotras mismas; juntas reunimos el coraje para dejar atrás el pasado agarrándonos a la vida con fuerza. La costura nos había enseñado mucho: no solo aprendimos a coser, sino que descubrimos lo que significaba para cada una de nosotras. Para mí se reveló como una forma de explicar cómo caminamos por la vida.

—Coser y descoser es como caer y levantarse —nos repetía Julia cuando filosofábamos sobre cómo los errores pueden ser grandes maestros.

6

En los últimos años Alfonso y Felipe habían seguido de cerca la evolución de la ley que por fin les permitiría casarse, y la ocasión merecía una gran celebración. Julia sabía lo que significaba para Amelia el enlace de su hijo y, por mucho que le costara salir de casa, quiso encargarse personalmente de la confección de su traje de madrina.

Al vestido le quedaban pocos detalles por rematar y Julia no había querido posponer esa prueba. Su intención era acabarlo cuanto antes, así Amelia podría despreocuparse y dedicar su tiempo a otros preparativos para los que Alfonso le había pedido ayuda.

—Buenos días, Carmen —saludó desde la puerta.

—Hombre, Julia, no te esperaba hasta más tarde. ¿Cómo estás?

—Bien, gracias. Resulta que Fer tenía que bajar hoy a

Madrid y he aprovechado para venirme con él a hacerle la última prueba a Amelia.

—¿Llevas ahí el traje? —preguntó mirando la bolsa de papel que Julia había dejado sobre la mesa—. Dame, que lo cuelgo en una percha y nos tomamos un cafelito antes de que llegue.

—Deja, yo me encargo. ¿Qué tal las chicas? ¿Ya han acabado los suyos?

—Sí —contestó desde la máquina del café—. A Laura le ha quedado espectacular, creo que te vas a sorprender cuando la veas. Le enseñaste bien ¡qué manos tiene y qué perfeccionista es!

—Recuerdo lo mucho que se frustraba cuando algo no le salía y el empeño que ponía en repetir cada paso hasta que conseguía que todo casara a la perfección. ¿Y Elsa?

—Elsa estaba encantada. ¿Te puedes creer que dijo que se sentía como una princesa?

—¡Qué bien! ¿Al final qué hiciste con las mangas? Me comentaste que no estabas segura de que pudieras conseguir volumen en la copa con ese tejido.

—Y llevaba razón, pero subí al taller y lo apañé con un poco de tul. Ay, Julia, qué pena me dio verlo tan vacío.

—No me saques el tema, Carmen, que bastante mal lo llevo.

—Mujer, no he querido presionarte, era solo un comentario. Estoy convencida de que cuando llegue el momento volverás a ser la de siempre.

—Sé que cuesta creerlo, pero te aseguro que intento tomar las riendas de mi vida de nuevo y superar esto.

—Solo te digo que no te quedes ahí anclada, que te sobra coraje para salir adelante. Yo me las voy arreglando, pero este lugar no es lo mismo sin ti. No solo te echan de menos tus alumnas, también las clientas. Todavía me preguntan por qué está cerrado el atelier, y me piden que les recomiende algún otro. Con lo que te ha costado hacerte un nombre…

—Tienes toda la razón, pero necesito tiempo —replicó Julia intentando zanjar una conversación que la incomodaba.

Estaban apurando las tazas de café cuando vieron por el escaparate cómo se acercaba Amelia. Aún conservaba el porte de siempre, ese caminar pausado que ahora obedecía más a su delicada salud que a esa elegancia propia de las costumbres y maneras de una señora de su posición. Nadie que yo conociera se movía de ese modo tan refinado, ni siquiera alguna de las damas distinguidas a las que había podido entrevistar en Londres gracias a mi trabajo.

Ambas se levantaron de inmediato para acercarse a la puerta y darle la bienvenida.

—Buenos días, Julia, ¡qué alegría verte! No sabes

cómo te agradezco que hayas podido acercarte —exclamó entusiasmada—. Carmen, ¿cómo va todo por aquí?

—Bien, bien. Pasa, estábamos de cháchara esperándote.

—Siento haberme retrasado.

—No te disculpes, nos ha venido bien para charlar un rato y tomar un café. ¿Te sirvo algo de beber? —preguntó Julia.

—Gracias, pero acabo de tomar una infusión antes de salir de casa. He querido venir caminando para aprovechar este buen tiempo y he tardado más de lo que había calculado. ¡Cómo se notan los años…! —suspiró.

—Pues ya firmaba yo para estar así a tu edad. Bueno, yo y medio barrio —se apresuró a afirmar Carmen.

—¿No has traído los zapatos?

—Tranquila, Julia, están aquí —comentó Carmen sacándolos del armario.

—Me pareció buena idea dejarlos aquí la última vez que quedamos.

—Muy bien. Pasa al probador y vamos a ver si tengo que hacer algún ajuste —le pidió dándole la percha—. Al salir te calzas y te marco el bajo.

Meses antes, Julia había acompañado a Amelia a comprar la tela de su traje, un chifón de seda malva, uno de sus colores preferidos para las grandes ocasiones.

Julia entró en el probador para cerrarle la cremallera y

descorrió la cortina. El diseño consistía en un cuerpo cruzado sobre el pecho con escote en uve y cuello camisero con detalles de pedrería cosida a mano en diferentes tonos de blanco y lila. La falda, confeccionada en el mismo tejido, era recta hasta el tobillo, con una abertura en la parte posterior y una sobrefalda muy delicada de tul de seda de idéntico color. En la espalda, una hilera de pequeños botones forrados ocultaba una cremallera invisible cosida con tal maestría que, aun prescindiendo de los botones, sería imposible de detectar. Un fajín drapeado anudado por delante con una discreta lazada que caía por encima de la sobrefalda completaba el conjunto. Las mangas eran muy sencillas, para no restarle protagonismo al cuerpo, se estrechaban hacia la muñeca y acababan en una pequeña abertura de apenas unos centímetros. Julia, muy hábilmente, había añadido una pinza de codo para que Amelia pudiese mover los brazos sin molestias. El resultado, como yo misma comprobé poco después, era soberbio.

—Ay, Amelia, vas a ser el centro de todas las miradas —exclamó Carmen al verla salir—. Se te ve tan «esterilizada».

—Estilizada, Carmen —la corrigió Julia en voz baja ante la cara de sorpresa de Amelia.

—Eso, estilizada y glamurosa. Lo dicho, llamarás la atención en la boda —anunció corrigiéndose.

—La verdad es que es una maravilla. Te felicito, Julia,

te has superado. Me encanta el fajín y, desde luego, acertamos de lleno al elegir estas telas. La sobrefalda queda divina con el tul y el detalle de las perlas se ve tan elegante... —comentó mientras se calzaba los salones que había mandado forrar con la misma tela del vestido.

—Voy a coser algunas cuentas más en los extremos de los lazos, para que tengan un poco de peso, algo discreto. Estás elegantísima y tengo que reconocer que te queda como un guante. A ver si hay que hacer algún ajuste —añadió acercándose a ella e inspeccionando las costuras con el acerico en la muñeca.

El diseño era tan elegante y se ajustaba a la perfección a la figura y el estilo de Amelia que, cuando semanas después vi el traje en la boda, enseguida me di cuenta de que Julia había logrado algo por lo que suspiran todos los modistas. No solo había creado una marca, sino que su cuidado por los detalles y la forma en que cada diseño se adaptaba a sus clientas tenía un sello inconfundible. Confiaba en que en algún momento reabriría el atelier y volvería a disfrutar de un don que había perfeccionado trabajando sin descanso desde la primera vez que cogió una aguja.

—Ahora lo que hay que hacer es cruzar los dedos para que no nos llueva.

—Dios te oiga —replicó Amelia—. Rezo para que el día sea perfecto.

—Uy, Dios, como lo dejemos en su mano... —comentó Carmen en un tono que revelaba cierto recelo—. Yo en Dios hace mucho que no confío.

—Es solo una expresión —puntualizó Julia.

—Sí, ya. No me hagáis caso. Son cosas mías, de otra vida.

Desde que Carmen llegó a El Cuarto de Costura se había mostrado muy celosa de su intimidad y apenas había compartido con nosotras algunos detalles de su historia. Creíamos conocerla bien, pero su carácter extrovertido nos engañaba. Tan solo sabíamos que había empezado a coser cuando era joven, para ayudar a su madre, y que había conocido a Julia en la academia donde esta se había formado. En clase, las alumnas hablábamos abiertamente de nuestros problemas o preocupaciones, pero ella rehuía esos momentos de charla. Más que pretender olvidar su pasado daba la sensación de que no le apetecía rememorarlo, como si no le perteneciera. Siempre había sospechado que ese empeño obedecía a la necesidad de ocultar un dolor del que no quería hacernos partícipes. Y no me equivocaba.

—¿Tú ya tienes tu traje listo, Julia? —preguntó Amelia con curiosidad.

—Casi. Ya te imaginas, algo sencillo. Hacía tiempo que no cosía para mí, lo he disfrutado mucho y me ha ayudado a mejorar un poco el ánimo. La costura tiene estas cosas —contestó esforzándose por sonreír.

—Cuando una se enfunda en algo que ha cosido, se siente estupendamente.

—En mi caso no diría tanto, pero sí, tienes razón.

—Y a Daniel, ¿le veremos de traje? —quiso saber Carmen.

—Por supuesto, traje y corbata. La ocasión lo merece. Bueno, no os he contado. El domingo me despertó un sonido muy familiar y cuando me levanté le encontré sentado a la máquina arreglándose el bajo de unos vaqueros.

—Uy, qué apañado —exclamó Carmen.

—Sería maravilloso que desarrollara todo el arte que ha recibido de ti y se convirtiese en un gran modisto. ¿Te imaginas? —observó Amelia, que entraba al probador a cambiarse.

—Continuando la saga familiar... Sería un orgullo para mí, aunque no sé si a Ramón le hubiera gustado.

—Anda ¿y por qué no iba a gustarle? Él también era del mundillo a su manera y sabía muy bien lo que tenía en casa. Yo creo que le hubiera sorprendido para bien. Ahora los chicos se interesan por la costura cada vez más, no tienes más que ver la cantidad de escuelas de diseño y moda que hay. Están saliendo como setas.

—Puede ser. Por desgracia, no podemos preguntarle. —Julia la miró con los ojos vidriosos.

—Soy una bocazas, perdona, no he querido... Yo no sé para qué digo nada.

—Tranquila, no pasa nada; tengo que aprender a encajar que ya no está. El caso es que no veo que esto se me vaya a pasar nunca. Cada día pienso en él, aunque intento que Daniel no me vea triste, el pobre bastante tiene con haber perdido a su padre. No sé, todo es complicado y no veo la forma de que mejore. Hace casi tres años y sigue doliendo.

—Cuando una está en el fondo de un pozo es difícil imaginar que hay una salida y que las cosas pueden cambiar. Te entiendo, yo me sentí así cuando me diagnosticaron el cáncer de mama, y fíjate, tú y el resto de las chicas fuisteis las «culpables» de que abriera los ojos y me llenara de valor. Una no sabe lo que le depara la vida, pero, sea lo que sea, hay que convencerse de que se puede salir de cualquier cosa o, al menos, intentarlo con todas sus fuerzas.

—A Carmen no le falta razón —apuntó Amelia dejando el vestido sobre la mesa—, no te quepa duda de que superarás este trance. Nos tienes a nosotras para servirte de apoyo en lo que podamos ayudar.

—Lo sé, lo sé. Sois las mejores amigas que podía imaginar y sé que estáis para lo que haga falta, soy yo la que no está a la altura.

—Venga, no digas eso. Arriba ese ánimo. Vamos a colgar esta maravilla de vestido. En cuanto Julia le cosa esas perlas, yo le meto el bajo a mano, lo plancho bien y se queda listo para el gran día. ¡Qué ganas de boda tengo! —exclamó Carmen cambiando de tema con habilidad.

—¿Las demás ya tienen sus trajes listos? —preguntó Amelia.

—Al vestido de Sara le queda algún detalle, pero sí, todas casi preparadas y con ganas de estrenar. Esto va a ser el evento del año. Si no nos sacan en el *¡Hola!*, poco faltará.

—Mira que eres exagerada —rio Julia.

—Qué suerte que tengas ese humor, Carmen. Da gusto pasar un rato contigo.

—Pues no te creas que esto viene de serie. Vosotras me conocéis desde hace dos días, como quien dice, pero la Carmen de hace unos años no era así. Un día, por historias que no vienen al caso, decidí que lo que me quedara sobre la tierra lo iba a disfrutar a tope y no iba a desperdiciar ni una oportunidad para ser feliz. Las desgracias vienen solas, pero las alegrías hay que perseguirlas, y ya os digo que esta que veis aquí no se va a cansar de buscarlas.

—No se puede tener mejor actitud ante la vida, estarás orgullosa —señaló Amelia—. Y, volviendo a lo nuestro, llámame cuando tengas el traje listo y mando a buscarlo, ¿te parece?

—Eso haré. Vas a ser la madrina más guapa de la historia. Oye, y Patty, ¿qué sabes de ella? Malena nos contó que estaba deseando venir.

—Así es. Tiene muchas ganas de veros a todas. Hará un par de días hablé con ella y estaba feliz. La galería para jóvenes talentos, uno de sus mayores orgullos, ha comenzado a dar sus frutos. La hace muy feliz ayudar a artistas que están empezando. Uno de sus pupilos, como ella los llama, ha conseguido vender casi todos los cuadros de la última exposición y tiene una propuesta muy interesante para mudarse a Milán y seguir allí su carrera. La muy pícara me dijo que echaría de menos sus «pinceles», imagino a qué se refería —añadió con una sonrisa que les contagió a las demás—. No creo que pierda ese espíritu rebelde por muchos años que cumpla.

—Es la monda. De mayor quiero ser como ella —declaró Carmen risueña.

—Julia, ¿te apetece que comamos juntas y así me cuentas qué tal le va a Daniel?

—Claro, pero deja que llame antes a Fer para preguntarle a qué hora sale para Las Rozas, preferiría volverme con él y no tener que coger el autobús.

Comer juntas de tanto en tanto era una de las costumbres que habían perdido desde que Julia se recluyó en casa después del fatídico marzo de 2004 que encogió el corazón a todo el país. Ya no eran socias en el sentido estricto de la palabra porque Amelia no había vuelto a hacerse con su participación de El Cuarto de Costura, pero aun así les gustaba comentar la marcha del negocio y charlar de sus cosas de vez en cuando. Julia le atribuía, no sin razón, gran parte del éxito que había alcanzado el atelier al poco tiempo de abrir. En más de una ocasión, recordando sus inicios, me había comentado que se sentía en deuda con ella. Al fin y al cabo, gracias a Amelia consiguió que un buen número de clientas confiaran en ella, y sus encargos hicieron posible que el taller fuese un éxito desde su inauguración.

Yo tenía la esperanza de que recuperar esos ratos con Amelia y reunirnos todas el día de la boda obraría un efecto sanador en Julia. Estaba empecinada en que recordara lo feliz que se sentía dando clases en El Cuarto de Costura. Quería que recuperara la ilusión. Estaba segura de que, en cuanto encontrara una motivación lo bastante poderosa, daría los pasos oportunos para ir hacia ella con la determinación que había mostrado tantas veces en su vida.

Estaba rodeada de afecto y entre todas habíamos tejido una red que la sostenía. Acordamos respetar sus tiempos y esforzarnos para que nos sintiera cerca, pero sin atosigarla. Lo que habíamos compartido en estos años nos unía de un modo especial y ninguna de nosotras iba a dejar de intentar recuperarla. Ella había sido nuestro ejemplo en muchas ocasiones, todas la admirábamos y era un referente de perseverancia y tesón.

«Las ilusiones son lo que nos mantiene vivas», me dijo mi tía en un momento en el que todo eran dudas y no sabía hacia dónde dirigir mis pasos. Ahora era Julia la que necesitaba escuchar esa frase y hacerla suya. Sabía que, si me aliaba con las chicas como habíamos hecho cada vez que una de nosotras necesitaba aliento, conseguiría mi propósito.

7

Las tardes de costura de los viernes ponían el punto y aparte a mi semana laboral, algo que no sacrificaba por mucho que me costara apagar el ordenador a las tres y comerme un sándwich a toda prisa para llegar a tiempo. Me ayudaban a desconectar del trabajo y relajarme con mis compañeras. Se habían convertido en mi yoga particular, tanto que casi me hacía la misma ilusión coser una prenda nueva que disfrutar de una charla entretenida y reírme un rato con ellas. «Terapia costuril», lo llamaba Carmen.

De camino a la academia llamé a mi madre para comprobar que Elliot estaba bien. Le había dejado en la guardería por la mañana con la sospecha de que estaba incubando un resfriado, y necesitaba escuchar su voz. Era consciente del lujo que suponía que su abuela pudiera cuidar de él por las tardes. Tenía compañeras de trabajo a las que no les era nada fácil conciliar su profesión con el cuidado de sus hijos, por tener a la familia lejos. Me sentía muy afortunada por contar con esa ayuda.

Me sorprendió ver a Malena en El Cuarto de Costura. No solíamos coincidir.

—Buenas tardes, Sara, pensábamos que ya no venías —me saludó Laura al verme entrar.

—Hola, Sara. Carmen y yo hemos preparado algo muy chulo para hoy —anunció Malena—. Te va a encantar.

—Llego por los pelos, chicas, me han puesto una reunión a las dos y he salido tan rápido como he podido. Estamos preparando el lanzamiento de una nueva campaña y ando a la gresca con los de marketing, que siempre dejan los cambios para el último minuto. No puedo con la gente poco organizada. Pensaba que no llegaba, pero aquí estoy. ¿Qué estáis planeando?

—Ayer mi compañera me ayudó a sacar un par de patrones de carteras de mano. Sencillitos, ya me conoces —añadió Carmen bromeando—, para aprovechar los retales que nos han sobrado de los trajes de la boda de Alfonso.

Me acerqué a la mesa y curioseé los recortes de papel Kraft que, llevados a tela y adecuadamente cosidos, formarían las carteras. No costaba mucho imaginar el resultado final.

—¡A mí me viene de perlas! El fin de semana pasado, aprovechando que los niños estaban con Martín, me di una vuelta por un par de tiendas buscando una, pero no vi nada que me gustara. Estoy encantada con mi vestido, pero el verde es muy especial y no quería combinarlo con la típica cartera dorada. Necesito algo más original.

—Yo pensaba llevar un *clutch* que me compré en Londres hace unos años, pero me gusta la idea de usar los retales de mi traje, creo que aún los tengo por ahí.

—Anda, deja tus cosas y ponte cómoda. Yo voy a subir al atelier un momento a ver si encuentro algún resto de entretela. Nos va a hacer falta —comentó Carmen.

Colgué el bolso del respaldo de una silla, dejé el abrigo en el perchero y pasé a la trastienda a prepararme un café.

—Qué sorpresa verte por aquí, Malena.

—Cuando Carmen me dijo lo que había planeado para esta tarde, me apunté sin dudarlo.

Malena, siempre al tanto de las últimas novedades y tendencias de reciclaje, nos había hablado de la contaminación que provocaba la industria de los textiles y se había propuesto el reto de no desperdiciar ni un solo retal. Así se lo inculcaba a las alumnas en sus clases.

—¿Qué tal te va en la galería? —intervino Laura.

—Genial, estoy disfrutando un montón. Se conoce a gente muy interesante. Hay algún estirado que se hace el entendido y solo va buscando un cuadro que le vaya bien con la tapicería del sofá, pero, en general, tenemos clientes muy majos.

—Me alegro. ¿Sigues haciendo retratos? —pregunté.

—Más que nunca, creo que he dibujado ya a toda la población del barrio menor de diez años.

—Si consigues que Elliot, a sus dos años y medio, pose, me encantará tener algo tuyo.

—Por mí, perfecto. Cada vez se me dan mejor los críos. Será que les he cogido el punto después de tantas horas. Me parece tan divertido observarlos, intentar descifrar sus miradas, interpretar su postura… Nunca imaginé que acabaría gustándome tanto trabajar con niños. Si fueran míos, a lo mejor no pensaba lo mismo.

—Es probable.

Saqué mi costurero del armario y me senté junto a Laura, que estudiaba los patrones. Extendí los retales sobre la mesa, para ver de cuánta tela disponía y por cuál me decidía.

—¿Qué tal sigue Inés? —le pregunté.

—No sé qué decirte. Unos días parece que está algo mejor y, de pronto, recae. Se me hace muy duro verla sufrir altibajos y supongo que incluso ella se desmoraliza. Cuesta asumir que esté tan encerrada en sí misma y que no pueda disfrutar de todo lo bueno que la rodea. Me resulta muy difícil acercarme a ella, no conseguimos comunicarnos y es doloroso.

—Una piensa que los problemas se acabarán cuando crezca, pero parece que cada edad tiene los suyos.

—Puedes estar segura. Creo que te acaba de sonar el móvil.

Metí la mano en el bolso y comprobé mi teléfono. En la pantalla un SMS inesperado.

> Nos tomamos algo esta noche?

Debí de poner cara de sorpresa, porque Laura se quedó observándome como si intentara descifrar un jeroglífico. Sin articular palabra me dijo:

—Te has quedado pasmada mirando la pantalla. ¿Pasa algo?

—No. Digo, sí, es que… No me lo esperaba.

La pregunta me pilló desprevenida. En épocas de mucho lío, cuando no teníamos más opción de dedicar las tardes de los viernes a trabajar, mis compañeros quedaban para tomar algo al salir de la oficina. Alguna vez los había acompañado, pero no tenía por costumbre alargar la jornada ni me sentía bien llegando tarde a casa mientras mi madre se ocupaba de Elliot.

—No te esperabas, ¿qué? —preguntó Carmen, que ya estaba de vuelta con varios recortes de entretela—. No nos dejes así. Desembucha.

—Mira que sois… Nada, es un compañero de trabajo

que quiere quedar conmigo. Últimamente no dejamos de coincidir en el ascensor o en la máquina del café. Es majo y tenemos buen rollo, pero me ha extrañado que me escriba.

—Se nos va a echar novio nuestra Sara.

—No digas tonterías. Lo que menos me apetece ahora es tener novio. Pero ¿de qué va esto? Si solo quiere que nos tomemos algo...

—¡Ja! Por ahí se empieza.

—Anda, no inventes —intervino Laura.

—Sois unas exageradas —comentó Malena, que seguía la conversación asombrada—. Si fuera como dices, Carmen, no sabes la colección de novios que tendría yo.

Desde que volví de Londres no había tenido ninguna relación. No había sido nada premeditado, simplemente había perdido el interés por los hombres. Había sucedido sin más y me resultaba una postura cómoda. No estaba dispuesta a exponerme de nuevo, era demasiado arriesgado. Elliot, mis amigas y mi familia eran más que suficientes para sentirme valorada, no quería atarme a nadie ni complicar las cosas. Puede que no hubiera superado la historia de Andrew y que todavía sintiera que necesitaba protegerme. Me costaba admitirlo, pero vivía más feliz teniéndolo todo bajo control. Además, entre el trabajo y mi hijo tampoco tenía mucho tiempo libre. Estaba bien así.

—Solo bromeaba.

—No estaría mal que recuperaras un poco de vida social, que no todo es trabajo.

—Tienes toda la razón, Laura. Me lo pensaré, aunque me da una pereza… La mayoría de mis compañeros son más jóvenes que yo y tienen todo el fin de semana para descansar. Yo me lo paso inventando planes para Elliot y algunas veces casi agradezco que llegue el lunes.

—No sabes cómo te entiendo —asintió—. Ánimo, amiga, que todo pasa.

—En fin. ¿Seguimos con lo nuestro? Que se nos va la tarde.

—¿Habrá entretela para todas? —preguntó Malena.

—Si falta, vuelvo a subir, que todavía quedaba arriba una pieza.

Aunque ya no compartíamos las tardes de los viernes con Julia, disfrutábamos mucho de ese momento. Siempre había algo que comentar y la conversación fluía entre nosotras. Lo de menos era el tema, las horas se pasaban volando y cuando salía de allí me sentía más ligera, cargada de energía para afrontar el fin de semana con mi hijo.

—¡Vaya reunión de bellezas!

—Buenas tardes —contestamos todas a coro volviendo la mirada hacia la puerta.

—¡Hola, Fernando! Pasa, guapo —exclamó Carmen.

—La jefa me ha pedido que te traiga estas bolsas. ¿Dónde las dejo?

—Trae, voy a colgarlo todo antes de que se arrugue, que así me ahorro la plancha.

Fer hacía las veces de enlace con Julia, que cosía desde casa parte de los arreglos que llegaban a El Cuarto de Costura. Era una forma de mantenerse activa y no dejar que Carmen asumiera toda la carga de trabajo. Se había deshecho de una de las camas del cuarto de invitados y había transformado la habitación en su rincón de costura. Ella misma me había confesado que encontraba cierta paz encerrándose allí a solas con la máquina de coser. Prefería ocupar el tiempo en hacer algo productivo, no soportaba estar ociosa y tener la sensación de que los días pasaban despacio, sin observar ningún otro avance que el de las hojas del calendario.

Podía llegar a entenderla, yo misma había conocido esa sensación de estancamiento, de ver que la vida pasaba y yo me quedaba siempre en el mismo punto. Quizá por eso sentía una mezcla de empatía y de rabia; necesitaba que abriera los ojos y reaccionara.

—¿Cómo está nuestra amiga? —quiso saber Laura.

—Bueno, ya sabéis. He intentado que bajara a Madrid conmigo, pero no ha habido manera de convencerla. Le vendría de lujo pasar unas tardes con vosotras.

Él había permanecido cerca de Julia desde que Ramón falleció hacía casi tres años. Se había convertido en un fiel amigo que intentaba facilitarle las cosas, dispuesto a ayudar en cualquier situación. Así le había aceptado también Daniel, con quien tenía una relación muy cercana. Me daba la impresión de que Julia se apoyaba en él sin hacerse demasiadas preguntas. La conocía bien y estaba convencida de que las chicas no sabían nada de lo que había pasado entre ellos tiempo atrás. Recordaba con claridad las largas conversaciones en las que mi amiga me confiaba a corazón abierto todas sus dudas. Sin embargo, una vez que Julia se dio cuenta de que merecía la pena luchar por conservar lo que había construido junto a Ramón, Fernando desapareció y nosotras nunca volvimos a hablar del tema.

Me parecía muy injusto que, después de haber tenido el coraje de enfrentar sus sentimientos y reconstruir su relación, perdiera a su marido. Pero la vida no es justa, es la que es, y lo único que podemos hacer es amoldarnos a los cambios que inevitablemente vamos a tener que encajar con el paso de los años.

—Os he traído también un poco de bizcocho de chocolate.

—¡Qué detalle! Desde luego, eres un tesoro —exclamó Carmen—. Si yo viviera cerca de tu cafetería, me tendrías allí todos los días y hasta me nombrarías clienta del mes.

—Te acepto el cumplido —rio Fer.

—Carmen y el dulce, no tienes remedio —añadió Laura.

—No quiero distraeros más, que veo que tenéis faena —dijo echando un vistazo a los retales que teníamos delante—. Además, todavía tengo un par de recados que hacer antes de volver. ¿Quieres que le lleve algo?

—No, nada, estamos al día. Lo que quiero es que me la traigas a ella —contestó Carmen—. No se puede vivir encerrada y alejada del mundo de esa manera, ni es sano ni le conviene. Créeme que sé de lo que hablo.

Laura, Malena y yo nos miramos extrañadas intentando comprender qué había querido decir con esa frase final. Una afirmación tan misteriosa como el celo con el que Carmen guardaba su vida personal.

—Entonces, hasta la próxima.

—Dale recuerdos de nuestra parte —le pidió Malena—, dile que la echamos de menos y que estamos deseando que venga por aquí.

—Eso haré.

—De todos modos, la veremos pronto en la boda de Alfonso —afirmó Laura— y disfrutaremos de ella cuanto podamos.

Carmen le acompañó a la puerta y se despidió de él con dos sonoros besos que nos hicieron reír. Entró a la trastienda a cortar el bizcocho en porciones pequeñas y lo dejó en el centro de la mesa.

—Es un cielo este hombre. No sé si Julia se da cuenta de la suerte que tiene. No conozco a nadie que dé tanto sin pedir tan poco. Yo diría que está colado por ella.

—Pero ¿cómo dices eso? Julia no está para pensar en esas cosas.

—Julia no, pero él puede que sí. No digo que no sea una bellísima persona y que la esté ayudando porque la aprecia, pero que esté tan pendiente de ella y de Daniel, y que nos haga de mensajero cada dos por tres… No sé yo.

Lo cierto es que en las ocasiones en las que había merendado en la cafetería de Fer con Julia y los niños, él la trataba con mucha ternura. Siempre lo había atribuido a su carácter atento y cariñoso, pero puede que Carmen llevara algo de razón. No sería de extrañar que lo que había sentido por ella en el pasado nunca se hubiese apagado del todo y ahora estuviese resurgiendo más libre, sin necesidad de contenerse.

Intenté desviar la atención de lo que me empezaba a parecer un tema delicado.

—Por cierto, Malena, ¿cuándo llega tu madre? —pregunté.

—¿Te puedes creer que todavía no ha comprado el billete? Seguro que se planta aquí cualquier día de estos, sin avisar. Me ha dicho que aprovechará la visita para hablar con Julia sobre el atelier. Ella mira poco el dinero, sin embargo, me imagino que le preocupa haber hecho una inversión para nada, y no me extrañaría que se planteara convertirlo en un piso y alquilarlo.

—Es comprensible, pero sería una pena —afirmó Laura—. En este momento podría ser la mejor terapia para ella.

—Sí, eso mismo le dije yo. Claro que tenerlo cerrado tampoco tiene sentido. Creo que no acaba de entender que Julia siga encerrada en casa. El negocio iba viento en popa y ella estaba viviendo un sueño. Yo le digo que tenga paciencia, que se olvide del atelier y se centre en sus viñedos. A ver si me hace caso, es una cabezota.

—Cada vez que subo a buscar algo se me cae el alma al suelo. Da no sé qué ver el taller vacío, con las alegrías que nos ha dado.

Como tantas otras tardes, el tiempo pasó tan deprisa que ya se había hecho de noche. Coser estaba bien, pero charlar, reírnos o hablar de todo y de nada me reconfortaba. Si una tarde entre compañeras producía este efecto en mí, volver a coser podría devolvernos a Julia y ayudarla a encontrar una nueva ilusión para levantarse cada mañana. Estaba segura de que entre todas podríamos conseguirlo. Aún le quedaba mucha vida por vivir, quizá no la que ella había imaginado, pero vida al fin y al cabo.

Acabamos el bizcocho, aunque los bolsos se quedaron a medio coser.

—Venga, contesta ese mensaje y sal un ratito esta noche, que te va a venir bien —me animó Laura antes de irnos.

—¿Sabes qué? Creo que te voy a hacer caso.

8

El día prometía ser emocionante. Eran pocas las ocasiones en las que coincidíamos todas, y la ilusión con la que habíamos cosido nuestros trajes se sumaba a la alegría de acompañar a Amelia y a su hijo en un día tan señalado.

Abrí los ojos sobresaltada, tenía la impresión de que me había quedado dormida, pero cuando giré la cabeza hacia el despertador comprobé que la manecilla del reloj aún no había rozado el ocho. Ese reloj era una de las pocas pertenencias que mi madre había dejado en casa antes de mudarse al piso de Miguel Ángel.

«Yo ya no tengo necesidad de madrugar», me dijo. Esa fue la excusa para que el artilugio se quedara donde siempre había estado, en la mesilla de noche que hacía juego con el resto del dormitorio que compraron mis padres antes de casarse. Una mano de pintura le había cambiado el aspecto, pero en el fondo seguía siendo la misma, la que albergó los pañuelos de mi padre y unos gemelos que rara vez usaba, la que servía para que cada noche al acostarse dejara sobre ella su reloj de pulsera hasta la mañana siguiente.

De eso hacía tanto que me extrañó recordar la imagen con nitidez. Supongo que la falta de sueño me jugaba malas pasadas y desordenaba mis recuerdos.

Elliot había estado toda la noche tosiendo y yo de mi cama a la suya para ofrecerle agua o comprobar si tenía fiebre, hasta que, cansada de repetir el trayecto, lo llevé a mi cama. Una guía de un reputado médico experto en sueño, que me habían regalado cuando nació, aseguraba que, siguiendo rigurosamente la fórmula, conseguía que cualquier niño durmiese solo en su cama toda la noche. Yo debía de ser una blandengue, porque era incapaz de no atender a mi hijo cuando me echaba los brazos, y me rendía a esos ojos tan parecidos a los míos.

Aparté el edredón y me levanté con todo el cuidado del que fui capaz, para que ninguno de mis movimientos le despertara. Todavía tenía tiempo de ducharme y desayunar tranquila antes de dejarle con mi madre para ir a peinarme. Al contrario que ella, yo nunca había tenido mucha maña con cepillos ni horquillas, ni paciencia para intentar el recogido que había visto semanas atrás en la peluquería del barrio cuando fui a retocarme las mechas.

Sabía lo mucho que significaba para Alfonso y Felipe

esa unión. Habían estado muy implicados en la lucha por sus derechos y el camino no había sido fácil. Se inscribieron como pareja de hecho en cuanto tuvieron la posibilidad de hacerlo, pero este era un paso aún mayor, que esperaban que ayudara a normalizar su relación de cara a una sociedad que, poco a poco, iba abriéndose a estos cambios. Algo que parecía inconcebible hacía solo una década hoy era una realidad. Incluso Amelia, que había renunciado a los prejuicios de su anticuada educación, entendía que el amor estaba por encima de todo y que tenían derecho a quererse con libertad. La sociedad en la que nació le quedaba ahora muy lejos, se había convertido en una mujer pegada a los tiempos que vivía y no anclada al pasado.

Elliot se levantó antes de lo que esperaba y entró en la cocina desperezándose.

—¡Mami!

—¿Cómo está hoy mi niño?

—Me duele la garganta.

—Claro, mi vida, es que has tosido mucho esta noche, pero te vas a poner bien. Vamos a desayunar y te visto, que hoy vas a pasar el día con la abuela y con Miguel Ángel. Creo que vais a ir al zoo. ¿Te apetece?

—¿Tú no vienes?

—Yo tengo que ir a una fiesta muy especial, pero volveré pronto.

Saqué unas magdalenas caseras del armario y las mojamos en leche mientras repasamos los nombres de sus animales favoritos.

Tenía el tiempo justo para preparar una bolsa con un cambio de ropa, dejarle en casa de la abuela y salir hacia la peluquería, no sin antes darle a mi madre las últimas indicaciones.

—He metido en la bolsa el jarabe para la tos; si ves que lo necesita, le das una cucharada. Esta noche ha tenido unas décimas, pero ahora no tiene fiebre. Estate pendiente, por si acaso.

—No te preocupes. He criado tres hijos. Si se encuentra mal nos volvemos a casa. Tú diviértete mucho y olvídate del niño durante unas horas, que hoy es todo para mí.

Estar sentada frente a un espejo quieta como una estatua mientras alguien intentaba domar mi cabello me resultaba raro. A ratos me reconocía en el espejo y a ratos me sentía observada por una extraña, sobre todo cuando se acercaba el final de la sesión. Para el día a día confiaba en mi eterna cola de caballo baja, que me ahorraba tiempo y me daba un aire más profesional para ir a la oficina, o eso creía yo. No entraba en mis planes invertir mi escaso tiempo en luchar contra el encrespamiento o conseguir una melena sedosa como las que lucían las actrices famosas en las marquesinas y vallas publicitarias con las que me cruzaba a diario. Puede que la poca atención que les había prestado a las revistas de moda en mi juventud jugara ahora a mi favor. No me seducían las conversaciones de mis compañeras de trabajo cuando hablaban sobre maquillaje o tendencias alrededor de la máquina del café. Por alguna razón que desconozco, no había entrado en ese universo en su momento y ahora me alegraba de no sentirme obligada a seguir los mandatos de la industria. Carmen y yo teníamos eso en común, por raro que pareciera.

«Yo me maquillo porque me gusta, porque un poquito de colorete y unos labios perfilados no hacen mal a nadie. ¡Vamos! A mí me suben el ánimo, pero que no venga nadie a decirme que este año se lleva tal o cual cosa, que aquí una tiene sus gustos y pasa de lo que vengan a imponerle los demás. El "guapismo" para otras».

Su expresión me llevaba a imaginar una sala de reuniones repleta de señores trajeados sentados en torno a una gran mesa de cristal, jugando a tirar unos dados para decidir qué vendernos cada temporada, con qué colores maquillarnos y cómo hacernos prisioneras de sus caprichos. Conocía el poder de unos labios rojos sin que me lo recordara nadie.

Volví a casa lo más aprisa que pude y me vestí con una ilusión especial, que me hizo recordar la primera vez que me puse una prenda cosida por mí, una falda recta. Si alguien me llega a decir entonces cuántas puntadas iba a compartir con mis compañeras de costura, no lo hubiese creído. Me miré en el espejo del dormitorio y me sentí muy orgullosa. El modelo que resultó después de tantas horas de coser y descoser era justo el que había ideado. Simulé algunos movimientos que intuía que haría durante el día y me sentí cómoda. El forro no tiraba, las pinzas estaban en su sitio y las mangas me permitían mover los brazos con libertad. Me giré de espaldas y comprobé que la abertura trasera tenía la profundidad perfecta. Debía reconocerlo, el vestido me quedaba como un guante y me veía guapa.

Llaves, pañuelos, monedero, brillo de labios y teléfono. Repasé mentalmente el contenido de mi nuevo bolso y me dispuse a llamar un taxi. Podría acercarme hasta la parada, pero me veía incapaz de caminar más que unos pocos metros con los tacones que llevaba. Prefería no arriesgarme. «Si me tienen que doler los pies, que sea de bailar», pensé.

Las chicas me esperaban delante de la Junta municipal del distrito, todas elegantísimas, hablando sin parar y con una gran sonrisa en la cara. Nos habíamos citado unos minutos antes de la hora del enlace para estar en la puerta cuando llegaran los novios. No estábamos dispuestas a perdernos un solo detalle.

—Madre mía, Sara, no pareces tú, estás guapísima —exclamó Carmen al verme.

—Mujer, ¿que no parece ella? —la riñó Julia.

—Tranquila, entiendo lo que has querido decir. Ni yo misma me reconocía en el espejo antes de salir de casa. Estáis todas espectaculares.

—Y los complementos son perfectos —indicó Malena, en clara alusión a nuestros bolsos.

Me acerqué a Daniel para saludarle y le susurré al oído.

—Tengo el ahijado más guapo del mundo.

Sonrió y me dio dos besos.

—No está tan mal lo de llevar traje, pensé que iba a ser más incómodo —me confesó—. La corbata era de papá.

—Te queda muy bien —comenté posando la mano sobre ella como si así estuviese saludando a Ramón— y estás muy elegante.

—Qué alegría verte, Julia. Estás muy guapa. ¿Os ha acercado Fernando? —pregunté.

—No, hoy hemos cogido el coche. He pensado que siendo sábado habría menos tráfico, y la verdad es que la carretera venía casi vacía. Con Daniel a mi lado me siento más segura conduciendo por Madrid. Fer se ofreció, pero no me gusta abusar; bastante hace ya el hombre estando tan pendiente de nosotros.

—Eso es un amigo —comentó Laura—. A nosotras también nos tienes para lo que necesites, no hace falta que te lo repita. Yo misma me hubiera pasado a recogeros.

—Sois mi tesoro, aunque no os cuide como debería. Echo de menos nuestras tardes de los viernes. Puede que os cueste creerlo, pero me estoy esforzando por volver, aunque necesito un poco más de tiempo.

—Tranquila, es comprensible. Ve a tu ritmo. Cuando te sientas preparada —añadió Laura.

—Supongo que Amelia y Elsa ya están dentro.

—Sí, estábamos ya aquí cuando llegaron. Te vas a quedar de piedra cuando veas a Amelia. Es-pec-ta-cu-lar —exclamó Carmen enfatizando cada una de las sílabas—. La jefa se ha lucido pero bien. Y no es por echarme flores, pero Elsa va monísima también, las mangas del vestido me quedaron perfectas.

—Estoy deseando verlas. ¿Y Patty? —pregunté girándome hacia Malena.

—No sé nada de ella y me extraña, porque en principio se iba a unir a nosotras para ver llegar a los novios. La he llamado, pero no coge el móvil. Me llamó al salir de la peluquería, cuando iba de camino del hotel, y le pregunté si quería que me pasara a por ella, pero me dijo que no. Quedamos en que nos veríamos aquí.

—Chicas, yo creo que deberíamos entrar ya. Veo que está subiendo mucha gente y no sé si Elsa podrá reservarnos sitio a todas. ¿Qué os parece?

—Sí, es casi la hora. Entremos —dije apoyando la propuesta de Laura.

—Guardadnos un sitio a mi madre y a mí, no creo que tarde ya en llegar —comentó Malena.

Unos tapices antiguos decoraban las paredes que servían de marco a las suntuosas escaleras de mármol que llevaban a la primera planta del edificio. Seguimos las indicaciones hasta la sala que estaba presidida por las banderas oficiales y el escudo de la ciudad. Una alfombra de motivos vegetales dividía dos conjuntos de sillas, a derecha e izquierda. Las de la primera fila, reservadas para los familiares más cercanos, estaban vestidas con unas fundas en blanco roto y lucían un amplio lazo a la espalda. A ambos lados del atril central de madera, habían colocado unos arreglos florales dignos de una catedral. Rosas amarillas, las preferidas de Amelia. Felipe tenía muy buen gusto para estas cosas, pero esta vez pensé que se había excedido.

«¿Quién eres tú para cuestionar cuántas flores han de ser testigo de este amor?», me pregunté antes de volver a admirarlas.

El concejal encargado de oficiar el enlace charlaba animado con Amelia y nos dedicó una amplia sonrisa cuando ocupamos nuestros asientos, justo detrás de ella. Me llamó la atención su altura y su cabellera de pelo rizado, aún más generosa en vivo que en televisión.

Carmen consultó su móvil y se acercó a mí.

—Me dice Malena que no consigue hablar con Patty. Se va para el hotel.

—Espero que no le haya pasado nada grave.

—Se habrá confundido de hora o estará de camino y se habrá olvidado de coger el móvil, qué sé yo… Ya nos contará.

Patty podía ser despistada, pero era muy formal, y me resultó raro que se retrasase en una ocasión así.

Alfonso y Felipe llegaron puntuales. Avanzaron hacia Amelia para saludarla y presentarles a sus amigos más cercanos, que harían de testigos. Le estrecharon la mano al concejal y nos dieron la bienvenida, agradeciéndonos nuestra presencia. Nunca los había visto tan felices y emocionados.

Un instante después, Julia se inclinó hacia Carmen y en voz baja comentó en detalle cada uno de sus trajes.

—Fíjate en el tejido: lana fría, perfecto para entretiempo. Y el corte ¿has visto el corte de las americanas? Las camisas llevan cuello club, como las de los años treinta, muy elegante. Me atrevería a decir que ambas llevan el sello de Mirto. Tienen mucha clase. Me encantan —concluyó recuperando su posición en la silla.

—Parecen dos dandis ingleses —asintió Carmen—. Algo clásicos para mi gusto, pero muy distinguidos. No puedo negarlo.

Unos días antes, los novios habían tenido la oportunidad de mantener un encuentro con el oficiante para conocerse un poco mejor y acordaron compartir varias anécdotas personales que nos arrancaron algunas risas y distendieron el ambiente. Los nervios quedaron a un lado, Amelia relajó el gesto y disfrutó de ese gran momento con el que su hijo y su yerno llevaban años soñando.

Uno de sus mejores amigos leyó un precioso texto con el que quiso agasajar a los novios tras intercambiarse los anillos. Algunas frases se me quedaron en la memoria.

«El amor no tiene forma ni color. No está sujeto a reglas ni obedece a convenciones. Es libre como el mismo aire que nos rodea. No podemos definirlo porque las palabras lo limitarían, ¿cómo reducirlo a una sola frase? Hay tantos amores como corazones».

El suyo, el de Alfonso, había sobrevivido al rechazo y a la distancia. Hoy era el día de festejarlo en libertad rodeado de las personas que habían entendido que no debía silenciarse lo que merecía ser celebrado a gritos.

Ninguno pudimos reprimir las ganas de aplaudir al final de la boda y Carmen soltó un «¡Vivan los novios!» que no nos sorprendió a ninguna, aunque provocó el asombro del resto de los invitados.

—Te lo podías haber guardado para el convite —la censuró Julia.

—¡Mamá! —le reprochó Daniel.

—¿No ves que es por la emoción? Anda, no la riñas. No sería nuestra Carmen si no tuviera estas salidas —apuntó Laura.

Vi a Elsa ofrecerle un pañuelo a Amelia, que esta agradeció con una tímida sonrisa y los ojos llenos de lágrimas. Felipe se volvió hacia ella. En sus labios pude leer un «gracias» y, en su mirada, sentir su agradecimiento.

Mientras el resto de la sala intercambiaba felicitaciones y abrazos, me acerqué a Carmen.

—¿Todavía no sabemos nada de Patty? —pregunté.

—Nada, Sara, no te preocupes. Ya verás como Malena nos llama en cuanto la localice. Igual van directas al convite.

—¿Os venís conmigo en el coche? Cabemos todas, Daniel se queda con Amelia y Elsa, que van a coger un taxi.

—Claro —contestamos a la par.

La felicidad de ese momento no podía hacerme sospechar que, a unos kilómetros de allí, en el aeropuerto, acababa de aterrizar un avión en el que viajaba un pasajero que pretendía darle un vuelco a mi vida.

9

Salir con Rodrigo había sido una buena idea. Me había hecho recordar que Madrid se llena de vida cuando cae la noche y que aún tenía edad para divertirme. Mi mayor miedo era verme implicada en una relación que con el tiempo me alejara de mí misma y me convirtiera en una sombra de él, como me sucedió con Andrew. Habían pasado ya casi cuatro años desde que volví a Madrid y esa sensación de tener que protegerme para no volver a caer de nuevo en algo así me acompañaba todavía.

Ahora no solo tenía que pensar en mí, también en mi hijo, y eso lo complicaba todo; la opción de no involucrarme en una relación sentimental era la forma más sencilla de mantener todo bajo control y a nosotros dos a salvo.

Sentía que vivía alerta, y no me acababa de gustar. Debía estar atenta para que Rodrigo no forzara la situación y me hiciera sentir incómoda. Había aprendido mucho en la terapia que Laura tan acertadamente me había recomendado después de dar a luz, cuando la vida se me hizo un mundo, y ahora creía contar con las herramientas que necesitaba para disfrutar de la compañía de un amigo sin pensar más allá.

Las veces que coincidíamos en la máquina del café se multiplicaron en pocas semanas y las charlas divertidas y cómplices se alargaban a la salida del trabajo. Empecé a señalar los viernes en mi agenda con un gran signo de exclamación, con la precaución de no dar nada por sentado, pero con ilusión.

—Buenas tardes, Sara, ¿un cafelito? —preguntó Carmen nada más verme empujar la puerta de El Cuarto de Costura.

—No, gracias, últimamente estoy abusando del café y no me conviene. ¿No ha llegado Laura?

—Llamó esta mañana para decir que no venía por algo relacionado con su hija, que ya nos contaría. Esta tarde estamos tú y yo solitas. A ver si nos cunde, porque tengo ahí algunos arreglos que se me han atascado.

—¿Sabemos algo más de Patty?

Al día siguiente de la boda de Alfonso, Malena llamó a Julia para contarle lo sucedido. Al parecer, Patty seguía sin contestar al teléfono y en la recepción del hotel le habían dicho a su hija que había entregado la llave de la habitación hacía algo más de una hora. Salió a la calle sin saber muy bien qué dirección tomar y recordó que había una parada de taxis cerca. Seguramente su madre se había dirigido hacía allí. A unos metros de la parada la vio sentada en un banco.

—Mamá, ¿qué haces aquí? Habíamos quedado. Te he llamado un montón de veces al móvil, pero no lo cogías. Me tenías muy preocupada y he venido corriendo. He ido al hotel y me han dicho que habías salido. ¿Por qué no has venido? ¿Qué ha pasado?

—¿Quedado? —preguntó desorientada.

—Sí, la boda. Era hoy. ¿Estás bien?

—¿Qué? Tú...

—Mamá, ¿qué te pasa?

Le contó que Patty tenía la mirada ida. Estaba ausente, como si no fuese consciente de lo que pasaba a su alrededor.

—¿Boda? —preguntó.

—La boda de Alfonso y Felipe, mamá. ¿No te acuerdas? Me estás empezando a asustar. ¿Qué te pasa en la cara?

Malena recordó que una compañera de carrera le había contado un episodio similar que había padecido un familiar suyo: dificultades para comunicarse, la boca torcida, confusión… Acompañó a su madre al hotel y avisó a una ambulancia. El diagnóstico fue accidente cerebrovascular. Pasó tres días ingresada en el hospital y al cuarto pidió el alta voluntaria. Su hija se enfadó mucho con ella. Había ido por libre esos últimos años, pero ese comportamiento le pareció irresponsable. Era tomarse las cosas demasiado a la ligera.

—Van a hacerle más pruebas. Ella está convencida de que no fue nada, pero nuestra amiga es un manojo de nervios y no la va a dejar volverse a Italia hasta que no sepa cómo está de verdad.

—Yo también estaría asustada, aunque es inútil preocuparse hasta que no tengan más detalles.

—Eso le he dicho, pero no te creas que la he tranquilizado mucho. En fin. Ayer se pasó Elsa a darme las gracias de nuevo por el traje de la boda. Mira que es maja esta chica. Me volvió a decir que se sentía como una princesa y que se veía guapísima. Algunos invitados se le acercaron en el convite para preguntarle por su vestido. Se deshizo en elogios.

—Y con razón. Estaba preciosa, pero es que además tiene un corazón enorme. Da gusto ver lo pendiente que está de Amelia y el cariño que se tienen. Ha sido un regalo que se encontraran y que hayan tejido una amistad tan bonita.

—Se merece todo lo bueno que le pase, ojalá en un par

de años volvamos a coser vestidos para su boda. Parece que la relación con su chico va viento en popa.

—¿Ya la estás casando? ¡Cómo eres! Mira que te gusta una boda...

Se hizo un largo silencio entre nosotras, que intuí que escondía algo muy profundo. Carmen era todo un enigma. Más allá de lo que Julia nos había contado cuando se unió a la academia, poco sabíamos de ella. Su humor y su aparente frivolidad me hacían sospechar que eran su coraza para enfrentarse a un dolor del pasado y que, en realidad, no caminaba por la vida de puntillas, como nos había hecho creer. Demasiadas veces, la risa es un disfraz.

—Yo estuve a punto de casarme una vez —me confesó en un tono tan pausado que anunciaba una larga conversación postergada durante años.

—¿Y qué pasó? —pregunté asombrada.

—Me traicionó.

No me gusta meterme donde no me llaman, pero una respuesta tan cortante y escueta aumentó mi curiosidad. Tuve la sensación de que en cierto modo necesitaba hablar de ello, de lo contrario no lo hubiese mencionado. Ese podría ser el momento para que se deshiciera de su careta y se abriera.

—¿Terceras personas?

—Algo más complicado. Me di cuenta de que, por

mucho que pusiera de mi parte, lo nuestro no iba a funcionar. Me desilusioné y perdí la confianza.

—Vaya, lo siento.

—Reaccioné a tiempo, aunque la ruptura fue muy amarga. Había puesto todas mis esperanzas en que la vida que estaba empezando iba a hacerme feliz. No te voy a negar que sentí una gran decepción, pero con el tiempo descubrí que lo que él me daba también estaba en todo lo que me rodea, y empecé a buscar en otra parte.

No acababa de comprender qué quería decir en realidad. La periodista que llevaba dentro hubiese preguntado sin parar hasta conocer todos los detalles de la historia, pero preferí darle su espacio. A pesar de haber compartido cientos de tardes en las que a veces le dábamos más a la lengua que a la aguja, esta era la primera vez que teníamos una conversación tan íntima, y no quería forzarla.

Se levantó para llevar la taza de café hasta la trastienda y volvió con un vaso de agua. Lo dejó sobre la mesa, pinchó la aguja en el acerico, dobló la falda que estaba arreglando y la apartó hacia un lado.

—Verás, Sara… —comenzó diciendo mientras se sentaba frente a mí—. Solo Julia conoce esta historia. No es que crea que deba esconderla, es que en el fondo me he convencido de que, si no hablo de ella, acabaré enterrándola. A veces no hay otra forma de seguir adelante que cerrando la puerta con dos vueltas de llave y no mirando atrás. Cuando las cosas duelen, mejor no removerlas, ¿no crees?

Yo misma había estado si no a punto de casarme, sí decidida a empezar una vida junto a Manu tiempo atrás. Manu, qué lejos me quedaba y cuánto había vivido desde entonces. Esa ruptura fue una liberación. La traición se convirtió en oportunidad y poco después en agradecimiento. El dolor del que hablaba Carmen era otra cosa, parecía abarcar toda su vida anterior y condicionar todo su presente. Este parecía ser el momento de compartir lo que le quemaba por dentro.

—Me miras y ¿qué ves?

—No entiendo a qué te refieres.

—Te lo pondré más fácil. Si te dijera que describas cómo soy, ¿qué dirías de mí?

Ese giro en la conversación me dejó atónita. Carmen era una caja de sorpresas.

—No sé. Diría que eres divertida, alegre, que te ríes hasta de tu sombra, que te encanta bromear. Eres trabajadora, creativa, optimista y un poco payasa, sin ánimo de ofender —añadí con cariño.

—Exacto. Pues esta payasa durante mucho tiempo se ha dibujado una sonrisa en la cara cada mañana para que el mundo no viera su tristeza —dijo tras tomar un sorbo de agua—. Al final, la sonrisa se me ha quedado y de la tristeza intento despedirme a mi manera.

Lejos de comprender lo que quería decir, parecía que la conversación se enredaba cada vez más. Era eso o el cansancio acumulado de la semana lo que me impedía entenderla. De lo que estaba convencida era de que estaba a punto de escuchar una historia que merecía toda mi atención.

La campanita de la puerta anunció la llegada de una clienta.

—Vienen a recoger un abrigo. Enseguida estoy de vuelta.

—Mientras la atiendes, me sirvo un té.

—No has abandonado las costumbres que te trajiste de Londres —rio.

—¿Quieres uno?

—No, gracias, me quedo con la bebida nacional.

En esos días en los que el invierno estaba a punto de asomar por el calendario no era raro ver a Carmen actualizando viejos abrigos y dándoles un aire más moderno. Era una de las costuras que más le gustaba hacer. En eso, Malena y ella eran auténticas artistas. Cambiaban forros, cuellos, botones y los transformaban por completo según la tendencia de cada año. Muchas jóvenes saqueaban los armarios de sus abuelas y encontraban verdaderos tesoros que, con unos cuantos cambios, volvían a lucir como nuevos.

—La chica se ha ido más contenta que si se acabara de comprar uno nuevo.

—Se te da muy bien el *upcycling*.

—Hablas igual que Malena. ¡Qué palabro más feo!

Temí por un momento que ese paréntesis en nuestra conversación fuese a interrumpir lo que parecía que iba a ser, más que un relato, una confesión. Dejé que pasara solo un minuto y retomé la charla.

—Me estabas hablando de ti, de tu sonrisa y de tu tristeza.

—No soy mucho de contar mis cosas; de hecho, me da cierta envidia cuando os veo charlar de vuestros problemas a corazón abierto y compartir lo que os preocupa o lo que os ha pasado. A mí me cuesta. Intento olvidar. Cada día intento olvidar. Si pudiera pedir un deseo, sería empezar de cero cada mañana.

—Pero han pasado ya muchos años. ¿Tanto te marcó romper con ese chico?

No podía imaginar un dolor tan grande que pudiese afectarle de ese modo. Pero lo que más me costaba entender era el motivo por el que un desengaño amoroso podría haber causado tanto sufrimiento.

—No era un chico, Sara. Un chico no hubiera hecho caer los cimientos sobre los que había construido mi vida. Hubiese sufrido una ruptura como cualquier otra, pero la habría superado, habría pasado página tarde o temprano. Un hombre no es capaz de provocar tanto sufrimiento.

Mi desconcierto crecía a medida que avanzaba la conversación.

—No sé si lo entenderás. A la gente a veces estas cosas no le cuadran, no son tiempos en los que la fe tenga mucha cabida. Lo que sí sé es que no me vas a juzgar y que en este momento compartir contigo esta parte de mi vida que tanto he silenciado puede ayudarme a sanar.

Carmen apuró el vaso de agua y siguió hablando, esa vez sin medir sus palabras, como si al pronunciarlas se fuese liberando de un peso que había cargado durante demasiado tiempo. Como si se estuviese perdonando a sí misma por haber dado cobijo a un sufrimiento que debería haber dejado atrás hace años.

—Crecí en una familia feliz. Mi hermano Nicolás y yo nos llevábamos solo diecisiete meses y estábamos muy unidos. Mi padre se levantaba muy temprano para ir a trabajar y no volvía hasta la noche, y mi madre cosía en casa para ayudar a mantener a la familia; era algo muy común en los años cincuenta. Como casi todas las niñas de la época yo iba a un colegio católico. Allí entablé amistad con una monja muy joven, sor Ángeles, que me tenía mucho cariño. Decía que yo le recordaba a su hermana pequeña, a la que no veía desde que había tomado sus votos. A veces, cuando mi madre se retrasaba al recogerme, me quedaba un rato con ella después de clase. Supongo que fruto de aquellos ratos que pasábamos juntas y de la educación de esos años, cuando cumplí los quince les dije a mis padres que quería dedicar mi vida a servir a Dios. Aquello les cayó como un jarro de agua fría, pero yo estaba decidida. Me pidieron que esperara hasta los dieciocho y que, mientras, aprendiera a coser para echarle una mano a mi madre.

Intentaba imaginar cómo fueron esos años y qué pudo sucederle para abandonar esa vocación que parecía tan firme. Seguí escuchando con atención, sin atreverme a preguntar. Estaba segura de que la historia completa aclararía todas mis dudas.

—Dividía mi tiempo entre la casa y el convento, al que acudía casi a escondidas para no enfadar a mi madre, a quien la idea de que su única hija estuviera encerrada entre cuatro paredes no le hacía ninguna gracia. Sor Ángeles me iba instruyendo y contagiando su amor a ese dios que ahora siento tan lejos.

No salía de mi asombro. Estaba sentada delante de Carmen y se me antojaba una completa desconocida. ¿Cómo podía conocerla desde hacía tanto sin saber nada de su vida? Todos tenemos una historia a nuestras espaldas, pero la suya no se parecía a ninguna otra. En mis años fuera de casa había conocido a mucha gente, alguna muy peculiar, con pasados increíbles y poco comunes, historias llenas de sucesos fascinantes, pero nada se asemejaba ni de lejos a lo que mi amiga me estaba desvelando.

—Tengo cincuenta años, he vivido ya más de media vida. Créeme que soy muy consciente de ello. No voy a decir que me arrepienta de nada, porque no serviría de mucho, pero, si lo que sé ahora lo hubiese sabido con veinte, no estaría aquí.

Miré hacia la calle. Apenas eran las seis y media y ya había oscurecido. Madrid es así cuando roza el invierno. No tenía prisa. Elliot estaba con mi madre y yo no tenía plan para esa noche.

—Las decisiones que tomamos obedecen a un momento y a unas circunstancias concretas. Todos aprendemos por el camino. Como bien dices, no sirve de nada arrepentirse. Si pudiéramos viajar en el tiempo y borrar nuestro pasado, no seríamos las personas que somos al volver. En cierto modo, la vida va de eso, de aprender de cada día vivido. Pero, dime, ¿entonces te hiciste monja?

—Estuve unos años de novicia. Éramos cuatro chicas en total, todas muy jóvenes, pero con una gran vocación. En ese momento hubiera jurado que fueron los mejores años de mi vida. La paz que sentía entre las hermanas no era comparable a nada que hubiese sentido antes. Estaba dispuesta a llevar una vida de servicio y obediencia. Mis padres no lo aprobaban y mi hermano nunca lo entendió. Mi convicción era muy fuerte y lo único que deseaba era consagrar mi vida a Dios. Estaba segura de que eso era lo que Él quería de mí. La oposición de mis padres no hacía más que reforzar mi fe y el convencimiento de que estaba haciendo lo correcto. Me oigo hablar y ni yo misma me reconozco.

—La verdad es que parece la vida de otra persona. Si no lo llego a escuchar de tu propia boca, nunca lo hubiera creído.

—Y que lo digas.

—Entonces, cuando me has dicho que estuviste a punto de casarte, ¿te referías a «casarte con Dios»?

—Unas semanas antes de tomar los votos, una de las novicias enfermó y nos pidió al resto que no dijéramos nada, hasta que su situación se agravó y no quedó más remedio que avisar al médico. La ingresaron de urgencia en el hospital, donde falleció al día siguiente de una infección generalizada. Durante el tiempo que estuvo mal, me confesó que le ofrecía su sufrimiento a Dios y que su sacrificio aliviaba el dolor. Su pérdida fue un duro golpe, pero la fe y la oración en comunidad me sirvieron de consuelo.

—No comprendo cómo alguien puede actuar así, poniendo en peligro su vida.

—Pocos días después recibí la noticia de que mi padre y mi hermano habían fallecido en un accidente. Creí que me volvía loca. Lo viví como una traición, yo estaba dispuesta a entregarle mi vida a Dios ¿y él me lo pagaba así? Tuve largas charlas con la madre superiora, le expuse todas mis dudas y ella me dijo que rezara mucho, que hablara con el Padre, que aunque no podemos entender sus designios, él tiene un plan para cada uno de nosotros. Supongo que me lo decía para reconfortarme, pero surtió el efecto contrario. Conforme pasaban los días me sentía cada vez más abandonada por un dios injusto al que cada vez me costaba más trabajo adorar. Mi madre me rogó que volviera a casa y en medio de esa crisis de fe pensé que era lo mejor que podía hacer, cuidar de lo único que me quedaba en este mundo.

Empezaba a entender que Carmen nunca hubiese compartido su historia con nosotras. Treinta años después todavía quedaba dolor en sus palabras.

—Dejé el convento. Mi madre y yo nos remangamos y sacamos fuerzas de debajo de las piedras para salir adelante. Yo no sabía mucho de costura, pero ella me enseñó a hacer arreglos. Así fuimos tirando un tiempo. Sin embargo, la rabia que sentía dentro no paraba de crecer. Me acostaba cada noche pensando que la vida era injusta, que no podía haber un dios que me castigara de esa forma. Era finales de los setenta y en la calle soplaban aires de libertad. Luego vinieron unos años muy locos, los amigos equivocados, las malas decisiones… El alcohol amortiguó el dolor durante un tiempo. La vida que había conocido se esfumó en un momento y sentía que era incapaz de recomponerme. Cometí muchos errores, pero tuve más suerte que otros.

—Debió de ser durísimo.

—Sí, amiga, lo fue, pero hoy lo puedo contar, que es lo que importa.

—Entonces esa parte tuya tan espiritual ¿te viene de esos años de juventud?

—Busqué mi propio dios, uno que no me traicionara, uno al que pudiera ver y respirar. Estuve en varios retiros y encontré un círculo de mujeres que me ayudaron a «limpiarme» y salir del pozo en el que había caído; necesitaba encontrar algo a lo que agarrarme y la naturaleza me salvó. Recuerdo el momento exacto en el que decidí que iba a dejar atrás mi pasado y a vivir con mayúsculas, pero sobre todo a agarrarme a lo tangible. Mis ojos no podían mentirme. Había cogido tren al puerto de Cotos en pleno invierno, era un miércoles, si no recuerdo mal. Iba sola en el vagón. Al llegar me crucé con un par de viajeros que esperaban en el andén y algunos excursionistas. Ya habían caído las primeras nieves y el cielo estaba despejado. Caminé sin rumbo hasta verme en medio de un bosque de pinos con el tronco cubierto de musgo, algunas manchas blancas sobre el suelo y unos rayos de sol que se colaban entre las ramas de los árboles. Unos años atrás habría pensado que Dios se me revelaba como creador, pero en ese momento lo que vino a mi mente fue un pensamiento claro, «vida es esto, luz entre sombras». Allí entendí que no me importaba quién había creado aquello, lo único relevante era que estaba allí y que formaba parte de la belleza que me rodeaba. Sin saber muy bien cómo, mis piezas acabaron encajando como si se tratara de un puzle. Unas reemplazaron a otras que ya no tenían sentido, y me vi capaz de vivir una vida distinta a la que conocía, pero que poco a poco empecé a sentir como propia. Conseguí recomponerme y la costura me sirvió para mantenerme ocupada. Cuando decidí tomármela más en serio, me matriculé en una academia; allí es donde conocí a Julia.

—Qué bonito es lo que cuentas y qué importante resulta encontrar tu lugar.

—A partir de ese día me prometí a mí misma que buscaría lo que me hiciera feliz y le ofrecería al mundo mi mejor sonrisa cada mañana… Aunque algunos días todavía duele. Y esa es mi historia, mi querida Sara. Luego me han pasado cosas, pero ¿a quién no?

Carmen se refería a su reciente cáncer de mama, del que no quiso hacernos partícipes hasta que Laura, con su habitual delicadeza, consiguió convencerla de que debía ponerse en manos de expertos para tratarse. Extirparse los dos pechos a tiempo le salvó la vida.

—Intuía que escondías algo tras la felicidad casi permanente que aparentas, pero no podía imaginar nada parecido a esto. Gracias por haberlo compartido conmigo. Y déjame pedirte algo: no tengas miedo a mostrarte vulnerable, eso nos hace humanos.

—Amiga, la que te da las gracias soy yo. El que dijo aquello de que las alegrías compartidas se multiplican y las penas se dividen llevaba toda la razón del mundo.

Se levantó y miró hacia la calle, por donde no pasaba un alma.

—¿Sabes otra cosa que he aprendido en estos últimos años?

—Dime.

—Que no hacen falta excusas para tomarse una cerveza un viernes por la noche. ¿Qué me dices? Yo invito.

Esa última frase me devolvía a la Carmen divertida y jovial que conocía, esa a la que ahora, después de escuchar su historia, admiraba aún más.

10

El 5 de diciembre se cumplían tres años de la muerte de Ramón. En ese tiempo, Julia había establecido un ritual que repetía con Daniel cada aniversario. Bien abrigados, madrugaban para visitar juntos su tumba y llevaban con ellos el álbum de fotos familiar. Después de dejar unas flores se sentaban en un banco de piedra bajo un inmenso tilo desnudo que solo veían en todo su esplendor cuando acudían al cementerio en verano. Así rememoraban los momentos más felices que habían vivido juntos. Solían reírse de las mismas fotos cada año, a veces hasta que las risas se convertían en lágrimas y ambos se abrazaban tristes por su pérdida, pero sintiéndose afortunados por tenerse el uno al otro. «Te pareces tanto a él...», solía decirle al sentir cómo se separaba de ella al final de cada abrazo.

Mi ahijado tenía ya trece años y era un crío adorable. En alguna ocasión, cuando Julia y yo estábamos a solas, me había confesado que lo que más le dolía no era solo la ausencia de su marido, sino ver crecer a su hijo sin un padre que hubiera disfrutado como nadie compartiendo su vida con él.

Sabiendo que saldrían por la mañana, aproveché para quedar con ella en la cafetería de Fer; era la excusa perfecta para conseguir que no se encerrara en casa todo el día. Según me había dicho la noche anterior, Daniel tenía partido por la tarde e iba a comer en casa de un amigo. Era nuestra oportunidad para charlar y pasar el día juntas.

—Buenos días, Fer. Veo que aún no ha llegado Julia —dije echando un vistazo al lugar.

—Hola, Sara. No, ¿has quedado aquí con ella?

—Sí, dijimos que nos veríamos cuando volviera del cementerio. Imagino que estará al llegar.

—Claro, cinco de diciembre. Ahora caigo —añadió—. ¿Te pongo algo o esperas a que llegue?

—Tomaré un café mientras la espero. No creo que tarde.

—Con leche, ¿verdad?

—Sí, gracias.

Un instante después estaba de vuelta con una humeante taza de café con espuma y un trocito de bizcocho de chocolate.

—Invita la casa —comentó dejando el plato sobre la mesa.

—¡Qué detalle! Gracias. ¿Qué tal va todo por aquí?

—Bien, como siempre. Deseando que llegue Navidad y poder descansar unos días. En cuanto les dan vacaciones a los niños, dejamos de servir tantas meriendas y baja un poco el ritmo.

—Tú deseando y yo temiendo. Las semanas previas a fin de año son una locura en el trabajo; si a eso le sumas comprar regalos para la familia y ayudar a mi madre con los preparativos navideños…

—¿Os juntáis muchos en casa?

—Sí, unos cuantos: mis hermanos, mis sobrinos, la familia del novio de mi madre… Desde que viven juntos las celebraciones son multitudinarias.

—No hay nada que me guste más que una mesa llena de gente.

—Hemos conseguido organizarnos y lo llevamos bien.

—Es una suerte. Mi primo me ha invitado a ir estas fiestas a Barcelona, tiene tres críos y su mujer es un encanto. Creo que aceptaré sin pensármelo mucho, aquí la relación con mi cuñado está un poco tensa. Puede ser una oportunidad para cambiar de aires, y así no pongo a mi hermana en un compromiso. Total, a mis sobrinos los veo a menudo.

—Nuestras dos familias han encajado bastante bien, por ahora. Nos vemos poco, puede que esa sea la clave para que no surjan conflictos.

—Será eso —concluyó con una sonora risa.

Tal como había imaginado, Julia entró por la puerta con una bolsa donde llevaba el álbum de fotos que habíamos ojeado en algún otro aniversario. Nos fundimos en un largo abrazo al que no necesitamos ponerle palabras.

—¿Qué es tan divertido? —acertó a preguntar Julia antes de sentarse a la mesa.

—Nada, comentábamos sobre las cenas de Navidad y las reuniones de familia —contestó Fer.

—Cada año me dan más pereza estas fechas. Si no fuese por Daniel, dudo que celebrara nada.

—¿Café con leche? —preguntó Fer zanjando la conversación.

—Y un cruasán, gracias. He sido incapaz de comer nada esta mañana antes de salir de casa.

Julia se quitó el abrigo y se sentó frente a mí. Las ocasiones en las que podíamos estar a solas con un café entre las manos eran menos de las que me gustaría, y apreciaba esos días en que todo confluía para hacerlo posible.

—Anoche tuve una conversación muy rara con Carmen. Me llamó para darme las gracias por emplearla en El Cuarto de Costura. Fíjate, a estas alturas, decirme algo así. Al principio no entendía a qué venía ese agradecimiento después de tantos años. No suele llamarme a esas horas, pero me dijo que no podía evitarlo, que estaba «un pelín contenta» y que no quería acostarse sin que supiera que la academia le había cambiado la vida.

—*Mea culpa*, tengo que admitirlo. Fuimos a tomar una cerveza cuando cerró, y al final fue más de una.

—Eso lo explica todo —concluyó Julia riendo.

—Nos pasamos la tarde charlando y apenas dimos unas puntadas. Aunque lo cierto es que yo casi no abrí la boca. Me contó toda su vida. Empezó a hablar y se nos hizo de noche sin darnos cuenta. Reconozco que, viéndola, nadie imaginaría una historia como la suya. Después de lo que ha vivido, que le queden ganas de hacer felices a los que estamos a su alrededor sin una chispa de vergüenza es para quitarse el sombrero.

—Me alegro de que se haya abierto contigo. Se te da bien escuchar. Ya le dije que no podría callar para siempre y que compartir su historia le haría bien. ¿Qué sería de nosotras si no nos pudiéramos contar nuestras cosas?

Empezaba a sospechar que El Cuarto de Costura era mucho más que un lugar para aprender a coser. ¿La costura tenía el poder de transformar a las mujeres que nos reuníamos allí o era la oportunidad de mostrarnos vulnerables y confiarnos unas a otras lo que realmente nos ayudaba a fortalecernos y creer en nosotras?

—Yo misma no sabía prácticamente nada de su vida hasta poco antes de que le diagnosticaran el cáncer —continuó Julia—. Esa primavera estaba más misteriosa que de costumbre y una mañana en la academia, aprovechando que estábamos solas, le tiré de la lengua. En aquel entonces solía ir a veranear a Galicia.

—Sí, lo recuerdo; había conocido un grupo de «mujeres diosas» y había ido a varios retiros. Eso que me parecía tan esotérico ahora me cuadra perfectamente, era la forma de reconducir su espiritualidad. Ella misma me dijo que necesitaba creer en algo tangible que no pudiera traicionarla.

—Lo que no encajaba era que, sabiendo que podía contar con nosotras para cualquier cosa, se callara algo tan grave e intentara encontrar ella sola la solución. Debimos sospechar que algo pasaba cuando de repente dijo que ese verano se iba a las Alpujarras. Y más aún cuando volvió. No era ella. Ese chamán o curandero o lo que quiera que fuera solo la hizo perder tiempo y ponerse en peligro. Que Laura nos alertara y la obligara a hacerse un chequeo probablemente le salvó la vida.

—Puedes estar segura. Ahora entiendo su costumbre de no confiar más que en sí misma y a no cargar a nadie con sus problemas. Igual que se calló toda su historia, tampoco nos dijo nada de su enfermedad y siguió poniendo buena cara hasta que no pudo con la situación, como lo que hizo la novicia que murió en el convento. Me apena que no supiera ya en ese momento que somos una familia y que hubiésemos estado a su lado desde el primer minuto. Por suerte entendió que, aunque no nos debía ninguna explicación, tampoco podía dejarnos a un lado y enfrentar ella sola su enfermedad.

—Bien está lo que bien acaba, como suele decirse —concluyó Julia.

—Cuéntame qué tal está Daniel, le vi muy mayor vestido de traje en la boda.

—Estaba guapo, ¿verdad? Cada día se parece más a Ramón. Hoy se lo he vuelto a decir. Se coloca el flequillo con el mismo gesto que hacía su padre, me hace tanta gracia… Hemos estado hablando un rato a la salida del cementerio, como hacemos siempre, pero esta vez estaba más preguntón que de costumbre. Ha querido que le cuente con pelos y señales cómo nos conocimos, y me ha gustado recordar aquellos primeros años de relación. No sé cómo se me ocurrió siquiera pretender escondérsela a Amelia con lo boba que me volvía en cuanto hablaba de él, y más todavía cuando lo tenía delante. Lo raro es que se fijara en mí, tan espabilado como él era y lo sosa e insegura que me sentía yo. Es curioso, pero con el paso de los años esos recuerdos se vuelven más dulces y parece que le quitan amargura a su pérdida. No creo eso que dicen de que el tiempo lo cura todo, pero es verdad que te ayuda a ir colocando cada sentimiento en su sitio, y eso te da paz y te permite seguir viviendo.

—Yo tengo claro que lo vuestro fue amor a primera

vista, una historia preciosa. No tienes más que mirar a tu hijo para confirmarlo.

—Fue algo único e irrepetible.

—No digas eso; aún eres joven para enamorarte otra vez.

—Nunca, Sara, porque nunca podré querer como le quise a él y porque su memoria merece mi respeto.

Esa última frase me dejó un poco cortada; Julia había empleado un tono al que no estaba acostumbrada. Intentaba transmitirle que la vida todavía podía sorprenderla y mi amiga parecía ponerse a la defensiva. Pensaba en mi madre y Miguel Ángel, o en Laura y Michel, que sin buscarlo habían vuelto a enamorarse. A veces olvidaba que por muy amigas que fuésemos y por muchas cosas que nos unieran éramos muy distintas. Ella pareció darse cuenta de mi sorpresa y continuó la conversación por otro camino.

—¿Qué tal te va con Rodrigo?

—Hemos salido solo un par de veces, cada vez me cae mejor. Es un tío muy majo y me divierto mucho con él, pero no creo que lleguemos a nada.

—¿Y eso?

—Pues no sé, es la sensación que tengo. Cuando conocí a Andrew todo era especial. Me hacía sentir como una reina, me halagaba constantemente, era atento y, para qué voy a decir otra cosa, me ponía a cien con solo rozarme.

—Sí, pero mira cómo acabasteis.

—Lo sé, lo sé. Lo que digo es que, si fuese a llegar a algo más con Rodrigo, ya lo habría notado.

—¿Tú crees? Puede ser que después de esa experiencia todavía desconfíes y por eso no dejas que las cosas se aceleren.

—Quizá no esté tan recuperada de aquello como yo creía, aunque, echando la vista atrás, parece que hubiesen pasado mil años desde que le dejé. Es como si en Londres hubiese vivido otra vida y fuese una persona diferente. Si me lo cruzara ahora, no creo ni que pestañeara. Mi vida ya es otra bien distinta y si he quedado con Rodrigo es porque trabajamos juntos, y, quieras que no, algo ya nos conocemos. No es como empezar desde cero con alguien de quien te queda todo por descubrir.

No iba a ser yo la que le hablara a Julia de mi recelo para empezar una nueva relación cuando minutos antes le había sugerido que ella sí podría hacerlo. Hablarlo me había hecho plantearme que tal vez fuese el momento de olvidarme de una vez por todas de lo mal que había acabado la historia de Andrew y pasar página.

Venía de una familia rota y por nada del mundo habría elegido eso para Elliot, pero las cosas suceden sin que podamos evitarlo, y no iba a aferrarme a esa idea con tal de que mi hijo tuviese un padre. Ahora tenía claras cuáles serían mis condiciones si decidiera tener una pareja estable. Las experiencias pasadas habían sido un desastre, pero las futuras no tenían por qué serlo. Había aprendido la lección, de nuevo me sentía segura y, aunque no era algo que entrara en mis planes más inmediatos, aventurarme en una relación podría reavivar esa parte de mí que creía dormida.

—¿Tienes algo que hacer hoy? —preguntó Julia.

—Nada especial —contesté—. ¿Por qué lo dices?

—Tengo que hacer un par de recados por aquí y luego quería acercarme al híper a hacer la compra de la semana. Daniel me suele acompañar, pero hoy estoy sola. ¿No te importa?

—En absoluto. Elliot está pasando el día en casa de un compañero del cole y no tengo prisa por volver a la mía.

—Estupendo. Voy a pagar y nos vamos.

—No, espera, yo invito.

—De eso nada. Vienes hasta aquí, me haces un favor, qué menos que te pague el café —dijo encaminándose al mostrador.

No pude evitar observar a Fer mientras hablaba con Julia. Quizá Carmen tenía razón y aún quedaba algo entre ellos, o quizá fuese solo una amistad, el caso es que deseé tener a alguien que me mirara así, que me tratara con esa delicadeza y que estuviese a mi lado siempre que le necesitara. Alguien en quien pudiese confiar.

Era casi mediodía cuando salimos de la cafetería, y

tuvimos que correr para acabar los recados antes de ir a por el coche.

—¿Sigues teniendo tanto miedo a conducir?

—Si voy con alguien, me cuesta menos. Sé que no tiene mucho sentido y que es un miedo irracional. Lo estoy tratando con mi nueva psicóloga y confío en que pasará.

—No sabía que habías vuelto a terapia. Te felicito, cuesta dar el paso y no es que sea la panacea, pero ayuda.

Su decisión me daba esperanzas. Conocía la fuerza que Julia albergaba en su interior y las cosas que había superado. La habíamos empujado con sutileza para que dejara atrás sus miedos, y, aunque el esfuerzo parecía ser en vano, todas las heridas cicatrizan. Las suyas pronto no serían más que una huella que le recordaría que había sobrevivido a una dura prueba. Esas que la vida nos pone quién sabe si para convertirnos en mejores personas o para reconocer nuestras debilidades y abrazarnos llenos de compasión.

11

La Navidad estaba a la vuelta de la esquina. Por fin había conseguido salir pronto de la oficina para hacer algunas compras. Me gustaba visitar tiendas de barrio, los pequeños establecimientos de toda la vida me resultaban encantadores. Los prefería a los centros comerciales, tan impersonales, donde los clientes competían por hacerse con el juguete del año.

Había quedado con Laura para comprarle un regalo a Amelia. Ese año celebraba la merienda de Navidad en su casa y no queríamos llegar con las manos vacías. Ya nos había avisado Patty de que no lleváramos nada de comer, que ella se iba a encargar de todo, así que optamos por buscarle un detalle. Conocíamos sus gustos y no fue difícil ponernos de acuerdo. Carmen, que no iba a asistir a la merienda, nos pidió que pasáramos por El Cuarto de Costura para firmar la tarjeta que le íbamos a entregar en nombre de todas.

Al llegar encontramos allí a Malena.

—¿Qué tal sigue Patty? ¿Tenéis ya el resultado de las últimas pruebas?

—Le he pedido que no regrese a Italia por ahora y que se quede hasta que le hagan la revisión —explicó—. De todos modos, iba a venir a pasar las navidades. Así se ahorra un viaje de avión, no me fío de que esto no se repita. Sabéis que siempre ha hecho lo que ha querido, pero siento que se hace mayor y que ahora me toca a mí cuidar de ella.

—Tienes toda la razón, un ACV no es para tomárselo a risa —apuntó Laura—. Esta vez ha tenido suerte, pero, si se repite, puede dejarle secuelas.

—Eso mismo dijo el neurólogo. Allí está acompañada, aunque yo prefiero tenerla cerca, por si acaso.

Saqué de mi bolso el *christmas* que habíamos comprado para Amelia y así Carmen podría dedicarle unas palabras.

—¡Uy! Casi se me olvida —exclamó pasando a la trastienda.

Desde que Margarita había dejado la capital no había fallado ni un solo año. Según se aproximaban las fiestas nos enviaba una felicitación acompañada de una fotografía de la familia. Era la forma de mantenernos en contacto y ver cómo crecían sus hijos. Estar casada con un diplomático la obligaba a cambiar de residencia con cierta frecuenca. Imaginaba que, aunque vivir en una ciudad como París era un regalo, debía de ser complicado que la familia al completo se adaptara a esos cambios con facilidad.

—¿Sigue en París? —preguntó Laura.

—Sí, y mirad cómo están de grandes los niños —comentó sacando la fotografía del sobre.

—Eso ya no son niños. Los míos ni se dejarían fotografiar si se lo pidiera —añadió—. En cuanto se hacen mayores esas cosas les gustan cada vez menos. No sé cómo lo consigue.

—¡Qué familia más bonita tiene! Ojalá volvamos a verla algún día. Me haría muchísima ilusión. Por cierto, mañana no puedo venir. Tengo una reunión a media tarde y luego he quedado con Rodrigo.

—¡Ese Rodrigo! Me da que vamos a oír hablar mucho de él…

—Pues… Puede que sí. No te lo voy a negar. Quiere que nos tomemos algo para celebrar el éxito de mi última campaña, y la verdad es que me apetece. Lo pasamos bien juntos y es agradable tener a alguien con quien salir de vez en cuando. No acabo de fiarme de nadie, pero con él es diferente; vamos a un ritmo con el que me siento cómoda y parece que tenemos muchas cosas en común.

Mi empresa iba a cerrar el año con los mejores resultados de la última década y se respiraba un ambiente de optimismo generalizado en la oficina. La campaña en la que había estado trabajando con tanta dedicación estaba dando sus frutos, y mi equipo recibía por ello todo tipo de felicitaciones. La prensa económica se hizo eco de nuestros logros dedicando un artículo a destacar la originalidad que aportaba nuestro enfoque a un panorama empresarial demasiado plano cuando se trataba de implementar campañas novedosas.

—Disfruta de tu éxito, que te lo has ganado. A veces no somos conscientes de la importancia que tiene cada uno de nuestros logros, y es una pena, porque deberíamos ser las primeras en enorgullecernos y celebrarlos. Supongo que nos han educado para no destacar. A ellos les aplaudimos todo y a nosotras nos quitamos importancia. Eso se tiene que acabar. A cada uno lo que le corresponde.

—¡Bien dicho! —exclamó Carmen aplaudiendo—. Me declaro tu «fan» número uno.

—Bueno, ya os contaré.

Era casi hora de cerrar. Dejamos a Carmen terminando de recoger la academia y nos despedimos de ella.

—No te he preguntado por Inés, ¿cómo sigue? —me interesé mientras caminábamos.

—Es complicado. Unas veces tengo la impresión de que ya ha pasado todo y otras veo que seguimos sin solucionarlo. Lo que daría por saber qué pasa en esa cabecita... Es muy frustrante no poder ayudarla más. Hay días en que la mataría con mis propias manos y otros en los que solo querría sentirla entre mis brazos y prometerle que todo irá bien. La psicóloga dice que los trastornos de la alimentación son así, que lo único que podemos hacer en casa es no forzar y permanecer alerta. Estar a su lado no es fácil. Es duro darte cuenta de que ella es su principal enemigo. Y si a mí me cuesta entenderlo, imagínate a Michel. La situación le sobrepasa y nos está afectando como pareja. Le pido que tenga paciencia, que se mantenga al margen, pero a veces le saca de sus casillas, sobre todo cuando ve que su actitud me hace sufrir. En ocasiones la escena se vuelve muy tensa y Sergio y Ndeye también lo están pagando.

—Cuánto lo siento. Debe de ser muy difícil. Tuve una compañera de trabajo en Londres que estaba atravesando algo parecido. Algunos se lo tomaban a broma, se reían de su ropa holgada y no le daban la menor importancia. Pensaban que exageraba. Ella sufría y yo no dejaba de preguntarme qué habría detrás de ese sufrimiento. Nadie sufre un trastorno así sin un motivo.

—Ese es mi miedo, que haya alguna otra cosa que le esté haciendo sufrir, que algo haga que se castigue de esa manera y que no se atreva a hablarlo conmigo. Entiendo lo de la presión de esta sociedad, la importancia de la imagen y toda esa basura que nos han metido a las mujeres en la cabeza y que vamos perpetuando generación tras generación; sin embargo, me sigo preguntando si hay algo más, si en algún momento de su vida no estuve lo suficientemente cerca de ella para darme cuenta y evitarlo. Supongo que los años que he pasado fuera no han ayudado, los cambios que ha habido en la familia, Michel, Ndeye… Contaba con que no sería fácil de encajar. En fin…

—Qué complicada es la adolescencia.

—Mucho. Yo tengo sensación de pérdida. Mi niña ya no es mi niña. Apenas la reconozco, vive apartada de mí. La veo, pero no la siento, y eso me destroza. Para colmo se me ha juntado con la perimenopausia y tengo las hormonas revueltas. Todo se complica. Así que ya te puedes imaginar la montaña rusa en la que vivo. Menos mal que los otros dos no dan guerra y que cuando acaba el día tengo un momento de paz que me reconcilia con el mundo.

—Confiemos en que se solucione pronto.

—El proceso es largo, de eso ya estoy avisada. Lo importante es que en el camino no se rompan los lazos que nos unen y que, llegado el día, podamos abrazarnos como si nada hubiese pasado.

Llegamos hasta la esquina de la calle donde nuestros caminos se separaban y quedamos en vernos en casa de Amelia para la merienda de Navidad.

De camino a casa no dejaba de pensar en las palabras que Laura me había dicho en El Cuarto de Costura.

«Disfruta de tu éxito, que te lo has ganado (...) Supongo que nos han educado para no destacar. A ellos les aplaudimos todo y nosotras nos quitamos importancia».

Nunca lo había pensado, pero no le faltaba razón. Demasiado a menudo el trabajo de las mujeres quedaba en la sombra, como si destacar por méritos propios no estuviese bien visto. Pasaba en la literatura, en la ciencia o en el arte y también en el mundo laboral del que, no sin esfuerzo, ya formábamos parte. Un ambiente en el que los hombres celebraban sus logros con mucho ruido y nosotras no les concedíamos a los nuestros la relevancia que merecían. Me daba la sensación de que, a pesar de todo lo que habíamos conseguido, todavía nos daba pudor el reconocimiento público.

«Nota mental: Acepta las felicitaciones y enorgullécete del trabajo bien hecho. Te ha costado mucho llegar aquí y lo estás haciendo bien».

Llegué a casa y cuando me disponía a entrar en la ducha sonó el teléfono.

—Un antiguo compañero de trabajo me pasó el artículo del *Expansión* por email, hija, ¡muchas felicidades! ¿Cómo no me habías dicho nada? —me comentó mi padre—. Estoy muy orgulloso de ti. Además, sales guapísima en la foto y se te ve muy feliz.

—Muchas gracias, papá. La verdad es que nos hemos

dejado la piel. Quizá ahora me anime a pedir ese aumento de sueldo. No veo tan difícil que me lo concedan. Nos vendría tan bien... Pero cuéntame ¿qué tal estáis vosotros?

—Por aquí todo en orden. Mi última revisión confirma que estoy hecho un chaval. Me cuido y eso se nota. Tu hermano ya ha tenido unas cuantas entrevistas de trabajo y está muy ilusionado, a ver si tiene suerte. ¿Sabes ya si podrás venir unos días esta Navidad? Estoy deseando ver a Elliot; a su edad los niños crecen tan rápido que no le voy a conocer cuando le vea.

Mi padre había desarrollado su carrera profesional en el sector aeronáutico, esa era la razón por la que en su día aceptó el trabajo que le llevó a Toulouse, la capital de la industria. En aquel momento fue la solución perfecta para poner distancia. Después de jubilarse contempló la posibilidad de volver a Madrid, pero la familia tenía su vida en Francia y mi hermano se negaba en redondo a vivir en España. Disfrutaba mucho cuando visitaban Almuñécar en verano, pero establecerse definitivamente era otra historia. Yo confiaba en que, cuando consiguiera un trabajo y se independizase, mi padre y su mujer pasaran temporadas más largas en el pueblo.

—Voy a verlo con mamá, ella ya está organizando las cenas para esos días. Quizá para Nochevieja. No sé, lo voy a intentar. Tengo ganas de veros a todos.

—No lo dejes mucho, que en estas fechas es difícil encontrar vuelo.

—Todavía me quedan algunos días de vacaciones y no creo que me pongan pegas para cogérmelos ahora. Lo hablaré mañana con mi jefe.

—De acuerdo. Crucemos los dedos. ¿Qué tal fue la boda del hijo de Amelia? No me has contado nada.

—Muy emotiva, papá. No he visto a dos personas más felices en mi vida. La ceremonia fue preciosa y el banquete ni te cuento. Estaba todo decorado con un gusto exquisito y nos lo pasamos fenomenal. Me acosté con dolor de pies, con eso te lo digo todo.

—Me alegro mucho por ellos y también por Amelia. Los tiempos van cambiando, por suerte. Lo celebro.

—Así es. Se me hace tarde para acostar a Elliot. Dale un abrazo a Natalia y un beso a Fran de mi parte. Espero veros pronto. Os quiero.

Por fortuna, mis compañeros más cercanos me apreciaban y mis jefes me habían transmitido que estaban orgullosos de mi trabajo. Rodrigo, que se contaba entre los primeros, me propuso salir a celebrarlo. Iba a ser un encuentro algo más formal que los anteriores. Nuestra primera cena. Me había hablado de un restaurante de cocina de autor que le habían recomendado. Nos citamos a la salida del trabajo, a la derecha de la entrada del edificio que, a esas horas, era un hormiguero.

—Desde que me hablaron de él estoy deseando probarlo, y qué mejor que en una ocasión como esta. Me han contado que los platos son muy elaborados, poca cantidad, pero de sabor increíble, y que el servicio es excelente. Además, tienen una carta de vinos muy completa. Espero que te guste.

—Me encanta conocer sitios nuevos, pero de vinos no sé nada, eso te lo dejaré a ti.

—Sin problema —comentó con una media sonrisa—. Me he apuntado unas cuantas recomendaciones. Luego podemos ir a tomar algo, si te apetece.

—Claro —contesté intentando disimular mi entusiasmo.

Me hacía especial ilusión arreglarme para una cena. Mientras le escuchaba, mi cabeza no dejaba de repasar las perchas de mi armario en busca de algo elegante y a la vez no muy serio, sofisticado pero discreto, sexi pero sin pasarse... Empezaba a ilusionarme con una posible relación y, si la intuición no me engañaba, él mostraba el mismo interés que yo en que nos conociéramos mejor. Haber dado con alguien como Rodrigo, que parecía conocer mis tiempos, había sido una suerte.

—Quedamos allí a las nueve. Tenemos mucho que celebrar, ¿no te parece?

—*Celebrate?*

La familiaridad de esa voz me hizo girarme con tal rapidez que casi pierdo el equilibrio.

—*Andrew?! What are you doing here?*

Un escalofrío me recorrió de arriba abajo y los ojos se me abrieron como platos. ¿Qué hacía aquí?

12

Amelia era única recibiendo en casa. Imagino que a lo largo de su vida había ido a tantas reuniones sociales que, siempre atenta al detalle, había tomado nota de cómo hacer que sus invitados se sintieran cómodos y cada celebración fuese única.

Durante su matrimonio, acompañó a su marido a cenas en las que se sellaban importantes acuerdos empresariales. En aquellas reuniones las mujeres eran poco más que el complemento ideal que lucir del brazo. A medida que se deterioró su relación, se negó a seguir acompañando a don Javier, pero no dejó de reunirse con amigas o conocidas cuando la invitaban a encuentros menos formales.

Exceptuando el año en que murió Ramón, desde que abrió El Cuarto de Costura no habíamos dejado de celebrar la merienda de Navidad. En esta ocasión, Amelia se había ofrecido a organizarla en su casa. En los últimos meses su salud había empeorado y los médicos le habían aconsejado hacer una vida lo más tranquila posible evitando excesos y sobresaltos. A pesar de las recomendaciones, lejos de perder la ilusión de reunirnos, había insistido en brindar un año más con nosotras por una amistad que duraba ya más de una década.

Tan pronto dábamos la bienvenida al mes de diciembre, todas ansiábamos que llegara este momento. No me había perdido una de nuestras meriendas desde que pisé por primera vez aquel lugar mágico. Claro que, con lo distintas que eran nuestras vidas, no siempre era fácil que estuviésemos todas, pero hacíamos lo imposible por coincidir y, fuesen las que fuesen las circunstancias, siempre encontrábamos la manera de juntarnos antes de las fiestas.

—No pasa nada, yo me quedo al pie del cañón, de verdad que no me importa —se ofreció Carmen—. Lo que sea por Amelia. Pero, si sobra algún pastelito, me lo traéis mañana. Y no os olvidéis de sacar fotos, que ya sabéis lo que me gusta coleccionar momentos.

Carmen entendía lo importante que era para las primeras alumnas de la academia que nos juntáramos en esa celebración.

—De esta vida no nos vamos a llevar nada salvo lo vivido, así que disfrutad de la merienda y guardaos esos ratos en la memoria como tesoros —solía recordarnos.

Vivir cada día con intensidad no era algo nuevo para ella, pero desde que había sufrido el cáncer de mama era aún más consciente de lo valioso que era el tiempo que pasamos con las personas que forman parte de nuestra vida. Su generosidad facilitaba que disfrutáramos de las pocas ocasiones en las que podíamos coincidir.

Patty se autoproclamó coanfitriona y decidió hornear algunas pastas caseras y dulces italianos que Giovanna, la mujer de su capataz, le había enseñado a elaborar. Nos ofrecimos a llevar bizcochos y pastelitos, como de costumbre, pero se negaron en redondo. Estaban decididas a ocuparse de todo y agasajarnos a su antojo.

Llegué un poco antes de la hora acordada y encontré a las dos anfitrionas conversando plácidamente en el salón.

Al mudarse, Amelia había dejado de rodearse de antigüedades y recuerdos caducos, y ahora en su piso lucía una decoración más funcional, alegre y actual, que reflejaba su «segunda vida», como ella misma la había bautizado. Una nueva etapa en la que disfrutar la libertad que le daba la certeza de saber que no debía rendir cuentas a nadie y que era dueña de sus decisiones.

El ambiente era de lo más agradable y elegante. Había varios centros de flores con rosas color champán, hojas de eucalipto y velo de novia, unas florecillas blancas muy sutiles; velas aromáticas y una decoración navideña muy delicada. Enseguida reconocí en ella la mano de Felipe. No había ni rastro de los típicos cuadros escoceses, esferas doradas, ramas de acebo y velas rojas tan característicos de las navidades británicas a las que estaba acostumbrada.

En una mesita pequeña junto a la ventana reposaba un nacimiento veneciano, y la mesa del comedor lucía un mantel clásico que, a primera vista, parecía de hilo bordado a mano. Por lo que Julia me había contado, Amelia atesoraba piezas muy especiales que su madre había encargado a las monjas cuando cumplió la mayoría de edad, con idea de ir preparando su ajuar. Todos los adornos combinaban blanco y plata, y quedaban perfectos entre los tonos neutros que Amelia había elegido para decorar la casa.

—Sara, *cara*, eres la primera en llegar —saludó Patty al verme.

Me hacía gracia la naturalidad con la que intercalaba palabras en italiano en muchas de sus frases, prueba de que se estaba contagiando de las expresiones de aquel país en el que parecía estar completamente integrada.

—Buenas tardes, ¡qué maravilla! Está todo precioso —exclamé—. ¿Cómo te encuentras, Amelia?

—Bien, bien, no hablemos de eso ahora.

—¿Y tú, Patty?

—Todo en orden, me encuentro mejor que nunca. ¿No ha venido Malena contigo?

—No, me dijo que tenía cosas que hacer. Lleva unos días rara. No he querido insistirle.

La mesa era la máxima expresión del buen gusto: servilletas de hilo, porcelana clásica y un centro de flores del tamaño perfecto para aportar frescura sin destacar demasiado. Las bandejitas estaban decoradas con mantelitos de lino rematados de encaje de bolillos, y los cubiertos de servir parecían de plata.

—La ocasión lo merece —respondió Amelia acercándose a saludar—. Dinos, ¿has podido persuadir a Julia para que se reúna con nosotras?

—Por más que le he insistido, no ha habido forma, pero os manda sus mejores deseos para estas fiestas.

—Esta chica… ¿Cuánto tiempo ha pasado ya? —preguntó Patty.

—Tres años —apuntó Amelia.

—No seré yo la que diga lo que debe durar un duelo, pero le vendría bien volver a su trabajo y empezar una nueva vida, como hicimos nosotras —añadió mirando a Amelia.

—Cada uno tiene sus tiempos. Me consta que lo está intentando y sé que acabará haciéndolo. El atelier abrirá sus puertas de nuevo, no tengo ninguna duda. Volver a dar clases también la ayudaría a salir de su encierro, aunque la decisión es solo suya. Poco podemos hacer más que intentar que nos sienta cerca y hacerle ver que nos tiene para lo que necesite.

Sonó el timbre y oí cómo, al abrir la puerta, María saludaba a Laura y la invitaba a pasar al salón.

—¡Laura! Qué alegría verte, siento que no coincidiéramos la última vez que estuve en Madrid —lamentó Patty.

—Bueno, tengo una agenda complicada y tres hijos, no es fácil —concluyó con una amplia sonrisa—. ¿Qué tal estáis? Amelia, ¿cómo te encuentras? —preguntó girándose hacia ella tras saludarnos.

—Estoy bien, estoy bien —replicó haciendo un gesto con la mano para quitarse importancia—. Mis médicos son un poco alarmistas y no hacen más que decirme que me cuide, que descanse…, ya sabes. Últimamente tengo poco apetito y por las tardes me siento algo más cansada, pero no hay por qué preocuparse.

—El cuerpo es sabio, harías bien en atender las indicaciones de mis colegas. Patty, y ¿tú? Nos diste un buen susto en la boda de Alfonso. Malena nos mantiene al tanto, pero tenía ganas de verte en persona.

—Como una rosa. Ya me ves.

Volvió a sonar el timbre.

—Disculpadme, llego tarde —se excusó Catherine con la respiración entrecortada—. Estaba a punto de salir de casa de mi hija cuando mi nieto me ha pedido que termináramos de escribir la carta a los Reyes Magos que había traído del cole. No podía decirle que no, ya sabéis que es mi debilidad.

—Ya decía yo que era muy raro que hubieras abandonado la famosa puntualidad inglesa —rio Patty.

—Tranquila, estamos entre amigas —apuntó Laura—. Lo primero es lo primero. Los críos pueden ser tremendamente insistentes, ya lo creo. Me alegro mucho de que hayas podido venir.

Amelia nos hizo una señal para que nos sentáramos a la mesa.

—¿Vendrá Elsa? —pregunté.

—Ha quedado con sus primos para ir a comprar los regalos de Navidad, pero me dijo que, si acababa pronto, se pasaría. Tenía muchas ganas de disfrutar de una tarde con nosotras, pero no ha sabido negarse.

—Vais a ser mis conejillos de Indias. Esto de aquí —dijo Patty señalando una de las bandejas de dulces— son *amaretti*, y esto otro, *canestrelli*. Quería sorprenderos con unas delicias italianas y le pedí a Giovanna que me enseñara algunas recetas típicas de su tierra, de esas que pasan de generación en generación. Es la primera vez que las hago sin su ayuda, pero yo diría que no tienen mala pinta. Tenéis que probarlas.

—Cuenta con ello —rio Catherine—. Ya sé que no

queríais que trajéramos nada, pero ayer hice un *christmas pudding* y os he traído un trocito. A mi hija le encanta que lo haga por estas fechas, y a mí me trae tantos recuerdos... A mi madre le salía riquísimo. La receta es algo laboriosa, pero, hasta que no les den vacaciones a los niños, tengo mucho tiempo libre por las mañanas.

María nos acercó una bandeja con una tetera humeante que dejó sobre la mesa.

—Muchas gracias. ¿Alguna de vosotras prefiere café? —preguntó Amelia.

—Sí, yo. Si no es molestia. Anoche tuve guardia y necesito espabilarme como sea.

—No me explico cómo soportas ese ritmo. Cuando Elliot pasa una mala noche, al día siguiente estoy que no doy pie con bola, me cambia el humor, me cuesta concentrarme y cruzo los dedos para que no se note en el trabajo. Esto de la maternidad en solitario es complicado.

—No te engañes, yo estaba casada cuando nacieron Sergio e Inés, y las noches eran solo para mí. Martín solía decir que no los oía llorar. Con la excusa de que era yo quien más los entendía, y después de todo lo que habíamos pasado con Sergio, en cuanto escuchaba el más mínimo ruido yo saltaba de la cama como un muelle para ir a atenderlos.

Amelia se dispuso a servirnos el té, pero al incorporarse le dio un ligero mareo que alertó a Laura.

—No os preocupéis, es normal, me he levantado demasiado rápido de la silla.

—¿Seguro que estás bien? ¿No tendrás un tensiómetro en casa?

—Tranquila, doctora, estoy bien. Venga, que no quiero fastidiaros la merienda. Patty, ¿nos sirves tú?

—Claro, yo me encargo. Té para todas y café para Laura.

—Estas pastas están riquísimas —aseguró Laura—. Conociéndote, no sería raro que estés pensando en montar una pastelería o algo parecido.

—¡Uy, no! En absoluto, pero he de confesaros que estamos trabajando para sacar nuestra propia *grappa*. Es un licor parecido al orujo y se toma como digestivo después de las comidas. Su consumo está muy extendido por la región; bueno, en general por todo el país. Tenemos la materia prima y podría venderse bien, a los italianos les encanta reunirse en torno a una buena mesa, en eso nos parecemos mucho. Será el Mediterráneo y la cocina tan excepcional que tenemos.

—Me recuerdas tanto a mi hermana Amy... —apuntó Catherine—. Sois igual de emprendedoras. Se os mete una idea en la cabeza y vais a por ella. Es increíble.

—Por cierto, ¿cómo le va el nuevo negocio de las flores? —quiso saber Amelia.

Cada vez que Catherine volvía de Inglaterra nos ponía al día de las aventuras empresariales de su hermana. El negocio de los gusanos de cebo que montó después de verse obligada a sacrificar todas las vacas de la granja nos había parecido tremendamente creativo, y de nuevo su idea de crear «jardines instantáneos» era de lo más original.

Yo misma había comprobado que los jardines en Inglaterra eran toda una institución. Los ingleses no se conformaban con un poquito de césped y unas florecillas de temporada, tenían que sentirse orgullosos de su jardín y dedicaban mucho tiempo a mantenerlo. El clima jugaba a su favor. Los veranos son suaves y la lluvia acude puntual todas las semanas. Cualquiera que tuviese un trocito de verde en su casa empleaba unas horas para mantenerlo florido y limpio de malas hierbas.

Esa costumbre era un gran inconveniente si te mudabas y ponías la casa en venta. El jardín se veía descuidado y daba mala impresión a los posibles compradores. De ahí surgió la idea de la hermana de Catherine.

—Amy se negaba a comprar flores de plástico importadas de China y ha visitado fabricantes por todo el país hasta dar con lo que quería. Tened en cuenta que allí todo el mundo sabe de flores, no vale que decores un jardín en abril con flores de pleno invierno. La gente notaría que no son reales —nos había explicado Catherine en su día.

El planteamiento gustó entre las inmobiliarias de la

zona, que comenzaron a recurrir a ella para que mantuviera a punto los jardines de las casas de su catálogo. Pronto aplicó esta misma idea a eventos al aire libre, también con gran éxito. Así fue como surgió The Flower Ladies.

—El negocio va viento en popa, como decís aquí, y no deja de crecer. El último sitio donde ha puesto el ojo mi hermana es en las carreras de caballos.

—Entonces ¿ha dejado lo de las flores? —pregunté—. Nos habías dicho que le iba muy bien.

—Al contrario, ha conseguido unir su pasión por los caballos a su negocio. En mi país todavía hay familias adineradas que poseen casas muy antiguas, con muchos acres de terreno alrededor. Algunas tienen hasta su propio coto de caza y otras organizan carreras de caballos campo a través. Con eso hacen frente a los altísimos costes de mantenimiento que supone tener una propiedad así. En ese sector se mueve mucho dinero y los organizadores de esos eventos no escatiman en gastos. Lo tradicional es decorar los saltos con arreglos de flores frescas, pero, si la noche anterior llueve, el aspecto a la mañana siguiente es lamentable y la carrera se ve deslucida.

—O sea, que usa flores artificiales. ¡Qué ojo tiene tu hermana, es increíble! —exclamó Patty—. Y luego decís que lo mío no es normal. Fijaos en Amy, me quito el sombrero, ya no solo por emprendedora, sino por original.

—Ha movido sus contactos en el mundo de la hípica

y, después de salvar las reticencias iniciales, ha conseguido contratos bastante importantes. Tened en cuenta que este tipo de familias son muy tradicionales y le ha costado mucho venderles una idea tan novedosa. Sin embargo, se ha impuesto la realidad y ahora están encantados. Les sale más barato y se aseguran de que el recorrido tenga un aspecto impecable haga el tiempo que haga.

—Absolutamente genial —aplaudió Amelia—. Es maravilloso que las mujeres podamos emprender sin depender de que ningún hombre nos autorice a esto o a aquello. Cuando Julia y yo nos asociamos para abrir El Cuarto de Costura se me hizo raro poder decidir todo por nosotras mismas y disponer de mi dinero a mi antojo. Muchas de mis amistades de entonces se echaron las manos a la cabeza. Algunas casi se lo tomaron como una idea absurda que no iría a ninguna parte, ¡y fíjate hasta dónde hemos llegado!

—Por suerte, los tiempos han cambiado —intervine.

—Y mis amistades también —rio Amelia.

Yo carecía de ese espíritu emprendedor que tanto admiraba; sin embargo, sabía bien lo que era labrarse una carrera y llegar a una posición en la que no hace tanto las mujeres eran casi invisibles. La maternidad seguía siendo un lastre para escalar puestos y, pese a ello, dirigía un departamento de comunicación y me sentía orgullosa de mi trabajo.

—Me encantaría conocer a tu hermana; con tantos negocios que ha puesto en marcha tendrá mil anécdotas que contar —apuntó Laura.

—Es una persona muy interesante y luchadora. En el fondo se parece mucho a vosotras —respondió Catherine mirando a Patty y a Amelia—, no tenéis nada que envidiarle.

—¿Te pasarás por El Cuarto de Costura en estos días? —pregunté—. A Carmen le hará mucha ilusión saludarte.

—Por supuesto, y espero coincidir también con Julia. La llamaré para quedar con ella. Esta vez tengo que volverme justo después de las fiestas, porque estoy pendiente de que me citen para operarme la cadera, pero sacaré tiempo para ir a visitarlas antes de marcharme.

Me ausenté un momento para ir a la cocina a pedirle a María que nos hiciera más té, y Laura me siguió.

—¿Qué tal te fue con Rodrigo?

—Muy bien. Cada día me siento más cómoda con él, es un encanto. Estuvimos cenando en un restaurante precioso y luego nos tomamos una copa. Pero bueno, ya te contaré en detalle.

—Uy, ¿hay más o te estás haciendo la interesante? —rio.

—Hay más, pero no de lo que tú imaginas.

—Cuenta, cuenta.

—Estábamos charlando a la salida de Torre Picasso para quedar esa noche cuando apareció Andrew.

—Andrew, ¿tu exnovio inglés? ¿Qué hace en Madrid?

—Al parecer le ha salido un proyecto aquí y su cliente tiene las oficinas en el mismo edificio que las mías. Va a estar yendo y viniendo unos meses, así que volveremos a vernos.

—Bendita casualidad —comentó en tono irónico.

—Imagínate mi sorpresa, me quedé de piedra. Y aunque me produjo cierta impresión escuchar su voz y verle la cara de nuevo, me sentí mucho más segura de lo que hubiera imaginado. No sé si porque Rodrigo estaba conmigo o porque pasados estos años ya no tiene poder sobre mí.

—Pues me alegro, porque estas cosas es difícil procesarlas. Espero que no te dé mucho la brasa el tiempo que esté por aquí.

—Al contrario, fue muy amable. Se presentó a Rodrigo como un «viejo amigo» y charlamos unos minutos. Parecía el Andrew del que me enamoré. Hemos quedado en tomar un café a la vuelta de Navidades.

—Me sorprende, después de lo que pasaste con él. Ten cuidado, porque los narcisistas saben muy bien cómo parecer lo que no son. Ya te engañó una vez.

—Tranquila, será solo un café. He pasado página y me dio la sensación de que él también. Compartimos muchos ratos buenos, me quedo con eso y con Elliot, claro.

—¿Le has hablado de tu hijo?

—No, es pronto todavía.

—Sara, prométeme que vas a ir con pies de plomo. La gente no cambia y no quiero que ese hombre te haga daño de nuevo. No te olvides de la razón por la que te volviste de Londres y de lo que te costó recomponerte.

—Que sí, de verdad. Tengo las cosas muy claras y lo que menos deseo en este momento es que regrese a mi vida. Solo quiero demostrarme a mí misma que es agua pasada. Si me tomo un café con él, será por pura cortesía. Nada más. No tienes de qué preocuparte.

Amelia comenzaba a mostrar signos de cansancio. Apuramos las tazas de té y terminamos de probar todas las exquisiteces que había sobre la mesa.

—Quizá sea hora de retirarse, no queremos que te canses demasiado. Ya sabes —añadió Laura—, hay que hacer caso de lo que dicen los médicos.

—No quiero que os preocupéis por mí, yo estoy muy bien atendida. La que me tiene inquieta es Julia. Me da la sensación de que se niega a vivir, deja pasar los días y sus miedos se hacen cada vez más grandes. La última vez que pasó por aquí fue porque su amigo Fernando la trajo en coche. Tiene que haber algún psicólogo que la pueda ayudar, ¿no crees, Laura?

—Claro, pero tiene que ser ella la que dé el paso. Ya estuvo en terapia una vez y la abandonó. Le cuesta pedir ayuda.

—Quizá no me corresponda a mí comentarlo pero, según me dijo hace unos días, ha encontrado una nueva psicóloga y esta vez está decidida a continuar la terapia hasta el final. La llamaré esta misma noche cuando acueste a Elliot y le contaré que todas habéis preguntado por ella y que la hemos echado mucho de menos.

—Me encantaría verla estas navidades antes de volver a casa —apuntó Catherine—. Díselo.

—Nosotras habíamos quedado en vernos antes de fin de año; siempre lo hacemos, les damos un repaso a los números y cambiamos impresiones. Hay mucho de qué hablar y aprovecharé para mencionarle el atelier. Tenemos que tomar una decisión. No quiero presionarla, pero debería plantearse reabrirlo. Es una pena que abandone después de haberse hecho un nombre en un mundo tan complicado —lamentó Patty.

—Ella siempre ha dicho que la costura es una parte importante de su vida y precisamente eso es lo que tiene que hacer ahora, recuperarla —añadió Laura.

—Quizá podamos hacerle ver que le queda mucho por vivir. No voy a decir que mi viudez tenga nada que ver con la suya, pero las cosas suceden y a todos nos cuesta superarlas. Pasar un duelo es natural, pero no es bueno quedarse ahí mucho tiempo.

—La vida consiste en ganar y perder, en dejar ir y vivir con los brazos abiertos para recibir lo bueno que está por llegar —apostilló Catherine—. En algún momento lo entenderá y volverá a caminar con ilusión. Si pudiera confiar en que se reunirá de nuevo con Ramón en algún momento, se le haría más llevadero. Yo me agarro a eso cuando pienso en mi marido.

—Por mi parte, espero no encontrarme al mío en la otra vida; bastante harta acabé de él en esta —comentó Amelia intentando quitarle intensidad al momento.

—Amiga, puedes estar tranquila; no creo que tu marido haya ido precisamente al cielo —bromeó Patty provocando una carcajada general.

Con los años Amelia había aprendido a dejar de lado los episodios más tristes de su vida y a mirar hacia el futuro. Es lo que debíamos conseguir que hiciera Julia. Ella sabía que estábamos cerca y que podía contar con nosotras. Habíamos tejido una red muy fuerte y ninguna nos dejábamos caer. Solo teníamos que darle su tiempo.

13

Cada Navidad, desde que falleció Ramón, Amelia invitaba a Julia y a Daniel a celebrar las fechas más señaladas con ella. En su casa coincidían con Alfonso y Felipe, y en Nochevieja se les unía Elsa. Formaban una curiosa familia en la que los lazos de amistad eran tan fuertes como los de sangre. Algo parecido a lo que habíamos logrado en El Cuarto de Costura.

Julia siempre había intentado que su hijo viviera esas fechas con ilusión a pesar de la ausencia de su padre, y esta era una de esas maneras de hacerle ver que la familia se extiende mucho más allá del parentesco. Por familia entendían una manera de incluir en sus vidas a las personas que, pasara lo que pasara, velarían por ellos y les harían sentir en casa, un lugar seguro al que volver, donde saberse queridos.

Al haber perdido a su padre tan joven le resultaba fácil

ponerse en la piel de Daniel. Entender esa ausencia le hacía revivir la de su propio padre, y ese dolor volvía a recordarle una herida que, aunque cerrada, había dejado una cicatriz profunda en ella.

—Te juro que lo intento, Sara, con todas mis fuerzas —me confesó en una ocasión—. Trato por todos los medios de que mi hijo no me vea triste. Ya no es un crío y menos con lo rápido que ha madurado desde que Ramón no está. No es fácil engañarle, me conoce demasiado bien. De hecho, muchas veces pienso que me he apoyado en él más de lo que debería. Pero así es como han salido las cosas. No puedo hacer nada para cambiarlo. Quisiera que me viese feliz, pero estos días son tan complicados… Tengo tanto miedo a que se quede solo como me pasó a mí… No creas que soy una desagradecida, sé que toqué el cielo y lo tuve todo, y precisamente por eso ahora me cuesta seguir adelante.

Ella era muy consciente de que había sido muy afortunada al fundar una familia cuando ya no contaba con ello. En los años junto a Ramón habían tenido sus altibajos, pero habían superado cada una de las piedras del camino. Yo no echaba de menos tener a alguien a mi lado para criar a Elliot, pero me parecían un ejemplo a seguir.

La historia de Julia me recordaba que con demasiada frecuencia damos las cosas por sentado cuando en realidad cada reto conseguido o cada meta que alcanzamos no es una conquista permanente. La vida es demasiado cambiante para creer algo así. Nos acostumbramos pronto a lo que tenemos, tanto que a veces no le damos a cada momento el valor que tiene y olvidamos que la felicidad, como la belleza, está en lo fugaz, no podemos retenerlas. Lo más valioso siempre es lo más efímero.

En fin de año, Elliot y yo disfrutamos de una breve escapada a Toulouse para visitar a la familia. En la ciudad francesa se respiraba un ambiente navideño distinto pero igual de entrañable. Natalia me había encargado en secreto que llevara unos turrones para mi padre, era lo que más echaba de menos en esas fechas. Pasamos unos días muy divertidos enseñándole a Fran villancicos españoles, que prometió aprender de memoria para cantarlos juntos la Navidad siguiente.

Después de Reyes, cuando retomamos las clases en la academia, Laura me pidió que hiciera lo posible por conseguir que Julia fuese a ver a Amelia. No quise alarmarme, pero Elsa le había comentado que las últimas veces que había estado en su casa la había notado más débil. Su profesión le permitía detectar las señales que los demás no éramos capaces de ver.

—Sé que le cuesta moverse de casa, pero, si ves que no la puedes convencer, la llamo yo —me aseguró Laura mientras hilvanábamos la blusa que nos estábamos cosiendo para primavera.

—Cuenta con ello. Seguro que Fer la puede acercar alguna mañana, y así no tiene que pasar el mal trago de coger el autobús.

—Ese hombre es un tesoro.

—Desde luego —asentí.

Laura nunca supo de la pequeña aventura que había tenido Julia cuando Fernando volvió a cruzarse en su vida. Ni siquiera la propia Julia se había atrevido nunca a ponerle nombre a lo que vivió aquellos meses. Lo único cierto es que, gracias a Fer, ella comenzó a cuestionarse muchas cosas y, sin pretenderlo, lo que pudo acabar por desmembrar a la familia sirvió para afianzar su relación de pareja y hacerla todavía más sólida.

No me habría parecido extraño que, pasado un tiempo prudencial desde la muerte de Ramón, él hubiera dado un paso al frente y hubiese intentado tener algo más con Julia. Sin embargo, se había mantenido cerca, como un buen amigo, atento para ayudarla en lo que pudiese necesitar. Sin forzar nada.

Entendí que, si Laura me pedía algo con esa urgencia, era importante que no dejase pasar un solo día sin trasladarle a Julia su mensaje.

—Gracias por avisarme, Sara. Haré todo lo posible para ir a verla esta misma semana —me prometió.

—Por favor, llámame en cuanto la hayas visto y tenme al tanto de cualquier cosa. Amelia es familia.

—Sí, lo sé. Cuenta con ello.

—¿Cómo está mi ahijado?

—Pues ahora mismo preparándose la cena mientras yo acabo unos arreglos que me mandó Carmen. ¿Quieres hablar con él?

—No, mejor le llamo otro día, que no son horas y estoy liada con Elliot. Cuídate y no te olvides de llamarme.

—Descuida —añadió antes de colgar el teléfono.

Salir de casa y coger el autobús para llegar a Madrid le hacía sentir una angustia casi patológica, pero se trataba de Amelia, la persona que había luchado codo a codo con ella por levantar un sueño.

Como las conocí a la vez, no imaginaba la vida de la una sin la otra. Con todo, no dejaba de sorprenderme que dos personas de edades y círculos tan distintos tuvieran una amistad tan inquebrantable. Si Julia llenó el vacío que dejó Alfonso al marcharse de casa, Amelia fue la madre que cuidó de Julia como a una hija cuando Nati falleció. Por eso su relación iba mucho más allá, no fueron solo dos socias que unieron sus fuerzas para abrir El Cuarto de Costura, fueron dos mujeres que se apoyaron la una en la otra para superar los reveses de la vida.

Unos días después, al llegar del trabajo sonó el teléfono. Aún no había recogido a Elliot de casa de mi madre y eso me daba un rato de paz para hablar con tranquilidad.

—Hola, Sara, soy Julia. Te iba a mandar un mensaje, pero he preferido llamarte. ¿Tienes un momento?

—Sí, claro. Acabo de entrar por la puerta. Un día complicado en el trabajo.

—He ido esta mañana a ver a Amelia.

—Qué buena noticia, ¿y qué tal la has encontrado?

—Muy débil, la verdad. Estaba en la cama y no ha querido levantarse. Me ha dado la sensación de que las únicas fuerzas que tenía las ha empleado en hablar conmigo.

Julia me relató cómo las palabras de Amelia la habían hecho reflexionar sobre estos últimos años. Parecía que la conversación le había ayudado a retirar un velo que le impedía ver con claridad. Le había recordado quién era, qué le daba sentido a su vida, cuál era su pasión y cómo recordarla podía ayudarle a retomar su vida.

—Al morir Javier sentí que una parte de mí moría con él. No por lo que mi marido significaba para mí en ese momento, que ya no era mucho, sino porque la mayor parte de mi vida había girado en torno a él y yo era en buena medida lo que habíamos vivido juntos. Tú me diste la oportunidad de dejar que naciera otra mucho más rica, una que nunca soñé y a la que ni siquiera imaginé que tenía derecho. Tú, querida Julia, compartiendo tu sueño conmigo, me contagiaste también tus ganas de vivir, de crear, de transformar mi existencia en algo que diera fruto. Piensa en todas las mujeres que gracias a ti han hallado no solo una manera de expresarse a través de la costura, sino una forma de encontrarse con ellas mismas, de dedicarse un tiempo que antes no tenían. Tus alumnas han compartido puntadas y tardes de charla con amigas que han llegado a sus vidas para llenarlas de color, para aprender la mejor forma de vivir: persiguiendo aquello que te hace feliz. Tú les hablas de las distintas telas que hay, ellas aprenden que lo mismo que estas se pueden transformar, también nosotras con nuestras diferencias y nuestros matices podemos enriquecer las vidas de nuestras semejantes y transformarlas, convertirlas en unas que merezca la pena vivir.

Amelia hizo una breve pausa para coger aire; noté que le costaba hablar, pero estaba decidida a que la escuchara con atención. Tomó un sorbo de agua del vaso que tenía sobre la mesita de noche y retomó la charla.

—Julia, has tocado la vida de muchas personas. Sé que todas las mujeres que han pasado por El Cuarto de Costura guardan en su corazón un poquito de ti, de lo que tú les has dado tan generosamente. Ser parte de la vida de tantas mujeres es un privilegio. No renuncies a él. El miedo nos paraliza y nos hace esclavos. No lo consientas. Tienes tanto que dar... ¿No te das cuenta? Puedes pensar que la vida te ha castigado, pero también te ha permitido sentir el amor verdadero, Ramón te quería tanto... No había más que veros juntos. Ese amor no ha muerto, está en ti y tienes el deber de protegerlo y de convertirlo en algo grande que perdure en el tiempo. Tú has tenido la suerte de conocer al amor de tu vida, no es algo que le pase a todo el mundo. No podemos tocar el amor igual que no podemos tocar la alegría, pero existen. Del mismo modo que un día llegó inesperadamente y lo puso todo patas arriba, ahora sigue contigo, aunque no puedas verlo, y está a tu lado como lo está Daniel. No vivas de recuerdos, no albergues rencor, no dejes que el dolor te venza, Julia. Toma tus miedos, enfréntalos, acepta lo vivido y coge aire para comenzar de nuevo. No creo que te falten razones para ello ni tampoco apoyos. Este camino debes empezarlo tú. Al andarlo encontrarás cada día más motivos para continuar. Te conozco y sé que puedes hacerlo. Nati te enseñó bien, tienes su coraje. Puedo verlo en ti.

Su voz era cada vez más débil, pero su determinación era firme.

—Ahora lo que te pido, con las pocas fuerzas que me quedan, es que no dejes morir lo que levantamos. Ese sueño fue lo que me devolvió a la vida, lo que le ha dado sentido a los años que he vivido desde entonces. ¿Qué sentido tendrá nuestro esfuerzo si se desvanece lo que hemos construido juntas? Puedes hacer tanto bien con tu trabajo… Sacúdete los miedos, abandona tu pena y recupera tu pasión. Haz que te alimente como lo ha hecho durante todo el tiempo que hemos compartido. Haz que se contagie y que se propague a más personas. Julia, hija, voy a hablarte con franqueza. Me siento débil, pero me quedan fuerzas para mirar atrás y ver que hemos llenado de ilusión la vida a otras mujeres. Acuérdate de sus caras el primer día de clase, la primera vez que acaban una prenda y la alegría con la que vuelven curso tras curso. ¿Sabes cuántas personas vagan por su existencia sin llegar a saber cuál es su propósito en la vida? Tú lo has encontrado, no puedes darle la espalda. Tu trabajo es valioso porque ayuda a que este mundo sea un lugar mejor, porque invita a soñar, porque crea lazos sólidos y duraderos, y las mujeres sabemos lo importantes que son esos lazos y lo fuertes que nos hacen.

—Sara, la escuchaba hablar y parecía que se estuviera despidiendo de mí. Era como si sintiera que esa era la última oportunidad que tenía para decirme lo que no me había dicho en estos años. Hablaba cada vez más bajito y le costaba acabar las frases. Contuve las lágrimas como pude y al salir de su casa lloré como una niña.

—Llorar no es malo, Julia.

—Quizá no lloraba por ella, quizá lloraba por mí, por haberme dejado aplastar por un dolor que me ha hecho prisionera y porque no entendía cómo había desterrado de mi vida lo que me hacía feliz. ¿Sabes? La miraba en la cama y por un momento sentí que nos habíamos cambiado los papeles. Ella, que siempre me había protegido y había cuidado de mí, parecía ser ahora la desamparada. Notaba cómo sus palabras se me metían dentro y me hacían sentir más fuerte. Me han hecho reflexionar. Ay, Sara, ¿qué he hecho con estos últimos años?

—No tienes nada que reprocharte, necesitabas este tiempo de duelo. Lo importante es que has llegado hasta aquí y has vuelto a reconocerte. Ahora sabes hacia dónde tienes que mirar para avanzar. Traza un plan y ponte una meta. Estoy a tu lado y, si está en mi mano, te ayudaré a conseguirla. Volverás a brillar, Julia.

—Qué suerte tengo de tenerte en mi vida. No me va a ser fácil, pero cuesta menos cuando te sientes acompañada. —Noté que sonreía mientras pronunciaba esa última frase.

—Si me dejas ayudarte, será como devolverte parte de

lo que tú me diste a mí cuando me hizo falta. Hoy has tomado una decisión y, si es preciso, te la recordaré cada día. No te voy a soltar de la mano, Julia. Confía.

Colgué el teléfono con la sensación de que algo había cambiado en ella, y no iba a desaprovechar la oportunidad para empujarla hacia un futuro que desde hacía demasiado tiempo se había negado a sí misma y al que mis amigas y yo sabíamos que estaba destinada.

Unos días después de nuestra conversación telefónica Julia dejó a Daniel en el colegio y, haciendo de tripas corazón, cogió un autobús a Madrid. Era la primera vez en esos últimos años que lo hacía sola, y durante el trayecto luchó por mantenerse concentrada en una imagen: la ilusión que veía en las caras de sus alumnas durante su primera clase en la academia. Se aferró a ella desde Las Rozas hasta Moncloa y se centró en recordar lo feliz que le hacía compartir sus conocimientos de costura como su madre lo había hecho con ella.

Los escasos quince minutos que separaban el intercambiador de transportes del número cinco de la calle Lagasca le sirvieron para recuperar la respiración e intentar calmar los nervios.

—Buenos días, Carmen —saludó al entrar en El Cuarto de Costura.

—Hombre, jefa, tú por aquí. No te esperaba. ¿Un cafelito?

—Pues sí, gracias, me ayudará a entrar en calor. Pero tú sigue con lo tuyo, yo me lo sirvo —añadió dirigiéndose hacia la trastienda.

—No me hables de calor, que no doy abasto a darme aire; estos dichosos sofocos van a acabar conmigo. ¿Has venido con Fer?

—No, he cogido el bus hasta Moncloa y luego un taxi.

Para Carmen esa afirmación significaba que Julia estaba dando pasos hacia delante, y lo celebró con una de sus ocurrencias.

—¿No me digas? Entonces, mejor que un café saco una botella de champán y brindamos por ti —rio.

—Me ha costado lo mío, no creas, pero aquí estoy. Aunque te parecerá una tontería, para mí es un paso de gigante.

—No lo dudo, Julia. Pese a que intento tomarme las cosas a guasa, sé lo que supone lo que has logrado hoy y celebro más de lo que imaginas que estés aquí. Te he echado de menos.

Soltó la chaqueta que estaba planchando, se acercó a ella y le dio un abrazo. Cuando se separaron ambas tenían los ojos llenos de lágrimas. Entre ellas sobraban las palabras.

—¿Has hablado con Patty?

—Sí, me ha dicho que está fenomenal. Las pruebas médicas no han revelado nada raro, está como una rosa y con muchas ganas de continuar con su vida. La que está fatal es Malena, que no deja de tratarla como si fuese una ancianita —rio Julia—. Comeré con ella uno de estos días. Tenemos que comentar cómo ha ido el año y tratar algunos asuntos. Es una suerte que mi socia no se meta mucho en el negocio y me deje hacer.

Según me contó después, pasó parte de la mañana en el atelier, sola. Necesitaba volver a verse rodeada de bocetos, telas e hilos para encontrarse con esa muchacha de barrio a quien nunca le faltó coraje para arriesgarse y afrontar nuevos retos; la que les daba forma a los sueños de otras y hacía sentir a cada clienta la mujer más guapa del mundo. Le vinieron a la memoria la imagen de su madre, sus enseñanzas, su tenacidad, su entrega y ese espíritu que permanecía inalterable ante cualquier adversidad.

—Mamá, ¿crees que podemos escapar de nuestro destino? ¿Crees que podemos acallar la voz que desde nuestro interior nos dice «este es tu camino»?

«La vida te está esperando», le pareció oír. Dedicó unos minutos a pasear entre las máquinas de coser y sus recuerdos la trasladaron a aquella primera vez que vio a Ramón. Recordó su flequillo rebelde, que peinaba hacia un lado con la mano derecha una y otra vez sin conseguir que se quedara en su sitio; su encantadora sonrisa, su forma de mirarla, su carácter abierto y amable. Se descubrió sonriendo al sospechar que no fue casual que él olvidara allí su paraguas aquella mañana lluviosa y lo usara como excusa para volver a verla. Volvió a sonrojarse al acordarse de lo nerviosa que se ponía cuando estaba con él, cómo hablaba sin parar en su presencia y gesticulaba hasta la exageración sin tener motivo para ello. Recordó sus dudas iniciales, su pudor y la insistencia de Amelia para que se dejara llevar. Ser capaz de rememorar su historia de amor sin derramar una lágrima por primera vez en mucho tiempo la hizo feliz.

Abrió las ventanas y dejó entrar la luz.

«Nunca más en la oscuridad», se dijo a sí misma.

Y ese fue el primer paso en firme para recuperar su vida. Era solo el primero, pero era el que le permitiría avanzar y dejar atrás un tiempo con el que pronto haría las paces.

14

¿Existen las casualidades? Las oficinas de las principales empresas establecidas en Madrid se concentraban en unos pocos puntos, pero aun así la ciudad era demasiado grande para que dos personas se encontraran sin un motivo. Que Andrew estuviera en la entrada de Torre Picasso ese viernes, el día en que todo el mundo salía escopetado de fin de semana, no podía ser fortuito. Que la compañía inglesa para la que trabajaba tuviese un cliente en ese mismo edificio y que él dirigiese el proyecto me pareció mucha coincidencia. O puede que no.

«Relájate —pensé—, estás viendo fantasmas donde no los hay. Además, es solo un café en un lugar público. Solo un café, Sara».

Si el tiempo y la distancia habían hecho bien su trabajo, nuestro encuentro no tenía por qué ir mal. Yo misma me había convencido de que más que una prueba para demostrarme a mí misma que no quedaba ni una sola chispa entre nosotros, iba a ser la confirmación de que lo nuestro pertenecía a un pasado muy muy lejano. Solo debía tener cuidado para no darle demasiados detalles acerca de mi vida y poner límites claros a su curiosidad.

—Aunque tengas ganas de charlar como si fueseis viejos amigos, sé precavida —me había advertido Laura—. Prométemelo. Si te engatusó una vez, puede volver a hacerlo.

Las circunstancias eran ahora muy distintas. Cuando nos conocimos yo era una chica joven en un país extranjero intentando labrarse un futuro. Tenía un círculo de amigos por el que me sentía muy arropada. Todo cambió cuando conocí a Andrew. El mundo que estaba construyendo a mi alrededor desapareció tan rápido que no fui consciente de ello. Poco a poco me fue modelando a su antojo.

Sus constantes atenciones al inicio de nuestra relación, su forma de agasajarme y el tiempo que me dedicaba acabaron por convencerme de que era poco menos que mi pareja ideal. Era apuesto, no escatimaba en detalles hacia mí. Y en la cama…, en la cama conocí un sexo que no creía posible. No tenía una amplia experiencia, pero estaba segura de que, aunque hubiese tenido veinte amantes antes de Andrew, con ninguno hubiese experimentado nada igual. Se me aceleraba el pulso si pensaba ello. Me di cuenta de que podría pedirme cualquier cosa después de una noche de pasión y le diría que sí sin pensarlo dos veces.

Todo era perfecto si yo era perfecta, pero, a sus ojos, cometí algunos errores, y entonces se reveló como el hombre que realmente era. Tenía que recordármelo a mí misma para encontrar esa cautela que Laura me pedía con tanta insistencia.

—Te sienta muy bien ese *look* de ejecutiva. Estás muy atractiva —añadió levantándose para retirarme la silla.

«Adulador».

Estaba acostumbrado a verme con ropa más *casual*, como decían los ingleses. En mi trabajo anterior el ambiente era mucho más relajado, nada que ver con los círculos en los que él se movía.

—Gracias. No se puede dirigir el departamento de comunicación de una gran compañía en vaqueros.

«Uno a uno», pensé.

No tenía por qué exponer mis logros laborales de esa manera tan explícita, pero quise dejar claro desde el primer minuto que ya no era la novata que él conoció, la que trabajaba en el periódico local. Ahora hablábamos de tú a tú. Quería que entendiera que no tenía una posición de poder con respecto a mí.

—Tienes toda la razón. Supuse que al volver a Madrid buscarías trabajo en un periódico. Te felicito, estoy seguro de que has llegado hasta ahí por méritos propios.

«¿Qué insinuaba?».

Me daba la sensación de que no habíamos empezado con buen pie, me había puesto a la defensiva sin razón. Pese a su actitud conciliadora, yo era incapaz de relajarme.

—¿Qué sabes de los McWilliams? ¿Has vuelto por los Cotswolds? —acababa de pronunciar estas palabras cuando me di cuenta de mi error. Había dirigido la conversación hacia nuestro pasado, debía rectificar cuanto antes.

—Hace ya tiempo que no voy por allí, pero olvida eso. Cuéntame, ¿qué es de tu vida?

No es que me entusiasmara ese cambio de dirección, pero era una oportunidad para enderezar nuestra charla. Con las palabras de Laura muy presentes.

Para mi sorpresa, el encuentro fue ganando en fluidez y pasados unos minutos empecé a notar cómo se me destensaban las piernas, la rigidez de mi espalda desaparecía y me iba sintiendo cada vez menos incómoda.

«Eso es. Relájate, Sara».

—Ha pasado ya mucho tiempo, pero todavía siento que te debo una disculpa.

Aquella declaración me descolocó por completo y debió de notarlo por la expresión de mi cara.

—La forma en la que te marchaste o, déjame que lo diga como lo siento, la forma en que te eché de mi lado…

No puedo estar más avergonzado. Puede que no tenga sentido pedir disculpas ahora, pero quiero que sepas que lamento mucho ese comportamiento tan impropio de un hombre de verdad.

No podía articular palabra y decidí no interrumpirle.

—He reflexionado mucho desde entonces y no estoy orgulloso de mi manera de actuar. Te he querido mucho, Sara, pero no te he querido bien. Ahora conozco la diferencia y sé que no te merecías el trato que te di.

Sentí que mi espalda recuperaba la rigidez inicial y crucé los brazos sobre la mesa. Pese a que nunca hubiese imaginado una conversación como esa entre nosotros, sus palabras sonaban sinceras.

—Cuando me abandonaste, se me cayó el mundo encima. Pronto entendí que yo era el único culpable —explicó sin dejar de mirarme a los ojos—. Me alegro de que este encuentro fortuito se haya convertido en la ocasión que necesitaba para pedirte perdón. Ten por seguro que respeto tu nueva vida y no pretendo inmiscuirme en ella.

Nada más pronunciar esa última frase alargó la mano y me acarició el brazo izquierdo. Giré el cuello en esa dirección y acto seguido dirigí la mirada hacia él sin mediar palabra.

—Lo siento, no quería incomodarte. —Supuse que no había necesitado más que verme la cara para entender qué quería decir.

—Tranquilo. —Me sentí segura con esa reacción; en otro momento me hubiera disculpado por actuar tan bruscamente.

«Esta Sara no es la que tú conociste», pensé.

Consulté mi reloj. La hora del baño. Elliot habría preguntado por mí varias veces y sentí la necesidad de estar con él.

—Se hace tarde y ya te he robado mucho tiempo. Quizá te esperen en casa —apuntó, quién sabe si con una doble intención.

—Sí, quiero decir, no. Mañana tengo una reunión importante y necesito repasar mi presentación antes de irme a la cama.

No sé si sonó a excusa. Me cogió desprevenida y no supe qué contestar. Ninguna presentación me iba a robar el sueño esa noche. Estaba convencida de que la pasaría en vela, dándole mil vueltas a esa conversación antes de conseguir quedarme dormida.

No tenía claro si podía o no calificar aquello como un comienzo de semana positivo, pero al llegar al viernes ya no tenía ninguna duda. Era una de esas tardes de invierno frías y desapacibles en las que Madrid se vuelve inhóspito. Con todo, mi buen humor y los planes que tenía para esa noche compensaban cualquier cielo gris.

—¡Buenas tardes! —saludé al llegar a El Cuarto de Costura.

—Hola, Sara, parece que vienes muy animada esta tarde —comentó Carmen.

—¿Has quedado con Rodrigo? —me preguntó Laura discretamente.

—Sí, y además, me han concedido el aumento —anuncié quitándome el abrigo y soltando el bolso.

—¡Bravo! —aplaudió Carmen esbozando un baile de caderas.

—Gracias, gracias —contesté haciendo una pequeña reverencia—. Estaba casi segura de que lo conseguiría, pero no quería darlo por hecho. ¿Alguna noticia sobre el atelier?

—Estuve hablando con Julia el otro día. Me dijo que iba a quedar con Patty para comer. Ya nos contará.

—No me preguntéis por qué, pero intuyo que el atelier volverá a abrir sus puertas antes de lo que nos pensamos. Cualquier día de estos Julia nos da una alegría —apunté convencida de mis palabras.

Carmen hizo un gesto cruzando los dedos y se dirigió hacia la trastienda.

—Esta mañana he comprado las revistas de patrones que han salido nuevas. Echadles un vistazo, que esta primavera-verano se llevan unas cosas monísimas. Yo ya he elegido modelito.

El cambio de temporada siempre nos hacía ilusión. Ojear las revistas con mis amigas era como soñar con lo que estaba por venir. Nos veíamos recorriendo tiendas de telas y eligiendo tejidos, imaginando las tardes que íbamos a compartir cosiendo nuestros proyectos y, sobre todo, deseando que llegara la ocasión para estrenar modelito, como decía Carmen.

—Podríamos quedar un sábado por la tarde para ir juntas a comprar telas, ¿qué me decís? Sería divertido, ¿no?

—¿A comprar telas? ¡Me apunto!

Nos giramos hacia la puerta al oír la voz de Julia, que en ese momento entraba con Daniel, los dos cargados de bolsas.

—Pero bueno, ¡esto sí que es una sorpresa! Vosotros por aquí. Ven, guapo, dale un beso a la tía Carmen.

—No atosigues al muchacho, deja que soltemos las bolsas y ahora nos saludamos.

—Tranquila, mamá. No pasa nada.

—Aquí traigo todos los arreglos que tenía pendientes y, antes de que preguntéis, no, no nos ha traído Fer. Hemos venido en tren.

Esa frase significaba mucho más de lo que las palabras puestas en ese orden querían decir. Era una declaración de intenciones, una prueba de que la conversación que habíamos tenido unos días antes se había convertido en un compromiso personal y en un reto al que Julia, al fin, estaba haciendo frente. Sonreí en mi interior. Ese acto de valentía era solo el preludio de lo que estaba por venir.

—No ha dejado de apretarme la mano todo el camino. Todavía me duele —comentó Daniel soltando una risotada a la que nos sumamos todas con gusto.

Para su hijo también era un hito. Que Julia superara sus miedos significaría que él recuperaría, en cierto modo, a la madre que era antes de que se quedara viuda. Sabía que la costura era una parte importante de su vida. Recuperar esa parcela era rescatar a la persona que era unos años atrás.

—Jefa, ¿un cafelito? Daniel, ¿te importa acercarte a por unos cruasanes?

—Cualquier excusa es buena para darle al dulce —rio Julia—. Te acepto ese café.

—Nos servirán para celebrar el aumento de Sara —comentó Laura.

—¿Te lo han dado? —preguntó Julia emocionada—. Me alegro mucho, enhorabuena.

—Más que como un aumento en sí, me lo tomo como un reconocimiento al trabajo de estos últimos meses. Ha sido agotador, pero ha merecido la pena.

—Ya puedes estar orgullosa —añadió.

Mientras apurábamos el café y acabábamos con la bandejita de cruasanes observaba a Julia. Sin duda aquel era su lugar en el mundo, donde poco importaba lo que hubiese de puertas para fuera. Rezaba para que ese fuera el inicio de su vuelta a casa. Tenerla de nuevo entre nosotras, charlando sin parar como si cada minuto fuese oro y tuviera que exprimirlo al máximo era un regalo. Esas tardes en las que no sonaban las máquinas y nuestros dedales permanecían encerrados en los costureros también nos hacían bien a todas.

—Me quedaría aquí hasta el cierre, pero esta noche tengo una cita y quiero dejar a Elliot en pijama antes de salir —anuncié mientras retiraba las tazas y las acercaba a la trastienda—. Vamos a cenar en el Thai Garden, nos han hablado muy bien del restaurante y Rodrigo y yo estamos deseando conocerlo.

—Anda, donde celebró la boda Bibiana —exclamó Carmen—. A partir de entonces se puso de moda.

Su memoria para retener datos sobre la vida de los famosos era prodigiosa. Unir ese lado tan frívolo con los episodios de una vida que ahora conocía me resultaba chocante. Todos estamos llenos de contradicciones y contrastes, pero en ella eran tan extremos que la convertían en todo un personaje.

—Michel y yo cenamos allí no hace mucho y nos encantó. Si te gusta la cocina asiática, vas a disfrutar un montón.

Me despedí de ellas y me escabullí entre comentarios jocosos e insinuaciones que me tomaba con humor. Tenía que llegar a tiempo de bañar a mi hijo y subirlo de nuevo a casa de mi madre para la cena.

A las nueve y cuarto repasé el contenido de mi bolso, me miré por última vez en el espejo del recibidor y bajé al portal a esperar al taxi. Había contemplado la posibilidad de dar un paseo hasta allí, pero la noche estaba especialmente desagradable.

El local estaba decorado como si se tratara de un auténtico jardín tailandés, con esculturas de piedras y abundante vegetación. Varias fuentes de agua ponían la música de fondo. Algunas compañeras de trabajo me habían hablado de platos exóticos especiados con todo tipo de hierbas aromáticas que, inevitablemente, me llevaron a evocar las comidas en casa de Manah.

Había orquídeas en cada rincón.

—La flor del país de las sonrisas —me indicó una amable camarera de ojos rasgados ataviada con lo que supuse era la indumentaria típica de aquella región.

Cuando llegué, Rodrigo me esperaba en nuestra mesa tomándose una cerveza.

—Espero que no te importe, estaba seco.

—No, claro que no, has hecho bien.

—Estás guapísima —añadió casi de inmediato.

—Un sitio tan especial merecía que me arreglara un poco.

Me habría aplaudido si hubiera sabido que, en poco

menos de dos horas, había regresado casa, recogido a Elliot, puesto una lavadora mientras le dejaba jugando en la bañera, se lo había entregado de nuevo a mi madre, había recogido la cocina, me había duchado, planchado dos vestidos (hasta el último minuto no conseguí decidirme por ninguno) y maquillado (no demasiado). Preferí no mencionarlo y aceptar su cumplido con una sonrisa.

Una camarera nos entregó las cartas. Después de echar un rápido vistazo nos miramos y nos encogimos de hombros. Estaba claro que ninguno de los dos estábamos familiarizados con la cocina asiática, y yo era incapaz de recordar los platos que me habían mencionado en la oficina.

El *maître* se dio cuenta y se ofreció a recomendarnos un menú degustación que nos pareció exquisito. Charlamos acerca de gustos musicales (en los que coincidíamos bastante) y sobre nuestras aficiones. Le asombró descubrir que alguien como yo pudiera interesarse por la costura en pleno siglo XXI.

Cuando llegamos a los postres me sorprendió con una pregunta.

—¿Sigue por Madrid tu amigo inglés?

—Andrew. Sí, pasará unos meses yendo y viniendo. Dirige un proyecto para un cliente de su empresa, que tiene sede aquí.

—¿Os conocéis desde hace mucho?

—Viví doce años en Londres. Trabajaba en un periódico y nos presentó una amiga. Me volví a Madrid en 2003 y desde entonces no nos habíamos visto.

—Me encanta Londres, es una ciudad a la que siempre apetece volver. ¿No crees?

—Tiene su aquel —contesté escueta.

Por ningún motivo quería que Andrew acaparase nuestra conversación durante lo que quedaba de cena. No estaba preparada para hablarle a Rodrigo de mi relación con él. No me sentía cómoda.

Justo en ese momento la camarera nos interrumpió para preguntarnos si deseábamos una infusión.

—Tomaré un té verde con mango.

—Tráiganos dos, por favor.

Aproveché la ocasión para ir al baño. Me di un poco de brillo en los labios y comprobé mi peinado.

«Te gusta más de lo que quieres reconocer», le dije a mi reflejo en el espejo del aseo. Y sonreí.

Pedimos la cuenta y Rodrigo sugirió que nos acercáramos a tomar una copa a un antiguo teatro que quedaba solo a unas calles del restaurante. El local todavía conservaba las huellas de su pasado, que el propietario, dueño de una de las mayores cadenas de restauración del país, había sabido transformar sin dejar que perdiera su esencia.

—¿Conocías este lugar?

—Había pasado por la puerta muchas veces, pero nunca había entrado. Es sorprendente, me encanta que hayan conservado su estructura original.

—Era el teatro Infanta Beatriz y lo inauguró el mismísimo Alfonso XIII hace algo menos de cien años. Otro día cenamos aquí, si te parece. Escenario o platea será lo único que te consulte, seguro que nos será más fácil decidir el menú —añadió con una sonrisa.

No era consciente de lo rápido que estaba pasando el tiempo, lo cual solo podía ser señal de que estaba disfrutando de su compañía.

—Creo que es hora de retirarse.

—¿No te apetece que nos tomemos otra? Conozco un pub por aquí cerca...

«Claro que me apetece, pero tengo un hijo de tres años que mañana estará tocando a mi puerta en cuanto abra los ojos».

—Quizá otro día, ha sido una semana muy intensa y necesito descansar.

—Entonces no insisto.

Me dejó pagar la cuenta y salimos a la calle a coger un taxi.

—Te acompaño, me pilla de camino a casa.

Le indiqué la dirección al taxista e hicimos la mayor parte del trayecto en silencio. Al llegar nos despedimos con dos besos, pero al ir a darle el segundo nuestros labios se rozaron.

—Disculpa, no quería…

—Yo lo estaba deseando.

Se quedó sin palabras. Supuse que no estaba acostumbrado a que una mujer se le insinuara de forma tan directa.

Le miré a los ojos, le tomé de la barbilla e, ignorando la mirada indiscreta del conductor a través del retrovisor, le besé en la boca.

15

Nuestras vivencias nos moldean, nos convertimos en personas distintas, cambiamos. Había experimentado una gran transformación en los últimos años. No había sido fácil, pero sí necesario. Ahora podía admitirlo. A veces necesitamos que la vida nos zarandee para entender qué camino tomar. Al principio los márgenes se perciben confusos y cuesta ver más allá de lo inmediato. La dificultad mayor consiste en tener el valor suficiente para arriesgarse a dar el siguiente paso sin saber si lo damos en la dirección correcta. Es el vértigo de vivir, un reto permanente.

Los años que había pasado alejada de mi familia y del único mundo que conocía hasta entonces habían sido emocionantes y reveladores, pero también inciertos. En ocasiones perdía la noción del tiempo y tenía la sensación de haber estado lejos cien años o, todo lo contrario, me sentía como si acabara de dejar Madrid. Me costó encontrar una rutina que me anclara a mi nueva situación y por primera vez ponerme yo en el centro de mi vida.

Las conversaciones en El Cuarto de Costura con las que ya consideraba mis mejores amigas habían despertado en mí una inquietud que no podía ignorar. Sabía que era afortunada. Salí de la monotonía en la que estaba inmersa y desperté. Me di cuenta de que era capaz de cambiar mi realidad.

Consciente de mis carencias, pero también con la seguridad que sentía al saberme respaldada, sentí que el riesgo era menor y el miedo más asumible. Julia fue mi inspiración en los días más oscuros, cuando me asaltaban las dudas y pensaba que mudarme a otra ciudad no iba a cambiar nada. No conocía a nadie tan tenaz. Después de encajar el último golpe, había encontrado por fin la fuerza para levantar la mirada más allá del suelo que pisaba y eso la honraba.

—Tengo que superar esto, Sara, aunque no sepa muy bien cómo —me había dicho poco después del fallecimiento de Ramón, cuando vino a casa a conocer a Elliot.

—Me temo que no hay nada que superar. Cuando la vida te pasa por encima de esa manera, el único modo de seguir es aceptar y confiar en tu propia fuerza.

Cuando charlábamos me costaba encontrar palabras que la reconfortaran. A fin de cuentas, aunque yo no era quién para juzgar lo que se merecía cada cual, no le encontraba ningún sentido a que alguien como Julia sufriera una pérdida tan dolorosa. Lo que sí sabía con certeza es que en algún momento se sentiría capaz de recuperarse.

—No me quedan lágrimas —me había confesado al cumplirse el aniversario de la muerte de Ramón—. Qué fácil es aceptar lo que la vida te regala y qué difícil entender por qué te lo arrebata.

—No creo que debamos intentar encontrar explicación a todo lo que nos sucede, nos volveríamos locas. A veces es una cuestión de suerte, de mala suerte en este caso.

Tenía el convencimiento de que muy pronto íbamos a recuperar a la Julia de siempre. Este doloroso episodio de su vida se convertiría en una cicatriz que podría acariciar sin derramar una lágrima, con una sonrisa amable reflejo de su agradecimiento por los años que pasó junto a Ramón. Los recuerdos hermosos acaban por convertirse en un estado del alma que nos reconcilia con la vida.

Esa mañana Daniel convenció a su madre para desayunar en la calle. Hasta entonces ella se había acostumbrado tanto a estar en casa que cualquier lugar fuera de lo que consideraba su espacio seguro suponía un desafío difícil de afrontar. La sensación de inseguridad no había surgido de repente. Respondía a un miedo muy personal que a su hijo le costaba entender.

Sus catorce años recién cumplidos distaban mucho de los de sus compañeros de clase. Cuando falleció Ramón, entendió que en casa ya eran solo dos y que debían protegerse mutuamente. Podría decirse que aprendió a cuidar de su madre como un acto reflejo y que su complicidad y su unión era tan fuertes que daba la sensación de que no eran nada el uno sin el otro.

Casi sin remedio, las circunstancias le habían convertido en un muchacho responsable en exceso y, tal como Amelia había comentado en alguna ocasión, no estaba viviendo conforme a su edad. Su día a día estaba condicionado por la ausencia de un padre que Julia intentaba suplir con tesón.

—Se te han pegado las sábanas —le riñó Julia cariñosa al verle aparecer por la puerta de la cocina.

—Mamá, que es sábado —se quejó—. Para un día que no tengo que madrugar…

—No te lo reprocho, te envidio. Ojalá durmiera como tú —deseó añorando los días en que caía rendida en la cama—. Anda, dale un beso a tu madre y te preparo el desayuno.

—Acuérdate de que habíamos quedado en que íbamos a desayunar donde Fer.

—Hijo, ¿con la hora que es?

—Me lo prometiste —insistió.

—Bueno, pero rapidito, que tengo tarea. Sube a vestirte mientras termino de empanar las croquetas. No tardes.

Daniel procuraba obligarla a salir con cualquier excusa. Ir a la cafetería de Fer era una de sus favoritas. Mi ahijado tenía una excelente relación con él, sobre todo desde que Ramón había fallecido. A falta de amigos cercanos con los que quedar, se había convertido en su confidente. Ambos se entendían a la perfección y no les costaba nada formar un frente común cuando necesitaban convencer a su madre de algo.

Julia dejó la bandeja de croquetas en el frigorífico, se lavó las manos y colgó el delantal en el ganchito que había detrás de la puerta. Pasó al aseo a comprobar su aspecto en el espejo y un minuto después oyó las zancadas de su hijo al bajar las escaleras. Desde que había pegado el estirón le gustaba saltar los peldaños de dos en dos. Le dio igual que su madre le advirtiera de que corría el peligro de caerse. Él insistía.

—Te has vuelto a pasar con el desodorante —rio al notar que su hijo se le acercaba envuelto en una nube de Axe que le resultaba casi nauseabunda.

—Qué pesada eres. A mí me gusta.

—Y me parece bien, pero no hace falta que te pongas tanto.

Disfrutaba mucho del tiempo que pasaba con su hijo. Empezaba a costarle recordar cómo era salir de casa cada día para ir a trabajar y volver casi a la hora de la cena. Había cambiado El Cuarto de Costura por un espacio mucho más reducido y una vida más solitaria, obligada por su aversión a conducir o a usar el transporte público. Sabía que lo que en realidad hacía era esconderse del mundo, olvidarse de lo bien que le hacía sentir su trabajo y de lo que ella misma había considerado su familia unos años atrás. Era inútil, el miedo la paralizaba.

—Tus alumnas te echan de menos y Carmen te manda saludos —le comentaba cada vez que iba a verla, esperando algún efecto más allá de la leve sonrisa que se le dibujaba en la cara al oírme repetir la misma frase de siempre. Yo confiaba en que más pronto que tarde lo haría y, como ya le había anunciado, estaba dispuesta a insistir hasta lograrlo.

El color grisáceo del cielo de febrero advertía de la necesidad de abrigarse bien.

—¿No tienes frío, hijo? Tenías que haberte puesto la chaqueta nueva que te regalé en Reyes. Esa que llevas es demasiado finita para el día que hace. Te vas a resfriar.

—Estoy bien.

—No te ha gustado, ¿es eso?

—Ay, mamá, que no, que me ha gustado, pero voy bien con esta. No te preocupes.

«No te preocupes» es la única frase que las madres no podemos oír. Resulta inaudible para nuestros oídos e imperceptible para nuestro cerebro. Preocuparse era algo que haríamos el resto de nuestra vida por mucho que nuestros hijos se convirtieran en adultos, por mucho que se independizaran y tuviesen sus propios hijos. Formaba parte de nuestro compromiso. Tener un hijo era preocuparse. Por todo.

—¡Buenos días! —exclamó Fer al verlos entrar a la cafetería. A esas horas ya tenía casi todas las mesas libres.

—Hola, Fer —respondió Daniel levantando la mano.

—No son horas de desayunar, pero aquí el *peque* se ha levantado pensando en tu bizcocho de chocolate.

—Desayunar hay que desayunar sea la hora que sea —decretó guiñándole un ojo a mi ahijado—. Sentaos donde queráis, que enseguida estoy con vosotros.

—¡Nuestra mesa está libre! —exclamó Daniel con esa voz que su madre ya reconocía como un signo de que su niño se hacía mayor.

—¿Café con leche muy caliente, Cola Cao y bizcocho? ¿Uno o dos trozos?

—Solo uno —contestó Julia—, yo he desayunado hace ya un buen rato. Gracias.

—Lo imaginaba. Ahora mismo estoy de vuelta.

El crío conocía la cafetería desde que era pequeño, su colegio no quedaba lejos y en ocasiones merendaban allí cuando Julia tenía la tarde libre y le recogía a la salida de clase. En los últimos años incluso había sido el lugar donde encontraba refugio conversando con Fernando sobre sus cosas. Así habían construido una bonita relación que ambos apreciaban por distintos motivos.

—Mamá, nunca me has contado de qué conoces a Fer, ¿solías desayunar aquí cuando me llevabas al cole?

—Vivíamos en el mismo barrio.

—¿Y ya está? —preguntó Daniel.

—Éramos amigos y perdimos el contacto. Luego, un buen día, pasé por aquí y me lo encontré. Fue una casualidad que los dos acabáramos en Las Rozas.

Julia no quiso entrar en detalles. Había estado muy cerca de darle un giro a su vida y apostar por una nueva relación junto a él. Recordaba aquel episodio con nitidez. Aquello que tuvo con Fer, como ella misma decía, fue precisamente lo que la ayudó a darse cuenta de que la familia que había formado junto a Ramón era algo muy valioso. Mi amiga no pasaba por su mejor momento, el trabajo, la casa, su hijo… Era mucho lo que cargaba sobre sus espaldas y estaba desbordada. Pero supo reaccionar a tiempo.

—Aquí tenéis, café bien caliente, Cola Cao y bizcocho. Has tenido suerte, era el último trozo que quedaba —añadió dirigiéndose a Daniel mientras dejaba las tazas sobre la mesa.

—Gracias.

—Le estaba preguntando a mi madre de qué os conocíais, pero parece que no tiene muchas ganas de hablar.

Fer la miró buscando su aprobación, pero Julia no movió un músculo de la cara.

—Somos viejos amigos, del mismo barrio. Cuando teníamos tu edad jugábamos en la calle y no era raro que coincidiéramos en la plaza. Luego no recuerdo muy bien por qué dejamos de vernos hasta que un día, por pura casualidad, tu madre pasó por aquí. Una tarde te di a probar mi bizcocho de chocolate, os convertisteis en unos de mis mejores clientes, y hasta hoy.

—Me acuerdo de ese día, me prometiste que me enseñarías a hacer el bizcocho, pero en casa no nos sale igual.

—Seguro que Fer se guardó algún secretillo —comentó Julia intentando desviar la conversación.

—Si os lo cuento, no volveréis por aquí, y eso no puedo permitirlo —rio.

Era complicado explicarle al crío la relación tan especial que tenían. Un capricho del destino los separó y tiempo después los volvió a reunir. Julia fue la primera sorprendida. Aunque eran demasiado jóvenes como para pensar que lo suyo pudiera llegar a algo, ella me contó que sí tenían esa ilusión. Encontrarse de nuevo hizo que la vida de mi amiga se tambaleara, pero también le sirvió para cuestionarse algunas cosas a las que no había prestado la suficiente atención. Recuerdo cómo le obsesionaba la idea y cómo dudaba de si solo sentía curiosidad por lo que podría haber sido o si había algo más. Estaba convencida de que tenía que haber una razón para que se hubiera reencontrado con Fernando justo en ese momento de su vida.

Siempre me pregunté cómo habría sido esa Julia si se hubiese decidido por Fer, pero nunca me atreví a preguntárselo. Tras la muerte de Ramón tenía menos sentido que nunca.

Yo misma le sentía como una persona muy cercana. Las veces que había pasado por la cafetería con Julia se había mostrado muy amable conmigo. Era fácil adivinar, por cómo la miraba, que, aunque había mantenido las distancias después de lo que tuvieron, todavía sentía algo muy especial por ella. Fer había sido mucho más que un apoyo en esos últimos años.

—¿Te sientas con nosotros? —le ofreció Daniel.

—Me encantaría, pero tengo tarea. No os vayáis sin despediros.

—Descuida —aseguró Julia.

—Mamá, estoy pensando… ¿Qué te parecería si me enseñaras a coser?

Aquella pregunta la pilló de sorpresa. Su hijo la había visto sentada a la máquina desde siempre y nunca se le había ocurrido que pudiera tener algún interés por la costura.

—Es curioso que me lo preguntes. Cuando te vi metiéndoles el bajo a los pantalones el otro día lo pensé. Claro que, bien mirado, a tu edad yo ya me manejaba con soltura y tu abuela me encargaba algunos arreglos sencillos que supervisaba antes de darles su aprobación. Era muy perfeccionista y una gran maestra. Ella me enseñó casi todo lo que sé. Si no hubiera sido por ella, ahora no tendría un oficio tan bonito.

—Entonces ¿te parece bien?

—Me parece estupendo y creo que te puede ayudar a concentrarte.

—Me alegro de habértelo preguntado. Lo consulté con Fer antes de decirte nada porque creía que coser era cosa de chicas.

—¿Qué tontería es esa? Los grandes modistas son hombres. Fíjate, como los grandes cocineros, y sin embargo las que cocinan y cosen en una casa son las mujeres. ¿No te parece curioso?

—No lo había pensado nunca. Podría ir a El Cuarto de Costura por las tardes y así me enseñas. Ya he cogido la máquina varias veces y sé cómo funciona. Bueno, cuando vuelvas al trabajo. Podríamos bajar juntos en tren.

—Sí, estaría bien. Le he dado muchas vueltas estos últimos días a la idea de volver a dar clases y reabrir el atelier. Tengo la sensación de que lo peor ha pasado y empiezo a sentirme con ánimo para volver al trabajo.

—Estaría guay.

—Me siento culpable por Patty, por mis compañeras de la academia y por mis alumnas, que son más amigas que alumnas. Además, sé que no puedo seguir dependiendo de que Fer me baje a Madrid.

Como madre soltera podía comprender que Julia se sintiese abrumada por el peso de una responsabilidad que no podía compartir.

—Lo que más nos importa a los padres es proteger a nuestros hijos, y desde que papá nos dejó eres tú el que ha cuidado de mí. No me parece justo.

—Da igual, yo lo que quiero es que estés bien. Antes, cuando trabajabas, estabas más contenta.

La frase le caló hondo. Julia se había sumido en su dolor y había proyectado sus miedos sobre Daniel. Ahora era su propio hijo quien le estaba pidiendo que reaccionara, y entendió que se lo debía.

—No se hable más, esta misma tarde nos sentamos juntos a la máquina —añadió intentando volver al inicio de la conversación—. Ya verás como en cuanto te enseñe cuatro cosas vas a querer coser sin parar. El dibujo no se te da mal, eso también es importante. Verás cuando se lo cuente a Carmen, seguro que se le ocurre alguna idea loca para poner en marcha clases para jovencitos como tú.

—Que no, mamá, que no se lo cuentes a nadie. Primero quiero ver si se me da bien.

Julia sabía que el momento estaba al llegar y empezaba a confiar en que ya había reunido las fuerzas para afrontarlo. Que se lo pidiera su propio hijo la impulsaba con mayor determinación, o al menos esa era la conclusión a la que Fer y Daniel habían llegado, compinchados como estaban para lograr que retomara sus clases.

16

No sé si hay una estación del año para dejar este mundo, pero sé que ese día de febrero amaneció tan gélido como un golpe seco en medio del pecho. Tan frío que ni el viento se quedó inmóvil. Con el sol ausente, oculto por las nubes de un cielo gris, despedíamos a Amelia para siempre esa mañana helada. Se iba la dulce lluvia que había hecho crecer el árbol del que todas éramos ramas y bajo cuya sombra siempre encontramos cobijo en momentos convulsos.

El dolor era demasiado profundo para expresarlo con palabras y el silencio se instaló entre los presentes. No había nada que decir. Solo estar. Eso que a veces se hace tan difícil. Sostenernos, como habíamos aprendido a hacer desde que nos conocimos, era ahora el único remedio que podía apaciguar nuestro sufrimiento.

—Alfonso, hijo mío, entiendo que mi hora está cerca, pero no quiero que nadie se sienta triste por mi causa. He sido muy afortunada por haber tenido la oportunidad de reconducir mi camino y convertirlo en una vida digna de ser vivida. No te dejo solo, sino rodeado de cariño, y eso hace más fácil mi partida. Me iré feliz sabiendo que mi legado te ha llegado, porque te miro y veo a un hombre compasivo, que ha hecho las paces con el pasado y que vive en libertad. Sé que cuidarás de lo que amo cuando yo ya no esté. Recuérdame con una sonrisa, dueña de cada paso que di, exprimiendo cada minuto tras entender que para eso hemos venido a este mundo. En mi corazón no queda ni un ápice de rencor ni nada que perdonar; en este viaje que estoy a punto de emprender me voy tranquila, satisfecha por lo vivido, no sería justo pedir más. Tengo el corazón lleno de gratitud.

Así fue como se despidió de su hijo la tarde de su fallecimiento, con una última petición.

—Mi única pena es no haber conseguido ver a Julia rehacer su vida. Cuida también de ella y de Daniel, como ella cuidó de ti tantas veces en las que yo no supe acompañarte. Ella nos conoce bien y nos quiere, somos familia; ahora sabes qué significa esa palabra y cómo nos unen los lazos que tejemos a voluntad, sin imposiciones, con el amor más sincero. La familia que elegimos es tan importante como la que nos encontramos al nacer. Julia es parte de mi legado, el que ahora queda en tus manos. Sé que lo custodiarás con celo.

Fue una ceremonia íntima. Pablo, su fiel amigo, consiguió llegar a tiempo desde San Sebastián para el sepelio. Felipe acompañaba a Alfonso cogidos de la mano, junto a Elsa. Catherine envió un telegrama de pésame y Margarita una corona de flores desde París, en cuya banda se leía POR SIEMPRE EN NUESTROS CORAZONES, BELLA DAMA.

Laura y yo nos reunimos en torno a Julia y Daniel, que, a pesar de su corta edad, quiso asistir a despedir a quien podía considerar casi una abuela. Malena y Patty, Carmen y algunas amigas cercanas compartieron esa triste mañana con nosotras.

Pablo nos confesó entre lágrimas que unos días antes de morir le había hecho prometer que festejaría su vida cada vez que se rodeara de cosas bellas. Con él había compartido su amor por la música, la danza y el teatro, había vivido las experiencias que dejó de lado durante su vida de casada y que había retomado a tiempo de disfrutar de ellas en esos últimos años.

«No me lloréis, celebrad mi vida, recoged mi alegría, la que me habéis infundido todos desde que me conocéis, y brindad por mí. No quiero ser la causa de vuestra tristeza, sino el motivo de vuestra sonrisa. Recordadme hasta donde no duela», le pidió en su última conversación por teléfono.

Estaba convencida de que, pasado un tiempo, ese en el que la pena se convierte en agradecimiento, seríamos capaces de cumplir su deseo.

La primera vez que coincidí con ella en El Cuarto de Costura fue en la primavera de 1992. La encontré en la puerta charlando con Julia. Me pregunté qué podían tener en común dos mujeres en apariencia tan distintas para asociarse en un proyecto como ese. Una academia de costura en el barrio de Salamanca, ¿tenía sentido? Podía cerrar los ojos y volver a verla. Su elegancia en el vestir, su porte, su manera de expresarse y, sobre todo, sus labios rojos captaron mi atención y despertaron mi curiosidad. Parecía encajar tan poco en ese lugar como el negocio en ese barrio y, sin embargo, se convirtió en el motor de su segunda vida.

Ella me descubrió que el mayor acto de generosidad consistía en ayudar a otro a cumplir su sueño, y en ese camino, sin pretenderlo, Amelia se encontró a sí misma. Enfrentó su realidad, conoció a otras mujeres y tomó la decisión de mostrarse al mundo como nunca lo había hecho. Porque, a veces, lo fácil es dejarse llevar, pero lo valiente es tomar las riendas y encauzar tu camino. Ningún obstáculo la apartó de su decisión inicial, esa que se fraguó con el agradecimiento hacia su socia, Julia, en quien se había apoyado en los momentos más duros de su matrimonio. Esa niña pequeña que esperaba a su madre en silencio mientras esta le tomaba medidas o le probaba se había convertido en uno de sus pilares más importantes.

La aventura que su círculo de amistades consideraba una locura resultó ser una de las decisiones más acertadas de su existencia. La primera de muchas más que vinieron después y que le sirvieron de acicate para transformar todo su mundo. En un momento en el que solemos pensar que queda poco por hacer a partir de cierta edad, ella construyó un nuevo presente lleno de ilusiones de futuro.

De cada dificultad sacó una enseñanza y cuando el pasado volvió para sacudir sus cimientos ella permaneció firme y encontró la fortaleza para aceptar y dejar atrás un peso que no le correspondía.

Admiraba su espíritu emprendedor, sus ganas de volver a vivir después de haberse quedado viuda, su valentía para deshacerse del corsé que la oprimía y los labios rojos, de los que hizo todo un símbolo. Ese que yo adopté como propio el día que salí de casa de mi madre convencida de que yo también podía cambiar mi vida, de que estaba en mi mano trazar mi propio camino y deshacerme de lo que no me hacía feliz.

Ella y Julia fueron mi inspiración, el empuje que necesité para convertirme en quien soy ahora. Estaba convencida de que su legado quedaría por siempre en los corazones de quienes tuvimos la dicha de compartir con ella sus últimos años.

Amelia parecía intuir que nos iba a dejar muy pronto e intentó dejar todo organizado para evitar más trastorno del que su inminente marcha iba a causar. Alfonso recibió otro encargo importante y María, la chica de servicio, debía ayudarle a cumplirlo siguiendo las precisas instrucciones que había dejado por escrito unas semanas antes.

Unos días después, una furgoneta aparcó delante del número cinco de la calle Lagasca.

—¿Es este El Cuarto de Costura? —preguntó un joven comprobando la dirección que figuraba en el albarán que llevaba en la mano.

—Aquí es —respondió Carmen acercándose a la puerta de entrada—. ¿Traen algún paquete?

—Traemos dos burros para el atelier de Julia, y nos han dicho que preguntemos por Carmen en esta dirección.

—Soy yo, pero la jefa no me ha avisado de que fueran a entregar nada. Espere un segundo, que voy a por la llave y subo con ustedes. Es el portal de al lado.

—De acuerdo, aviso a mi compañero para ir bajando la carga.

Carmen dudó si hacer una rápida llamada a Julia, pero no quiso hacerle perder el tiempo al transportista. Dejó un cartel de vuelvo en cinco minutos en la puerta y acompañó a los dos operarios al primer piso.

Mientras ellos luchaban por subir los burros por la

escalera, se adelantó para abrir la puerta y encender algunas luces. Ante ella se encontraba el taller sin vida, las máquinas aguardando una mano que las sacara de su sueño y los rollos de tela tapados con lienzos blancos para protegerlos del polvo.

«Esto parece un cementerio de telas —pensó—, qué falta hace aquí un poquito de jaleo».

La curiosidad por saber qué se escondía bajo esas fundas que atestaban los dos pesados burros la inquietó. Valoraba cerrar de nuevo la academia y subir al primer piso a echar un vistazo cuando apareció Julia.

—Buenos días, compañera —saludó nada más entrar.

—¡Julia! —exclamó nerviosa—. No te esperaba. Estaba a punto de cerrar.

—Sí, lo sé, yo tampoco tenía intención de venir hoy, pero me ha llamado Alfonso y me ha dicho que me había enviado un paquete. Fer tenía que venir a comer con un proveedor, así que he aprovechado el viaje.

—¿Qué tal está Alfonso? ¿Ha vuelto ya a Barcelona?

—Triste, pero bastante entero. Ha pasado estos días recogiendo las cosas de Amelia. Esta misma tarde Felipe y él cogen el avión de vuelta. Pero dime, ¿ha llegado algo?

—Sí —respondió aliviada—. Lo han dejado en el atelier. Todavía tengo las llaves en el bolsillo. Toma —añadió entregándole el llavero.

—Estaba muy misterioso, casi tanto como tú. No he

querido preguntar nada porque según me ha dicho tenía el tiempo justo para cerrar las maletas y salir hacia el aeropuerto. Subo a ver.

Poco después, Carmen apagó las luces y cerró. Quizá presintió que haría bien en subir al atelier. Fuese lo que fuese lo que Alfonso había enviado, debía de estar relacionado con Amelia.

Tocó varias veces en la puerta hasta que Julia le abrió con los ojos llenos de lágrimas.

—Pasa —le pidió sonándose la nariz con un pañuelo de papel.

Encima de la gran mesa que dominaba el taller observó un sobre abierto y varios portatrajes vacíos. Volvió la vista hacia los burros y miró a Julia.

—Son todos de Amelia —acertó a decir con la voz entrecortada.

Chaquetas de tweed, trajes de ceremonia, vestidos de cóctel, un abrigo de paño de lana forrado de tafetán de seda… Carmen dio un rápido repaso a las perchas y distinguió etiquetas de reputados modistas nacionales y alguno extranjero. Sin embargo, lo que más le llamó la atención fueron algunas réplicas de Balenciagas que sabía que Nati, la madre de Julia, había cosido para ella en su juventud.

—Antes de dejarnos le encargó a Alfonso que me los enviara. Lo explica en esta nota —añadió tomando el sobre y mostrándoselo a Carmen.

Queridísima Julia:

Adonde voy no necesito nada de esto y no imagino ningún otro lugar donde pueda ser más apreciado que entre tus manos, por lo que le he pedido a Alfonso que en su momento te haga llegar este último regalo.

Debido al cansancio o al silencio y la calma que siento a mi alrededor, en estos días estoy dedicando muchas horas a rememorar momentos felices y, coqueta como he sido siempre, me veo luciendo alguno de estos maravillosos diseños que guardé con la única intención de que un día fuesen tuyos. Hoy te los entrego con la esperanza de que los estudies y los despieces en busca de los secretos que se esconden entre sus costuras. Reconocerás de inmediato las manos de tu madre en muchos de ellos.

El talento no se puede ocultar. ¿Imaginas que los maestros a los que admiramos no hubiesen compartido su obra con el resto del mundo? No podemos negar lo que somos y tú, querida hija, has nacido con un don que una gran maestra supo moldear. No lo escondas. Deja que se sitúe de nuevo en el centro de tu vida y úsalo para seguir haciendo felices a las mujeres que te rodean. Confío en que así será.

AMELIA

Carmen bajó a por unas latas de refresco y unos sándwiches que disfrutaron en silencio. Después de comprobar que no quedaba ni un resto de comida sobre la mesa, sacaron todos los trajes de sus fundas. Pasaron varias horas admirando esas prendas, comentando su confección, revisando etiquetas y tratando de adivinar el año en que fueron creadas. Amelia sabía que ese era el mejor destino posible para unos diseños que había guardado celosamente durante décadas.

La moda puede parecer un tema frívolo, pero la ropa forma parte de cada momento de nuestra vida y eso convierte algunas ocasiones en únicas e irrepetibles. En cada prenda se depositan siglos de experiencia y destreza. Conocimientos adquiridos tras largas horas de estudio de cada tejido, de cada forma que se pretende conseguir. Detrás de cada pieza se acumulan horas de minuciosa labor convertida en artesana sabiduría.

—¿Sabes qué te digo? Amelia tiene razón —resolvió tras terminar de ordenar el contenido de los burros—, no puedo vivir olvidándome de lo que me hace feliz y menos aún puedo desentenderme de este legado y desoír su última voluntad. Quizá me ha hecho falta que los acontecimientos se precipiten como lo han hecho para deshacerme de este absurdo caparazón donde estoy escondida desde hace tanto. Este atelier va a volver a brillar como lo hizo cuando abrió sus puertas —sentenció.

—Ay, amiga, cómo me alegra oírte decir eso.

—Tengo mucho que organizar —añadió mirando a su alrededor— y cuento contigo para ello. No tenemos tiempo que perder.

—Primero tendrás que hablar con tu socia.

—¿Patty? Estará encantada, eso te lo garantizo. Comimos juntas hace poco y ella misma me estuvo insistiendo para que reconsiderara la idea de volver al trabajo.

El arte tiene muchas formas y yo había aprendido a apreciar el encanto que se esconde detrás de cada puntada, del sonido de unas tijeras, del trazo de un patrón o de la caída de una tela. Había sido un aprendizaje lento que Julia había sabido guiar con paciencia y tesón, y que debía seguir divulgando. Ese legado que Amelia le había entregado era sin duda la última pieza que necesitaba mi amiga para recomponerse, volver a compartir su don y contagiar al mundo de la belleza que residía en él.

17

Mi estado de ánimo después de la muerte de Amelia no era el mejor y esperaba encontrar algo de consuelo o al menos algo de distracción tomándome unas copas con Rodrigo. Había llegado a la conclusión de que me gustaba más de lo que quería reconocer. Mi propia madre se dio cuenta antes que yo.

—Me encanta quedarme con Elliot, de verdad, pero al menos podías contarme qué te traes con ese Rodrigo.

—Anda, Fermina, déjala. Mira que si a nosotros nos hubieran pedido explicaciones de lo nuestro tampoco hubiéramos sabido qué decir —la riñó Miguel Ángel con cariño—. Hace falta un tiempo para ponerles nombre a estas cosas.

—Gracias, me alegra que aportes algo de cordura en esta conversación —le susurré.

Lo cierto es que, desde que empezamos lo que fuera

que compartíamos, los viernes tenían un nuevo aliciente. Volvía a disfrutar de arreglarme un poco y salir a descubrir restaurantes o bares de copas que nunca había frecuentado. Incluso me había comprado ropa nueva. De mis perchas solo colgaban dos uniformes, el de directora y el de mamá. Había llegado el momento de explorar otras facetas y necesitaba actualizar mi armario.

Hubiera preferido elegir algún patrón de las revistas de El Cuarto de Costura para coserme ropa de batalla, como Carmen la llamaba, pero la necesidad había surgido casi de repente y no tenía tiempo. Había un centro comercial poco transitado cerca de Torre Picasso, que no cerraba al mediodía, y si sacrificaba la hora de comer o si engullía un sándwich por el camino, podía pasarme por allí. En unas cuantas visitas me hice con un buen arsenal.

A media mañana eché de menos a Rodrigo en la pausa del café y le escribí al móvil sugiriendo que saliéramos a cenar. No contestó hasta unas horas después.

—Hola, Sara, acabo de encender el teléfono y he visto tu mensaje. Ya lo siento, pero estoy de viaje y no vuelvo hasta dentro de una semana. De hecho, acabo de bajar del avión. Nos vemos a la vuelta. Queda pendiente esa cena. —Puso voz melosa al pronunciar esa última frase.

—Claro, sin problema. Pásalo bien y no trabajes demasiado.

Intenté mostrar cierta indiferencia al responder, pero

sinceramente me molestó. No sé si porque contaba con una noche en la que desconectar de los últimos acontecimientos o si lo que me fastidió fue que no me dijera que se iba de viaje. No tenía por qué, aunque, viéndonos casi a diario en la oficina, podía haberlo comentado, salvo que fuera algo imprevisto, lo cual no solía pasar. Un viaje de trabajo se planifica con días. Estaba tan molesta que incluso entré en la intranet para verificar que estaba fuera de la oficina.

«Pero vamos a ver, Sara, por qué te va a mentir. Si te ha dicho que está de viaje es que está de viaje, y si no te lo ha comentado antes es porque se le habrá pasado. No hay más».

Salí a comer con dos chicas del departamento que planeaban viajar a Londres en Semana Santa y querían que les recomendara algunos lugares que visitar. No disponíamos más que de una hora, lo suficiente para que enumerara de memoria mis rincones favoritos de la ciudad y evitara que hicieran el típico recorrido que las agencias recomiendan a todo el mundo.

La camarera acababa de dejarnos los platos en la mesa cuando vi a Andrew entrando en el restaurante. Antes de que pudiera llevarme el tenedor a la boca estaba de pie frente a mí.

Nos saludó con sus exquisitos modales británicos y me preguntó si podía sentarse con nosotras.

—Qué sorpresa encontrarnos aquí, ¿no? —Empezaba a dudar de las casualidades.

—Es lo que me han recomendado en la oficina cuando he preguntado por un restaurante para comer algo rápido antes de volver al trabajo.

Le presenté a mis compañeras y le conté el motivo de nuestra conversación. Era el invitado sorpresa perfecto en esa comida.

—Andrew es la persona más indicada para contaros cuáles son los sitios de moda en Londres; yo me vine hace ya unos años, pero él vive allí y seguro que os puede recomendar las zonas de copas y los restaurantes más *in*.

Me sonrió agradeciéndome que le pasara la palabra y no tardó más de unos minutos en encandilarlas desplegando todos sus encantos, como solía hacer cuando le conocí.

Le observaba mientras hablaba pausadamente con ese acento londinense que mis compañeras alabaron a su segunda frase. Tenía un don especial para convertirse en el centro de cualquier reunión y, para qué negarlo, el físico le acompañaba. No solo no había perdido ni un ápice de su atractivo, sino que las pocas canas que le asomaban por las sienes le daban un aire muy interesante, al estilo de cualquier galán de la gran pantalla.

A ellas las veía embobadas apuntando en una servilleta todos los locales cuyos nombres él con paciencia infinita les iba deletreando. Las tenía completamente engatusadas. Era un maestro, le había visto hacerlo en otras muchas ocasiones, sobre todo al inicio de nuestra relación, cuando parecía que una de sus prioridades era ganarse a mis amigos para que todos pensaran que ni en mis sueños podría haber dado con nadie como él.

Quise aceptar sus disculpas y pensar que el hombre que tenía ante mí era la versión mejorada de aquel de quien me enamoré perdidamente. Estaba prevenida; sin embargo, en ese momento, deseé creer que lo que veía era real, que no tenía dobleces. A mi memoria volvieron de forma aleatoria los mejores recuerdos que guardaba de nosotros, las escapadas de fin de semana a los Cotswolds, las cenas románticas en los restaurantes de moda y los continuos regalos con los que me agasajaba sin un motivo especial. Sin embargo, si tuviera que nombrar algo que echara de menos de aquellos años sería sin duda nuestros encuentros amorosos. Andrew sabía llevarme al clímax de las formas más sofisticadas y sugerentes que había conocido jamás. Tenía mil ceremonias de cortejo ante las que yo caía sumisa abandonándome a sus movimientos. Daba por hecho que sus veladas habilidades podrían derretir a la más fría de las mujeres.

Las imágenes se sucedían en mi cabeza y me preguntaba si él también recordaba esos momentos con la misma intensidad o si los habría descartado sustituyéndome por otra mujer. Noté cómo se me aceleraba el pulso y decidí centrarme en acabar de comer mientras que los platos de los demás se enfriaban sin que ninguno mostrara interés por ellos.

Entonces escuché mi nombre entre algunas palabras que tomaron sentido cuando salí de mi ensimismamiento.

—Seguro que Sara estará de acuerdo conmigo en que Notting Hill es una de las zonas más encantadoras de mi ciudad.

—Sin duda —asentí volviendo a integrarme en la conversación—. Es un barrio precioso y, si tenéis oportunidad de ir, el mercadillo de Portobello merece mucho la pena.

—No somos muy de cacharros viejos, pero, si nos lo recomiendas, echaremos un vistazo.

«¿Cacharros viejos?». La expresión me parecía casi ofensiva. Había pasado tantas horas en ese mercado que se había convertido en uno de mis lugares preferidos.

—Aunque no os gusten las antigüedades, en Portobello hay de todo, y pasearse por sus calles es muy agradable. A los españoles os encanta buscar la librería donde Julia Roberts conoció a Hugh Grant en la película que hizo el barrio más famoso todavía.

—¿Nos ayudarías a localizarla? —preguntó una de mis compañeras con un tono bastante insinuante—. Tenemos solo cuatro días de vacaciones y queremos aprovechar el tiempo al máximo.

—Por supuesto, os dejo mi teléfono y nos vemos pronto allí —contestó él apuntando su número sobre una de las servilletas.

Me pareció tan descarada la actitud de mis compañeras, y tan fuera de lugar que Andrew sin apenas conocerlas les diera su teléfono, que quise salir de allí lo antes posible y llamé a la camarera para que nos llevara la cuenta.

—Estáis invitadas —anunció Andrew dejando efectivo sobre el platillo con el tíquet de caja.

—Muchas gracias, esperamos poder devolverte la invitación cuando vayamos a Londres —dijo una de ellas—. Tenemos que irnos ya.

—Sara, nos vemos en la ofi —añadió la otra poniéndose el abrigo.

Me llamó la atención que no usara la tarjeta de la empresa para pagar la comida; si estaba trabajando para un cliente, este tipo de gastos solía cargarse al proyecto.

—Yo les enseño Londres a tus compañeras, pero ¿a mí quién me enseña Madrid? Me han dicho que es una ciudad muy animada —preguntó mientras salíamos del restaurante—. ¿Tienes algún plan para esta noche?

—Ninguno —respondí más rápido de lo que me hubiera gustado—. Bueno, en realidad lo tenía, pero se ha cancelado —contesté recordando lo mucho que me hubiera apetecido tomarme unas copas con Rodrigo y desconectar de la semana.

—Estupendo, me han hablado de un restaurante que hay en...

—Ah, no. Estamos en Madrid y yo decido dónde cenamos.

—Claro, tú mandas. Dime, ¿a qué hora te recojo?

—Hago la reserva y te mando un mensaje con la hora y la dirección. Nos veremos allí.

—De acuerdo, apúntate mi teléfono.

Este Andrew era mucho más complaciente que el que yo recordaba. Me extrañó que aceptara mis indicaciones sin poner ninguna pega. Era la primera vez que accedía a mis planes y eso me gustó. Parecía haber dejado de lado su carácter dominante con el que en el pasado hacía valer sus deseos sin pedir siquiera mi opinión. Lo que no había cambiado eran sus modales propios de un dandi inglés. Esos fueron los detalles que me encandilaron en nuestra primera cita. No estaba acostumbrada a determinados gestos que, aunque muchos juzgaban de otro tiempo, me gustaban porque me hacían sentir especial. Me retiró la silla, me ayudó a ponerme el abrigo y caminamos juntos hasta nuestro edificio, pero cuando llegamos a los tornos de seguridad se detuvo en seco.

—Vaya, he olvidado pasarme por el quiosco a comprar el periódico. No quiero hacerte esperar, sube tú. Nos despedimos aquí y nos vemos esta noche. *See you.*

—*See you* —contesté de forma automática.

Era la expresión que utilizábamos para despedirnos cuando salíamos juntos. Parecía empeñado en recordarme los viejos tiempos, aunque de nada le iban a servir sus tretas conmigo. Ya le había dejado claro que yo no era la misma. Sabía dónde se metía. Y yo también, o eso pensaba.

Reservé mesa, terminé de organizar la agenda de la semana siguiente y salí hacia El Cuarto de Costura.

—Buenas tardes, Carmen. ¿Soy la primera en llegar?

—Sí, parece que Laura hoy se retrasa. Ponte un cafelito mientras la esperamos.

—¿Quieres tú uno?

—Gracias, me vendrá bien, no he pegado ojo esta noche.

—Normal, nos esperan unos días raros hasta que nos hagamos a la idea de que ya no tenemos a Amelia con nosotros.

—¡Qué pena haber perdido la fe! En otra vida me habría aferrado a que volveríamos a encontrarnos en el cielo y se me hubiera hecho más fácil la despedida. Ahora no encuentro ningún consuelo.

—Tenemos que pensar que tuvimos la suerte de conocerla y de compartir algunos de los mejores años de su vida. Yo me quedo con eso.

—En la comunidad de las Alpujarras donde estuve el verano que me diagnosticaron el cáncer teníamos un rito muy sencillo para despedir a los difuntos. Nos reuníamos en círculo alrededor de una hoguera. Cada miembro tomaba una vela y la encendía con ese fuego mientras compartía con los demás uno de los momentos felices que le habían unido al fallecido. Era una forma de simbolizar que la energía de esa persona vivía ahora entre nosotros.

—Qué bonito, me gusta la idea. Lo importante es poder canalizar la pérdida, cada cual elige cómo hacerlo.

—Sí, muy bonito, pero nos tocó despedir a dos miembros ese mes de agosto y me asusté. Empecé a desconfiar de las falsas promesas del gurú que dirigía todo aquello. Supongo que quise creer que podía curarme. Menos mal que reaccioné a tiempo y que a la vuelta Laura lo agilizó todo para que me operara lo antes posible.

Sonó la campanita de la puerta que anunciaba la llegada de Laura.

—Buenas tardes, chicas, perdonad que me haya retrasado.

—Tranquila, mi ángel.

—¿Y eso de «mi ángel» a qué viene?

—Carmen me estaba hablando del verano que estuvo en las Alpujarras y de la suerte que tuvo de darse cuenta de que allí no la iban a poder curar.

—Anda, vamos a cambiar de tema, que cuando me acuerdo de aquello... Una cosa es que te ayudes de remedios naturales, y yo soy la primera que me hago vahos de eucalipto cuando estoy resfriada, y otra muy distinta renegar de la ciencia. Los médicos nos podemos equivocar y meter la pata, pero nos basamos en evidencias científicas y en los casos que tratamos cada día. No creo que vivir de espaldas a la medicina hoy sea muy lógico. Desde luego, no tenemos superpoderes, pero nos dejamos la piel con los pacientes. Claro que hay veces que no es suficiente.

—Estás hablando de la madre de Elsa, ¿no?

—Qué pena más grande, esa mujer —exclamó Carmen.

—Hicimos cuanto pudimos, pero… No siempre está en nuestras manos.

—Por cierto, se ha pasado por aquí esta mañana. Me ha contado que Amelia le ha dejado su ajuar y que Alfonso le ha dicho que tenían que verse pronto, cuando él volviera, para ocuparse de todo el papeleo.

—Según me dijo Julia, el ajuar era una maravilla, de los que ya no se ven —comenté.

—Me puedo hacer una idea. Las familias de nivel se gastaban un dineral en sábanas y mantelerías. Ya no quedan tantas, pero antes había un montón de monjas que se dejaban los ojos bordando ajuares para señoritas —apuntó Carmen.

—Yo todavía conservo algún mantel bordado por mi madre, pero nunca lo he usado.

—Si es que al final da pena que se estropeen y acaban en un cajón. Es una lástima —concluí.

En ese momento me di cuenta de que no le había enviado a Andrew la dirección del restaurante.

—Perdonadme un segundo —dije levantándome a buscar el móvil—. He quedado esta noche y tengo que enviar un mensaje.

—¡Ay, ese Rodrigo!

—Es con Rodrigo con el que has quedado, ¿verdad?

—Claro, ¿con quién si no? —mentí.

No sé por qué lo hice. Supongo que no quería abrir un debate sobre si me convenía o no verme con Andrew. Laura ya me había dejado clara su opinión al respecto y no parecía entender que me veía muy capaz de relacionarme ahora con él desde un plano muy distinto.

¿Actuaba por despecho? Quizá si no hubiera estado molesta con Rodrigo no me hubiese decidido a quedar con él. Puede ser. En todo caso, me parecía una descortesía negarme y me convencí a mí misma de que iba a ser la forma de demostrarme que solo quedaba entre nosotros el afecto justo para tener una relación cordial. Nada más.

—Te vendrá bien para descargar la tensión de estos últimos días —comentó Laura.

—Descargar la tensión, sí, ja, ja, ahora lo llaman así.

—¡Carmen! A ver, que es solo cenar y tomarnos unas copas, que no estamos hablando de otra cosa.

—Ya veremos, ya —añadió soltando una de sus sonoras carcajadas.

Me despedí de ellas y repetí el ritual de los últimos viernes: llegar a casa, recoger a Elliot, bañarle, devolverle a casa de mi madre, ducharme y ponerme lo más guapa que pudiera en menos de veinte minutos. A veces me parecía milagroso conseguirlo.

A las nueve y media en punto estaba esperándome en la barra del restaurante. Por el modo en que me miró nada más llegar confirmé que lo había logrado.

18

Cuando Carmen volvió a El Cuarto de Costura esa tarde se encontró las luces encendidas. Aunque Malena tenía llaves del local, no la esperaba por allí. Empujó la puerta tímidamente intentando no hacer ruido, sin reparar en que la campanita se encargaría de anunciar su presencia.

—Buenas tardes —saludó Julia desde la trastienda mientras se preparaba un café.

—¡Anda, eres tú! No sabía que ibas a venir.

Por un momento parecía que los últimos años se habían borrado de un plumazo y la tarde empezaba como de costumbre.

—He convocado a las chicas a las siete, pero quería pasarme antes para verte y estar un rato en el taller. Le he estado dando muchas vueltas a la cabeza y he trazado un plan. Solo espero que entre todas me ayudéis a llevarlo a cabo. En el tiempo que he pasado alejada del trabajo me he olvidado de vosotras y eso no puede seguir así.

—Explícate, porque no te entiendo.

—Quiero decir que he olvidado lo que tenemos aquí, lo que hemos construido entre todas y lo que hemos sido capaces de superar juntas. Cuando una de nosotras ha tenido un problema, las demás la hemos acompañado. Y yo no os he permitido estar a mi lado, me he alejado. No voy a decir que os he echado de mi vida, pero casi. Me he olvidado de que estar rodeada de mujeres tan especiales implica dejar que se acerquen a ti y no evitarlas, y eso es lo que he estado haciendo. Sin mala intención, pero así ha sido.

—Tampoco te castigues ahora por eso.

—No me estoy reprochando nada porque sé que no es tarde para enmendarlo. Es algo que he descubierto hace poco hablando con mi psicóloga. Los acontecimientos recientes me han hecho verlo aún más claro. Este es el mejor lugar para sanar mi dolor, y vosotras sois mi mejor medicina. No creas que doy por perdidos los años que he tardado en darme cuenta, porque ellos también me han enseñado cosas, pero hasta aquí he llegado. Quiero volver a soñar con nuevos cursos, conocer a nuevas alumnas, «discutir» contigo mientras organizamos las clases del próximo año y sobre todo volver a hacer felices a mis clientas del atelier.

—Mira que estoy muy tierna y me vas a hacer llorar. ¿Tú sabes lo que he deseado escucharte hablar así?

Carmen se acercó a ella y la abrazó.

—Pensé que habías dejado la terapia —añadió.

—La dejé durante un tiempo, volví, después cambié de psicóloga… Ha sido un ir y venir, pero he dado con la persona que me está ayudando. No he querido comentarlo porque yo misma dudaba de que esta vez fuese a funcionar. Estas cosas se pueden alargar mucho. Por fin tengo la sensación de que estoy en el buen camino, y me encuentro más fuerte.

—¿No habrás venido en tren? —La respuesta a esa pregunta le iba a dar una pista de la determinación de Julia.

—Sí, compañera, en tren. Da la casualidad de que el otro día una de las mamás del cole me contó que le había salido un trabajo a media jornada y que cogía el tren a Madrid todas las tardes. Se me encendió una lucecita en la cabeza y pensé que, si hacía el trayecto acompañada, no lo pasaría tan mal. Me ha costado mantener la calma durante el viaje, pero aquí estoy. Además, Daniel me ha dicho que quiere venir a la academia a aprender a coser, Fer no está disponible siempre que le necesito… Es como si todo me empujara a salir de mi encierro y la vida me estuviera poniendo las cosas fáciles para lograrlo.

—No me digas que tu hijo quiere aprender a coser.

¡¡Me lo como!! Claro que tampoco me extraña habiendo mamado costura desde la cuna.

—Sí, me ha hecho mucha ilusión, pero guárdame el secreto, que no quiere decir nada hasta ver si se le da bien. Ha salido tan perfeccionista como su madre —rio Julia.

—Me muero de ganas de verlo sentado a la máquina.

—Perder a Amelia y darme cuenta de todas estas cosas me ha hecho abrir los ojos como nunca. Si durante su vida jamás sentí que la decepcionara, no puedo hacerlo ahora. Me lo ha dejado bien patente en su nota. Tal vez entendiera que yo no veía mi camino claro y que su gesto haría que volviera a recordar cuál es mi verdadero destino.

—Esa mujer sabía decir las cosas con la suficiente delicadeza para que te llegaran sin que pensaras que te estaba obligando a nada. Formaba parte de la elegancia con la que lo hacía todo. La vamos a echar de menos, ¿verdad?

—Cada día, Carmen, cada día. Le debo mucho y voy a honrar su memoria como ella misma me ha pedido. Seguir adelante con este negocio será nuestra forma de mantener vivo su espíritu. Siento de nuevo ganas de esbozar diseños y de verme en el taller entre telas, con el ruido de las máquinas de coser de fondo.

—Pero ¿has hablado con Patty sobre el atelier?

—Ya te comenté que estuve comiendo con ella hace unos días. Me apoya al cien por cien. Ha tenido mucha paciencia conmigo y se lo agradezco de corazón, otra hubiera pensado más en el negocio que en mí.

Volvió a sonar la campanita de la puerta. Las alumnas empezaban a llegar y Julia debía seguir con su plan de la tarde.

—Me subo al taller. Cuando acabe la clase vuelvo y esperamos juntas a las chicas.

—Julia, no te lo he dicho nunca, pero quiero que sepas que te quiero.

—Pues sí, es verdad que estás tierna —bromeó.

—Estas hormonas mías me están volviendo loca. Un día me levanto como unas castañuelas y al rato estoy llorando por las esquinas. ¡Qué le vamos a hacer!

—Mira que eres exagerada.

—Oye, que tú no te hayas enterado de la menopausia no te da derecho a reírte de mí —se quejó medio en broma.

En el atelier, Julia volvió a sentir el abrazo cálido que todos experimentamos cuando sabemos que hemos llegado a nuestro lugar feliz. Descorrió los visillos y abrió las ventanas. La emoción del momento compensó el aire frío que se apoderó de la estancia. Sin quitarse el abrigo, dedicó un rato a retirar los lienzos que cubrían los rollos de tela y reconoció la belleza de los tejidos que había dejado abandonados tanto tiempo atrás. Detuvo la mirada en los trajes de Amelia, que permanecían colgados en los burros; iban a ser grandes maestros en esa nueva etapa del taller. Comprobó el estado de las máquinas de coser y reunió todas las tijeras con la intención de llevarlas a afilar.

«Necesitáis una puesta a punto, amigas», se dijo.

Tendría que llamar a las modistas que contrató el primer año. Lo más seguro era que estuviesen trabajando en otro taller; eran muy buenas y no sería extraño que formasen parte del equipo de algún diseñador de la ciudad. Tenía que intentarlo.

Estaba absorta en sus propios pensamientos cuando le sonó el móvil.

—Diga —contestó.

—Hola, Julia. Te llamaba para saber qué tal estás.

Elsa había entrado en su círculo de confianza desde que se consolidó su relación con Amelia, pero le pareció curioso que la llamara cuando se habían visto hacía tan poco en el entierro. Debía de haber una buena razón. Sospechó que no era ella la única a quien su socia había dejado encargada alguna misión, y se sintió arropada.

—Esta pérdida nos ha afectado a todas, pero, a decir verdad, me encuentro mejor de lo que pensaba. Acabo de llegar al atelier y estoy intentando organizar esto —respondió cerrando las ventanas que dejaban pasar la luz, pero también un frío del que empezaba a resentirse.

—Me alegra oír eso, parece una buena señal.

—Así es. El taller lleva demasiado tiempo cerrado y creo que ha llegado el momento de hacer algunos cambios en mi vida. Empezar por aquí es justo lo que necesito para que cada una de mis piezas vuelva a ocupar su lugar.

—Yo también estoy a punto de hacer algunos cambios.

—Eso suena prometedor. Me lo tienes que contar. ¿Qué haces esta tarde? He quedado con las chicas en El Cuarto de Costura a las siete. ¿Quieres pasarte?

—No será para coser, ¿verdad?

—Tranquila, sé que piensas que la aguja no es lo tuyo, aunque no me cansaré de tentarte. No, tengo algo importante que compartir y he querido reunirlas. Me encantaría que pudieras venir.

—Cuenta con ello, allí estaré.

«Elsa también será mi aliada», pensó.

Dejó el teléfono sobre la mesa de corte y se paseó por el resto de las estancias haciendo una lista mental de lo que iba a necesitar para devolverle al atelier su esplendor inicial.

- Llamar al pintor
- Organizar las telas
- Comprar glasilla
- Afilar tijeras
- Papel patronaje
- Revisar los figurines

- Lavar visillos
- Aceitar las máquinas
- Tapizar los silloncitos
- Contactar con las modistas
- Avisar a las clientas
- ¿Organizar una reapertura?

Las tareas se iban sumando, pero tenía un plan para que todo funcionara a la perfección y sabía que contaba con los apoyos que necesitaba para lograrlo.

Eran casi las siete cuando volvió a El Cuarto de Costura.

—¿Qué tal ha ido la clase?

—Estupendamente, estas chicas son muy listas y con que explique las cosas una vez las cazan al vuelo. Mira que llevo años dando clases y cada vez me gusta más.

—Así da gusto. No sé cómo he podido alejarme tanto de aquí. Bueno, sí lo sé, pero ahora sé también cómo volver. Creo que me equivoqué no permitiéndome un tiempo de duelo después de que muriera Ramón. Cometí el error de hacerme la fuerte y mira adónde me llevó.

—Las madres pocas veces os permitís mostraros vulnerables, como si tuvierais que poder con todo. Quizá a vosotras os sirva para sobrellevar los golpes de la vida, pero para los que estamos alrededor es complicado. Nos sentimos débiles y nos cuesta más admitir el dolor.

—Nunca lo había visto así.

—¿Sabes cuando estás ante algo muy grande o muy bonito, no sé, una obra de arte, una persona a la que admiras mucho? A veces te sientes pequeña. Lo viví en casa cuando murieron mi padre y mi hermano. Cuando tienes a tu lado alguien que está pasando por lo mismo que tú y ves que a pesar del dolor es capaz de seguir adelante, tú no te permites venirte abajo. Yo creo que hay que llorar, hay que enfadarse con el mundo y hay que gritarle al cielo si hace falta. Las injusticias existen y, cuando te cambian la vida, nadie te puede quitar el derecho a patalear y a cuestionártelo todo.

Julia escuchaba con atención. Eran pocas las veces que Carmen se abría, y sabía que era importante dejar que se expresara sin interrumpirla. La tenía por una persona sabia. Su modo de ver la vida era una prueba de ello.

—Para mí fue un golpe durísimo —continuó—. Aceptas que tu padre se muera antes que tú, es ley de vida, sabes que es algo que tendrás que vivir tarde o temprano, pero mi hermano… Éramos uña y carne, sobre todo de pequeños; pasábamos el día chinchándonos, pero éramos los mejores amigos. Nos cubríamos las trastadas el uno al otro y volvíamos loca a mi madre. Era muy divertido. Se le ocurrían unas cosas… Creo que nunca me perdonó que ingresara en el convento. Si mis padres no lo entendieron, él menos todavía. A veces siento que le abandoné. Si llego a saber que ese no era mi camino… No creo que le hayas hecho ningún favor a Daniel siendo tan fuerte. No te lo tomes a mal, pero los hijos también necesitamos ver llorar a nuestras madres. Veros como lo que sois, mujeres. Porque antes que madres sois mujeres y esa es vuestra esencia primera, la que nunca debéis perder. Es el papel en el que podéis vivir cualquier emoción sin sentiros culpables. Una madre que se muestra vulnerable demuestra que, ante todo, es un ser humano, es una mujer, y esa es una gran enseñanza para un hijo. Como cualquier persona, experimenta todas las emociones, los dolores, las frustraciones… Las madres no os permitís mostraros así, y creo que es un error. La maternidad no puede servir para ocultaros tras ella, no debe obligaros a comportaros como si la vida no os atravesara cuando lo hace con toda su crudeza o no os doliera igual que a cualquier otro.

Julia sintió aquellas palabras como un jarro de agua fría. Tuvieron sobre ella un impacto tan crudo como necesario. Sus amigas la habíamos arropado con toda la dulzura de la que éramos capaces y esa era la primera vez que alguien le mostraba una realidad que no había sabido ver.

—No estoy diciendo que Daniel tuviera que verte llorando por las esquinas, pero sí puede que en algún momento necesitara compartir su dolor contigo. Cuando el dolor se queda dentro se convierte también en angustia. Si lo reprimes, si no te dejas inundar y te permites sentirlo en cada poro de tu piel, es muy difícil que algún día puedas abrazarlo. Lo que te quiero decir, Julia, es que es lícito sentirlo, pero no está bien quedárselo para siempre. Cuando yo entendí eso, dejé de castigarme y empecé a sanar. Quieras o no la vida sigue y tú no puedes quedarte anclada a ese suceso. A cada paso nos esperan nuevas oportunidades para ser felices o, al menos, para vivir momentos felices que, por pequeños que sean, le dan sentido a nuestra existencia.

Julia se quedó inmóvil mirándola a los ojos.

—¿Sabes qué te digo? Que yo también te quiero, compañera, y que te agradezco que me hayas hablado con tanta franqueza.

—Ya sabes que no me gusta dar sermones, pero llevaba un tiempo queriendo decírtelo y no te veía con fuerzas para encajarlo. Una nunca sabe si hablando de frente va a hacer más mal que bien.

Malena y Patty fueron las primeras en llegar a la hora prevista. Mientras Patty saludaba a Julia, Carmen se acercó a Malena.

—Julia me ha dicho que a tu madre le parece bien que vuelva a abrir el atelier.

—Pues claro que le parece bien, ella misma estaba deseando que nuestra jefa volviera al trabajo.

—Entonces ¿aquello que me dijiste de convertirlo en un piso?

—Eso no fue más que una suposición mía.

—Pues me alegro en el alma, compañera.

Como sospechaba, esa convocatoria no podía responder más que a una razón. Julia había decidido volver al trabajo. Se encontraba con más ganas que nunca, aunque era consciente de que retomar su vida normal iba a suponer un gran esfuerzo. Había decidido contar con todas nosotras para ayudarla a no perder el foco y hacerle la vuelta más sencilla.

Malena iba a decorar algunas paredes del atelier para darle un nuevo aire, Patty estaba dispuesta a invertir lo necesario para que la reapertura tuviese el eco que todas queríamos, Carmen seguiría al frente de las clases para que Julia se centrara en el taller durante los primeros meses, y yo me ofrecí a organizarle una campaña de comunicación para relanzar el negocio. Era emocionante sentir que todas mirábamos de nuevo en la misma dirección.

—No se me ocurre ahora cómo ayudar, pero aquí estoy dispuesta a lo que sea —intervino Laura.

—Pues yo, más que echaros una mano, os voy a dar trabajo —anunció Elsa—. Aún no tenemos fecha, pero ya lo hemos hablado: José y yo nos casamos, y espero que mi vestido de novia salga de ese atelier.

—Pero ¡qué sorpresa! Por supuesto —asintió Julia

buscando la mirada cómplice de Carmen—. Estaremos encantadas de vestirte para la ocasión.

—Qué pena no tener un par de botellas de champán para brindar por los novios.

—Estoy con Carmen —anunció Elsa—, esto se merece un brindis por todo lo alto, pero tendremos que aplazarlo por ahora. José y yo vamos mañana a ver varios pisos, y esta noche hemos quedado para hacer números.

La tarde no podía acabar mejor. Estaba segura de que Amelia se hubiese alegrado tanto como nosotras de todo lo bueno que estaba por llegar. Lo que me recordaba que la vida está hecha de contrastes y al asumirlo nos sincronizamos con un ritmo caprichoso que no había que intentar entender, sino confiar en él.

19

Me gustó recorrer la ciudad de noche mostrándole a Andrew la vida que bullía en sus rincones. Madrid siempre esconde una sorpresa. Cualquier día de la semana sus calles rebosan vida hasta altas horas de la madrugada. Era cierto que habían cerrado algunos cines y teatros del centro, pero todavía había una buena oferta cultural para todos los gustos, y siempre había gente dispuesta a pasarlo bien. Al inicio de nuestra relación él también me hizo de cicerone y me descubrió un Londres que yo aún no conocía, mucho más exclusivo y refinado. Cenábamos en restaurantes de renombre e íbamos con frecuencia al teatro, hasta que nuestro mundo se fue haciendo cada vez más pequeño.

—Creo que podría vivir aquí —comentó al final de nuestro particular *tour*—. Si mejorara mi español —añadió con una sonrisa.

—Esto no es Londres, pero no está nada mal —comenté—, y además no llueve todos los días.

—No digas eso, en Londres no llueve todos los días.

—Lo dejaremos en casi todos los días —respondí dándole la razón a medias.

Nuestra conversación era totalmente superficial, pero nos servía para mantenernos fieles al papel de viejos amigos, un escenario en el que me sentía segura. Desde luego, esperaba que su afirmación fuese solo una forma de elogiar mi ciudad natal y que no estuviera pensando en serio en mudarse. Eso complicaría las cosas y tendría que tomar decisiones a las que ya había hecho frente cuando nació Elliot.

«Te estás anticipando, Sara. Solo está de paso. Acabará el proyecto y volverá a Londres. Los límites están claros. No hay peligro —me decía mientras regresaba a casa después de haberle dejado en su hotel—. No eres aquella chica de veintitantos sola en un país extranjero. Ya no tiene poder sobre ti. Lo de esta noche solo ha sido cuestión de cortesía y así lo habrá entendido él también».

Le había prometido a Laura que iría con pies de plomo y no tenía ninguna intención de hacer lo contrario. Sentía que mi vida había tomado forma y estaba feliz, claro que era consciente de que, de la noche a la mañana, las circunstancias podían dar un giro de ciento ochenta grados y llevarme por un camino distinto al que tenía por delante.

De eso Laura también sabía mucho. No conocía a nadie que supiera adaptarse a los cambios con su sabiduría.

—A veces luchar no es la única opción. Rendirse y dejar de batallar contra todo te devuelve la paz, que es lo que necesitas para aceptar que, si has llegado a un punto muerto, hay otros senderos que puedes explorar. De lo que se trata es de no dejar nunca de caminar.

Sin duda, la enfermedad cardiovascular con la que nació su hijo, su inesperado divorcio o su experiencia en Senegal eran algunos de los senderos que la habían llevado a una reflexión tan profunda como acertada. Se había enfrentado a circunstancias muy duras y había visto de frente lo que significa no tener nada. Vivir en un lugar donde la vida carece de valor la había convertido en la mujer que era ahora.

—Ha sido una experiencia de las que se te quedan grabadas para siempre en la memoria —me contó a su vuelta del país africano—, de las que te transforman desde dentro y sacuden cada una de tus aristas. Si en algo me pareciera a la mujer que decidió aceptar ponerse al frente de la misión hace dos años, la experiencia habría sido en vano. No era una novata que no supiera adónde iba y, sin embargo, nunca hubiera imaginado a lo que me enfrentaba en el momento en que acepté marcharme. Cuando la ignorancia deja paso a la valentía te topas con las sorpresas que la vida te depara.

Después de pasar dos años extremadamente duros enfrentándose a situaciones para las que ninguna persona está preparada, a su vuelta le tocaba encajar de nuevo en una rutina que ahora miraba con otros ojos y que apenas reconocía. Pero no solo era distinto el mundo al que volvía, también lo eran su familia, las relaciones con sus hijos, todo. No creo que fuese fácil, pero si alguien podía lograrlo era ella.

—Michel ha sido mi muleta y yo la suya, veníamos del mismo mundo y teníamos que encajar en el mismo lugar —me comentaba en una de nuestras muchas tardes de charlas entre costuras—. Sin embargo, lo que no calculé fue lo complicado que iba a ser reconstruir mi familia. Eran demasiados cambios para que todos los asumiéramos con naturalidad. Yo volvía con una hermana para mis hijos y una nueva pareja con la que había decidido compartir mi vida sin consultarles a ellos. En cierto modo, visto con perspectiva, quizá deberíamos haber dosificado los cambios y así el impacto hubiese sido menor. Una nunca sabe cómo acertar cuando se trata de sus hijos. Quizá tomé mis decisiones pensando en qué era mejor para Ndeye, ya que era la más débil de toda esa historia. Ella sí que tendría que enfrentarse a un mundo completamente desconocido. No quería que sintiera que mi familia no la acogía con el amor con el que Michel y yo la adoptamos. Pero el cariño no se impone y ese fue mi fallo. Cuando tomas una decisión tan importante, por mucho que hayas reflexionado sobre los retos a los que tendrás que enfrentarte, es complicado imaginar hasta dónde puede llevarte y cómo trastocará a tu familia. Tal vez no calculara bien los riesgos. Mi hija Inés interpretó nuestra decisión como un acto de egoísmo; imagínate, uno de los gestos de amor más desinteresados de mi vida visto de esa manera por mi propia hija. Qué difícil se hace a veces reconocerte en las actitudes de tus hijos. Los crías en tus valores, con la convicción de que ellos los convertirán en buenas personas, y te encuentras con reacciones inexplicables. Luego he entendido que era el sentimiento de abandono el que hizo que lo viviera de esa forma.

Siendo madre podía ponerme en la piel de Laura o, al menos, acercarme a ella. No hay nada que duela como un hijo.

—He tenido que mantenerme muy firme para demostrarle que, aunque nuestra familia hubiese cambiado, nosotras dos éramos las mismas y nuestra relación sería la de siempre. Sin embargo, ha tardado mucho en entenderlo, en perdonarme, si es que había algo que perdonar, y en volver a casa. Con el tiempo ha reconocido de dónde venía su dolor y juntas hemos puesto las cosas en orden. Las adversidades nos hacen más fuertes si somos capaces de aprender de ellas; si no, solo generan sufrimiento, y eso no podíamos permitirlo.

La historia de Laura y Michel era prueba evidente de que tu vida puede dar un vuelco en cualquier momento. A veces eres tú quien lo decide y otras veces es algo que sucede sin más. Yo lo había experimentado en mi propia piel. Solo cuando te encuentras en una encrucijada es cuando eres consciente del poder de tus decisiones. A pesar de que la vida nos lleva a su antojo de un lugar a otro, tenemos una parte de responsabilidad que no podemos dejar de lado. Esa pequeña porción de control sobre lo que somos o hacia dónde vamos es la que nos toca gestionar.

—Por suerte, lo resolvimos antes de enfrentarnos a su trastorno de alimentación. Puede incluso que el origen fuera ese, su psicólogo no sabe decirlo con exactitud. Lo que te intento explicar, Sara, es que cada hijo es un mundo y cada edad te pone ante retos diferentes. Yo diría que lo más importante es estar cerca de ellos sin que lo noten. Que puedan alargar la mano y tocarte, como cuando son bebés y los acuestas en la cuna al lado de tu cama.

Apreciaba mucho las charlas con Laura, la admiraba profundamente en todas sus facetas. No solo era una mujer extraordinaria, sino una magnífica amiga, de las que siempre están.

Cuando nos enfrascábamos en conversaciones sobre los hijos, Carmen siempre tenía algo que decir.

—Las madres estáis hechas de otra pasta, lo tengo clarísimo. Yo, que apenas sé cuidar de mí misma, si tuviera que encargarme de un chiquillo, apaga y vámonos.

—Aprendemos sobre la marcha, amiga. Hasta que no nazcan con un manual bajo el brazo es lo que hay.

Laura hablaba con conocimiento de causa. Cuando sus hijos ya habían superado la infancia y una adolescencia con sus más y sus menos, Ndeye irrumpió en su vida. Era consciente de que estaba ante un gran desafío, pero confiaba en que junto a Michel podría lograrlo. Traerse a la pequeña implicaba no volver a la misión donde se habían conocido y trabajado codo con codo, despedirse de quienes habían sido sus compañeros y la tierra que aprendieron a amar. Era poner un punto final a una experiencia que les había llenado el corazón de gratitud y los ojos de lágrimas ante la impotencia con la que tenían que convivir a diario. Nunca me explicó cómo habían conseguido acelerar los trámites para adoptarla y evadía el tema cuando hablábamos de ello.

—Lo importante es que la tenemos aquí con nosotros y que le vamos a procurar una vida llena de oportunidades. En Senegal no tiene a nadie, no podíamos dejarla allí y marcharnos sin más. Se me hubiera partido el corazón. La quiero desde el momento en que nació, y eso es todo.

Tanto ella como Michel se esforzaban para que no perdiera sus raíces mientras ponían todo su empeño en ayudarla a adaptarse a una cultura que le era completamente ajena. En el colegio había pasado de ser la más exótica de las alumnas a ser una más, y aunque el recorrido no había sido siempre un paseo había superado con creces todas las pruebas, incluso las de los niños más crueles.

—Me cuesta aceptar que críos que lo tienen todo puedan demostrar tan poca empatía —me comentaba—. Me pregunto si esa crueldad nace del desconocimiento, del miedo o si es pura falta de educación e ignorancia. Si se hicieran una idea de lo que Ndeye se está esforzando por integrarse en nuestro mundo, de lo distinto que es todo para ella, las cosas que ha vivido ya aunque sea solo una niña... Se me parte el alma cuando la veo llorar y me dice que no quiere defraudarnos, como si ella nos debiera algo, y en realidad los afortunados somos nosotros porque forme parte de nuestra familia. No sé cómo puede un ser humano sentirse superior a otro o cómo es capaz de no tenderle la mano si ve que le necesita. Quizá sea porque soy médico y entiendo que mi misión es salvar vidas, pero es que todos podemos salvar vidas de muy distintas maneras, y eso debería entenderlo cualquiera.

—Es descorazonador que haya tenido que pasar por algo así y que su centro escolar no haya estado a la altura para frenar el acoso a tiempo. No tiene comparación, pero recuerdo cómo me sentía señalada en el colegio cuando mis padres se separaron. En aquellos años era como si tuvieras la peste. Me sentí la rara de clase. Tuve que acostumbrarme a los cuchicheos de pasillo, una minucia comparado con la crueldad de los compañeros de Ndeye que describes. Ese tipo de comportamientos es intolerable y espero que no tarde mucho en llegar el día en el que se persiga con firmeza. Como bien dices es también una cuestión de educación y la sociedad al completo debería condenar una conducta tan abominable.

Elliot estaba a punto de entrar en educación infantil y era una etapa que me producía cierta inquietud. Estaba avisada, a partir de ahora el tiempo vuela y le veré convertirse en un muchachito mucho antes de lo que imaginaba. Me preocupaba no dedicarle la atención suficiente, perderme detalles, no estar ahí cuando alargara la mano, como me decía Laura. Tener un hijo sola también era enfrentar sola todas mis dudas y aceptar que, aunque tuviese el apoyo de mi familia, las decisiones equivocadas serían solo mías.

20

La primera vez que lloré la muerte de un ser querido fue cuando falleció mi tía. Imagino que, si tuviese que decidir cómo morir, nunca elegiría enfermar hasta mis últimos días; sin embargo, me di cuenta entonces de que, en ese caso, la vida te da la oportunidad para dejar las cosas en orden. Al menos eso es lo que hizo Aurora en aquel momento y lo que Amelia parecía haber hecho antes de despedirse. Conociéndola, seguramente pensara que enviarle sus mejores trajes a Julia sería una forma de motivarla, de empujarla a seguir el camino que había abandonado y al que estaba predestinada. Ninguna de nosotras podía imaginar que sus presentimientos iban a ir más allá.

Esa tarde Julia y yo estábamos esperando a Patty para compartir con ella algunas de las ideas que barajábamos para relanzar el taller, cuando la conversación tomó un rumbo inesperado.

—No sé si esta mañana ha fallado el despertador o si, agotada como me acosté anoche, ha sonado y lo he apagado sin ser consciente. A las ocho menos cuarto el crío ha entrado en la habitación para preguntarme si había visto sus calcetines de deporte y, cuando he mirado la hora he pegado un salto de la cama como si fuera un muelle. Después de dejarle en la puerta del centro me he ido derecha a la cafetería de Fer a tomarme ese primer café; no soy nadie hasta que me bebo el último sorbo de la taza.

—A cualquiera le puede pasar, y más si has estado toda la tarde poniéndote al día con los arreglos y te has acostado casi de madrugada. Deberías intentar dosificar el trabajo —sugerí.

—Sí, cierto, pero tenía ganas de acabarlos y centrarme ya en el atelier. Quiero abrir lo antes posible. Cuando Fer me sirvió el café le invité a sentarse conmigo. Le conté mis planes y lo bien que me sentía tras tomar la decisión de volver a trabajar, estuvimos charlando un buen rato. Luego la cafetería se llenó de clientes y tuvo que volver a la barra. Quedamos en que me recogería en casa a media mañana para cargar en su coche los arreglos. Pagué el desayuno y volví a casa. Un buen rato después sonó el timbre. Era él, otras veces me espera en el coche, pero por alguna razón le tenía allí en la puerta y yo no había acabado. Le dije que entrara, que no iba a tardar. No había estado en casa desde las semanas que siguieron a la muerte de Ramón, cuando pasaba sus tardes libres con nosotros ayudando a Daniel con los deberes o trayéndonos la compra a casa. El hombre se desvivió por intentar facilitarnos las cosas. Si te digo que no me canso de agradecerle lo que ha hecho por nosotros es por ese tipo de gestos tan generosos por su parte.

—Fer es un amor, lo supe desde el día en que me lo presentaste. Es atento, cariñoso y está tan pendiente de vosotros... No se le puede pedir más.

—Pues parece que yo a él no, pero él a mí sí.

—No te sigo, ¿qué quieres decir?

—No sé si son imaginaciones mías... Me dio la impresión de que intentó besarme.

—¿Cómo? Explícate.

Aunque no me esperaba una escena como la que me describió, tampoco me parecía extraño que Fer, que había respetado el dilatado periodo de duelo de Julia, dejara que sus sentimientos hacia ella afloraran de nuevo.

—¿Quieres pasar? Estoy casi lista —dijo Julia abriendo la puerta—, solo tengo que peinarme y coger mis cosas —añadió desde el aseo de la planta baja.

—¿Esto es lo que nos tenemos que llevar? —preguntó refiriéndose a las bolsas que Julia había apilado en el recibidor.

—Sí, son los últimos arreglos que voy a coser en casa; a partir de ahora trabajaré en El Cuarto de Costura. Estoy contenta de haber tomado esta decisión, la había aplazado demasiado tiempo y ahora me siento capaz de afrontarla. Tienes ante ti a una mujer decidida a tomar de nuevo las riendas de su negocio —confesó con una amplia sonrisa de satisfacción.

—Cuánto me alegro. Estoy muy orgulloso de ti. Sabía que llegaría este momento, eres una luchadora. Te admiro por ello.

Fer la miró fijamente a los ojos, se acercó despacio y le acarició la mejilla.

—¿Sabes? Por muchos años que pasen sigues siendo mi chica ideal.

Deslizó la mano hasta su nuca invitándola a acercarse a él. Julia reaccionó al calor de su palma girando la cabeza hacia el lado contrario y retrocediendo unos pasos. Por unos segundos un mar de sentimientos encontrados la inundó. Fer le sostuvo la mirada quizá con la intención de confesarle sin palabras lo que había callado demasiado tiempo.

—Se nos hace tarde —anunció Julia nerviosa—. ¿Nos vamos?

—Claro —contestó él agachándose para coger las bolsas.

—Me dejas de piedra —comenté.

Fer era un hombre muy correcto, aunque siempre sospeché que el cariño que tenía por ella era más profundo de lo que dejaba ver.

—Me quedé ahí de pie, mirándole un momento, y deseé salir corriendo. En el coche empecé a hablar por los codos de la academia, de los planes que tenía para el taller… Ya sabes que me da por hablar cuando estoy nerviosa; él, por el contrario, casi no dijo una palabra durante todo el viaje. Estuve un poco seca cuando nos despedimos en la puerta de El Cuarto de Costura. Todavía no sé si estoy enfadada con él.

—No veo razones para enfadarse, sois muy buenos amigos, tú misma me has dicho que ha estado a tu lado estos últimos años, sin condiciones. He visto cómo te trata y, sabiendo lo que tuvisteis, no me parecería extraño que te haya ocultado sus sentimientos todo este tiempo. En todo caso, háblalo con él, tenéis la confianza suficiente como para sinceraros el uno con el otro.

—Me ha pillado por sorpresa. Desde que Ramón no está, no he vuelto a pensar en un hombre. Fer ha estado tan cerca de mí que le he visto como un amigo o incluso como un hermano. Anoche cuando me acosté no podía dejar de darle vueltas. Cerraba los ojos y me veía en el recibidor delante de él, sentía su mano en la nuca y se me tensaba todo el cuerpo. Se me vinieron a la cabeza un montón de recuerdos de aquellas semanas en las que mi matrimonio se tambaleó y tuve que tomar una de las decisiones más importantes de mi vida.

Recordaba con nitidez ese episodio en la vida de Julia y me sorprendió la lucidez con la que lo había resuelto. Puso en una balanza lo que había construido junto a Ramón y lo que podría tener junto a Fer. Lo fácil habría sido dejarse llevar por una oleada de emociones que a cualquiera le hubiera nublado la razón; sin embargo, ella le dio a su relación el crédito que merecía. Entendió que no podían pesar más unas semanas con un amor de juventud que los años que su marido y ella habían invertido en construir la familia que ni siquiera soñó tener.

—Yo creo que, si todavía sientes algo por él, debes tener las ideas muy claras antes de hablarlo. No se merece otra decepción.

—Con lo que tengo por delante… Ahora necesito centrarme en mi trabajo, no estoy para asumir más retos.

—Me da la sensación de que el papel que le has dado en tu vida se le ha quedado pequeño.

—¿Tú crees? Fui muy clara con él cuando Ramón y yo superamos aquella crisis. Nunca le he engañado ni creo que le haya dado falsas esperanzas. Ni siquiera tendríamos que estar hablando de esto ahora.

—¿Ha tenido pareja desde entonces?

—No, que yo sepa. Me lo habría contado. O puede que no. Ahora me haces dudar.

—Se relaciona con muchísima gente al cabo del día, es atractivo, simpático y encantador. ¿No crees que, si hubiese querido encontrar a alguien, ya lo habría hecho?

—No me lo había planteado nunca. Ay, Sara, que yo no estoy en estas cosas, de verdad. Llevo mucho tiempo viviendo en otro mundo y ya me he decidido a dejar atrás el pasado y volver a ser la que era. No tengo la cabeza para pensar en algo con Fer.

—Si de verdad eres capaz de olvidarte de ese incidente y centrarte en tu trabajo es que para ti es solo un amigo. Deja que pasen unos días; si tu corazón sigue latiendo al mismo ritmo la próxima vez que le veas, tendrás la respuesta.

—Estaré atenta.

—Amiga, la vida te está esperando. Puede que Fer sea tu punto de partida para empezar de nuevo.

Patty llegó un rato después y pasamos el resto de la tarde intentando definir la estrategia que íbamos a seguir para reinaugurar el taller. Julia tenía mil dudas, y era lícito. Esta vez no contábamos con Amelia para difundir la noticia entre sus amistades y después de casi tres años cerrado era más complicado lograr que las antiguas clientas volvieran.

Con toda probabilidad habrían confiado sus encargos a otros modistas de la zona. Teníamos que trazar un plan sin fisuras para conseguir que el atelier volviera al esplendor de sus mejores tiempos.

—*Cara*, Julia, vamos a dejar que Sara le dé forma a todo lo que hemos hablado, seguro que consigue que la reapertura sea un éxito. Hablaré con mi amiga Quety, ella conoce a mucha gente, quizá nos pueda ayudar a correr la voz. A pesar de que Malena no esté muy conforme, me marcho a Italia dentro de unos días. Llevo demasiado tiempo fuera de casa y tengo asuntos que atender. Estaremos en contacto. No dejéis de contarme cualquier cosa que se os ocurra, tenemos que revivir el espíritu con el que nació este taller. Juntas conseguiremos que sea un éxito rotundo.

—Si no fuera por vosotras…

—Ah, no, querida, somos un equipo, cada una aporta su granito de arena, pero tú eres el corazón de este negocio y ahora que estás de vuelta volverá a brillar como lo hizo en sus inicios. Tienes magia en las manos.

—Tendré que estudiar las últimas revistas de patrones y visitar tiendas de telas para ponerme al día de lo que se lleva ahora. Seguro que a Carmen le gustará acompañarme, ella que está al tanto de los eventos de las famosas tendrá muchas ideas que compartir.

—Y una buena colección de revistas que podrás ojear —añadí.

—También quiero dedicarles tiempo a las prendas que me dejó Amelia, hay verdaderas joyas que me pueden servir de inspiración. Las tendencias siempre vuelven y un buen clásico nunca pasa de moda. Tengo mucha tarea por delante, pero lo importante es que estoy deseando ponerme manos a la obra. No sabéis lo mucho que me apetece esto, es como si hubiese vuelto a encontrar esa ilusión que necesitaba para mirar hacia el futuro con alegría. En este momento me siento capaz de todo y más con vosotras a mi lado.

—La ilusión es la energía que nos mueve y las amigas son la fuerza que nos empuja —apunté.

—Así es. Giovanna, la mujer de mi capataz, y yo nos hemos hecho muy amigas. No hablo muy bien el italiano, pero nos entendemos divinamente. Cuando le hablé de vosotras, de las «agujitas», como os llama Carmen, y de El Cuarto de Costura, casi se echa a llorar. Ella también tenía un grupo de amigas muy especial que perdió cuando se mudaron al norte de Italia, y las echa mucho de menos. Quedan una vez al año a medio camino, alquilan una casa y pasan un fin de semana juntas. No hacen nada especial, charlar, comer, disfrutar de un buen vino y reírse mucho. Durante unos días se olvidan del mundo, solo están ellas y vuelven a ser jóvenes.

—¡Qué buen plan! Yo fui muy feliz los años que estuve casada, pero es cierto que no sabría vivir sin vosotras, sois mi mayor sostén y mis mejores maestras —exclamó Julia.

—Las amigas son un regalo de la vida.

—Y los amigos, no te olvides de los amigos. Si las amigas te alegran el corazón, los amigos el cuerpo —rio Patty—. Allí los hombres son tan seductores que hasta con un mono de trabajo te parecen guapos. Es fácil dejarse querer.

—Eres incorregible —comentó Julia sumándose a su risa.

—A todas nos toca pasar por episodios dolorosos y no está una para negarse un poquito de placer. El trabajo en el viñedo es duro, pero los italianos saben disfrutar de cada instante y le sacan jugo a la vida. Es lo que más me gusta de vivir allí, de cualquier cosa hacen una fiesta, no necesitan ninguna excusa para reunirse en torno a una mesa llena de comida y un buen vino con el que brindar.

—Se nota que estás enamorada de esa tierra, con razón tienes tantas ganas de volver —observó Julia.

—Sí, he encontrado mi lugar en el mundo. Tenéis que venir a verme alguna vez.

—Yo no lo descarto. Podríamos ir con los niños, Julia, ¿no crees? —pregunté.

—Me encantaría, Daniel tiene muchas ganas de viajar. Ha salido aventurero.

—La zona es preciosa; la comida, exquisita, y hay un

montón de pueblecitos que visitar. Os encantaría. Pero antes hay que poner en marcha el atelier —sentenció Patty reconduciendo la conversación—. No quiero que perdamos ni un minuto.

—Cierto, socia. No vamos a defraudarte.

Despedimos a Patty con la ilusión de volver a vernos pronto para la reinauguración. Julia y yo nos quedamos un rato más ultimando algunos detalles. Yo podría arañarle unas horas a mi trabajo para preparar el plan de comunicación, y ella iba a ponerse manos a la obra de inmediato.

—Ven, quiero enseñarte los trajes que me mandó Alfonso. Son una maravilla.

Pasamos al taller donde estaban los burros y sacó alguna de las piezas de su funda. Había diseños de Balenciaga, Pedro Rodríguez, Pertegaz... No había visto tejidos como esos en ninguna de las tiendas de telas que visitaba con cierta asiduidad. Eran testigos de una época que parecía quedar muy atrás. La confección era impecable. Sospechaba que el ritmo de vida que se había impuesto en nuestro día a día nos alejaba de la belleza y del trabajo artesano, nos robaba la oportunidad de apreciar el talento oculto en cada puntada. Llevar la costura del corazón a las manos no parecía estar de moda.

Amelia, como cualquier señora de su círculo, se había vestido con las creaciones de los grandes de su época. Llevarlas era la expresión del buen gusto, pero también obedecía a una regla no escrita que las obligaba a ser, en demasiadas ocasiones, la tarjeta de presentación de sus maridos, casi un adorno que llevar del brazo, un logro más del que presumir. Ellas no podían hacer más que esforzarse por sonreír y asumir un papel en el que su aspecto y una exquisita educación como ángeles del hogar eran más apreciados que su intelecto.

Había un dicho que les concedía algo de crédito en la brillante carrera de sus maridos: «Detrás de un gran hombre hay una gran mujer», una frase que me chirriaba cada vez más. Nosotras, después de tantos años de amistad, habíamos descubierto que detrás de una gran mujer hay otra y otra y otra. Esa era nuestra fuerza.

21

Every cloud has a silver lining, ese fue uno de los primeros refranes ingleses que aprendí poco después de llegar a Londres. Manah, mi casera hindú, me explicó su significado: cada nube esconde un rayo de esperanza. Me servía como justificación de la forma en que la muerte de mi tía Aurora precipitó las cosas y acabó convirtiéndose en un punto de inflexión, el que necesitaba en aquel momento.

Sentí algo parecido cuando conocí la historia de Elsa. Llegó a la vida de Amelia de un modo inesperado, como consecuencia de uno de los actos más repugnantes que había cometido don Javier. Sin embargo, la estrecha relación que las unió hablaba del buen corazón que tenían y de lo caprichoso que puede ser el destino.

Ambas entendieron, casi desde el principio, que podían dejar atrás el papel de víctimas que el azar les había impuesto y aprovechar la oportunidad para convertirse en aliadas. Alfonso, por su parte, no lo tuvo tan claro. Los años que siguieron a su marcha de la casa familiar habían sido demasiado dolorosos. No podía olvidarlos sin más. Cualquier cosa que le recordara a su progenitor avivaba un sentimiento de rabia y tristeza con el que, no sin esfuerzo, había aprendido a vivir. Su madre descubrió nueva vida tras enviudar, pero a Alfonso le costó algo más congraciarse con el pasado tras morir su padre. La historia de Elsa venía a recordarle el lado más oscuro de un hombre al que le era imposible querer.

Aceptó, con ciertas reservas, que su madre entablara una relación de amistad con la joven, pero le dejó muy claro que no estaba dispuesto a ver a Elsa como parte de la familia, que el hecho de que tuvieran el mismo padre no los hacía necesariamente hermanos. Sin embargo, el tiempo pone las cosas en su sitio y, unos años después de que hubiera irrumpido en sus vidas, Elsa se ganó un lugar en su corazón.

—Estaré en Madrid solo unos días, lo justo para solucionar el papeleo. Qué desagradable es tener que hacerse cargo de tantos trámites cuando todavía no has encajado la pérdida... Se me hace muy duro entrar en esta casa sabiendo que no voy a encontrarla aquí.

—Tengo la misma sensación —le confesó Elsa—. Me cuesta hacerme a la idea de que nos ha dejado para siempre. La casa no es la misma sin ella.

Es curioso cómo las personas dotamos de alma los lugares. Parece que les infundiéramos vida a los objetos que los ocupan y, al faltar nosotros, estos perdieran su sentido. Aún recuerdo cuando volví a casa de mi tía, en Almuñécar, un año después de su muerte. Todo estaba como ella lo había dejado y, sin embargo, nada parecía ya lo mismo.

—María ha empaquetado el ajuar y lo ha puesto encima de la cama del cuarto de invitados —le indicó Alfonso a su hermana.

—Me emocioné tanto cuando me dijiste que querías que fuera para mí... Me enseñó las mantelerías después de hablarle acerca de mis alumnas. Se alegraba de que las niñas de ahora recibieran una educación tan distinta de las de su época. Me habló de tu abuela, de cuando la acompañó al convento de monjas para encargar que le bordaran las sábanas y de las pocas veces que terminó por usar todas esas piezas. Se lamentaba de que después de las horas invertidas en bordarlas acabaran en un cajón. Es una pena, pero me alegro de que los tiempos hayan cambiado. Las nuevas generaciones vienen pisando fuerte, lo veo en clase cada día. Este siglo XXI debe ser el de las mujeres, tengo mis esperanzas puestas en que rompamos muchas más barreras. Mi madre luchó desde muy joven para darme unos estudios que me permitieran ser independiente. Para mí es casi una obligación transmitirles a mis alumnas que el futuro está en sus manos y que nada les va a caer del cielo.

—Ambos sabemos lo que hay que pelear para cambiar las cosas. Qué te voy a contar que no sepas…

—Sí, es verdad, tú tampoco lo has tenido fácil. Llámame ingenua, pero yo confío en que este momento que nos ha tocado vivir sea un punto sin retorno.

—Ojalá tengas razón. No sería justo que el esfuerzo de los que lucharon antes que nosotros se esfumara un día. Felipe y yo lo hemos hablado mil veces: tenemos que defender nuestros derechos, plantar cara a todo el que pretenda devolver esta sociedad al pasado.

—Alfonso, ¿puedo preguntarte algo?

—Claro, dime.

—Siempre me ha llamado la atención que la única foto tuya que he visto en la casa con tu padre sea de cuando eras un bebé. ¿Dónde está el resto?

—Le ordenó a mi madre que se deshiciera de ellas en el momento en que me marché. Imagino que no lo hizo y que andarán por ahí. Si te digo la verdad, tampoco tengo mucho interés por encontrarlas.

—Qué triste. Ambos crecimos con un padre que no nos quería. ¿Guardas algún recuerdo bueno de él?

—No lo veía mucho. Salvo los fines de semana, se pasaba el día trabajando. Mi madre insistía en que ese era el precio que debíamos pagar para disfrutar de tantas comodidades y de que no nos faltara de nada. Supongo que se lo repetía a sí misma e intentaba convencerme también a mí. Lo cierto es que cuando yo nací comenzaron a distanciarse. Él siguió haciendo su vida y mi madre se volcó conmigo. Julia me ha contado muchas cosas de cuando era pequeño que yo ni recuerdo. La mente es así de sabia. Borramos lo que nos duele demasiado, para poder sobrevivir, aunque hay un día que tengo grabado a fuego. Estoy casi seguro de que ese fue el momento en que empezó a repudiarme. Era mi sexto cumpleaños y quería regalarme una bicicleta. Me llevó a una tienda de la calle Atocha, hacía esquina y tenía unos escaparates muy grandes. No había visto tantas bicicletas juntas en la vida. Algunas colgaban del techo y las demás abarrotaban el local.

—Calmera, conozco la tienda. Sigue abierta.

—Puede ser. Me dejó que escogiera la que más me gustara. Me decidí por una bici que tenía una cesta delante y unos puños de manillar de los que colgaban unos flecos blancos. Recuerdo que el dependiente se echó a reír. Mi padre se enfadó mucho y me volví a casa con las manos vacías. Cuando llegamos me dejó en mi habitación y me dijo que no saliera de allí. Le oí discutir con mi madre y echarle en cara que pasaba mucho tiempo con ella, que tenía que estar más con chicos mayores que me enseñaran lo que era ser como ellos. Imagínate, yo no tenía ni idea de lo que quería decir. Con seis años, aunque no entiendas el porqué, ya sabes lo que te hace sentir bien y lo que no. Le gritó, le dijo que no podía criarme bajo sus faldas, que había que enviarme a un colegio interno para que hicieran de mí un hombre. Oí a mi madre llorar, pero no me atreví a salir de mi dormitorio hasta que sonó un portazo. Entonces entró en mi cuarto secándose las lágrimas. Me dijo que lo perdonara, que no sabía lo que decía y que no me preocupara, porque ella no iba a consentir que nos separaran nunca.

—Qué triste, Alfonso.

—Sí, más de lo que un niño puede procesar. A los pocos días, don Vicente, el párroco de la iglesia, nos hizo una visita. Mi madre le recibió en el salón y cerró las puertas. Después de un rato, entró en mi dormitorio y me pidió que la acompañara al salón, que el padre quería saludarme. El cura me hizo un montón de preguntas. No entendía nada. Con los ojos fijos en los de mi madre le suplicaba ayuda. Ella, angustiada, insistió en que contestara sin temor, que don Vicente era nuestro amigo. Cada vez me sentía peor, las preguntas no cesaban y no comprendía qué quería de mí. Sentí tanto miedo que me oriné encima. El párroco se levantó indignado, dispuesto a marcharse, mientras mi madre le suplicaba que me perdonase, que había sido un descuido, que no me lo tuviera en cuenta. Cuando por fin se fue, mi madre me desvistió y me metió en la bañera. Nunca me dejaba solo, pero ese día recuerdo tener que llamarla a gritos cuando el agua se enfrió y me vi las manos arrugadas como pasas.

—Me cuesta creerlo. ¡Qué crueldad!

—Lo peor es que no conseguía adivinar a qué venía ese interrogatorio ni por qué mi madre me exponía a él. Todo era muy confuso. En los días siguientes, mi padre se mostró muy disgustado conmigo, le oí decirle a mi madre que yo era una vergüenza para la familia. Cuando terminó ese verano me enviaron a un internado. Fue el peor año de mi vida. Los maestros eran inflexibles y el colegio era lo más parecido a una cárcel, con un régimen férreo donde el mínimo error se pagaba con un castigo ejemplar. Pero no fui yo el único que sufrió las consecuencias. El día que mi padre tomó la decisión de matricularme en el centro, entre él y mi madre comenzó a levantarse un muro al que nunca dejaron de sumarle ladrillos. Después de ese curso, volví a mi antiguo colegio. No hablamos más de aquello ni supe qué precio pagó ella por volver a tenerme cerca, porque estoy seguro de que mi padre se lo cobró.

—Amelia debió de sufrir lo indecible. Las madres son capaces de aguantar cualquier cosa por sus hijos. La mía inventó una historia falsa que mantuvo hasta su muerte para protegerme de una realidad que la avergonzaba. La culpa recayó sobre ella en vez de sobre el desgraciado de mi padre. Mi «padre», me cuesta llamarlo así.

—Te entiendo. Yo creo que todavía no he logrado perdonarle, aún hay una parte de mí que siente rabia cuando pienso en él. Supongo que fui una decepción para él. Contaba con que yo sería el heredero de su pequeño imperio y, aunque trató de inculcármelo, yo nunca mostré interés alguno por seguir sus pasos. Con los años fui siendo más consciente de quién era y mi rechazo hacia lo que representaba se hizo cada vez más evidente. La gota que colmó el vaso fue descubrir sus infidelidades. En ese momento supe que tenía que irme de casa, que no podía soportar ver cómo le faltaba el respeto a mi madre. Ella, que se había ceñido siempre a su papel de esposa perfecta y había supeditado sus sueños a los de él, no se merecía ese trato. Sé que le partí el corazón, pero la situación se volvió insostenible. En Barcelona, sin embargo, descubrí la libertad. Quizá fui un egoísta, pero sabía que, si no me salvaba yo, nadie lo haría por mí.

—Hiciste lo que debías. Para ella tampoco debió de ser fácil. En aquella sociedad, la homosexualidad era algo que había que esconder. Piensa en su círculo de amigos y en los convencionalismos de la época.

—Claro, es perfectamente comprensible. Seguro que le costó algunas amistades, por no hablar del enfrentamiento con mi padre. Con ella nunca tuve que fingir lo que no era, ni buscar su aceptación. No tengo hijos, pero entiendo que hay cosas que no hace falta decirlas, una madre sabe verlas sin más.

—Yo también lo creo. Me alegro de que encontrarais la forma de recuperar los años perdidos.

—Sí, la vida ha sido generosa en ese sentido. No habría soportado perderla para siempre. Además, a ella le debo el tenerte a ti ahora. Tengo que confesar que en un primer momento desconfié de tus intenciones.

—Lo sé y no te lo reprocho —comentó Elsa con una sonrisa—. Es lógico, llegué sin avisar y tú solo pensabas en protegerla.

—Cuando mi madre me habló de ti, lo que me extrañó no fue que mi padre pudiera tener una hija de la que no tuviéramos noticias. Mi miedo era que ella sufriera. Le costó tanto vivir su propia vida y estaba tan satisfecha de haberlo logrado después de la muerte de su esposo que temí que se derrumbara.

—Ha sido una gran mujer. Me siento afortunada por haber podido compartir sus últimos años. Se portó como una madre. Al principio me pareció que se sentía obligada a compensarme por mi pasado, por ser una víctima más de nuestro padre, pero luego entendí que esa era su naturaleza, cuidar de los que tenía a su alrededor. Solo hay que ver cómo se preocupó por Julia y por Daniel. Era una buena persona y la tendré siempre en mi pensamiento. La voy a echar de menos, sin duda. Me ayudó a comprender que yo no era una víctima, sino una superviviente. Cuando pones el foco en el lugar correcto, muchas cosas cambian a tu alrededor. Me enseñó a mirar a la vida de frente y a no rendirme nunca. Como hizo mi madre. Espero convertirme en una mujer tan fuerte como ellas.

—Estaba hecha de otra pasta.

—Y esos labios rojos, ese grito de guerra —rio— era toda una declaración de intenciones.

—Sobre sus intenciones o más bien sobre sus deseos quería hablarte. Me dejó varios encargos antes de morir, algunos ya los he cumplido y otros creo que tendrán que esperar un poco. Lo que te voy a contar me emociona especialmente porque sé que para ella era una cuestión de justicia poética y no podría estar más de acuerdo. Verás, cuando mi padre, nuestro padre, falleció, renuncié a mi herencia, no quería nada que viniera de él y la parte que me correspondía pasó a mi madre. La pasada Navidad, después de consultarlo conmigo, me pidió que la acompañara al notario para incluirte en su testamento.

—Alfonso, no es necesario; el tiempo que he compartido con ella y el cariño con el que me habéis acogido en vuestra familia tiene para mí más valor que todo el dinero del mundo.

—Me advirtió de que dirías algo así; sin embargo, como hermanos que somos, debo insistir. Mis abogados se están encargando de todos los trámites. Te mantendré al tanto.

—Si ella lo quiso así, no tengo más que añadir. No

pensaba decirte nada aún, pero creo que la noticia llega en el mejor momento, y me muero de ganas de compartirla contigo. José y yo vamos a casarnos.

—¡Elsa! Me alegro muchísimo. En cuanto concretéis una fecha tenemos que celebrarlo. Considera la herencia como un regalo de bodas.

—En ese caso, acepto encantada, pero, si me lo permites, quiero pedirte algo.

—Tú dirás.

—¿Me harías el favor de ser mi padrino y acompañarme al altar?

—No sería un favor, sería el mayor de los honores, hermana.

22

Había dedicado algunas horas a darle forma al lanzamiento del atelier y ya tenía una propuesta que presentarle a Julia. No era nada sofisticada, pero confiaba en que funcionara. Mi estrategia iba dirigida al cliente objetivo o, mejor dicho, a la clienta perfecta, una que supiera valorar la confección a medida. Mi amiga era única en lo suyo y eso es lo que quería que percibiera su público potencial. Había que transmitir exclusividad, trato personal, trabajo artesanal y maestría, puntos que la diferenciaran del resto de sus competidores.

Mandé a imprimir una copia para comentarla con Julia en cuanto tuviera ocasión y coincidí con Rodrigo en la impresora cuando fui a recogerla.

—Tenemos una cena pendiente, no creas que me he olvidado —anunció incluso antes de que me diera tiempo a saludarle.

—Estoy ayudando a una amiga a relanzar su negocio y ando un poco liada estos días. Te aviso cuando acabe y nos tomamos algo —dije, satisfecha de haber encontrado la excusa perfecta.

—Han abierto un restaurante nuevo cerca de Gran Vía y me han hablado muy bien de él. Podríamos probarlo.

—Claro, claro, en cuanto termine lo que tengo entre manos, quedamos. —Pensé que ese «entre manos» podía abarcar varios asuntos.

—Por cierto, estás muy guapa.

—Será la primavera —asentí abrochándome un botón de la chaqueta.

Me molestaba ese tipo de halagos en la oficina. Me daba la sensación de que era una forma de condescendencia que estaba fuera de lugar entre colegas. Era consciente de que me movía en un mundo de hombres, pero no necesitaba que me lo recordaran.

—¿Te he molestado? —preguntó extrañado por el tono de mi respuesta.

—En absoluto —contesté—. Nos vemos.

Evitarle no había sido algo premeditado, pero, después de haber quedado con Andrew, prefería no coincidir con Rodrigo tan a menudo. No tenía ninguna intención de justificarme ni de mentir. Entre nosotros no había nada serio, ningún compromiso, solo lo habíamos pasado bien un par de veces. Había química, no podía negarlo, pero nada nos ataba y no quería que pensara lo contrario.

Volví a mi despacho y me quedé mirando fijamente el calendario, esa fecha… ¿Cómo podía haberlo olvidado? Cogí el móvil y tecleé.

> Happy birthday!

Sopesé añadir algún apelativo cariñoso, pero decidí no hacerlo. No quería que lo malinterpretara. Solo le deseaba feliz cumpleaños a un «viejo amigo», como él mismo se había definido. Solo eso.

Al instante recibí un mensaje en mi teléfono.

> Thanks! Puedo invitarte a cenar el sábado para celebrarlo?

Me extrañó recibir una respuesta tan inmediata, parecía que estaba esperando mi mensaje.

> Ja, ja, ja qué dedos más ágiles

«Fuera de lugar. Un "acepto" hubiera sido suficiente», pensé.

> Te recojo en casa. Mándame tu dirección

> Mejor quedamos en el restaurante. Esta vez te dejo elegir

No había tenido una semana de trabajo tan intensa desde hacía meses y estaba deseando que llegara el sábado. La cena con Andrew era la excusa ideal para ir a la peluquería a retocarme las mechas (una vez más). Me daba mucha pereza, pero, desde que nació Elliot, las canas parecían multiplicarse de noche y cada mañana, al mirarme al espejo, descubría algunas nuevas. Mi puesto requería un aspecto impecable y tenía que estar a la altura. Envidiaba a mis compañeros, que no tenían ningún problema en lucir las suyas. Ya entrados en el siglo XXI me preguntaba si eso cambiaría algún día.

Pasé el resto del día con mi hijo. Le había prometido llevarle a comer a McDonald's y no estaba dispuesto a olvidarlo.

—Mami, mañana toca hamburguesa —me dijo cuando le arropé en la cama la noche anterior.

—Sí, cariño, pero ahora duérmete, que tienes que descansar.

De las mil cosas que me juré no hacer si algún día era

madre, esa era una de ellas. Había conseguido llegar a la edad adulta evitando alimentarme de *fast food*, incluso durante los años que pasé fuera de Madrid. Manah cocinaba de maravilla y me acostumbré muy rápido a los exóticos sabores de la cocina hindú. La experiencia me abrió el paladar y ahora disfrutaba descubriendo platos típicos de la gastronomía de otros países. Esa noche me esperaba una cena muy especial.

—Tú sí que sabes agasajar a una mujer —exclamé al encontrarme con Andrew en la puerta del Casino de Madrid.
—Me han dicho que el chef ganó el Premio Nacional de Gastronomía el año pasado. Espero que te sorprenda el menú. Estás preciosa —me susurró al oído tras besarme en la mejilla.

Me ofreció su brazo para entrar al edificio a través de sus espectaculares puertas de hierro forjado. Subimos por una de las dos escaleras que llevaban al primer piso. El lujo se podía respirar en cada detalle. Había pasado mil veces delante del edificio, pero no había tenido la ocasión de verlo por dentro. Era absolutamente deslumbrante. Estaba claro que Andrew quería impresionarme.

Fuimos directos a la terraza a tomar un cóctel antes de cenar. Era una de esas noches de primavera que anuncian un verano caluroso. Me había puesto un vestido lencero y llevaba una blazer en la mano, por si refrescaba después.

Un camarero nos indicó que nuestra mesa estaba lista y nos acompañó al restaurante. Me llamó la atención su diseño moderno y minimalista, con toques de colores vivos, que contrastaba con el resto de la decoración del lugar. Agradecí un ambiente más actual y relajado. Por mi trabajo estaba acostumbrada a comer en los mejores restaurantes de Madrid, pero nada podía compararse a eso. Daba la impresión de que una cuadrilla de hadas de manos minúsculas trabajaba en la cocina, al otro lado de las puertas basculantes, con el único propósito de deleitarnos con una pequeña obra de arte tan bella como sabrosa dispuesta en un plato de diseño.

Todo era extraordinario. Hasta los camareros me parecieron guapos.

—Veo que al fin has aprendido a usar los cubiertos.

No me esperaba un comentario así y me puse en guardia.

—Te sorprenderías de la cantidad de cosas que he aprendido en estos últimos años —contesté ofuscada.

—Disculpa, qué torpe soy. No he querido decir eso. Es solo que me he acordado de la primera vez que cenamos juntos en aquel lujoso restaurante de Londres y tuve que explicártelo. Me ha hecho gracia recordarlo. No te lo tomes a mal.

No empezábamos con buen pie.

—Olvidado. ¿Has hecho algo especial por tu cumpleaños? —pregunté intentando cambiar de tema.

—Trabajo y más trabajo. Tengo un equipo muy bueno, aunque a veces es difícil contentar al cliente. Pero no hablemos de mí.

A partir de ese momento Andrew dirigió la conversación, era una de sus habilidades. Se las arregló para no desvelar ningún dato sobre su vida actual e intentar averiguar todo sobre la mía. Tuve que hacer un esfuerzo para tenerlo presente y no revelar nada que no quisiera compartir con él. Su vuelta era demasiado reciente como para abrirle todas las puertas. Tenía que ir con cuidado.

Sin embargo, a medida que avanzaba la cena, me sentí cada vez más cómoda. Puede que el vino tuviese algo que ver o puede que, al recordar la parte más amable de los viejos tiempos, me invadiera la nostalgia. Miraba al hombre que tenía ante mí con la determinación de no volver a enamorarme de él nunca más. Mis decisiones, en este momento, eran mucho más trascendentales que las de hacía unos años. Ahora decidía por mí y por mi hijo, y debía ser cauta. Quería convencerme de que esa «comodidad» respondía más a mi voluntad que a los encantamientos que Andrew parecía haber lanzado sobre mí y que hacían que empezara a percibirle como una persona muy distinta a la que había conocido.

A veces es imposible resistirse y lo que intentas evitar corre hacia ti sin que puedas hacer nada por esquivarlo. Eso fue lo que pasó esa noche. Mi voluntad se disolvió como una droga hipnótica en una copa, sin dejar rastro. Caí a los pies de su estudiada seducción, medida al milímetro, calculada con el frío de un resentimiento reprimido durante años.

Una densa niebla cubrió la distancia entre la última copa de champán y una vulgar cama de hotel. Mi cuerpo rememoró cada una de sus caricias, mi piel reconoció sus labios y la yema de cada uno de sus dedos, que exploraron todos mis rincones. Respondía obediente a un rito de seducción que le era familiar y se abandonaba sin remedio, cautivo de su propio placer.

Los vínculos del pasado nos envolvieron como la sábana que nos cubría y los oscuros recuerdos perdieron todo su peso. Me convertí en una muñeca en manos de un niño, en un juego sin reglas, doblegada. Nuestro sudor se mezclaba y nuestra respiración se sincronizó. El mundo a mi alrededor desapareció y mi cuerpo quedó a merced de sus envites. Sumisa y dócil, indulgente.

Me desperté temprano. Andrew dormía. Tenía mucha sed. Intenté localizar el minibar desde la cama, sin ningún éxito. Me levanté procurando no despertarle y abrí el armario, mi última esperanza. No, no había minibar. También eché de menos unas zapatillas. En fin.

Entonces me dirigí al baño. Dejé el grifo abierto unos segundos y llené uno de los vasos de plástico que había sobre el lavabo. Mientras sentía el agua deslizarse por la garganta, me observé en el espejo. Despeinada, con las mejillas aún sonrosadas y la máscara de pestañas difuminada.

«Los cuarenta no te sientan nada mal».

Tiré el vaso a la papelera y volví a mi reflejo. Me lavé la cara, me atusé un poco el cabello y revolví la cestita de *amenities* buscando un cepillo de dientes. Nada.

Me apoyé en el marco de la puerta del baño y observé a Andrew en la cama, con el torso desnudo y el pelo alborotado. En ese momento no imaginaba un lugar mejor en el mundo. Eché un vistazo alrededor. El haz de luz que entraba entre las cortinas era suficiente para llegar a la conclusión de que esa no era la típica habitación de hotel para ejecutivos.

Tomé un folleto que había sobre el escritorio, un tríptico en el que se enumeraban las particularidades del establecimiento y tentaban al cliente con servicios no incluidos en el precio. Estaba en lo cierto. Era un hotel de tres estrellas. Me pareció extraño. La compañía en la que trabajaba pertenecía al *top ten* de las tecnológicas de Reino Unido y ahorrar en gastos de viaje de un jefe de proyecto no tenía mucho sentido. Entonces algo llamó mi atención. No había ni rastro de ordenador portátil ni de maletín. El teléfono que había sobre la mesita de noche de Andrew no era la Blackberry que solía usar, sino un Nokia bastante común.

—*Good morning, honey!* —exclamó sacándome de mis pensamientos y haciéndome un gesto para que volviera a la cama.

—Buenos días, dormilón.

—Pero si son solo las ocho y media —comentó después de consultar su reloj—. ¿También madrugas los fines de semana?

«Los niños no distinguen un martes de un sábado. Las madres madrugamos todos los días», hubiera contestado con gusto.

Preferí responder con un beso, acurrucándome de nuevo junto a él.

El hombre que tenía a mi lado era el padre de mi hijo y él no lo sabía. Desde que habíamos vuelto a vernos lo había tenido presente, pero esa mañana me pareció poco honrado escondérselo. Elliot era lo mejor que me había pasado y estaba privando a Andrew de la dicha de tenerle en su vida. Me pareció más injusto que nunca. Intenté imaginarnos a los tres juntos, viviendo como cualquier familia, yendo al parque los domingos y enseñándole a montar en bici. Recordé que los momentos más felices de mi infancia eran los que había pasado con mis padres y con mis hermanos. No entraba en mis planes darle un hermano a Elliot, pero ¿debía privarle de un padre?

Andrew no era una persona especialmente familiar, ¿qué pensaría sobre convertirse en padre de la noche a la mañana? ¿Cómo encajaría que se lo hubiese ocultado durante tanto tiempo? ¿Cómo sería nuestra relación a partir de ese momento? Y yo, ¿estaba dispuesta a cambiar mi mundo por él? ¿De verdad quería que volviera a formar parte de mi vida?

Era un alud de preguntas que no podía responder entre unas sábanas tibias que no olían a un «nosotros», sino a un «tú» y un «yo».

Sentí su mano en la espalda y sus labios en el cuello, y deseé que volviese a recorrer todo mi cuerpo como había hecho la noche anterior, abandonarme por completo, dejarme hacer y olvidarme de todo.

Entonces sonó mi teléfono.

—Te estoy llamando al fijo, pero no lo coges. Elliot y yo estamos preparando tortitas para desayunar, ¿subes ya?

—Hola, mamá —contesté sobresaltada—. Desenchufé el teléfono anoche, me acosté con jaqueca. En cuanto me encuentre un poco mejor, subo. Empezad sin mí.

—No te preocupes, descansa. Aquí estamos muy entretenidos. Un beso.

Guardé el móvil en mi bolso y me dispuse a recoger la ropa que había dejado esparcida por distintos puntos de la habitación.

—¿Mintiendo a tu madre?

—Había quedado con ella y con su novio para desayunar, y lo había olvidado. —Otra mentira más—. Me quedaría aquí toda la mañana, pero será mejor que me dé una ducha rápida y salga volando para casa. No me apetece dar explicaciones.

—Claro, no te preocupes por mí, pasaré el día solo vagando por la ciudad —comentó fingiendo un enfado poco creíble.

—Anda, no te quejes. ¡Qué más quisiera yo que tener un sábado enterito para mí!

«Cuidado, Sara. Te acabarás descubriendo».

—Pues haz que tu jaqueca dure todo el día y quedémonos en la cama.

El plan era tan apetecible como inviable. Sentía no poder compartir mis razones para abandonarle pese a que todos los poros de mi piel suspiraban por quedarse pegados a los suyos.

Parecía decidido a que olvidara los motivos por los que le había abandonado y yo deseaba que mi memoria me diese una tregua. Si se había presentado ante mí disculpándose por su comportamiento; si en las últimas semanas me había demostrado que era muy distinto a la persona con la que había compartido mis últimos años en Londres, ¿qué me impedía creerle? ¿Podía fiarme de lo que me decía el corazón? ¿Tenía la razón alterada por la avalancha de sensaciones que provocaba en mí nada más rozarme la piel?

Demasiados interrogantes para una mañana en la que la falta de sueño le pasaba factura a mi rostro.

«Tengo la misma cara que si mi jaqueca fuese real. Mi madre no tiene por qué sospechar», pensé al salir de la ducha.

Me vestí lo más aprisa que pude.

—¿De verdad que no quieres quedarte un rato más? Podemos pedir que nos suban algo para desayunar.

—¿Tú crees que habrá servicio de habitaciones?

—Tienes razón. No había ningún hotel libre cerca de la oficina cuando me hicieron la reserva, y me decidí por este.

Sabía que tenía que haber un motivo para que se alojase allí.

—Bueno, está bastante bien. No necesitas nada más, te pasas el día fuera. La cama es cómoda —añadí con una sonrisa pícara.

Finalmente nos despedimos con un beso muy largo. Hice oídos sordos a todas sus insinuaciones y conseguí esquivar sus intentos de concretar un día para volver a vernos.

Bajé hasta la recepción y pedí un taxi. Cinco minutos después estaba de camino a casa. Si cerraba los ojos, podía sentirme aún entre sus brazos. ¿Qué extraña química me hacía desear no separarme de él?

23

Era muy alentador ver cómo Julia se ilusionaba cada día más con la reapertura del atelier y cómo la ayudaba a superar sus miedos. Ninguna dudábamos de que conseguiría salir de su estado de letargo. Ser testigo de su evolución nos emocionó. Por fin veía un camino por delante y había dado el primer paso.

Cuando llegó a El Cuarto de Costura esa mañana, se encontró a Carmen algo inquieta.

—Buenos días, Carmen, ¿qué tal por aquí?

—Hola, Julia, bien, ya ves, entretenida —añadió señalando la pila de ropa que le quedaba por planchar.

—¿Quieres que te ayude?

—No, tranquila; esto me lo liquido yo en un periquete. Me viene bien para aplacar los nervios.

—¿Qué te pasa?

—El oncólogo me acaba de decir que me operan en un

par de meses. Si te digo la verdad, aún no sé si quiero pasar por eso.

—Pensé que querías reconstruirte el pecho.

—No lo tengo claro, no me apetece meterme de nuevo en un quirófano. Tendría que estar de baja varias semanas y no te voy a dejar sola ahora, no señor.

—No queda mucho curso por delante y puedo encargarme de tus últimas clases sin problema.

—En realidad, si estamos hablando de finales de junio o principios de julio, puede que ni siquiera hiciera falta. Las clases ya habrán acabado, si organizo bien los arreglos y no cojo más tarea podría dejarlo todo listo.

—Entonces olvídate del trabajo y céntrate en la operación. Yo me encargaré de lo demás. ¿Un par de meses, dices? Para entonces ya habremos inaugurado el atelier. Al principio no tendremos mucho trabajo. Con la ayuda del personal que contrate podremos hacernos cargo del negocio sin problema. Además, está Malena: no le importará echar una mano extra si es necesario.

—Te lo agradezco, Julia, es una preocupación menos, pero aun así no me decido. Me he acostumbrado ya a verme en el espejo con este aspecto —explicó pasándose las manos por el torso—. Mis cicatrices cuentan una historia y no veo que tenga que ocultarla. En el fondo las considero un trofeo. Estoy muy orgullosa de haber renunciado a mi pecho y de seguir viva. Al principio intenté usar un sujetador con prótesis, pero era tan incómodo que solo me lo puse un par de días y operarme ahora, no sé. En estos años, cuando he notado alguna mirada indiscreta por la calle, me han dado ganas de levantarme la blusa, enseñar mis cicatrices y gritar «sí, no tengo tetas, pero estoy viva, ¿qué pasa?».

—Te veo muy capaz —rio Julia.

—Y tanto. Tener o no pecho no te hace más o menos mujer. Es lo que nos han enseñado, pero, si me faltaran dos dedos, ¿sería menos persona?

—Desde luego que no.

—Me he acostumbrado a verme así y a no tener que marcar las pinzas en mis patrones.

—Uy, eso sí que es una ventaja —afirmó Julia con cierto sarcasmo—. ¿No será que te da miedo la operación? Parece que estés buscando una excusa, con tanta justificación.

—¿A quién no le da miedo una operación?

—Quizá cuando hables con tu médico lo veas más claro. Tampoco tienes por qué decidirlo ahora. Que conste que no pretendo convencerte de nada; es más, tu argumento me parece muy válido. No lo había visto así, pero es cierto que cada cicatriz cuenta una historia y la tuya es de superación. Si tu proceso termina ahí, perfecto; si decides que te reconstruyan el pecho, perfecto también. Tienes mi apoyo, sea lo que sea lo que hagas al final. En lo último que quiero que pienses es en el trabajo.

—Gracias, Julia; sabía que podía contar contigo. Le daré un par de vueltas más a la cabeza y consultaré con las señoras de la asociación. Seguro que charlar un rato con ellas me ayuda a decidirme.

—Pues claro, compañera, faltaría más. Ahora me subo al atelier a ver si los pintores acaban hoy, como tenían previsto. Esta tarde he quedado con el electricista y creo que mañana llegarán los pedidos pendientes. Poco a poco, todo va tomando forma. ¿Nos vemos para comer y nos damos un paseo por el Retiro?

—Aquí te espero.

—Qué ilusión estar de vuelta. No sabes las ganas que tengo de extender un rollo de tela sobre la mesa de corte y coger unas tijeras.

La última capa de pintura todavía no había secado y el atelier olía a nuevo. Era el mismo olor que despedía hacía cinco años, poco antes de su inauguración. Tantas cosas habían cambiado desde entonces que incluso Julia dudaba de que ella fuera la misma. Conservaba intacta la ilusión, pero ahora la incertidumbre y el temor a que no funcionara como antes pesaban sobre su conciencia, por muy apoyada que se sintiera. Patty había hecho un gran esfuerzo económico y temía defraudarla. Todas sabíamos que los sueños a veces se esconden detrás de los miedos e íbamos a ayudar a Julia a desprenderse de todos ellos.

Esa tarde Malena se acercó a El Cuarto de Costura, no había coincidido con ella desde hacía un par de meses y la noté muy feliz.

—Amigas, tengo un notición —anunció en cuanto entró por la puerta—. En septiembre inauguro mi primera exposición de retratos en solitario en la galería de Quety.

—¡Enhorabuena, sí que es una gran noticia y una recompensa más que merecida! —exclamó Julia.

—Felicidades, compañera. Parece que este año la cosa va de inauguraciones —rio Carmen.

—Cuenta conmigo, no me la pienso perder —afirmé.

—¿Qué es todo este jaleo? —preguntó Laura, que en ese momento entraba por la puerta—. ¿Me he perdido algo?

—Estamos de celebración —explicó Carmen—. Malena inaugura expo en septiembre.

—¡Qué alegría! Estaba segura de que en algún momento nos ibas a dar la sorpresa —exclamó Laura.

—Eso significa que este verano voy a tener menos vacaciones. Me esperan unos meses de mucho trabajo. Todavía no se lo he dicho a mi madre.

—Se alegrará muchísimo —confirmó Julia.

—Habíamos hecho planes para el mes de agosto y tendré que hacer algunos cambios, pero es por un buen motivo. ¿Qué tal va todo por ahí arriba? —preguntó apuntando al techo con un dedo y dirigiéndose a Julia.

—Para mi sorpresa todo marcha sobre ruedas, por el momento. Creo que, salvando unos detalles que quedan todavía por resolver, podremos abrir en la fecha prevista. Por cierto, tengo que avisar a tu madre.

—Pues fenomenal; como dice mi compañera, estamos en época de inauguraciones.

—Me voy ahora mismo a por unos cruasancitos para celebrarlo, si vosotras os encargáis del café —sugirió Carmen.

—Vale, pero que no se nos vaya toda la tarde de charla, que hoy quiero acabar la blusa —apuntó Laura.

—Y yo mi vestido —añadí.

—Anda, no tardes, que las chicas tienen hoy más ganas de darle a la aguja que a la lengua y no podemos desaprovecharlo —comentó Julia.

Era un auténtico lujo tenerla de nuevo cerca para que me guiara en la costura. Guardaba un recuerdo muy especial de sus primeras clases y también de mis compañeras de ese primer curso. En alguna ocasión me había preguntado qué sería de Marta, a la que no había vuelto a ver desde que se marchó a Barcelona, o cómo le iría a Margarita en París. Me preguntaba si alguna vez volvería a cruzarme con ellas.

Carmen era una gran maestra y me había enseñado mucho esos últimos años; sin embargo, las indicaciones pausadas de Julia y su forma de explicar paso a paso el más mínimo detalle en la confección de cada prenda me cautivaron desde el primer momento. Era algo que echaba de menos.

—Haced un hueco, que traigo la merienda —anunció Carmen nada más volver.

Retiró el envoltorio y colocó la bandeja de cruasanes en el centro de la mesa.

—Cojo uno y os dejo cosiendo, que tengo muchas cosas que hacer. Nos vemos otro día —se despidió Malena.

Julia se encargó de servirnos café y se sentó a la mesa con nosotras.

—Qué buen gusto escogiendo telas, Laura. ¿La blusa es para ti o para Inés? —preguntó.

—Para mí. Mi hija no tiene ningún interés en que le cosa nada. Prefiere la ropa que llevan sus amigas. Parece que van uniformadas.

—Bueno, está en esa edad en la que es importante sentirse parte de un grupo, y la forma de vestir ayuda. La moda siempre ha sido una forma de expresión. Hace poco le oí una frase muy curiosa a una estilista de pelo rosa que sale ahora mucho en la tele: «La ropa habla», decía, y pensé que era una forma muy acertada de explicar cómo transmitimos quiénes somos a través de las prendas que usamos. Y, si vamos más allá, cómo nos comunicamos con el mundo que nos rodea. ¿No os habéis fijado en que la mayoría de las veces nos vestimos según nuestro estado de ánimo? Hay temporadas en que nos da por un color, y no es casual, es que estamos de un humor determinado. Igual que existe un protocolo social para vestirse según la ocasión, también existe un código mucho más personal, pero también más universal, por el que nos regimos para elegir nuestra vestimenta según nos encontremos en cada momento. No me refiero solo al color, también al estilo de las prendas y a la forma de llevarlas. Es un modo de mostrar cómo nos sentimos sin decir ni una sola palabra. Sin ir más lejos, yo llevo tres años abusando del marrón y el gris.

—Lo curioso es que también funciona al revés. Te pones un color vivo y te sube el ánimo —intervino Carmen—, aunque no estés en tu mejor momento.

Ella siempre se había servido del color para irradiar alegría y buen humor incluso en sus horas más bajas, como si asumiera que esa era su misión en la vida. No conocía a nadie que se atreviera a combinar los colores como ella. Ahora sabía que tenía un propósito y, aunque nuestros gustos eran totalmente opuestos, admiraba la libertad con la que se expresaba a través de su forma de vestir.

—Tienes toda la razón. El uso que hacemos de la ropa es mucho menos frívolo de lo que la gente cree —añadió Julia.

—Nos vestimos para destacar o pasar desapercibidos, como si jugáramos a lucirnos o a camuflarnos —comenté pensando en la forma de vestir de mis compañeros de trabajo.

«Viste para el puesto que deseas alcanzar y no para el que ocupas», me recomendó uno de mis superiores en el periódico de Londres, dándome a entender que un atuendo más relajado se interpretaba como falta de ambición.

—Inés usa la ropa para esconderse —declaró Laura con la voz entrecortada.

—¿Para esconderse? —preguntó Julia extrañada.

—Se oculta bajo sudaderas tres tallas más grandes que la suya y pantalones anchos que dejan ver que debajo más que un cuerpo hay un saquito de huesos deseando que lo abracen sin saber cómo pedirlo —afirmó haciendo un esfuerzo para que las palabras brotaran de su boca—. Forma parte de su trastorno alimentario. Estoy bastante perdida, ya no sé cómo ayudarla. Unos días parece que está mejor y otros da un salto hacia atrás. Es desquiciante. Ya no es que no se esté alimentando correctamente, es que se está perdiendo tantas experiencias… Es desolador ver cómo se aísla. Inventa cualquier excusa para evitar sentarse a la mesa con nosotros. La pobre Ndeye no entiende nada, y qué os voy a decir de Sergio. Él, más que confuso, está muy enfadado, porque ve cómo sufro por su hermana. A veces no puedo frenarle y se enfrenta a ella. Olvida que debemos ser pacientes e intentar mantener la calma.

—Perdonad mi ignorancia, pero yo nunca he entendido lo de dejar de comer ni puedo hacerme una idea de lo que duele un hijo.

—Es lo que más duele, Carmen —respondió Laura—, de ahí mi desesperación.

—Lo importante es que, aunque te parezca imposible, puedes ayudarla a salir de ahí. No quiero ser ejemplo de nada, pero en mi caso, si no hubiera sido por la terapia, puede que todavía estuviera encerrada en mi casa, y aquí me tienes luchando contra la inercia que me ha mantenido tanto tiempo alejada de una de las cosas que más quiero en la vida. Estoy convencida de que Inés también lo va a conseguir, y más con una madre como tú a su lado.

—Ojalá yo estuviera tan segura. He intentado hablar con ella, pero me rehúye. No sé cómo acercarme, es como si fuésemos dos extrañas. Nunca he sentido un dolor tan grande.

—¿Cómo lo lleva su padre? —quiso saber Carmen.

—A Martín no le entra en la cabeza. Le he pedido que hable con su psicóloga para que le explique cómo puede ayudarla. Él no la ve a diario, creo que no se hace una idea de lo difícil que es convivir con ella y de lo grave que es la situación. Sospecho que Inés accedió a volver a casa porque Natalia ya se olía que pasaba algo y temió que la descubriera. No se llega a una situación así de la noche a la mañana. Seguramente es algo que viene de lejos y no he sabido verlo. Bueno, no os quiero atosigar con mis problemas, vamos a dejarlo.

—Pero ¿qué estás diciendo? No seríamos tus amigas si no estuviéramos dispuestas a escuchar tus problemas —aclaré—. Cualquier cosa que te preocupe nos atañe, no dejes de compartirla.

—Sois un gran apoyo. Estas sesiones de charla y costura me evaden por completo y durante un rato me olvido de todo. No hay mejor terapia, pero ahora tengo que irme, se me hace tarde.

La abracé antes de que se marchara y le susurré al oído algo que nos habíamos repetido unas a otras tantas veces a lo largo de estos años de amistad que casi se había convertido en nuestro mantra.

—Esto también pasará.

Cuando terminé de guardar el costurero en el armario, Julia me propuso subir con ella al atelier.

—Está quedando tan bonito… —exclamó mientras subíamos la escalera hasta el primer piso.

—¿Y esto? —pregunté sorprendida ante una pared tapada con una tela blanca.

—Es un regalo de Malena, está pintando un mural y

me ha hecho prometerle que no lo destaparía hasta que estuviera acabado. Me muero de la curiosidad.

—¿Me dejas echar un vistazo? —consulté buscando una de las esquinas inferiores del lienzo.

—No, de ninguna manera. Tendrás que esperar hasta el día de la reapertura. Se lo he prometido.

La habitación destinada a taller estaba prácticamente lista, a simple vista solo quedaba volver a colgar los visillos, devolver cada mueble a su emplazamiento original y organizar los rollos de tela que, por el momento, se amontonaban en uno de los probadores.

—En cuanto pueda poner cada cosa en su sitio aceitaré las máquinas y veré qué tal van. Han estado resguardadas del polvo todo este tiempo, no tienen por qué fallar.

—¿Has tenido más noticias de Fer? —Había querido hacerle esa pregunta desde hacía unas horas y agradecí que estuviéramos a solas para formulársela.

—Me ha enviado algunos mensajes para preguntar qué tal estaba y saber cómo progresaba el atelier, pero sin mencionar lo que pasó.

—No he dejado de pensar en lo que me contaste y le he dado muchas vueltas a la relación que habéis tenido en estos años. Atando cabos, ¿no crees que podría estar enamorado de ti?

—¡Sara! Anda, déjate de tonterías.

—¿De verdad crees que sería tan descabellado? No se

ha separado de tu lado desde entonces. Y no solo ha estado pendiente de ti, sino también de Daniel, tú misma me lo has dicho. Se llevan estupendamente y se entienden a la perfección; una relación así se forja con mucho cariño y mucha dedicación, no es algo que suceda sin más. Se ha desvivido por vosotros, y no me digas que eso lo haría cualquier amigo porque no es así. Un amigo atiende su vida y te acompaña en todo lo que puede, pero Fer en muchas ocasiones ha aparcado sus propios asuntos para atender los tuyos. Se ha convertido en tu sombra, atento a tus necesidades, estando cerca, pero sin inmiscuirse.

—No puedo negarte nada, pero de ahí a estar enamorado…

—Piénsalo un momento.

Julia se quedó en silencio.

—En ocasiones —añadí— lo que buscas está más cerca de lo que imaginas. Puede que no lo veas porque no le prestas atención, está ahí sin más. Te acompaña sin hacer ruido, como algo valioso pero oculto que te sostiene sin que lo notes, haciéndote la vida más fácil.

—Yo no busco nada, Sara. Ya viví una historia de amor. Esta es mi vida ahora.

—Amiga, la vida empieza mil veces.

24

Alguna vez habíamos hablado sobre los sueños. Carmen los consideraba la manifestación de nuestros deseos más inconfesables o de nuestros miedos más profundos. Podían ser una mezcla de ambos, otros disfrazaban deseo y miedo tan caprichosamente que eran capaces de hacernos dudar de hacia dónde encaminar nuestros pasos. Decía que, si los interpretamos correctamente, nos pueden ayudar a encontrar pistas que nos guíen hacia nuestro destino. No era algo sobre lo que hubiera reflexionado nunca porque solía olvidar lo soñado tan pronto me despertaba. Hasta ese día.

El corazón me latía como si una locomotora estuviese a punto de arrollarme y no pudiera hacer nada por apartarme del trazado de sus vías. Sentía un sudor frío en la nuca y notaba el camisón pegado al cuerpo. El sueño había sido tan real que, al abrir los ojos, me costó unos segundos reconocer dónde estaba. El ritmo frenético de mis mañanas me ayudó a borrar las imágenes de la cabeza; sin embargo, una sensación de desasosiego se instaló en mi ánimo y me acompañó todo el día.

De camino al trabajo repasé mentalmente las razones por las que era afortunada. Sentí cierto alivio al llegar a la oficina, que reconocí como un espacio seguro. Me rodeaban objetos cotidianos y caras familiares. Estaba despierta y ningún peligro nos acechaba a Elliot ni a mí.

—Pensaba que habías dejado el café —oí a mis espaldas cuando me agaché a coger el vasito de mi primera dosis de cafeína del día de la máquina de *vending*.

—Hola, Rodrigo. No, eso nunca —le sonreí al volverme.

—¿Andas muy liada?

—Ya sabes, no paro ni un minuto. Tengo a dos chicas del departamento de baja y eso no ayuda.

—Ya me imagino —contestó sin dejar de remover el azúcar que acababa de verter en el café—. Pero tendrás tiempo para comer, ¿no? ¿Te doy un toque a las dos?

—Me he traído un sándwich de casa, pero me vendrá mucho mejor desconectar un rato fuera de aquí.

—Perfecto, nos vemos a mediodía entonces.

Acabé mi bebida, tiré el vaso a la papelera, que a esa hora ya rebosaba, y volví al trabajo. Los pocos metros que me separaban de mi mesa eran suficientes para asumir que no tenía ningún sentido alimentar ese absurdo disgusto, que no llegaba ni a la categoría de enfado, que me invadió cuando Rodrigo se marchó de viaje sin avisarme.

A media mañana recibí una llamada del colegio de mi hijo; tenía unas décimas de fiebre y parecía desganado. Intenté contactar varias veces con mi madre, pero no conseguí localizarla. Cogí el bolso y tomé un taxi hasta el centro. Unos ojos tristones y unas mejillas sonrosadas me esperaban en la enfermería.

—Hola, cariño, ¿te encuentras bien? —le pregunté poniéndole la mano en la frente sin dejar de mirarle.

—Acabo de tomarle la temperatura y tiene treinta y siete y medio —se apresuró a informar la auxiliar.

—Muchas gracias. Seguro que no es nada. Nos vamos a casa —añadí dirigiéndome a Elliot.

—Será un simple resfriado. Varios niños están igual.

—Mamá, mi mochila —me advirtió mi hijo.

—Está aquí. Ponte bueno, ¿vale?

—Gracias.

El día había empezado con un sobresalto y parecía que esa iba a ser la tónica hasta que cerrara los ojos esa noche.

Le dejé en casa con mi madre, que acababa de regresar del mercado con Miguel Ángel, y volví lo antes posible a la oficina. Eran casi las dos y me encontré a Andrew leyendo el periódico, apoyado en una de las jardineras que había a la entrada del edificio.

Se mostró sorprendido al verme llegar, dobló el diario deprisa, se lo puso bajo el brazo y se aproximó a mí.

Justo a tiempo conseguí esquivar un beso que iba directo a mis labios y, girando la cabeza, logré convertirlo en un discreto saludo entre amigos.

—Aquí no —le susurré.

—*Sorry* —se disculpó—, me cuesta contenerme. Estás preciosa.

«Todo lo preciosa que se puede estar después de despertar empapada en sudor, correr hasta el trabajo, salir pitando hasta el colegio de tu hijo e intentar regresar a la oficina a tiempo de...».

Justo en ese momento sonó mi móvil. Le hice una señal con la mano a Andrew y me aparté unos pasos. ¡Rodrigo! Lo había olvidado por completo. Habíamos quedado para comer.

—Hola, dame cinco minutos, estoy cerrando unos temas —contesté.

—De acuerdo, ahora nos vemos.

Volví a guardar el teléfono en el bolso.

—¿Rodrigo? —preguntó. Había escuchado la conversación y no tardó en recordar el nombre de mi compañero de trabajo, que ahora parecía percibir como una especie de rival.

—Sí, hemos quedado para comer. No contaba con encontrarme contigo. —No sé por qué sentí la necesidad de justificarme.

—Vaya, entonces ¿quedamos nosotros mañana? —resolvió acariciándome la mejilla con el dorso de la mano.

—Claro —contesté hipnotizada por el roce de su piel.

El más mínimo contacto me desarmaba. Antes de darme cuenta, había caído en su red.

Cogí el ascensor inquieta por la extraña reacción que solo él conseguía desencadenar en mí, como si todo mi ser se plegase a su voluntad traicionando la mía. Era algo casi animal. Cuando salí del ascensor tuve que recordarme a mí misma que no había subido los veintidós pisos a pie y que debía hacer lo imposible por calmar mi respiración.

Encontré a Rodrigo en el descansillo.

—¿Estás bien? Parece que vienes de correr una maratón.

—Sí, no es nada. Paso un momento a mi despacho y nos vamos enseguida. Espérame aquí.

Cerré la puerta del despacho, respiré hondo y cuando recuperé el aliento revisé la agenda de la tarde y comprobé mi correo.

«Todo en orden. Venga, date un respiro, Sara», me dije.

Entré en el baño a refrescarme y me retoqué los labios. No solía ir muy maquillada al trabajo, pero no perdonaba un toque de labial y otro de máscara de pestañas. Me arreglé el pelo e intenté estirar algunas de las arrugas más marcadas del pantalón. Después, un giro rápido delante del espejo para comprobar mi aspecto, y de vuelta al ascensor.

—Ya estoy —anuncié.

—¿Vamos donde siempre?

—Sí, me vale, no tengo mucho tiempo. He tenido que salir a media mañana para recoger a mi hijo del colegio, y me he dejado temas pendientes.

Ese ascensor, que hasta el momento me había parecido el método de transporte vertical más rápido que había usado en la vida, se me hizo eterno. Los espejos de cada uno de sus lados me permitían ver cómo Rodrigo no me quitaba ojo. Parecía escudriñar cada parte de mi cuerpo. Me hizo sentir vulnerable y deseé no haberme dejado la blazer en el despacho.

—¿Todo bien? —acerté a preguntar para sacarle de lo que fuera que estuviera pensando.

El indicador de piso anunció la planta baja antes de que pudiera contestar.

—Todo bien —respondió en un tono amable, haciendo un gesto con la mano para que saliera antes que él.

Una figura familiar llamó mi atención. Giré la cabeza hacia el mostrador del vestíbulo e identifiqué a Andrew, que parecía estar charlando con la recepcionista del edificio.

—Es tu amigo inglés, ¿no?

—Sí —contesté.

—¿Nos acercamos a saludar?

—No, nos hemos visto hace un momento. No perdamos más tiempo.

—Como quieras.

Caminamos hasta el VIP más cercano. La primavera estaba avanzada y resultaba muy agradable sentir el amable sol de mayo sobre la piel. Era mi época favorita del año, sobre todo tras el invierno tan desapacible que habíamos pasado.

Comentamos las novedades de la empresa, los cambios en la cúpula directiva y el último memorando que se había distribuido entre los empleados. A mitad de la comida, la charla se volvió más personal.

—¿Qué tal va el negocio de tu amiga?

—Es un atelier, ya sabes, costura a medida, trajes de ceremonia, esas cosas. Es una gran modista que lleva toda la vida cosiendo; después de un parón importante por fin vuelve a abrir. Le he echado una mano con el plan de comunicación y está a punto de reinaugurar.

—Me alegro, seguro que has hecho un gran trabajo.

—Es un sector muy competitivo, pero tenía una buena cartera de clientas y con la estrategia adecuada creo que volverá a atraerlas.

—Y ahora que estás menos ocupada, ¿te apetece que

salgamos a cenar el sábado? Lo pasé muy bien la otra noche, podríamos repetir —sugirió.

Sabía que en algún momento propondría algo similar. Por un lado, me halagaba que mostrara interés por mí; pero por otro me asaltaba la culpa. La noche que había pasado con Andrew había cambiado algunas cosas y no quería añadir más desconcierto al que ya sentía. Había sido divertido salir con él, incluso excitante, pero me preocupaba darle a entender que buscaba algo más que divertirme. Quizá no debí ser tan explícita al despedirme de él, aunque ya de poco me servía arrepentirme. No tenía razones para dar por hecho que él quisiera nada diferente, pero me gustaba, era buena persona y lo pasábamos bien juntos. No me parecía sincero ir más allá sin tener claro qué significaba que Andrew hubiese aparecido de nuevo. Quería darme un tiempo para descubrir adónde nos iba a llevar esa relación que parecíamos estar reconstruyendo. Algo en mi interior me decía que esta vez sí podíamos tener un futuro. Debía averiguar si estaba en lo cierto y para eso necesitaba ser muy clara con Rodrigo.

—A ver qué tal está mi hijo para entonces, creo que puede estar incubando algo. —Una nueva excusa.

—Quien dice este sábado dice cualquier otro fin de semana, cuando puedas. Me gustaría retomarlo donde lo dejamos.

—Rodrigo, no sé si es buena idea. Mi vida es bastante complicada ahora mismo.

—Solo te estoy invitando a cenar.

—Sí, lo sé, pero… Verás, ha pasado algo con lo que no contaba y me va a llevar un tiempo resolverlo. Necesito poner ciertas cosas en orden.

—¿Ese «algo» se llama Andrew?

Reconozco que el hecho de que hubiera identificado el problema desde el principio me resultó ¿sexi?

—Es más complejo de lo que parece y no puedo explicártelo en este momento.

—Tranquila, no pasa nada. No te estoy pidiendo explicaciones, solo quería que supieras que lo pasé muy bien contigo y que me gustaría repetir, solo eso. Sin presiones, dejemos a un lado todo aquello que te haga sentir incómoda. Tómate tu tiempo, soluciona lo que tengas que solucionar y dame un toque si te apetece salir cualquier noche de estas.

Su discurso había cambiado de tono. Me sentí fatal. Su forma de encajar mi confusión había sido impecable y, por mi parte, no encontraba la manera de explicar mis razones sin exponerme demasiado. Era evidente que necesitaba algo de espacio para reflexionar y aclararme.

—Se hace tarde, ¿no crees? —No se me ocurrió otra forma de acabar la conversación.

—Sí, pidamos la cuenta.

Si el trayecto desde la planta veintidós hasta la calle me pareció largo, el recorrido inverso se me hizo interminable. Mantuve la vista fija en la punta de mis zapatos mientras Rodrigo saltaba con la mirada de un número de planta al otro. Éramos como dos extraños que coincidían por primera vez en un espacio minúsculo en el que, sin embargo, cabía un abismo entre ambos.

Pasé unas horas vagando con la mente de una cosa a otra sin conseguir centrarme y acabé por apagar el ordenador y volver a casa. Había olvidado por completo que mi madre nos había invitado a mis hermanos y a mí a merendar por su cumpleaños. Pasé por una floristería y llamé para ver si Elliot necesitaba algo. Tenía una farmacia de camino y podría reponer el Apiretal, que probablemente andaría en las últimas.

—Luis y Gabriel ya están aquí con los chicos. ¿Te queda mucho?

—Estoy al caer. ¿Cómo está el niño? ¿Necesitas que compre algo?

—El crío está bien. Anda, date prisa.

No eran muchas las ocasiones en las que nos reuníamos todos, en especial desde que Luis se había separado. A mi madre le dio por pensar que invitar a Gabriel y a mi cuñada Olga le haría sentir mal, pero yo le veía mejor que nunca, no exactamente como si se hubiese quitado un peso de encima, pero sí más alegre. Supongo que separarse es la mejor opción cuando se ha intentado todo y uno es infeliz.

Me alivió comprobar que mi hijo ya no tenía fiebre y que jugaba tranquilamente con mis sobrinos.

—Tía, ¿qué vais a hacer Elliot y tú este verano? —preguntó mi sobrino Gabi—. Te lo digo porque en julio me voy de monitor de campamento a San Lorenzo del Escorial y he pensado que a lo mejor le apetece venir.

—Pero si es muy pequeño... —comentó mi madre alarmada.

—Es para niños de primaria, pero no creo que pongan ninguna pega siendo familia.

—Había pensado buscar un campamento urbano, pero la idea de que pase esos días al fresquito suena muy bien. El aire de la sierra no le puede sentar mal a nadie.

—Vale, te paso los detalles y ya me dices si le reservo la plaza.

—Tampoco tienes por qué mandarlo tan lejos. Nosotros nos podemos hacer cargo, ¿verdad, Miguel Ángel?

—Yo no tengo inconveniente, pero su madre decide —contestó evitando entrar en conflictos.

—Anda, Fermina, no te pongas así —dijo Gabi soltándole un beso a mi madre.

—¿Cómo que Fermina? Soy tu abuela, no me vengas con moderneces.

Sentados alrededor de la mesa parecíamos una familia normal, si es que las familias normales existen. Habíamos pasado tantas historias juntos que siempre había alguna anécdota que rememorar cuando nos reuníamos. Lo más divertido era comprobar que cada uno la recordaba a su manera.

—¿Cómo te va con ese Rodrigo? —preguntó mi madre cuando coincidimos en la cocina.

—Es complicado.

—Complicado, ¿por qué? Ya no eres una niña, Sara, te gusta o no te gusta. Es así de fácil.

—Me gusta, mamá, pero…

—Hija, habla, que parece que tengo que sacarte las palabras de una en una.

—Andrew está aquí.

—El padre de…

—Chisss, calla, a ver si nos van a oír. Lleva un tiempo en Madrid, está de jefe de proyecto de la cuenta de un cliente que, casualidades de la vida, tiene las oficinas en el mismo edificio que yo. Nos hemos visto un par de veces.

Prefería no entrar en detalles. Para mi madre Andrew era un chico con el que salía en Londres, muy majo y atento, con el que la cosa se torció. Así, sin más. No le di explicaciones en ese momento ni se las pensaba dar ahora. Quedarme embarazada fue un descuido que asumí, no había más que hablar. Nunca llegué a decirle que vivíamos juntos. Opté por no tocar el tema de la naturaleza de nuestra relación ni contar qué razones me habían llevado a abandonarle tan de repente. Hay cosas que una madre no tiene por qué saber si así puedes ahorrarle un sufrimiento.

—¿No me digas que vais a arreglar lo vuestro? ¿Te volverás a Londres? ¿Y qué va a pasar con mi nieto?

En ese instante me di cuenta de que me había precipitado. Tendría que haber mantenido la boca cerrada hasta haber tenido las cosas claras. No era ni el momento ni el lugar.

—Mamá, tranquila, no hemos hablado de nada de eso. Elliot ni siquiera existe para él. Baja la voz, por favor. No quiero que nos oigan.

—¿Y se lo vas a decir? ¿Vas a decirle que tiene un hijo? Tiene derecho a saberlo, ¿no te parece?

—Todavía es pronto. No tenemos planes en común. Acabo de encontrármelo, como quien dice; no es momento de pensar en eso.

—Sara, por Dios, piensa en Elliot. Él tiene su vida aquí.

—Lo sé, mamá, lo sé. No vamos a ir a ningún lado. No te angusties. No tendría que haberte dicho nada —añadí arrepentida.

—Pero ¿qué dices? Prefiero estar al tanto. ¿Lo sabe tu padre?

—No, pero se lo contaré la próxima vez que hablemos.

—Piénsate muy bien lo que vas a hacer y, sobre todo,

piensa en tu hijo, no te dejes llevar por lo que teníais entonces. Ha pasado tiempo, aquí tienes una familia, un trabajo, amigas; tu vida, Sara, la que tanto te ha costado.

—Lo sé, mamá, no hace falta que me lo digas. No te preocupes. No soy una descerebrada. Aunque arregláramos lo nuestro no iba a abandonar todo lo que he construido aquí. Puedes estar segura de que nadie como yo valora lo que tengo en Madrid. No sé cómo va a salir esto, ni siquiera sé si de aquí saldrá algo, pero tengo claro lo que quiero y dónde están los que me importan. Puedes estar tranquila.

Después de haber llevado a Elliot en mi vientre, de haberlo parido y de haber pasado infinitas noches en vela preocupada por él, sabía lo que una madre puede llegar a sufrir por un hijo. No era justo cargar a la mía con una historia que ni yo misma podía recordar sin volver a sentir un dolor profundo. Los últimos años en casa me habían ayudado a sanar, había conseguido relegarlo a un lugar apartado de mi memoria y hacer sitio para las risas, los primeros pasos y la lengua de trapo de un hijo que había llegado como un bálsamo que curó todas mis heridas.

Mi determinación era firme, pero la vida me había enseñado que los planes no sirven de nada, que el viento puede cambiar de dirección en cualquier momento y llevarte hacia lugares que nunca pensaste conocer. Andrew había vuelto y me había pedido perdón. No tenía por qué dudar de su arrepentimiento, sus palabras parecían sinceras. Tenía una nueva oportunidad de formar una familia con él y de darle a Elliot el padre que le había negado. Ni él ni yo éramos los mismos. Lo único que no parecía haber cambiado era la atracción irracional que mi piel sentía por la suya.

25

Ninguno de mis padres conocía los capítulos más oscuros de mi historia con Andrew y, por el momento, no tenía intención de compartirlos con ellos. Opté por dejar que transcurriera algo más de tiempo para ponerle nombre a lo que parecía que se estaba fraguando entre nosotros. No quería precipitarme.

Tan solo Laura y Julia sabían lo mucho que le había querido hasta que, con la ayuda de Manah, fui consciente de lo tóxica que era la relación y reuní el valor para dejarle. Laura me advirtió de los peligros de una personalidad como la de Andrew casi desde el principio, y yo le había pagado mintiéndole o, al menos, ocultándole que había vuelto a verle. Julia necesitaba su espacio y no quise abrumarla con mis asuntos. Estaba inmersa en pleno proceso de recuperación. Fernando, el hombre que había estado a su lado de manera incondicional, formaba parte de ese proceso, más de lo que ella misma podía reconocer.

—Buenos días, Fer —saludó Julia nada más entrar en la cafetería.

—¡Hola, Julia! ¿Qué tal estás? ¿Te pongo lo de siempre?

Fer hacía gala de una inusitada energía esa mañana, como si supiera que algo extraordinario iba a suceder y esperara con ansia ese momento.

—Sí, gracias —contestó Julia sentándose en su mesa preferida.

Unos minutos después, Fer se acercó hasta su sitio con un café con leche y unas tostadas de semillas.

—Sus tostadas y su café, señorita —dijo al tiempo que los dejaba en la mesa.

—Gracias, caballero —contestó Julia siguiéndole el juego.

—Un día precioso, ¿no te parece?

—Sí, me encanta que haga bueno, me sube el ánimo. Mayo es mi mes favorito del año.

—Y el mío, pero además hoy es mi santo, y había pensado invitaros a cenar a Daniel y a ti, si te parece bien.

—Claro, hoy es treinta. Perdona, no había caído —añadió levantándose ligeramente de la silla para felicitarle—. Creo que Daniel tiene entrenamiento esta tarde, no sé si podrá.

—Ya lo he hablado con él y me ha dicho que no le importa saltárselo por un día.

—¡Vaya! —exclamó sorprendida—. Parece que soy la última en enterarme de vuestros planes —rio—. Maquináis a mis espaldas, eso no está bien.

—Quería asegurarme de que no pudieras poner ninguna excusa.

—Ja, ja, ja. Eres increíble. Acepto encantada.

—¡Estupendo! Pediré mesa en la pizzería nueva a las ocho y media, así cenamos pronto. Quizá nos dé tiempo luego a dar un paseo por el parque.

—Pasaré la mayor parte del día en Madrid, pero a esa hora ya estaré de vuelta.

Pagó la cuenta y se despidió hasta la tarde. En el trayecto a Madrid, Julia se notó ilusionada sin reconocer exactamente por qué. Su absurdo miedo a tomar el tren se disipó con la misma rapidez con que se había asentado en su cabeza. Por fin entendió que había sido un pretexto para encerrarse en su dolor y protegerse del resto del mundo mientras intentaba afrontar la tragedia que le impedía avanzar. Su vida se había roto en pedazos sin previo aviso. Necesitaba sentirse segura, tomar las riendas de nuevo para reconstruirla.

Pasó la mañana en el atelier ultimando algunos detalles. Quedaba muy poco para la reapertura y, obligada por su perfeccionismo, inspeccionaba cada rincón del taller y la disposición de cada objeto. El espacio lucía más elegante aún que la primera vez que abrió sus puertas. Las máquinas ya estaban a punto y los rollos de tela se habían sustituido por los de tejidos más actuales. Felipe había estado muy acertado sugiriendo una nueva iluminación que ayudaba a crear un ambiente refinado y armónico. La tapicería de las sillas del taller y las butacas de los probadores aportaban sofisticación sin resultar recargadas o discordantes. Una espectacular alfombra redonda en tonos neutros cubría el suelo del vestíbulo de entrada y aportaba la calidez que se necesitaba para transformar el espacio en un lugar acogedor donde poder dar rienda suelta a los sueños.

Cinco minutos después de la hora acordada sonó el timbre.

—Buenos días, jefa. ¿Lista para la sorpresa? —preguntó Malena con una amplia sonrisa.

—¡Claro! Llevo semanas intrigada. Ni te imaginas lo que me ha costado no curiosear por debajo de ese lienzo, no creas.

—¿Avisamos a Carmen?

—Está bastante ocupada, luego le digo que suba. Anda, no me hagas esperar más.

Malena comprobó que estaban abiertas todas las ventanas e hizo lo propio con la puerta de la entrada. Quería asegurarse de que la mayor cantidad posible de luz natural llegara hasta el recibidor. Se dirigió al almacén en busca de la pequeña escalera que utilizaban para colocar los rollos de tela en los estantes más altos, y le pidió a Julia que cerrara los ojos hasta que terminara de descubrir su obra.

—Ya puedes abrirlos —anunció expectante.

Al hacerlo contempló ante ella una escena que le era familiar y que la transportó inmediatamente a su niñez. Los ojos se le llenaron de lágrimas.

—He querido que estuvieran aquí las dos mujeres más importantes de tu carrera. Así las tendrás siempre cerca.

La imagen recreaba uno de los recuerdos que Julia había compartido con sus alumnas cuando le preguntaban por sus comienzos en la costura. En un espacio que se intuía íntimo, similar a la salita de la casa de Amelia, se veía a una modista vistiendo a una señora en lo que parecía una de las últimas pruebas de un vestido de ceremonia. La modista estaba de espaldas, la cabeza casi de perfil, con el pelo recogido y un acerico en la muñeca izquierda. La clienta sonreía complacida y miraba ligeramente hacia abajo.

—Ven, siéntate sobre la alfombra. Quiero que lo veas desde aquí —indicó señalando el punto exacto que debía ocupar.

Malena había conseguido plasmar la escena que Julia vivía cada vez que Nati la llevaba con ella a casa de Amelia. Permanecía sentada jugando en silencio con su Mariquita Pérez hasta que su madre acababa de probarle y se marchaban de nuevo a casa.

—No sé qué decir —comentó Julia tras permanecer unos minutos sentada en el suelo admirando el mural.

—¿Te esperabas otra cosa?

—No, no es eso. No tenía ni idea de lo que ibas a pintar —dijo enjugándose las lágrimas—, pero, sobre todo, no tenía ni idea de lo que iba a sentir al imaginarme de nuevo de niña sentada contemplando esa escena que tantos buenos recuerdos me trae. No has podido pintar nada más hermoso y emotivo. No sé cómo darte las gracias. No te imaginas lo que significa esto para mí. Tienes toda la razón, son las mujeres que más han marcado mi carrera y seguirán haciéndolo hasta que no pueda sujetar una aguja entre los dedos. A las dos les debo tanto…

Se levantó del suelo y se acercó a la pared para admirar de cerca los detalles. Los rostros estaban desdibujados para que solo alguien que hubiese conocido a las dos mujeres pudiera completarlos.

—Es una maravilla. Desde la alfombra parece que Amelia me miraba mientras mi madre le prendía los alfileres.

—Esa era mi intención —confesó Malena feliz.

—Eres una artista. Verás cuando lo vean las demás.

—Le enseñé un boceto a mi madre antes de que se

marchara y le gustó mucho. A ver qué dice cuando lo vea terminado. Estoy muy satisfecha, y si encima te ha gustado, más todavía.

—Volver así, tan acompañada como me siento, con este atelier tan bonito y con tanto talento a mi alrededor, es mucho más de lo que merezco. Tengo la sensación de que por fin voy a enterrar lo que me hacía infeliz. Siento que voy a empezar de nuevo desde otro lugar, porque ya no soy la misma. Hace tan solo unos meses era incapaz de imaginarme un futuro así y mírame. Estoy más ilusionada que nunca. Y agradecida, no puedo estar más agradecida a ti, a Patty y a las chicas; todas habéis puesto de vuestra parte para que mi sueño volviera a ser una realidad.

Julia volvió a sacarse el pañuelo del bolsillo y a sonarse la nariz.

—Ay, perdona, ya estoy llorando otra vez.

—Nunca pidas perdón por unas lágrimas, y menos si son de alegría. Eso me lo enseñó mi madre. Hemos llorado juntas muchas veces.

—Esta tarde vienen las dos modistas, la aprendiz y un fotógrafo. Nos van a hacer una especie de reportaje que Sara ha conseguido colar en una revista moviendo unos contactos. Creo que nos será de gran ayuda para despegar.

—Pero ¿sabes ya fecha exacta? Tengo que avisar a mi madre para que busque billete, no se lo perdería por nada del mundo. Además, creo que quería traer a una amiga de Milán que conoció hace poco, está muy bien relacionada y, quién sabe, quizá ayude a darte publicidad.

—Será pronto, muy pronto. Tengo que decidirlo todavía. Yo misma la avisaré. Pediré que nos hagan alguna foto frente al mural. No puedo dejar de mirarlo, es una maravilla.

—Bueno, no sigas, que me lo voy a creer.

—Deberías. Después de tantos años haciendo retratos, no creo que te quede mucho que demostrar. Lo repito, eres una artista.

—Me tengo que ir ya. He dicho en la galería que salía cinco minutos y voy tarde. Ya me contarás qué dice el resto. Me voy muy contenta, no imaginaba que te fuera a gustar tanto.

En cuanto Carmen cerró a las dos, subió volando a ver el mural. Todas coincidieron según lo fueron descubriendo en que era una obra de arte. Cada mancha de color sugería movimiento de una manera tan natural que las figuras se confundían con el espacio formando parte de él. En cualquier momento Nati se retiraría para comprobar cómo quedaba el bajo del vestido y Amelia se giraría para mirarse en un espejo. Malena había conseguido que cada pincelada cobrara vida. Era algo mágico.

La sesión de fotos con el nuevo personal fue muy divertida. Carmen colgó el cartel de VUELVO EN CINCO MINUTOS y subió al atelier cargada con su «neceser para emergencias».

—Jefa, déjame que te dé un poquito de color en las mejillas, no querrás salir más blanca que la bata que llevas...

La convenció para maquillarle las pestañas y añadir un sutil brillo en los labios. Estuvo pendiente de cada foto, colocándoles el pelo y corrigiendo sus posturas ante la cara de desconcierto del fotógrafo y su ayudante.

—Queremos naturalidad, que parezca que es un día cualquiera en el taller —tuvo que repetir en varias ocasiones.

En el tren de vuelta hacia Las Rozas, Julia aprovechó para llamarme.

—La sesión ha estado muy bien, gracias, Sara. Seguro que ayudará a darle publicidad al atelier. Estoy deseando ver las fotografías.

—¡Qué bien! Qué alegría me das. Me hubiera gustado estar allí, pero me ha sido imposible ausentarme de la ofi. Estamos hasta arriba.

—Tranquila, lo entiendo.

—Nos vemos mañana en El Cuarto de Costura.

—Hasta entonces.

Julia tenía el tiempo justo para llegar a casa y cambiarse de ropa. Daniel y ella decidieron ir andando, la pizzería no quedaba lejos y hacía buena tarde. Al llegar, enseguida localizaron a Fer, que les hizo una señal desde la mesa donde los esperaba.

Tras saludarse y pedir la comida, Julia les preguntó acerca de su día. Al llegar su turno relató entusiasmada la tarde en el atelier.

—Está quedando precioso y podremos inaugurar muy pronto. Ya me veo de nuevo entre telas y patrones. Sin duda, este era el empujón que necesitaba para recobrar el ánimo del todo. Solo queda esperar que las cosas funcionen según lo previsto y recuperar a las antiguas clientas, además de atraer a algunas nuevas.

—¡Qué bien, mamá!

—Julia, quiero que sepas que estamos muy orgullosos de ti. ¿Verdad, Daniel?

—Pues... muchas gracias —dijo alargando la mano para acariciar la mejilla de su hijo.

—No, en serio. En estos últimos meses te hemos estado observando y creo que por fin vuelves a ser tú.

Cuando Julia me contó la escena no me resultó difícil imaginarlos sentados a la mesa, charlando distendidos y disfrutando de la cena como una familia cualquiera.

—No quiero ser aguafiestas, pero mañana hay cole —anunció Julia mirando a su hijo— y todavía tienes que sacar a Bimba.

—Jo, mamá, sácala hoy tú… Esta noche estoy muy cansado.

—¿Cansado a tu edad? Esta juventud…

—Si queréis os acerco a casa, tengo el coche aquí mismo.

—Te lo agradezco, así no se nos hará tan tarde.

Poco después Fer aparcaba el coche frente a la puerta de la casa y Daniel desaparecía escaleras arriba tras darles las buenas noches.

—¿Te importa que paseemos juntos a Bimba? Me vendrá bien para bajar la pizza.

—Claro, encantada.

Caminaron un rato en silencio al ritmo que iba marcando la perra. Entonces Fer se decidió a hablar.

—El otro día, cuando te recogí en tu casa… Creo que te debo una disculpa. Me dejé llevar. No quise incomodarte.

—Está olvidado, no te preocupes —comentó Julia quitándole importancia.

—Puede que tú lo hayas olvidado, pero yo no puedo o, mejor, no quiero. Valoro demasiado nuestra amistad para ponerla en peligro, pero me cuesta mucho callar lo que siento hacia ti. Aun a riesgo de que no me entiendas, necesito ser sincero contigo.

—Somos amigos, habla sin miedo. Te escucho.

—No quiero andarme con rodeos, Julia. No sabes

cuántas veces he querido tener esta conversación contigo, me quemaba por dentro, pero sabía que debía respetar tus tiempos y aplacar mis ganas. Mi mayor preocupación en estos últimos años ha sido estar cerca y hacer por ti todo lo que estuviera en mi mano. No quisiera que pensaras que me debes nada, es más, soy yo el que debe darte las gracias por haberme permitido acompañarte. He intentado ponerme en tu piel, ayudar en todo lo que pudiera a hacerte la vida un poco más fácil después de... —Fer no se atrevió a pronunciar su nombre.

—De la muerte de Ramón. Tranquilo, puedes decirlo.

—Sí, de la muerte de Ramón. Una vez me aparté de ti porque tú me lo pediste y respeté tu decisión. Si me lo pidieras ahora, no encontraría motivos para acatar tu voluntad. Mis sentimientos son los mismos que cuando nos despedimos aquella vez. Los he guardado en el fondo de mi corazón y ahora no me veo con fuerzas para evitar que salgan.

—Fer, yo...

—No, déjame que acabe, de lo contrario no sé si podré decirte todo lo que quiero. Solo te pido que me escuches, soy incapaz de contener mis palabras. Desde ese fatídico día, he visto cómo te hundías poco a poco, cómo te alejabas de la mujer que eras y te limitabas a sobrevivir. Ha sido doloroso soportar esa visión, pero sentía que no tenía ningún derecho a inmiscuirme en tu duelo. Ahora te miro y veo a la Julia de siempre, puedo adivinar la ilusión en tus ojos otra vez, así que voy a atreverme, voy a pedirte que lo intentemos.

—Aprecio mucho tu amistad y has demostrado ser un gran amigo para mí y para mi hijo. Ojalá encontrara la forma de compensarte. Has sido muy paciente; sin embargo, necesito que entiendas que lo último en lo que he pensado en estos años ha sido en tener una relación. Hace solo unos meses estaba hundida y ahora que estoy recuperándome debo tomarme mi tiempo, ir paso a paso. He puesto toda mi energía en volver al trabajo, sé que ahí encontraré un motivo para poner mi vida en pie otra vez, lo demás…

—Lo demás sucederá si ambos queremos que suceda. Deja que me acerque a ti. Solo te pido eso, acercarme. Siento que he estado en la sombra, aliviándote el peso de lo cotidiano, pero eso ya no me sirve, ahora quiero que me veas. Podemos retomarlo donde lo dejamos, guardo en mi memoria esos días como un tesoro.

Julia se agachó para soltar a Bimba y dejar que correteara un rato por los jardines de la urbanización. Caminaron unos metros más y se sentaron en un banco cerca de una farola.

—Lo que pasó entre nosotros fue fruto de un amor de juventud que se truncó. Imagino que los dos queríamos comprobar si podíamos recuperarlo y nos dimos cuenta de que no éramos ya esos chiquillos de quince años que se citaban en la plaza. No te voy a negar que aquello sucedió, fue verdad, todo fue verdad. Te tocó la peor parte y lo siento.

—Te quiero y necesito que lo sepas. No sé qué va a pasar ahora, ni siquiera sé si dar este paso me va a llevar a perderte para siempre, pero tenía que intentarlo. Quiero ser sincero contigo, pero también conmigo mismo.

Julia le miró a los ojos con una sonrisa y le acarició la rodilla.

—Soy consciente de que después de lo que has hecho por nosotros no tengo derecho a pedirte nada más, pero necesito algo de tiempo. Deja que mis pequeños triunfos de los últimos meses se consoliden, que recupere la confianza, y entonces seré yo misma la que vuelva a ti para hablarte de mis sentimientos.

26

La mañana del viernes la pasé de reunión en reunión. Había días que eran de auténtica locura en la oficina y ese fue uno de ellos. Cuando al fin tuve unos minutos para sentarme en mi despacho sonó un mensaje en mi móvil.

> Cenamos esta noche?

Volví a dejar el teléfono sobre la mesa con la intención de contestar más tarde, pero no habían pasado ni cinco minutos cuando sentí el impulso de escribirle.

> Déjame pensarlo ;)

> No juegues conmigo

> Nos vemos a las 9.30. Esta vez, elijo yo. Luego te mando la dirección

Acto seguido, una lista de tareas se puso en marcha en mi cabeza: revisar agenda de la semana siguiente, reservar mesa, tarde de costura, recoger a Elliot, baño, cena, traslado a casa de la abuela y ducha rápida. Todo cruzando los dedos para que no surgiera nada de última hora y mamá y Miguel Ángel no tuviesen planes. Si me organizaba bien, llegaría a todo.

Tras los primeros *checks* apagué el ordenador, me puse la blazer y me despedí de mis compañeros.

—Sara, te ha llamado una tal Sam —oí decir a la recepcionista cuando me acercaba al ascensor.

—¡Gracias!

«¿Sam? Qué raro, no sabía de ella desde que volví de Londres. De acuerdo. Añadimos a Sam a la lista».

Mientras bajaba repasé mentalmente mi armario para intentar decidir qué ponerme. El restaurante no era demasiado elegante y era posible que después tomáramos unas copas. Quería ir mona pero cómoda. Elegí el pantalón negro que solía sacarme de apuros y un top ajustado con transparencias en la espalda, aunque era muy probable que al llegar a casa cambiara de opinión.

Carmen y Julia acababan de abrir cuando llegué a El Cuarto de Costura.

—Estás a tiempo de que te ponga un café —anunció Carmen desde la trastienda al oírme entrar.

—Que sea un té, si no te importa, gracias —contesté mientras saludaba a Julia con la mano.

—Suelta el bolso y siéntate, que se te ve acelerada. Laura ha llamado para decir que se va a retrasar, así que tómate el té tranquila, que no hay prisa.

—Me muero por ver cómo ha quedado el atelier —comenté.

—De escándalo, ya te lo digo yo. No tiene nada que envidiar a un taller de «otcotur» —soltó Carmen dejando la taza de té sobre la mesa de centro.

—Entiendo —asentí intentando contener la risa—. Gracias.

—Si quieres, subimos un momento —apuntó Julia.

—Pensé que no querías que lo viera nadie hasta el día de la inauguración.

—Todo lo contrario, estoy deseando que lo veáis todas. Lo mejor es el mural de Malena, ya verás qué maravilla.

—Nuestra Malena es una artista como la copa de un pino.

—La sesión con el fotógrafo fue muy divertida, nunca había hecho nada parecido y creo que ha servido también para que las modistas se suelten un poco. Una de ellas tiene más de treinta años de experiencia, la otra trabajó en París y la aprendiz es de una escuela de moda y se la ve con muchas ganas. Me costó encontrarlas, pero creo que vamos a formar un buen equipo.

Dejé la taza de té en la trastienda y subimos al atelier. El mural era sin duda un gran acierto, y la Negrita de Nati encajaba a la perfección con la escena de costura que Malena había recreado siguiendo el relato que Julia había compartido con nosotras en su día. Mi amiga me condujo por cada una de las estancias comentando los cambios que había hecho. Me alegró escucharla hablar de nuevo con tanta ilusión. Estábamos en lo cierto, regresar al trabajo iba a ser fundamental para que se recuperara del todo y cerrara de una vez ese episodio tan triste de su vida.

—Qué suerte tengo, Sara, no conozco a nadie más que esté rodeado de mujeres tan inspiradoras como vosotras, mis «agujitas». En los últimos días he dejado de sentir esa presión en el pecho que tenía antes y me cuesta menos sonreír. No sé cómo os lo podría agradecer.

—Verte así ya es una gran recompensa. Todas nosotras hemos sufrido contigo y ahora todas nos alegramos de tenerte de vuelta. Estoy segura de que en cuanto pasen unos meses el atelier será de nuevo el lugar donde haces felices a muchas mujeres. Si mi plan de comunicación funciona como está previsto, te veo vistiendo a las *socialités* que tanto le gustan a Carmen y contratando a más personal muy pronto.

—Yo no soy tan optimista, pero confío en mi esfuerzo y en el equipo que he formado. Sé por experiencia que poniéndoles ganas e ilusión los sueños se hacen realidad. Y ahora volvamos a El Cuarto de Costura, que tenemos faena.

Me quedaba muy poco para acabar el vestido que me estaba cosiendo, pero había olvidado comprar los botones. A veces me sentía sobrepasada por el día a día y hasta las cosas que más ilusión me hacían quedaban relegadas a un segundo plano. La repentina aparición de Andrew no ayudaba a mantener el orden que me había autoimpuesto para conseguir que todo funcionara como un reloj. Tenía la impresión de que los acontecimientos se sucedían sin que pudiera controlarlos mientras me esforzaba por seguir en pie. Sin embargo, sentir cómo mi cerebro recibía una dosis extra de adrenalina me mantenía en guardia, en continua excitación, y la sensación era adictiva.

—Perdonad el retraso, la psicóloga de Inés me ha pedido que la acompañe hoy a la consulta y la sesión se ha alargado más de lo previsto.

—Tranquila, amiga, los viernes son para el disfrute. Te pongo un cafelito mientras te instalas.

—Muchas gracias, Carmen.

—¿Qué tal ha ido? —preguntó Julia.

—Parece que está haciendo pequeños progresos. Ella misma reconoce que se encuentra mejor. Lo importante es que siga las pautas que le han dado y que confíe en que se puede salir de esto.

—Y ¿qué tal Ndeye? ¿Cómo va a acabar el curso?

—Muy bien, es una de las mejores de su clase y sus maestros están muy contentos con ella. A veces tengo la sensación de que se esfuerza demasiado, como si temiera defraudarnos, como si esa fuera su forma de *pagarnos* por lo que hicimos por ella. Solo espero que aprenda a tomarse las cosas con calma, porque se ha vuelto una perfeccionista.

—¿A quién habrá salido? —comentó Carmen con retintín.

—¿Iréis este verano a Senegal? —quise saber.

—Sí, Michel ya está preparando el viaje y organizando las vacunaciones. Estamos todos muy ilusionados, sobre todo Sergio. La otra noche me confesó que, cuando acabe Enfermería, quiere estudiar Medicina. Me quedé de una pieza. No me imaginaba que entrara en sus planes ser médico. Él sabe lo sacrificada que es esta profesión y lo ha sufrido en primera persona. Me da la impresión de que, aunque le gusta mucho su carrera, ha sido solo el primer paso hacia su verdadera vocación.

—Martín y tú sois un gran ejemplo para él, está claro que os admira profundamente. Si tiene la mitad de corazón que tú, será un profesional entregado —señaló Julia.

—Supongo que sí, lo ha vivido de cerca y le llama la

atención. Por cierto, ¿ya te han dado fecha para la reconstrucción de mamas, Carmen?

—Podría operarme en julio, pero me lo estoy pensando.

—¿Y eso? Creía que lo tenías claro.

—A ver, no es que me haga ilusión ir por la vida más plana que una tabla, pero tampoco me importa mucho. Me he acostumbrado a verme así.

—Desde luego, es una decisión muy personal. Tengo una compañera de trabajo que ha pasado por un cáncer de mama y pensaba igual que tú; sin embargo, cambió de opinión. Hace unos meses la operaron y está muy contenta. En cuanto la piel se asiente y el cirujano lo vea conveniente, le reconstruirán los pezones y luego las areolas. Está entusiasmada. Con decirte que ya se ha comprado dos biquinis para lucir pecho este verano...

—A mí me parece muy complicado lo de meterme en un quirófano. Lo pasé tan mal cuando me quitaron el tumor...

—Pero tú sabes que nos tienes a nosotras para facilitarte las cosas todo lo que podamos. Ya te he dicho que no tienes que preocuparte por el trabajo. Nos apañaremos tan bien que no te echaremos de menos —añadió Julia con una sonrisa de medio lado.

—Tu decisión es muy respetable, hasta valiente, diría yo. Tú eres la única que puede decidir sobre tu cuerpo, pero con lo coqueta que eres no me acabo de creer que te dé igual recuperar el pecho. ¿Qué te preocupa realmente? —Laura tenía un sexto sentido para percibir cuándo Carmen se callaba las cosas.

Nuestra amiga intentó desviar la conversación, pero nos mantuvimos firmes y conseguimos que desvelara la verdadera razón. Parecía haber olvidado que no éramos un puñado de mujeres, sino una malla perfecta, con su urdimbre y su trama, como las telas entre las que nos habíamos conocido; una red tejida con tal esmero que era indestructible.

—Sé que el trabajo no es problema, julio es un mes bastante tranquilo y Malena me puede cubrir. No es eso lo que me tiene indecisa.

—No pienses que te estamos empujando hacia algo que no quieres, solo queremos asegurarnos de que estás convencida —insistió Laura.

—Habla sin miedo, compañera; sea lo que sea seguro que podemos ayudarte.

—Es eso precisamente. Os conozco —comentó mirándonos a los ojos una por una—, sé lo complicada que es vuestra vida, entre el trabajo y la familia no dais abasto. Sé que si me opero vais a estar pendientes de mí y os voy a robar un tiempo que no tenéis.

—No puedo creer lo que estoy oyendo, Carmen. Hasta te diría que estoy a punto de enfadarme contigo. ¿Te das cuenta de lo que estás diciendo? ¿Tú que tanto hablas de este «círculo de mujeres» nos dices ahora que abandonas para no molestar?

—Tranquila, Julia —intervine.

—Entendedme, no quiero ser una carga para vosotras. Bastante tenéis ya.

—Podemos organizarnos sin problema. No creo que fuese un ingreso largo y nos turnaríamos para echarte una mano también en casa, si hiciera falta. Esa no puede ser la razón para que te niegues a operarte. Te repito que todas estamos contigo y respetamos lo que tú decidas, pero, por favor, cuenta con nosotras, no nos des la espalda. Somos como una familia, ¿verdad? Yo misma te he oído decirlo en más de una ocasión.

—Vi cómo os volcasteis conmigo cuando me detectaron el cáncer y no quiero ser de nuevo un motivo de preocupación.

—Esto no es lo mismo que un cáncer, Carmen.

—Por eso, esto es casi por capricho.

—Venga, no digas eso, esto es para darle carpetazo al cáncer y más después de tu última revisión. ¿Te imaginas que yo no me hubiese dejado ayudar en todo este tiempo desde que murió Ramón?

—Solo quiero que nos prometas que te vas a olvidar de esa idea absurda y que te lo vas a volver a pensar —le rogó Laura.

—Siempre estaremos de tu parte —añadí—. Todas tenemos un espacio para ti en nuestras vidas, por muy complicadas que creas que son.

En ese momento Carmen rompió a llorar, soltando la tensión que había acumulado en las últimas semanas.

—Sois lo más bonito que me ha pasado en la vida. Nunca podré agradecerle al cielo que os pusiera en mi camino. De verdad, no os hacéis una idea de lo que habéis cambiado mi existencia. La energía de El Cuarto de Costura es magia de la buena.

Cuando Julia y ella nos descubrían los secretos de las telas y los entresijos de los patrones todas nos convertíamos en alumnas, y cuando compartíamos esos momentos, en maestras. Aprender unas de otras al margen de la costura era la magia de la que hablaba Carmen. Mis compañeras eran mucho más que amigas. Aunque todas respetábamos nuestros espacios privados, entre nosotras había un sentimiento de hermandad que se hacía más fuerte con el paso de los años. Nuestras diferencias se convertían en fuente de inspiración y nos mostraban otras realidades que nos eran ajenas y nos nutrían el alma.

A pesar de los ratos de charla que solíamos compartir cada tarde de costura, de un modo casi milagroso también conseguíamos centrarnos en nuestra labor. Esa tarde, Julia y Carmen habían formado un tándem para acabar todos los arreglos y empezar la próxima semana desde cero.

—Yo retiro los hilvanes y tú planchas, que bastante calor paso ya con los sofocos como para manejar el invento ese del demonio.

—¿Has consultado con tu ginecólogo? —preguntó Laura.

—Nada, me dice que todo es normal, que me compre un abanico y que ya pasarán.

—Hay otras opciones, tú insiste, que seguro que se puede hacer algo.

—¡Julia! —gritó Carmen de pronto al ver que había dejado la plancha sobre la mesa y empezaba a oler a quemado.

—¡Ay, qué despiste! No sé dónde tengo la cabeza. Menos mal que no se ha quemado la falda. Si es que no estoy en lo que estoy. Esta noche casi no he dormido dándole vueltas a la cabeza y, claro, luego pasan estas cosas. Será cuestión de comprar otra funda. Podría haber sido mucho peor.

—¿Estás preocupada por el atelier? —Me parecía lógico.

—No, no es eso.

—Entonces ¿nos lo vas a contar?

Julia se tomó un tiempo para contestar, parecía estar poniendo las ideas en orden antes de hablar.

—Ayer Fer nos invitó a mi hijo y a mí a cenar por su santo. Fuimos a una pizzería nueva que han abierto cerca de casa. Me he enterado de que están más compinchados de lo que yo pensaba y se pusieron de acuerdo entre ellos antes de decirme nada. De un tiempo a esta parte soy la última en enterarme de todo.

Hizo una pausa y las demás nos miramos sin entender muy bien que, aunque era digna de mención, una cena entre amigos en una pizzería no era algo que le quitara el sueño a nadie.

—Al terminar nos acercó a casa y paseamos a Bimba juntos por la urbanización.

—Jefa, ¿por qué no vas directa al grano? Presiento más chicha de la que parece.

—No la interrumpas, Carmen, deja que lo cuente como quiera —la riñó Laura.

—Así resumido, sin entrar en detalle, me dijo que quería intentarlo.

—¿Intentarlo? —pregunté.

—Nunca os lo conté —confesó mirando a mis compañeras— y no estoy orgullosa de ello, pero Fer y yo tuvimos algo hace tiempo. No puedo decir que fuese una aventura, más bien fue como el coletazo de un viejo amor que no pudo ser, y en un momento de debilidad me dejé llevar. Cuando conseguí aclarar mis sentimientos le puse punto final. Jamás volvimos a hablar del tema y Fer se mantuvo al margen de mi relación con Ramón.

—¡Ay, madre! —soltó Carmen.

—Lo hemos comentado entre nosotras alguna vez —apunté para romper un silencio incómodo que siguió a la confesión de Julia—. Fer ha sido más que un amigo, siempre pendiente de ti y de Daniel como nadie.

—Es complicado explicar lo que siento por él y hoy estoy todavía más confusa que ayer. Desde que murió mi marido jamás he pensado en tener una relación con nadie. Ya habéis visto lo mal que he llevado estos últimos años. Ni loca me he planteado tener pareja de nuevo. Ramón sigue vivo en mi memoria.

—Eres muy joven, Julia, no tienes por qué renunciar a rehacer tu vida. Yo tampoco me podía imaginar que después de divorciarme de Martín iba a comprometerme con nadie. Estas cosas pasan. Un buen día aparece alguien y poco a poco se cuela en tu corazón. Para ser sincera, tal como surgió mi relación con Michel, jamás hubiera pensado que llegaríamos a lo que tenemos ahora.

—A aquello a lo que no le prestas atención tampoco le das valor. Fer ha estado ahí siempre intentando que tus días fuesen más fáciles —comenté.

—¿Qué le has dicho? —preguntó Carmen intrigada.

—Me pilló desprevenida. No me había planteado tener nada con él, ni con nadie. Me costó reaccionar. Le expliqué que, en este momento, lo que quiero es volver a mi trabajo, abrir el atelier y dejar atrás el sufrimiento que he arrastrado desde que falleció Ramón. Yo le aprecio y le estoy agradecida, muy agradecida, eso lo sabéis todas, pero una cosa es eso y otra muy distinta lanzarme a sus brazos. De verdad, no puedo ni planteármelo.

—Id paso a paso. Date tiempo, no hay que forzar las cosas. Ya conoces sus sentimientos, para él habrá sido un alivio poderlos compartir contigo. Deja que las cosas sigan su curso. Si el destino decide que acabéis juntos, así será. Y si no es así, estoy segura de que seguiréis siendo muy amigos. Es un buen hombre y respetará tu decisión.

Había tenido la oportunidad de conocerle más a fondo que mis compañeras y estaba convencida de lo que decía. Los ratos que habíamos pasado juntos hablando de Julia se había mostrado dispuesto a hacer cualquier cosa por ella.

—También es normal que sientas miedo. Enfrentarse a algo nuevo siempre da un poco de vértigo, pero en este caso no tienes nada que perder, todo lo contrario. Te digo lo mismo que le he dicho a Carmen hace un rato: no pretendo empujarte en ninguna dirección concreta, solo te digo que dejarse llevar por el corazón nunca es un error. Fer ha movido ficha, pero tú no tienes por qué darle una respuesta de inmediato. Abre tu atelier, vuelve a tu trabajo, observa cómo te sientes, deja que la costura obre ese milagro que ya conoces y lo demás vendrá o no. Será una Julia renovada la que le responda.

—No sé en qué momento la vida decidió que merecía

tener a unas mujeres tan excepcionales a mi lado. Me cuesta creer que os merezco.

—Anda, no digas eso. Chicas, me quedaría un rato más, pero Elliot ya estará preguntando por mí. De veras que lo siento. Mañana vamos al parque de atracciones con mi madre y estará nervioso. Quiero acostarlo pronto, a ver si consigo que se duerma temprano y aguante mañana sin dormir siesta. Se pone muy pesado si no descansa bien.

—Nos vemos el viernes que viene. Acuérdate de comprar los botones que te faltan y así acabas el vestido el próximo día —comentó Julia.

—Intentaré pasarme por Pontejos la semana que viene —contesté apuntando mentalmente una nueva entrada en mi lista de tareas.

No me sentía bien ocultándoles a mis amigas la verdadera razón por la que me marchaba a toda prisa; sin embargo, temía enfrentarme a preguntas incómodas y comentarios que no quería escuchar. Era lo mejor de momento.

—Laura, si te apetece, cuando termines podemos subir al atelier. Estoy deseando que lo veas.

—Por supuesto, tengo mucha curiosidad por ver el mural y la nueva decoración.

Laura se quedó impresionada con el trabajo que había hecho Malena y con el nuevo aire que había adquirido el taller tras la pequeña reforma. Al salir, Julia apagó las luces y dio dos vueltas de llave a la puerta, como quien pone todo el cuidado del mundo en proteger un tesoro. No tardaríamos en comprobar que ese lugar tan especial no solo iba a suponer la vuelta de Julia a la confección a medida, sino que también se iba a convertir en el escenario de un nuevo e inesperado giro en su vida. Uno para el que ahora sí parecía estar preparada.

lista de deseos: comeríamos en su hamburguesería favorita. Después, haríamos una breve visita a un parque cercano y acabaríamos el día con una tarde de cine. Pasar tiempo con Elliot siempre resultaba revelador, no dejaba de hablar ni un minuto y hacía las preguntas más curiosas que había escuchado jamás.

—Mamá, ¿adónde van los perros y los gatos cuando mueren?

—Yo creo que hay un cielo para perros y gatos —contesté sin mucha convicción.

—Pero será un cielo para perros y otro para gatos, porque si no los gatos morirían dos veces, ¿no?

Su lógica era aplastante. Me recordaba mucho a las ocurrencias de mis sobrinos a su edad. Tenía un cuaderno donde apuntaba sus frases más divertidas y tomé nota mental para incluir esta.

Cuando volvimos a casa, vi que mi madre nos había dejado unas albóndigas en la cocina. Elliot llegó tan cansado que se tomó un vaso de leche con galletas y, después de rogarme que le «perdonara» el baño, me pidió que le ayudara a ponerse el pijama.

—Hoy no hace falta que me leas un cuento —me aclaró nada más posar la cabeza en la almohada.

Apagué la luz y entorné la puerta de su dormitorio. Aunque eran más de las nueve, en el salón aún entraba la luz de la calle y podía oírse el murmullo de la gente que solía abarrotar las terrazas en esas fechas en busca de un poco de aire fresco.

Marqué el fijo de casa de Miguel Ángel para darle las gracias a mi madre y contarle lo bien que lo habíamos pasado mientras metía el plato de albóndigas en el microondas.

—Te mandé un SMS para preguntarte si vendríais cenados, pero como no contestaste decidí bajaros unas pocas por si acaso.

—Apagué el móvil al entrar en el cine. Las estoy calentando en este momento. Tienen una pinta estupenda. Le dejaré unas cuantas a Elliot para mañana. El pobre estaba tan cansado que casi se ha ido directo a la cama. Buenas noches, mamá, y gracias de nuevo.

Por lo general, un plato casero sellaba el fin de la mayoría de nuestros desencuentros y esta era una de esas noches en las que lo agradecía especialmente. La semana había sido bastante dura en la oficina, a eso se sumaba la tensión por la inauguración del atelier de Julia y la necesidad de resarcir a mi hijo. Estaba agotada.

Después de dar buena cuenta del don para la cocina de mi madre que, por desgracia, no había heredado, me moría por ponerme cómoda y sentarme un rato delante del televisor.

«¡Sam! —habíamos quedado en hablar esta tarde—. ¡Qué cabeza la mía! Mañana la llamo sin falta».

Me levanté a coger el bolso y revolví el fondo con la mano hasta que di con el móvil. Introduje el PIN y le mandé un mensaje disculpándome. Estaba convencida de que no debía preocuparme por el contenido de la conversación que teníamos pendiente, pero me sabía mal no haberla avisado de que no iba a estar en casa.

No entendía bien por qué se me pasaban tantas cosas de un tiempo a esta parte. Parecía que la organización con la que conseguía que mis días funcionaran se desvanecía ante mis narices. Se me había escapado lo de Andrew delante de las chicas, había olvidado la llamada de mi amiga y le había fallado a Elliot. Me vino a la cabeza la imagen de las piezas del engranaje de un reloj, como el que mi padre dejaba sobre la mesilla de noche, e intenté adivinar qué ruedecilla estaría fallando para que no giraran todas con la suavidad habitual. Me sentía torpe. Había perdido el control y eso me producía una desagradable sensación de vulnerabilidad.

El sonido del móvil interrumpió mis pensamientos.

—Buenas noches, Sara, ¿qué tal va ese dedo?

—Mucho mejor, gracias. Pasaré por mi centro de salud esta semana. Es bastante probable que me quiten la férula.

—Eso tenemos que celebrarlo. Tomemos una copa.

—Mejor otro día. Acabo de ponerme el camisón —contesté de inmediato.

—Eso suena muy sugerente.

—Ja, ja, ja. No tanto, tendrías que verlo.

—Encantado; si me abres, subo enseguida. Es el segundo piso, ¿verdad?

Se me heló la sangre. No podía creer lo que estaba oyendo. Me levanté del sofá y me acerqué a la ventana. A través del visillo intuí su silueta. Caminaba despacio de un lado a otro de la acera de enfrente, sin dejar de mirar hacia el edificio. Me aparté de la ventana, volviendo sobre mis pasos y sin perderle de vista.

—¿Sigues ahí? Anda, baja, tomamos algo por aquí cerca y luego, si te apetece…

—Andrew, no me encuentro muy bien. Nos vemos la semana que viene y salimos por ahí. Lo estoy deseando. —Crucé los dedos para que mi argumento, que yo misma consideraba poco sólido, fuese suficiente para hacerle desistir de su idea.

Echó un último vistazo al edificio y cruzó la calle. Intuí que estaba justo debajo de mi ventana. Me fijé en el escaparate de la tienda de enfrente buscando su reflejo en él.

—Aquí hay cuatro letras. Dime cuál corresponde a tu piso y subo a verte.

Era ingenuo suponer que iba a conformarse con una excusa tan simple. No tenía tiempo para pensar. Me veía incapaz de encontrar una razón convincente que respaldara mi evasiva y que le impidiera acercarse a nosotros. Me sentí vulnerable. Ese era nuestro hogar, el lugar que debía proteger a toda costa.

Miré a mi alrededor y localicé mis sandalias al lado del sofá.

—De acuerdo, dame un minuto y bajo. Espérame en el bar que hay dos calles más adelante en esta misma acera.

—No tardes. —Sus palabras no eran la expresión de un deseo, sino una orden a la que no podía negarme.

Me asomé a su dormitorio y comprobé que Elliot dormía profundamente. Respiré aliviada.

«Volveré tan pronto que ni se dará cuenta de que he salido», intenté justificarme.

Entré al baño, revisé mi aspecto en el espejo y cogí el bolso. No me atreví a llamar el ascensor por miedo a que el ruido le despertara. Sería solo una copa rápida.

«Cualquier cosa con tal de mantenerle alejado de lo que más quiero», pensé mientras bajaba las escaleras.

Sentía un hormigueo en el estómago como cuando sabes que estás haciendo algo malo, pero no encuentras un motivo para dejar de hacerlo. Andrew ejercía ese efecto en mí. El recuerdo de su piel evocaba lo prohibido y era inútil resistirse.

Caminé lo más aprisa que pude y le encontré en el sitio acordado, tomando una cerveza en la barra. Mis ojos me devolvían la imagen de un hombre con un carisma innegable, una de esas personas que, aparte de su atractivo físico, tienen algo que no consigues describir pero que te atrapa con solo una mirada. Supongo que él lo sabía y era un experto en manejar lo que para mí era un veneno para el que ni siquiera los años habían funcionado como antídoto.

Me dio la bienvenida con un beso que me hizo sentir incómoda. Estaba a pocos metros de mi casa y no quería llamar la atención.

—Dime una cosa, ¿cómo sabías en qué planta vivo? —No podía acallar mi curiosidad.

—Acabas de confirmármelo. —Me rodeó la cintura y me atrajo hasta él.

—No, en serio —insistí deseando que no interpretara mi pregunta como lo que era en realidad, la prueba de que sin querer le había atraído hasta el lugar del que quería mantenerle lo más alejado posible.

—Vi cómo subías las persianas el otro día cuando te dejé en casa después de salir del hospital.

Era imposible que me viera desde el taxi. Debió de bajarse después de mí y quedarse observando de pie en la misma acera desde la que me había llamado esa noche. Me sentí acosada, pero no podía permitir que se diera cuenta.

—Me alegro mucho de que estés mejor, todavía me

siento culpable —afirmó besándome los dedos—. ¿Qué quieres tomar?

«Nada, no quiero tomar nada, solo quiero volver a casa con Elliot, con ese hijo que no sabes que tienes, que tenemos. No debería haberle dejado solo. ¿Qué madre deja solo a un niño tan pequeño para verse con su amante? Pero ¿cómo decirte que no? ¿Cómo arriesgarme a que vuelvas a mi vida sin que sea yo quien lo decida, dejándome llevar, de nuevo, como ya hice una vez?».

—Una cerveza.

—Pensándolo bien, este lugar es bastante vulgar —observó mirando de soslayo a su alrededor—. ¿No quieres que vayamos a otro sitio?

—¿Quieres decir que no está a tu altura? —Volví a percibir el mismo tono despectivo que había empleado con el taxista unos días antes.

—Creo que tú te mereces mucho más que un bar de barrio. Déjame que pague y tomamos algo en alguno de los lugares de moda que me enseñaste el otro día.

—¿Con estas pintas? —quizá mi atuendo sirviera de excusa.

—No me importaría esperar hasta que te cambiaras. Incluso podría ayudarte —añadió sugerente.

—Lo dejamos para el fin de semana que viene, estoy cansada y quiero acostarme pronto.

—Entonces déjame que suba a arroparte. —Era cada

vez más insistente y empezaba a pensar que no sería capaz de quitarle de la cabeza la idea de subir a casa.

—Andrew, por favor —intenté ponerme seria—, no me hagas esto. Te prometo que te compensaré. —Ahora era yo la que intentaba ganármelo devolviéndole los besos a los que me había resistido unos minutos antes.

Me tomó de la muñeca y me susurró al oído.

—Estoy seguro de que lo harás.

No me gustó su comentario, pero no tenía intención de pedirle explicaciones ni mucho menos de discutir. En lo único en lo que pensaba en ese momento era en librarme de él y volver a casa. Rezaba para que Elliot no se hubiese despertado y hubiera recorrido la casa buscándome o, peor aún, hubiese subido asustado a buscar a su abuela. Eso complicaría mucho las cosas con mi madre. Intenté apartar ese pensamiento de mi cabeza, centrarme en poner buena cara y despedirme formulando una promesa que pudiese parecerle atractiva.

—Seguro que nos vemos por Torre Picasso esta semana, pero, si no es así, te llamo para quedar el viernes. Podemos salir a cenar y luego tomarnos algo. Lo pasé muy bien la última vez, a pesar del accidente. Tengo una compañera que se conoce todos los restaurantes de moda, le pediré que me recomiende alguno. Yo me encargo de reservar mesa.

—Está bien, tú ganas —accedió.

Caminamos hasta mi puerta y nos despedimos en el

portal de casa como si fuéramos dos adolescentes con las hormonas a flor de piel.

—Por favor, los vecinos —le advertí intentando controlar sus manos.

Subí las escaleras con la esperanza de que ninguna de las ideas que me habían pasado por la mente se hubieran hecho realidad.

No podía seguir exponiéndome de aquella manera. Me culpaba por haber bajado la guardia. Tenía que protegerme, pero sobre todo debía proteger a mi hijo. Andrew se estaba acercando demasiado y solo podría contenerle accediendo a todos sus caprichos.

Entré sin encender la luz, empujé con cuidado la puerta del dormitorio y comprobé que Elliot seguía dormido. ¿Qué habría pasado si se hubiera llegado a despertar y hubiera visto que no estoy?

«Estás loca —me dije—. ¿Cómo has podido dejarle solo?».

Me acosté, pero no pude conciliar el sueño. Me levanté y encendí la tele. No había nada interesante que ver. Cogí un libro y volví a meterme en la cama. Unas páginas después apagué la luz.

«¿Cómo has podido?».

La pregunta me martilleó la cabeza durante toda la noche. Tenía que tomar una decisión y no era fácil. Esta vez no podía equivocarme.

Aún no habían dado las siete cuando sentí a Elliot metiéndose en mi cama.

—Mamá, ya es de día —anunció con una energía que envidiaba.

—Chisss, anda, duérmete un ratito, que hoy es domingo y no hay que levantarse tan temprano —susurré sin tan siquiera abrir los ojos.

—Ya he dormido todo. —Otra frase que debía apuntar en mi libreta—. ¿Puedo poner los *dibus*?

—Bueno, pero pon la tele bajita, que mamá necesita descansar.

—¡Vale! —contestó contento de haberse salido con la suya.

Cuando conseguí recuperar la consciencia casi era mediodía. La casa estaba en silencio y el único sonido que me llegaba era el del escaso tráfico que pasaba bajo mi ventana un domingo cualquiera.

Salté de la cama.

—¿Elliot?

Una nota sobre la mesa llamó mi atención.

«El crío está conmigo», decía. Era de mi madre.

Me preparé un café y metí un par de rebanadas de pan

en la tostadora. Un desayuno tranquilo era todo lo que necesitaba para empezar bien el día. Me libraría durante un rato de las preguntas de mi hijo, aunque sospechaba que nada me iba a salvar de contestar a las de mi madre. Debía de estar muy dormida para no enterarme de lo que estaba pasando a unos metros de mí.

Aproveché el momento para enviarle un SMS a Sam disculpándome. Leí la pantalla:

> Estás en casa?

El teléfono fijo sonó unos segundos después de que contestara y presionara la tecla de «enviar».

—Hola, Sara, al fin doy contigo.

—Tienes que perdonarme, debí avisarte de que estaría fuera ayer por la tarde, pero se me pasó. En fin, ya estamos hablando. Cuéntame, ¿cómo estás?

—Muy bien, gracias. No te preocupes, yo también he estado ocupada.

—Siento que perdiéramos el contacto cuando me volví a Madrid, todo ocurrió muy deprisa y necesitaba marcharme enseguida. Luego, bueno, digamos que la vida se complicó y cuando volví a tomar el control había pasado tanto tiempo que me dio apuro aparecer sin más. ¿Todo bien por ahí?

—Sí, muy bien. Mi novio y yo ya vivimos juntos, y tenemos planes de futuro.

—No me preguntes por qué, pero tenía la intuición de que me llamabas justo por eso. ¿Cuándo es la boda?

—¿Boda? No, ja, ja, ja. Por el momento no tenemos pensado casarnos, aunque acabamos de comprar una casa y estamos considerando la idea de abrir nuestra propia agencia.

—Me alegro igualmente, son buenas noticias. Se te oye feliz y eso es lo importante. —Ahora sí que no tenía ni idea del motivo de su llamada—. ¿Qué tal están los demás?

—Hace unas semanas me encontré con Philip.

Sam hizo una pausa. Casi podía verla dándole un sorbo a una taza de té caliente.

Volver a oír ese nombre me recordaba el inicio de mi relación con Andrew y las salidas con sus compañeros de trabajo antes de que lo nuestro se convirtiera en algo más serio y nos encerráramos en nuestro propio mundo. Philip provenía de buena familia y vivía en Notting Hill. La fachada de su casa estaba flanqueada por una verja de hierro negra y tenía una puerta azul con una aldaba dorada que siempre presentaba un aspecto reluciente, como si tuviese una persona de servicio cuya principal tarea fuese mantener su brillo intacto para envidia de sus vecinos. Nos refugiábamos allí para tomarnos la penúltima después de que los pubs cerraran. Era un tipo afable, de modales exquisitos, con el que era fácil conversar.

—No pude evitar preguntarle por Andrew. —Estuve tentada a interrumpirla para contarle que estaba en Madrid y que habíamos retomado el contacto; sin embargo, algo me dijo que debía dejarla hablar—. No somos lo que se dice grandes amigos, pero sentía curiosidad por saber qué había sido de él. Creo recordar que desde que os presenté en aquella fiesta solo habíamos coincidido un par de veces. Lo que me contó me dejó algo inquieta y por eso quería hablar contigo.

Sus palabras me confirmaban que había hecho bien en permanecer callada y en escuchar con atención.

—No pretendo asustarte, pero sí ponerte sobre aviso. Conozco a Andrew más de lo que imaginas y he comprobado en mi propia piel de lo que es capaz cuando las cosas no salen como él espera.

—¿Qué quieres decir?

—Entiendo que te resulte extraño que aparezca ahora en tu vida después de algunos años sin saber de mí, pero estoy preocupada y no me perdonaría que te pasara algo sin haberte advertido.

—Me estás asustando. Por favor, no des más rodeos y cuéntame lo que sabes. —Empezaba a impacientarme.

Al parecer, Philip estaba pasando unos meses en Madrid dirigiendo un proyecto para la compañía en la que trabajaba. En uno de los vuelos de vuelta a Londres vio mi foto en *Expansión*, el diario económico que me había entrevistado, y al volver a la oficina se lo enseñó a Andrew.

—Desde entonces se obsesionó con la idea de que le dejaran dirigir la segunda fase del proyecto sustituyendo a Philip y asumiendo él la dirección del equipo que se había desplazado hacia allí. Intentó desprestigiar a su compañero extendiendo todo tipo de rumores infundados, hasta el punto de que las tensiones entre ellos se hicieron insostenibles. Amenazó con contactar con el cliente y contarle mil mentiras que pusieran en entredicho la correcta gestión del proyecto. El CEO de la compañía se puso de parte de Philip y acabaron por despedirle. En palabras de Philip, se volvió loco, Sara. Lo último que me contó es que sabía que tenía intención de mudarse a Madrid para recuperarte. Solo quería que lo supieras.

Nada de lo que Sam me contaba tenía sentido, pero tampoco lo tenía inventar una historia así, salvo que existiera una razón oculta que no acertaba a adivinar.

—Si te digo que lo conozco es porque tuve un lío con él antes de que tú llegaras y le dejé en cuanto vi que no teníamos nada en común. Fue él mismo quien me urgió a presentaros en aquella fiesta, y accedí solo porque me aseguró que no me dejaría tranquila hasta que lo hiciera. Yo entonces estaba con alguien y no me apetecía que montara un número ni que nuestra relación saliera a relucir.

—No dudo de tu palabra, pero me parece una historia bastante rocambolesca. Lo que sí puedo asegurarte es que estás equivocada respecto a Andrew. Está en Madrid, sí, nos hemos visto en varias ocasiones y me ha demostrado que ha cambiado. Me ha pedido perdón por los errores del pasado y tengo el convencimiento de que es sincero.

Oí que el ascensor se paraba en mi planta y justo después llamaban al timbre. Sujeté el teléfono con el hombro izquierdo, tapé el auricular con la mano y abrí la puerta.

—¡Hola, mamá! ¿Ya te has despertado? La abuela dice que puedo ir con ellos a comer costillas, ¿me dejas?

Saludé a mi madre articulando un «hola» mudo y les hice una señal para que pasaran.

—Perdona, Sam, ahora tengo que dejarte. Pensaré en lo que hemos hablado, pero ya te adelanto que no tienes de qué preocuparte. Las dos tenemos ya una edad para saber lo que nos conviene, ¿no crees? —Quise dejarle claro que su insinuación me había molestado y, de paso, cuestionar la versión de Philip.

—Entiendo. Cuídate, Sara, te lo pido como amiga.

30

La semana se presentaba ajetreada en el atelier. Tres de las invitadas a la inauguración habían cogido cita para esos días y Julia no cabía en sí de satisfacción. El sueño se hacía realidad ante sus ojos mucho antes de lo esperado.

—¿Cómo va esa resaca emocional? ¿Todavía en las nubes? —preguntó Carmen al verla entrar en El Cuarto de Costura.

—Totalmente en las nubes y temerosa de verme caer desde las alturas y darme de bruces contra el suelo.

—¿Qué estás diciendo? ¿A qué viene ese pesimismo?

—No es pesimismo, es que me cuesta mucho creer que todo esté saliendo a las mil maravillas. Si algo he aprendido en los últimos años es que la vida puede dar un giro drástico sin avisar.

—Ah, no, eso sí que no. Aparta esa idea de tu cabeza. Has cerrado una mala racha y ahora te espera la luz, amiga. No es que vuelvas a ser tú, es que te estás transformando en una mujer más sabia y tienes por delante un camino que ni en tus mejores sueños podías imaginar. Óyeme bien lo que te digo, Julia: vas a brillar con mucha fuerza. Serás una bendición para los que te rodeamos y un ejemplo para tu hijo. Tu historia de superación va a tocar la vida de mucha gente, y yo soy una de las afortunadas.

—Estoy segura de que exageras. No sé si será para tanto, pero te agradezco tus palabras. Las citas de esta semana son sin duda una buena señal. Margarita ha sido muy generosa al compartir la noticia de la inauguración con sus amigas de Madrid y cruzo los dedos para no defraudarlas.

—Ya te digo yo que no lo harás. Vas a encandilarlas, como has hecho con todas tus clientas cada vez que han confiado en ti. Y, cambiando de tema, esos ojitos con los que te miraba Fer el sábado... No es por meterme donde no me llaman, ya sabes que soy de la opinión de que las cosas de cada uno solo a uno le incumben, pero no soy la única que piensa que ese hombre está coladito por ti.

—Mira que te gusta un cotilleo —comentó Julia con una amplia sonrisa—. Desde que me confesó sus sentimientos no he podido quitármelo de la cabeza. Es como si sus palabras hubiesen servido para darme el permiso de pensar en empezar una relación. Claro, a él no se lo he dicho; no me esperaba que se abriera como lo hizo y, como ya he hecho otras tantas veces, me refugié en mi trabajo al contestar. Fue la excusa que tenía más a mano. Ahora, sin pretenderlo, le miro con otros ojos.

—Cuando os observé charlando el sábado me vino a la memoria la imagen de la primera vez que os vi juntos, aquí mismo, en la puerta. ¿Te acuerdas? De eso hace mucho, pero algo me dice que para él el tiempo se detuvo en ese instante y ahora no ha hecho más que retomar ese momento.

—Puede ser. El domingo, aprovechando que Daniel estaba en casa de unos amigos, pasamos el día juntos. Me llamó temprano, vino a recogerme y comimos fuera con el pretexto de celebrar el éxito de la reapertura del taller. Hacía un día precioso y nos acercamos a Buitrago de Lozoya. Estuvimos paseando por los alrededores y no paramos de hablar ni un minuto. Es fácil estar con Fer, la conversación fluye y me hace sentir cómoda, pero de ahí a lanzarme a sus brazos sin más… No sé si estoy preparada para olvidarme de Ramón. Soy de las que le dan mil vueltas a todo antes de llegar a ninguna parte. Necesito sopesar las consecuencias y, sobre todo, descubrir qué siento realmente.

—No se trata de olvidarle, se trata de despedirte de él sin rechazar lo que tuvisteis, solo dejando que ocupe un espacio distinto en tu corazón. Así podrás hacerle hueco a lo que la vida te ofrece. Los trenes pasan, Julia, y lo que hoy es una oportunidad mañana es un imposible.

—No te lo discuto; sin embargo, le aprecio mucho y lo último que quiero es herirle. No se lo merece. Junto con vosotras, Fer ha sido uno de los apoyos más firmes de estos últimos años. Necesito estar muy segura de lo que estoy haciendo antes de dar un paso más.

—¿Y si pruebas algo distinto?

—¿Qué quieres decir?

—Que al final todos somos animales de costumbres, actuamos siempre de la misma manera y a veces está bien dejarse llevar. Quizá le estés poniendo a esto más cabeza que corazón. ¿Por qué no pruebas a soltar esa parte de ti que te hace analizarlo todo? Puede que descubras un mundo nuevo. Mi compañera de piso tenía una frase para estas ocasiones, aunque no sé si querrás oírla.

—Ya no me asusto de nada de lo que me digas.

—Decía: «Más sexo y menos seso».

—¡Qué burra eres!

—¡Eh! Que la frase no es mía y estabas avisada. Es verdad que dicho así parece una barbaridad, pero piénsalo, amiga: bájale el volumen a la cabeza y súbeselo al corazón. A ver si te gusta lo que escuchas.

Se hizo una breve pausa que Julia aprovechó para consultar el reloj.

La campanita de la puerta sonó seguida de un *«buongiorno»* que no dejaba lugar a dudas.

—Parecéis dos modelos salidas de una pasarela italiana —se apresuró a señalar Carmen—. Menudo estilazo.

Patty y su amiga lucían un atuendo de lo más colorido, con el que parecían saludar a un verano que ya era más que evidente. Imagino que vivir rodeada de viñedos no ofrecía muchas oportunidades para vestir prendas tan sofisticadas como las que elegía la madre de Malena cuando nos visitaba. Puede que Roberta también fuese, en parte, responsable de un cambio de estilo que todas admirábamos. Las mujeres de su edad a las que veíamos en nuestro día a día no solían arriesgar tanto. Cuando era joven sospechaba que cumplir años nos obligaba a renunciar al color, como si la ausencia de alegría en el vestir fuese premonitoria de una vida que se apagaba poco a poco. Hoy sabía que era la actitud la que nos vestía. Esas dos mujeres eran un ejemplo perfecto de que la edad no venía dada por un número, sino por la forma de afrontar el tiempo.

—*Grazie* —contestaron a dúo.

—Vamos de camino a ver una exposición en la galería de Malena y luego visitaremos el Museo del Prado, pero antes Roberta tenía mucho interés en pasarse por aquí esta mañana para hacerte un encargo —comentó Patty dirigiéndose a Julia.

—*Certo* —asintió la italiana—. La hija de unos amigos se casa a principios de septiembre en el lago di Como y sería maravilloso llevar uno de tus diseños.

—Será un placer vestirte para la ocasión. Me hace muy feliz pensar que el primer traje que salga de mi atelier en esta nueva temporada sea para alguien tan cercano.

—Eso tendremos que celebrarlo como se merece. A las dos nos pasamos a recogerte y comemos juntas, así podréis conoceros mejor —añadió Patty más que contenta.

—Claro, y si tienes alguna idea de cómo quieres ir vestida —se dirigió a Roberta—, podemos hablarlo; eso me ayudará a bocetar un diseño con el que te sientas identificada desde el primer momento. Lo peor que puede hacer una en un evento social es ir disfrazada de alguien que no es.

—Estoy segura de que acertarás de lleno. Patty me ha hablado de tu intuición para captar al vuelo los gustos de tus clientas.

—Seguro que ha exagerado, siempre lo hace cuando se trata de mi trabajo, pero te aseguro que me esforzaré al máximo para que te veas guapa y te sientas muy cómoda.

—No se hable más, a las dos en punto pasamos a recogerte. *Buona giornata* —exclamó Patty despidiéndose.

—Perfecto. Nos vemos luego.

Las dos mujeres siguieron su camino en dirección a la galería de Malena.

—Qué espíritu tienen esas dos —comentó Carmen

en cuanto se marcharon—. De mayor quiero ser como ellas.

—Poco te falta —replicó Julia.

—¿Me estás llamando vieja?

—No, mujer, lo digo porque tú también tienes esa alegría de vivir tan envidiable.

—Bueno, si es por eso, te lo paso —añadió riendo.

—¿Qué tienes para hoy?

—Echa un vistazo.

Julia giró la cabeza en la dirección que Carmen había apuntado y descubrió una pequeña montaña de prendas.

—Esos son los arreglos de la semana pasada. Quise dejarlos planchados el viernes, pero entre una cosa y otra no hubo forma. Te parecerá una tontería, pero no eras tú la única que andaba nerviosa por la inauguración del taller.

—Me imagino. Me he sentido muy acompañada por todas vosotras. Ha sido como hacer un viaje con amigas.

La campanita de la puerta volvió a sonar y se giraron a ver quién entraba.

—Elsa, ¡tú por aquí! —exclamó Carmen.

—Hola, vengo de casa de Amelia, de recoger unas cosas —explicó dejando unas bolsas sobre la mesa de centro—, y he querido pasarme para volver a darte la enhorabuena, Julia. Fue un honor acompañarte el sábado y te auguro un éxito arrollador.

—Muchas gracias, pero el honor es mío. En este momento le comentaba a Carmen que sentir vuestro apoyo en estos últimos meses ha sido un auténtico lujo. Por cierto, me encantó conocer a José.

—Sí, a mí también —añadió Carmen—. Le advertí que se portara bien, que estaríamos vigilantes.

—Ya me comentó —contestó Elsa divertida—. Puedes estar tranquila, me trata como a una reina. Estoy segura de que casarme con él va a ser una de las mejores decisiones que tome en la vida. Somos muy distintos y, sin embargo, nos llevamos de maravilla, la prueba viviente de que los polos opuestos se atraen. Yo era muy reacia a comprometerme en una relación seria, quizá porque el ejemplo que había tenido en casa no era el mejor, pero José ha sabido ganarme acercándose poco a poco. Tan sigiloso que, cuando me quise dar cuenta, ya me había robado el corazón.

—Te mereces todo lo bueno que te pase —añadió Julia—. Amores así solo se viven una vez en la vida.

—¿Tú crees? —insinuó Carmen con picardía—. Anda, no os pongáis profundas, que las dos tenéis a vuestro lado a un hombre que os quiere horrores —sentenció con su peculiar manera de expresarse.

Elsa miró a Julia asombrada por la afirmación de Carmen, sin hacer ningún comentario al respecto.

—Estos días en los que andamos buscando piso y fantaseando a cada rato con la idea de vivir juntos y formar una familia me acuerdo mucho de mi madre.

—No sabes cómo te entiendo —la interrumpió Julia.

—No puedo evitar pensar en lo fácil que es equivocarse y lo difícil que es darse cuenta a tiempo. Supongo que nos pesan demasiadas cosas; en su caso, yo misma, la estabilidad de casa… Pero, sobre todo, la carga de un secreto que había condicionado toda su vida y que guardó para que no condicionara la mía. Me pregunto si alguna vez estaré a su altura cuando me toque criar a un hijo.

—Estoy segura de ello —apuntó Julia convencida.

—¡Ay, las madres! —exclamó Carmen—. La mía pretendió cortarme las alas sin mucho éxito, luego se agarró a mi cuello para no hundirse y cuando la que se hundía era yo, sacó las fuerzas de no se sabe dónde y consiguió sacarme a flote. Lo que una madre no pueda… No tuve la suerte de conocer a Consuelo, pero conociéndote a ti me puedo hacer una idea del tipo de persona que era.

—Cuando pienso en ella me invade un gran sentido de la responsabilidad. Si pasó por todo lo que pasó y consiguió criarme inculcándome sus valores y protegiéndome como lo hizo, yo no podré hacer menos por mis hijos cuando los tenga.

—¡Alto ahí! Primero la boda. Ya tendrás tiempo de pensar en los niños —intervino Carmen intentando relajar el tono de la conversación—. Nos estamos poniendo muy intensitas, ¿no os parece?

—Siempre tienes la palabra exacta —rio Julia.

—No quiero entreteneros más, que seguro que tenéis mucho trabajo. Ya os iré contando cómo va todo. En cuanto se acabe el curso me paso a veros. Con las evaluaciones finales, estas últimas semanas son una locura en el colegio.

Julia la acompañó a la puerta y miró de nuevo la hora.

—Me subo corriendo al atelier, que la primera cita está al llegar y tengo un pellizco en el estómago que no consigo que se me vaya.

—¡Venga, a triunfar como tú sabes! Luego me cuentas con pelos y señales. No sabes lo que daría por ser una de tus modistas y pasar el día con mi bata blanca entre telas de ensueño —añadió con cierto tono dramático.

—No digas eso, Carmen. Yo te necesito aquí. No dejaría este negocio en manos de ninguna otra persona.

—Lo sé, lo sé. Solo es una forma de hablar. Anda, sube ya, que vas a llegar tarde.

Mi amiga disfrutaba enfrentándose a nuevos retos y esta nueva etapa lo era. La confianza que Patty había depositado en ella estaba más presente que nunca. La presión por no defraudarla también. Sin embargo, esta nueva Julia se sentía capaz de retomar el camino que había trazado tantos años atrás. La ilusión que había recuperado seguía siendo su mejor combustible para avanzar. Nosotras, como a ella misma le gustaba reconocer, seríamos sus mejores compañeras de aventuras.

Tal como habían anunciado, Patty y Roberta volvieron a El Cuarto de Costura poco antes de las dos, y tras ellas entró Julia.

—Ya estoy aquí. Carmen —añadió—, ya tenemos los primeros encargos para este otoño, luego te cuento en detalle. ¿No es increíble?

—¡Bravo! Estoy deseando escucharte, me vas a tener en ascuas hasta la tarde.

—Felicidades, socia. Y ahora nos vamos. He reservado mesa en el restaurante de Alfonso XII. Ese lugar tiene algo especial, Amelia tenía buen gusto —apuntó Patty con un tono nostálgico—. Te va a gustar, Roberta.

Carmen las despidió en la puerta, colgó el cartel de CERRADO, echó la llave por dentro y volvió al montón de ropa que la esperaba en la plancha. Nada más disponer la primera prenda sobre la mesa de planchar oyó un toc toc en el cristal del escaparate que le hizo levantar la cabeza y buscar su origen.

—¡Malena! ¿Qué haces aquí? —preguntó al abrirle—. Tu madre se acaba de marchar.

—Ya, ya, le he insistido para que me invite a comer, pero

me ha dicho que era una comida de negocios y se ha quedado tan pancha. ¿Nos tomamos una cerveza por aquí?

—Cualquier cosa con tal de librarme de los calores de la plancha. Pero nos volvemos pronto, que tengo que terminar de preparar la clase de esta tarde.

—Valeee —asintió con desgana.

—¿Tienes planes para este verano? Anda, ponme los dientes largos con alguno de esos viajes tan chulos que te montas.

—No tengo nada organizado todavía. Argentina es uno de mis destinos pendientes, llevo mucho tiempo deseando conocer la tierra de mi padre. Sin embargo, este año, mi madre quería que hiciéramos un viaje por Austria y la verdad es que me apetece bastante. El susto que me dio el año pasado y la muerte de Amelia, que casi era de su misma edad, me han dado que pensar. No es que crea que me voy a quedar sin madre en breve, pero cada año que pasa es un regalo y quiero disfrutarlo con ella. Todavía estamos a tiempo de descubrir nuevos sitios juntas, y eso no lo puede decir todo el mundo.

—Desde luego. Es una suerte que os tengáis la una a la otra. Sería un error no aprovecharlo ahora que tenéis salud y que podéis permitíroslo.

—Y tú ¿qué vas a hacer en agosto?

—Me temo que no mucho. Este va a ser un verano diferente.

—¿Por?

—Lo he pensado y al final he decidido operarme. Estuve hace poco con las mujeres de la asociación, me han explicado al dedillo cómo es el proceso de recuperación, que es lo que más angustiada me tenía, y me han animado mucho.

—Me alegro de que te hayas decidido. Seguro que va a ir todo genial.

—Me preocupaba dejar a Julia colgada ahora que está más liada que nunca.

—Haremos piña para que no se note que faltas; además, en julio ya no hay clases y en agosto la academia estará cerrada. Ni te echaremos de menos —concluyó Malena quitándole importancia.

Apuraron la ración de bravas y se despidieron hasta el martes. Quedaba muy poco para acabar el curso y aún tenían que organizar la despedida. Con los años se había convertido en una tradición que las alumnas esperaban con ilusión a finales de cada junio.

Cuando Julia regresó por la tarde, Carmen la estaba esperando ansiosa por saber qué tal le había ido.

—Jefa, ¿me cuentas lo de los encargos antes de subirte al atelier y te pongo un cafelito mientras? ¿Te parece?

—Gracias, lo necesito.

—Malena ha estado por aquí y me ha soplado que Patty tenía que hablar contigo de negocios.

—No exactamente. La hija de Roberta está estudiando diseño en Milán y quería pedirme que la admitiera en prácticas el año que viene. Yo encantada, como comprenderás, aunque ya le he dicho que depende de cómo vaya todo.

—¿Pues cómo va a ir? Sobre ruedas. Un día abierto y tienes dos encargos más el de Roberta. Verás como dentro de nada te faltan manos. Anda, cuéntame quiénes son las nuevas clientas.

—Dos amigas de Margarita. Una necesita un vestido para una recepción y la otra para una gala benéfica. Por ahora no sé más, y cuando lo sepa me lo guardaré para mí, ya sabes que me gusta preservar la intimidad de mis clientas. Como decía mi madre, las modistas somos casi confesoras. Tenemos que ser diestras con la aguja y discretas con lo que nos cuentan.

—A veces te pones de un misterioso… Me veo pasándome al *¡Hola!* para enterarme de quién viste tus diseños —señaló Carmen con una sonrisa cómplice.

—Riquísimo este café, amiga, me vuelvo al atelier.

Julia dejó la taza en la trastienda y antes de salir de la academia se volvió hacia Carmen.

—¿Sabes? Esta mañana al subir las escaleras iba contando los escalones y a medida que posaba un pie en el siguiente peldaño me sentía cada vez más ligera. Ha sido raro, porque notaba el peso de la responsabilidad, pero a la vez el alivio de quien se deshace de una capa que le impedía ser ella misma. Hacía mucho tiempo que no tenía la sensación de que todo estaba bien.

31

Entonces no entendí por qué, pero la advertencia de Sam no surtió en mí el efecto que seguramente ella esperaba. Muy al contrario, me hizo pensar que quizá había algo oculto en sus intenciones o incluso en las de Philip, y afianzó la ilusión de que Andrew y yo teníamos una posibilidad. La idea iba tomando forma en mi cabeza con tanta naturalidad que me impedía ser consciente de la realidad que se escondía detrás de lo que creía estar construyendo.

Elliot se había convertido en el centro de mi existencia desde el instante en que supe que le llevaba dentro. Todo mi amor era para él. Luego llegó un puesto de responsabilidad en el trabajo que debía compatibilizar con su crianza. Ahora que había aprendido a controlar los distintos papeles que había asumido, sentía que había una faceta de mi vida que cojeaba. No era un sentimiento que me acompañara todo el tiempo, pero estaba ahí. Tener a Andrew tan cerca propiciaba que en ocasiones fantaseara con la idea de formar una familia convencional, como la que yo misma había tenido antes de que se desmoronara.

Mi madre, angustiada ante la posibilidad de que enviase a Elliot a un campamento para el cual pensaba que era demasiado pequeño, se había ofrecido a llevarle con ella a pasar unas semanas a un complejo de vacaciones en Oropesa del Mar. Miguel Ángel había recibido la sugerencia de buen grado; al fin y al cabo, siempre se había portado con mi hijo como si fuese un segundo abuelo. Agradecí su ofrecimiento como cualquier madre que, tras el fin del curso escolar, se las tiene que ingeniar para «colocar» a su hijo cada verano mientras continúa cumpliendo con sus obligaciones laborales.

Sabía que lo echaría de menos, nunca había pasado más de un par de días separada de él; sin embargo, también me aliviaba saber que iba a disfrutar de lo lindo con su abuela. Además, alejarle de casa era una manera de mantenerle al margen de mi relación con Andrew antes de saber qué rumbo tomaba.

—Hoy he recibido noticias de Londres y, tal y como sospechaba, el proyecto se va a prolongar unas semanas. Es bastante probable que pase gran parte del verano en Madrid. ¿Me enseñarás las terrazas de moda?

—Encantada, pero prepárate para pasar calor —le advertí imaginando mil planes juntos—. En julio y agosto la ciudad se vacía de madrileños y se llena de turistas, pero aun así hay muchas cosas que hacer aquí.

—Ahora mismo no se me ocurre más que una —me susurró al oído consiguiendo que olvidara la sensación de acoso que me había hecho sentir unos días atrás.

Me había convencido a mí misma de que esa percepción se debía solo a mi obsesión por proteger a mi hijo y no al hecho de que cuando estaba con él me sentía la persona más vulnerable sobre la faz de la Tierra. Ese era el poder que ejercía en mí.

—¿Así que se cumplen tus sospechas? —pregunté volviendo al inicio de nuestra conversación—. Vuestro cliente debe de ser muy valioso para obligar a tu equipo a invertir más tiempo del previsto en el proyecto.

—Es una de nuestras cuentas más importantes. Llevamos muchos años trabajando para ellos y no podemos negarnos. Estas cosas pasan. Ya sabes, hay que adaptarse a las necesidades del cliente. Es una de las razones por las que el nombre de la empresa goza de tanto prestigio en los círculos internacionales.

—¿Tu amigo Philip sigue en la empresa? —sentía curiosidad por confirmar lo que Sam me había contado.

—Sí, pero ahora apenas nos vemos. El año pasado la compañía compró el edificio contiguo a la sede principal y trasladaron allí su despacho. Ya no coincidimos tanto como antes, aunque tomamos una copa de vez en cuando.

Sus argumentos me parecían sólidos y, en el fondo, pensaba que no tenía razones para dudar de su palabra; no obstante, me seguía preguntando qué había movido a Sam a llamarme con tanta urgencia y a alarmarme como lo hizo.

—No hablemos más de trabajo, que estamos desperdiciando la noche. Si no quieres nada más, pido la cuenta y nos marchamos.

Antes de que pudiese contestar, levantó la mano haciéndole una señal al encargado de sala, que, unos minutos más tarde, depositó una pequeña caja de madera sobre la mesa.

—A medias —insistí cuando la abrió.

—Como quieras, no soy de los que necesitan sentirse superiores a una mujer pagando la cuenta.

El comentario me sorprendió, parecía estar justificándose.

—Es una pena que los ingleses no hayáis entrado en el euro. No andarías cambiando libras en tu cabeza a cada rato —comenté bromeando mientras él rebuscaba en su billetera.

—La moneda es parte de la identidad de un país. Nuestra economía es fuerte y no hay razón para aceptar las exigencias de Europa. Estamos bien así —respondió depositando su parte dentro de la cajita y haciendo una señal al camarero para que fuera a cobrarnos.

No le recordaba tan patriótico. Suponía que todavía me quedaban por descubrir algunas de sus facetas y eso era un aliciente.

—Y ahora dime, *love*, ¿nos tomamos algo o me dejas invitarte a mi habitación? —preguntó rodeándome la cintura nada más salir del restaurante.

—Nuestras copas siempre acaban en tu hotel, quizá podríamos saltarnos esa parte —contesté con un descaro que no me avergonzaba admitir.

A veces no me reconocía, pero había dejado de importarme. Andrew conseguía que me despojase de todas mis inhibiciones y fuese tan solo una mujer que ansiaba sentirle cerca. Lo demás desaparecía a su lado. El recuerdo de su tacto, el ritmo de sus movimientos, el olor de su piel y de las sábanas bañadas en sudor... me cegaban. Negarlo habría sido negar una parte de mí que había renacido desde que habíamos vuelto a intimar. La parte que me hacía sentirme viva, que me conectaba con un deseo que había ignorado durante unos años y ahora se manifestaba con tal fuerza que era incapaz de contenerlo.

El calor era sofocante, o eso me parecía. El vestido de satén se me pegaba al cuerpo como una segunda piel, húmedo e incómodo. Insoportable, si no tuviese la certeza de que en unos minutos me despojaría de él para entregarme con los ojos vendados al causante de esa excitación.

Caminamos hasta la avenida más cercana atravesando terrazas repletas de gente. Me fijé en las chicas que lucían trajes ajustados y tacones imposibles, y me pregunté si era solo eso lo que me había perdido en mis años más jóvenes en los que el cuidado de mi madre ocupaba el centro de mi vida. La loca aventura que estaba viviendo ahora podría ser un capítulo perdido de una juventud que ansiaba recuperar.

Al llegar al hotel la recepcionista parecía haberse ausentado. Nos dirigimos al ascensor y, una vez dentro, Andrew se giró hacia mí tomándome la cara entre ambas manos.

—Vuelves a ser mía —proclamó.

En ese momento no comprendí el significado de sus palabras o quizá no quise ver más allá. Suspiraba por sentir su desnudez como quien ansía encontrar un oasis en medio de un desierto. Las sabias palabras de Laura, la advertencia de Sam y todos mis miedos se desvanecieron entre sus brazos.

Entramos en la habitación aprisa, buscando un refugio en el que apaciguar nuestro apetito. Me deshice de mi vestido, de todo lo que me vestía: la razón, el recelo, la cautela, el pudor... Me abandoné a su deseo como cada vez que sentía el calor de sus dedos recorriendo mi piel, dibujando en ella la promesa de una explosión que apagara las brasas por las que caminaba descalza.

Nos rendirnos al sueño bien entrada la madrugada. Los primeros rayos de luz, aunque tenues, consiguieron despertarme. Me acerqué al baño para refrescarme y al volver a la cama noté que Andrew se movía.

—Me muero de sed —confesó—. Voy a bajar a por un refresco, ¿quieres que te traiga algo?

—Sí, te lo agradezco —contesté desvelada—. Un botellín de agua mineral muy fría estaría bien.

Recogió su ropa del suelo y se vistió.

—Enseguida vuelvo, no te muevas de ahí —dijo mientras se metía la cartera en el bolsillo del pantalón.

Desoyendo sus órdenes, me levanté y me fijé en la anodina decoración de aquella habitación de hotel. Me asomé al armario entreabierto y me extrañó comprobar la cantidad de prendas que colgaban de las perchas. Demasiada ropa para una estancia corta como la que tenía prevista. De nuevo, ni rastro de un portátil ni de un maletín, dos imprescindibles que, por lógica, acompañarían a cualquier jefe de proyecto desplazado de sus oficinas centrales.

Retiré la silla que había frente al escritorio reparando en su desgastada tapicería y me senté para comprobar mi teléfono. Al cruzar las piernas me golpeé la rodilla con el tirador del cajón.

«Primero un dedo y ahora una rodilla, este cajón quiere decirme algo», pensé medio en broma.

Intuí que, si Andrew lo había protegido tan celosamente unas noches antes, debía de guardar algún secreto. Él me había dejado claro que no era quién para vulnerar su intimidad, pero no pude reprimir mi curiosidad y agarré el tirador decidida a averiguarlo.

Su contenido me heló la sangre. Me aparté como quien huye de un incendio, aterrorizada, sin poder despegar los ojos de aquella prueba, consciente de que lo que había descubierto lo cambiaba todo.

Entré en el cuarto de baño, abrí el grifo del agua caliente de la ducha y salí cerrando la puerta. Me vestí tan rápido como pude, me colgué el bolso a modo de bandolera y cogí los zapatos en la mano. No podía perder un segundo. Salí de la habitación siguiendo las indicaciones de evacuación para intentar llegar a las escaleras, mi única vía de escape, el mejor modo de evitarle. Bajé los primeros pisos lo más rápido que pude. Paré en el tercero. Tomé aire y me esforcé por controlar la respiración. No podía digerir lo que acababa de ver. Me puse los zapatos y seguí bajando hasta la recepción. Por suerte, no había ni rastro de Andrew por allí. Calculé que ya estaría de vuelta en la habitación y supondría que estaba dándome una ducha. Eso me haría ganar unos minutos. Le di los buenos días a la recepcionista y salí a la calle con la esperanza de encontrar un taxi que me alejara de allí lo antes posible.

En aquel instante el asiento trasero del coche me pareció el lugar más seguro del mundo. Miré la hora. Siete y media de la mañana. En cuanto Andrew descubriera que me había marchado intentaría localizarme como fuera, por teléfono o incluso saliendo a buscarme si no contestaba a sus llamadas. No podía arriesgarme a volver a casa.

—Buenos días. Usted dirá —me saludó el taxista.

Tras dudar unos segundos le di la dirección de Laura. Durante el trayecto marqué su número deseando que ya estuviese despierta a esa hora.

—Sin problema, Sara, te espero —me indicó mi amiga cuando le pregunté si podía acercarme a su casa—. Hablaremos con calma cuando llegues, ahora intenta tranquilizarte.

Era la persona con los nervios más templados que conocía, una cualidad que, con toda probabilidad, había adquirido a lo largo de su dilatada experiencia como médico.

Nada más colgar, el número de Andrew apareció en la pantalla como una amenaza. Apagué el móvil y lo guardé en el bolso. Podía intuir su ira cuando descubrió que le había engañado al dejar la habitación de aquel modo. Quizá era demasiado suponer que saldría a buscarme o que haría guardia en mi portal hasta que diera conmigo; sin embargo, no fue esa la única razón por la que me alegré de haber tomado la decisión de refugiarme en casa de Laura.

Ella me había advertido del peligro que corría desde el primer minuto, pero yo ignoré sus palabras cegada por la sensación de aventura que suponía saber que estaba jugando con fuego. Me creí más lista que él, no me di cuenta de hasta qué punto él era consciente de su poder sobre mí y lo había aprovechado para seducirme, para hacerme dudar de mí misma y lograr que me entregara sin reservas. No me costó aceptar que estaba equivocada, aunque ello no atenuaba el temor y la decepción que sentía.

Laura me esperaba en el portal de su casa. Abrió la puerta y me abrazó sin pronunciar una sola palabra. Nuestra amistad era tan sincera que no temía reproche alguno por su parte. Al contrario, sabía que encontraría en ella lo que necesitaba en ese momento.

—Ven, vamos a la cocina, te prepararé una infusión a ver si consigues calmarte un poco.

—Sé que no son horas para molestar a nadie, y menos en sábado, pero eres la primera persona en la que pensé al subirme al taxi. Estaba muy asustada y necesitaba salir del hotel a toda prisa.

—Tranquila, has hecho bien en venir. Aquí estás segura. Si ves que no te hace efecto —comentó al servirme la tila—, podemos probar con otra cosa que te ayude a dormir. Te sentirás mejor al despertar.

—No sabes cómo te lo agradezco. No me atrevo a volver a casa sola. No sé cómo puede reaccionar Andrew. Tengo que ordenar mis ideas, terminar de encajar las piezas del rompecabezas para entender por qué ha pasado todo esto.

Mi amiga me escuchaba asintiendo con la cabeza, paciente, sin juzgarme, tan solo acompañándome en un momento en el que la confusión dominaba mi razón. No necesitaba que nadie me dijera que había hecho el idiota o que me había dejado embaucar. Tan solo quería ponerle palabras a lo que había vivido esas últimas semanas.

—Sam tenía razón, no sé por qué dudé de ella. Siempre fuimos buenas amigas, no había motivo para que me llamara tantos años después inventando una historia con la que ella no ganaba nada en absoluto. Estaba tratando de protegerme y no supe verlo. Ahora todo encaja. El hotel, su teléfono, la tarjeta de acceso al edificio... qué tonta he sido. ¿Cómo he podido tragármelo todo? Hasta justifiqué sus salidas fuera de tono, el carácter posesivo que había vuelto a aparecer y sus malos modales.

—Espera, Sara, por qué no empiezas por el principio. ¿Quién es Sam? ¿Por qué has salido corriendo del hotel? No te sigo.

—Tengo que pedirte disculpas, no debí ocultarte que

me estaba viendo con Andrew. Quería demostrarme a mí misma que controlaba la situación y que era capaz de estar con él sin implicarme emocionalmente, pero no ha sido así. No es que piense que te debo una explicación, pero ahora me arrepiento de no haber sido franca contigo y con el resto. Seguramente, si os hubiera contado cómo iba desarrollándose esta locura, me hubieseis advertido. Estoy segura de que tú, al menos, me hubieses hecho ver el peligro que corría. Ay, Laura, he estado tan ciega… Tenía tantas ganas de que esta relación funcionara… Me he vuelto a creer todas sus mentiras. Y no solo las suyas, las mías propias, las que me contaba cada vez que estábamos juntos. Me avergüenza decir que he puesto en peligro mi seguridad y la de mi hijo por unas migajas de cariño.

—Ya está, estás aquí, estás a salvo. Cuéntame qué ha pasado.

Acabé la infusión de tila y entré al baño a refrescarme un poco.

—¿Te importa que me dé una ducha? —pregunté al salir.

—En absoluto. Te dejaré algo de ropa, ese vestido es precioso, pero estoy segura de que uno más cómodo te hará sentir mejor.

Bajo el agua tibia pude ordenar mis pensamientos. De nada me servía arrepentirme ahora de mis actos; debía hacer un esfuerzo por trazar un plan para salir de la situación lo antes posible. Laura era la persona más indicada para ayudarme.

—Te dejo ropa interior y un vestido de algodón —oí decir a mi amiga a través de la puerta.

El olor a café recién hecho y a pan tostado me condujeron de nuevo a la cocina.

—Te vendrá bien comer algo —comentó mientras terminaba de rallar un poco de tomate para las tostadas.

—Gracias. Ya me siento mejor, necesitaba esa ducha.

—Y, ahora, ¿me vas a contar la historia completa?

—Desde el principio. Cuando coincidí con Andrew en diciembre me explicó que estaba en Madrid dirigiendo un proyecto para uno de los clientes más importantes de su empresa. Nos hemos estado viendo desde entonces de manera esporádica al principio y de una forma más o menos regular en las últimas semanas. Hace unos días me llamó Sam, una amiga de Londres con la que perdí el contacto cuando volví precipitadamente a Madrid. Me contó una historia muy difícil de creer en ese momento, pero que coincide con algunas señales que me habían llamado la atención y a las cuales les había restado importancia. Su versión contradecía por completo la que me había dado Andrew, pero no quise creerla. Hoy he encontrado la prueba de que todo lo que me contó era cierto.

—Sigue, te escucho —insistió levantándose a por una segunda taza de café.

—Sam fue quien nos presentó en Londres. Allí coincidimos en una fiesta con otro amigo común, Philip, un compañero de trabajo de Andrew. Al parecer, Sam y Andrew tuvieron una relación a la que ella puso fin. En la fiesta, él la presionó para que nos presentara y ese fue el comienzo de nuestra historia. El resto lo conoces. Nos fuimos aislando y perdiendo el contacto con nuestro círculo de amigos. Mi mundo se hizo cada vez más pequeño y le situé justo en el centro hasta que después de una gran bronca de la que salí malparada decidí dejarle y volver a casa.

—¿Y desde entonces no habías sabido de ella?

—No, al volver Londres quedó atrás y ella también. Cuando hablamos por teléfono me contó que se había encontrado con Philip y que estaba preocupado por su amigo, de quien no sabía nada desde que se vino a Madrid. Por lo que le dijo, Andrew estaba obsesionado conmigo. Me había visto en el periódico *Expansión*, ¿te acuerdas de aquel artículo? —Laura asintió—. Según me contó, la empresa había destinado a Philip a Madrid para dirigir un proyecto de un cliente que también tiene sus oficinas en Torre Picasso. Andrew, al enterarse de que yo trabajaba allí, se propuso recuperarme y quiso que le adjudicaran la segunda fase del proyecto.

—Entonces es cierto que está aquí por trabajo.

—Es algo más complicado. Se enfrentó a su jefe, amenazó a la empresa porque no le daban el puesto de Philip y acabaron por despedirle. Todo este tiempo ha simulado que trabajaba allí para tropezarse conmigo. Siempre nos veíamos a la salida del edificio e inventaba cualquier excusa para no pasar por el control de seguridad por el que se accede a las oficinas. Coincidíamos por casualidad a la hora de la comida o por la tarde al acabar el trabajo. Vi señales que no cuadraban, pero supongo que quise ignorarlas.

—¿De qué señales hablas?

—Se hospeda en un hotel de tres estrellas, algo raro cuando tienes un puesto de responsabilidad en una compañía como la suya. Eso fue lo primero que llamó mi atención. Además, la acreditación para entrar en el edificio no le funcionaba y ya no usaba una Blackberry, sino un teléfono como el que puede tener cualquiera. Eran detalles que no se correspondían con lo que sería normal, por decirlo de alguna manera.

—Imagino que todo eso te haría sospechar, pero ¿cómo has conseguido por fin confirmar la versión de Sam?

—Ayer salimos a cenar y acabamos pasando la noche juntos. Al despertarse esta mañana se ausentó un momento para ir a buscar un refresco. Me he levantado y he curioseado por la habitación. ¿Recuerdas el cajón con el que me pillé los dedos? —pregunté casi segura de que la fisura de mi dedo no había sido accidental.

—Claro, llevaste una férula durante un tiempo.

—Aprovechando que estaba sola decidí echar un vistazo a su interior. Me moría por saber por qué tuvo una reacción tan desmedida cuando me sorprendió intentando abrirlo.

Hice una pausa para coger aire.

—¿Estás bien? Te tiemblan las manos —observó Laura cuando dejé la taza de café sobre la mesa.

—Sí, tranquila. Abrí el cajón y encontré el número de *Expansión* en el que se publicó mi entrevista, doblado a la mitad y abierto por la página donde estaba mi foto. Si eso hubiese sido todo, le habría plantado el diario delante, le habría pedido que se explicara y habría desmontado toda la historia dándole a Sam el crédito que se merecía. Pero había algo más. Lo que me impulsó a salir corriendo de allí fue una sucesión de círculos dibujados a boli alrededor de mi cara. Por el trazo pude adivinar que lo había empuñado con la palma de la mano y había empleado toda su rabia en rodearme con un círculo que acabó siendo una espiral y que ocupaba gran parte de la foto. Entendí su obsesión conmigo, su deseo de dominarme, de acabar con mi voluntad y salirse con la suya. Sentí mucho miedo.

No podía reprimir las lágrimas. Suponía que eran fruto de la tensión de las últimas horas y me di permiso para desahogarme. Lo necesitaba.

—Cielo, ahora quiero que te calmes y que te acuestes

un rato, necesitas descansar —anunció Laura después de abrazarme—. Cuando te levantes trazaremos un plan para alejar a ese loco de tu lado y asegurarnos de que no te moleste nunca más. Confía en mí, sé exactamente lo que hay que hacer.

32

Eran casi las cuatro de la tarde cuando desperté desorientada. Desde el dormitorio de Ndeye oí a Laura hablando con alguien por teléfono. Me levanté cuando presentí que había colgado.

—¿Qué tal te encuentras? ¿Has podido descansar? —preguntó al verme entrar en el salón—. Tienes mejor cara que esta mañana.

—He dormido como un tronco. Unas horas de sueño era justo lo que necesitaba. Me siento mucho mejor, gracias.

—Tengo buenas noticias. Acabo de hablar con Elsa y me ha dado el número del abogado que llevó el caso de su madre. Creo que es la persona indicada para que hables con él y veamos cómo orientar el tema de Andrew. Por lo que me ha contado, en su bufete están muy acostumbrados a llevar este tipo de asuntos. Necesitas a alguien que crea en ti y que le dé al caso el enfoque adecuado.

—¿De verdad crees que necesito un abogado?

—Es urgente que consigamos una orden de alejamiento. Si la obsesión de ese tipo es como la describes, puede que estés en peligro. Y no lo digo por preocuparte, sino para que seas consciente de que necesitas protegerte de él. No sabemos de lo que es capaz ahora que le has descubierto.

—Quizá nos estamos precipitando.

—Sara, esto parece serio. No pierdes nada por hablar con un abogado.

Me levanté a coger el móvil. Lo había tenido apagado desde primera hora de la mañana y temía que mi madre me hubiese intentado localizar. Encendí el teléfono y al ver el número de llamadas perdidas lo solté sobre el sofá como si me quemara en las manos.

—¡Joder! —exclamé alarmada.

El registro de llamadas daba miedo.

—Ha estado llamándome sin parar desde que me marché del hotel: 7.36, 7.39, 7.39, 7.50, 7.58... La última hace solo una media hora.

—Ahí tienes la prueba de que no está bien. Debes protegerte cuanto antes.

—O simplemente está preocupado. He desaparecido sin más y no doy señales de vida. Podría ser eso, ¿no crees?

—Te vuelves a engañar, Sara. Lo más probable es que sospeche que le has descubierto. ¿Dejaste el cajón abierto?

—Es probable. Todo pasó tan rápido, tenía tanta prisa por salir de allí que puede que me olvidara de cerrarlo —contesté afligida.

Recuperé el teléfono para comprobar que no había ninguna llamada de mi madre. Ella solía llamarme sobre las nueve, cuando iba a acostar a Elliot, para que pudiera darle las buenas noches.

—Voy a apagarlo. No quiero arriesgarme a que suene otra vez, ni siquiera soporto ver su número en la pantalla. Puede que se haya acercado hasta mi casa y vete a saber si se ha puesto a dar voces en plena calle gritando mi nombre. Menos mal que mi madre y Miguel Ángel se han llevado al niño de vacaciones, no tengo que preocuparme por su seguridad.

—¿Tu familia sabe que lo has estado viendo?

—No exactamente, les dije que estaba en Madrid y que habíamos tomado algo juntos. Claro que ellos no conocen todos los detalles de nuestra relación anterior. Preferí no darles explicaciones para evitarles un sufrimiento.

—¿Y crees que tu madre no se lo imaginó? Para las madres somos transparentes, es inútil ocultarles las cosas.

—Si se olía algo nunca lo dijo y mis hermanos tampoco preguntaron mucho. Acuérdate de que me enteré de que estaba embarazada poco después de volver a casa. A partir de ese momento el pasado quedó atrás. Es verdad que mi madre alguna vez me ha recordado que Elliot tenía un padre y que algún día tendría que saber la verdad, pero hasta ahora he conseguido evitar el tema.

—Y has hecho bien. Si Andrew es el tipo de persona que imagino, es mejor mantenerle alejado. Si descubriera que tiene un hijo, la situación se complicaría para todos.

—No han sido pocas las veces que he pensado en contárselo. Mi recelo se disipó más rápido de lo que hubiera querido después de nuestros primeros encuentros. Llegué a creer que había cambiado por completo, que era un hombre nuevo y que los tres podíamos formar una familia. Me he dejado engañar, Laura.

—No te castigues. Todos cometemos errores. La vida no deja de darnos lecciones por muy maduras que nos consideremos.

—Supongo que en el fondo quería que funcionara. Quería darle a Elliot una familia, liberarme de la tensión de seguir guardando un secreto que tarde o temprano saldría a la luz. Además, si te digo la verdad, echaba de menos la compañía de un hombre. Imagino que me entiendes.

—No tienes por qué darme ningún tipo de explicación. Ahora lo importante es tomar medidas. Vamos a centrarnos en los siguientes pasos y a olvidar lo que ha provocado esta situación. Ya tendrás tiempo para analizar las causas si decides hacerlo, pero eso es un trabajo personal que solo te incumbe a ti.

De nuevo afloraba una de las cualidades que más apreciaba en mi amiga. Era una mujer práctica que sabía que la decisión adecuada era capaz de volver cualquier situación complicada en una oportunidad.

—Te he guardado un poco de gazpacho y de ensaladilla. Come algo, date otra ducha y, si te ves con fuerzas, vamos a tu casa a recoger lo que necesites para pasar unos días aquí conmigo. Los chicos están con Martín y hay sitio de sobra.

—Gracias, no quisiera ser una molestia.

—Hasta que hables con el abogado prefiero tenerte cerca. No me fío de Andrew. Si ha sido capaz de ocultarte la verdad desde que volvió a tu vida, una vez desenmascarado puede ser imprevisible.

Seguí una tras otra las indicaciones de Laura como la que encuentra una flecha de piedrecitas blancas indicando la salida en medio de un bosque. Agradecí que, entre tanta confusión, consiguiera aportarme la dosis de sensatez de la que yo había carecido todo ese tiempo y que ahora podría costarme muy cara.

Era incapaz de ponerle nombre al comportamiento de Andrew. Sentía que para lograrlo antes debía reconocer mis propios errores y mi debilidad, dejar de disfrazar la realidad y encontrar el coraje para enfrentarme a ella. Mi amiga me hizo comprender que, si una vez tuve la determinación de cambiar el rumbo de mi vida, debía ser fuerte como entonces y tomar las riendas de la situación. Tenía que reaccionar no solo por mí, también por mi hijo.

Casi entrada la noche, nos acercamos a casa. Recorrí aterrorizada la distancia que separaba la boca de metro de mi portal. Tenía la sensación de que en cualquier momento le vería aparecer por la calle.

—Hay algo que hemos pasado por alto —señaló Laura al verme tan agitada—. Si estamos en lo cierto, él también estará asustado. Ten en cuenta que sabe que eres una mujer inteligente y segura de sí misma, nada que ver con la joven ingenua que conoció en Londres. Eso le hará sentir vulnerable. Al fin y al cabo, está aquí de paso, sin trabajo, e imagino que no es una situación que pueda mantener durante mucho tiempo.

—Yo también me consideraba una mujer fuerte y segura cuando nos encontramos en diciembre. Y mírame ahora. Con cada uno de nuestros encuentros he ido perdiendo esa seguridad, me he plegado a su arrogancia, sometida a su influjo. No sé cómo explicarlo. Cuando estoy con él me convierto en lo que él quiere ver en mí. Puede que necesitara a alguien a mi lado para no sentirme sola. En estos meses intenté recuperar lo que vivimos en nuestros inicios. Compartimos ratos muy buenos. Quise obviar que poco a poco, sin que me diera cuenta, me moldeó para ajustarme a lo que él quería. Todo se torció cuando pretendí romper ese molde. Ahí fue cuando me di cuenta de que me había perdido a mí misma por completo. Me asusté y hui.

—Eso fue lo que te salvó. Hiciste bien en volver, aquí tienes apoyos sólidos y tenemos un plan. Ya no eres la Sara de antes. Si alguien tiene que salir huyendo, que sea él. Cuando hables mañana con el abogado, te vas a sentir mucho mejor, estoy segura. Vamos a encontrar sus puntos débiles y a usarlos para que desaparezca de tu vida para siempre. Se le quitarán las ganas de pisar Madrid de nuevo, o al menos de volver a acercarse a ti.

—Eso ha sonado un poco mafioso —señalé.

—No hay que ser mafiosa para considerar que la familia es lo primero, hermana —apuntó tratando de adoptar un tono de voz grave que me hizo reír y aliviar la tensión acumulada en las últimas horas. Por su profesión, pero también por su experiencia personal, Laura estaba muy sensibilizada con la violencia hacia las mujeres. Sabía que podía esconderse tras muchas formas distintas, que la sociedad todavía no había aprendido a reconocer las señales. La historia de Consuelo, la madre de Elsa, era un ejemplo claro. Por desgracia, en otros casos los indicios eran mucho más sutiles. Me hizo ver que la forma en que Andrew intentaba controlarme era uno de ellos. Aceptar las verdaderas razones por las que había caído en una relación así iba a llevarme tiempo. Debía desterrar la creencia de que una mujer adulta, con formación e independencia económica, como yo, estaba a salvo de una trampa como la que me había tendido mi ex. Tenía que dejar de engañarme.

No tardé en reunir lo necesario para pasar un par de días fuera. Metí mis productos de aseo más básicos en el neceser, un cepillo de pelo y cuatro cosas de maquillaje. Saqué la pequeña maleta que usaba para viajes de empresa y guardé algo de ropa para ir a la oficina, el cargador del móvil y un libro. Era lo justo para dos días, tres a lo sumo. Me cambié y cogí el bolso que solía usar a diario.

Antes de salir aproveché para llamar a mi madre. Me contó que habían pasado un día excelente y que mi hijo había ido a dar un paseo con Miguel Ángel.

—Después de cenar se ha empeñado en ir a por un helado. Yo me he quedado en pijama disfrutando de la terraza del hotel, que tiene unas vistas estupendas. Le diré que has llamado para darle las buenas noches.

—Vale, hablaré mañana con él. Dale un beso de mi parte y otro para vosotros. Colgué el auricular y me di una vuelta para comprobar que todo estaba en orden. Entré en la habitación de Elliot, supongo que para impregnarme de su olor, que tanto añoraba; eché un vistazo rápido al resto de las habitaciones; bajé las persianas y nos marchamos. En ese momento aún sentía cierto desasosiego; sin embargo, en el fondo confiaba en que el lunes estaría de vuelta.

Cuando regresamos, Laura pidió unas pizzas para cenar y pasamos gran parte de la noche viendo las películas antiguas de una colección de DVD que tenía en casa. Era uno de mis pasatiempos favoritos en Londres. Las elegía subtituladas para no perderme en los diálogos y fueron de gran ayuda para hacerme con el idioma. Tiradas en el sofá parecíamos dos jovencitas en una fiesta de pijamas, era el ambiente perfecto para olvidar durante unas horas el lío en el que andaba metida. Para mantener la calma, me repetía a mí misma que estaba haciendo lo correcto y que pronto todo me parecería un mal sueño.

El domingo a media tarde llamó Elsa para avisarnos de que había hablado con Jorge, el abogado; le había dado algunos detalles de mi caso y este esperaba mi llamada el lunes a primera hora. Siguiendo sus indicaciones, le llamé desde casa de Laura poco después de levantarme. Me confirmó que se haría cargo del caso y me citó unas horas más tarde.

—¿Quieres que te acompañe? —se ofreció Laura.

—No, no quiero robarte más tiempo. Ya has hecho bastante por mí y te estoy muy agradecida. Vete ya, no llegues tarde al hospital por mi culpa.

—De acuerdo, como quieras, pero llámame en cuanto salgas del despacho y me cuentas qué tal ha ido. Estaré pendiente del teléfono. Te he dejado unas llaves en la mesita de la entrada —añadió poco antes de salir por la puerta.

—Descuida, lo haré. Que tengas buen día y gracias de nuevo, no sé qué hubiese hecho sin tu ayuda.

Tenía tiempo suficiente para darme una ducha y arreglarme. Se me hacía raro no salir corriendo de casa un lunes para enfrentarme a un metro abarrotado de gente y llegar a Torre Picasso con la lengua fuera. Intenté disfrutar del momento de calma en medio de la tormenta. Apuré el café que Laura me había preparado y me dirigí al bufete.

El abogado me explicó cuáles eran los pasos que debíamos seguir. Se iba a encargar de conseguirme una orden de alejamiento y me dio instrucciones para saber cómo actuar si Andrew intentaba acercarse a mí. Me transmitió mucha seguridad y me garantizó que todo iría bien. Supuse que era lo que repetía a todos sus clientes, pero lo hizo de tal forma que salí de allí con la esperanza de que la situación se solucionara antes incluso de lo que pensaba.

No quise demorarme más y tomé un taxi para ir a la oficina. La distancia entre el carril lateral de Castellana y la entrada al edificio no suponía un gran desafío. Era una locura pensar que Andrew estaría montando guardia desde primera hora de la mañana para encontrarse conmigo y simular que andaba por allí de casualidad. Debí tener en cuenta que actuaba movido por la cólera y la indignación de perder algo que ya consideraba suyo. Bajé del coche esforzándome por alejar esa idea de mi cabeza y me dirigí a la entrada del edificio. El espacio diáfano que lo rodeaba era una garantía de que no podría abordarme por sorpresa. Saludé aliviada a la recepcionista y cuando giré la cabeza para dirigirme a los tornos de seguridad, noté una presión en mi brazo derecho.

—*Good morning*, Sara.

—¡Andrew! —exclamé alterada.

—Te has olvidado de tus buenos modales. Primero te vas sin despedirte y ahora apareces sin saludar. Mal, Sara, muy mal.

—Suéltame, me estás haciendo daño. —Me di cuenta de que me temblaba la voz. La confianza que sentía hacía unos minutos había desaparecido por completo y era la misma Sara que se había quedado paralizada de miedo ante el cajón del escritorio del hotel.

—Baja la voz, no querrás que tus compañeros se enteren de que tienen a una maleducada por jefa.

—Te lo vuelvo a repetir, suéltame, por favor —añadí con la esperanza de que accediera.

—Tranquila —dijo aflojando la mano sin llegar a soltarme—, solo quería saber por qué habías desaparecido. Te he llamado y he pasado por tu casa varias veces. Me has tenido muy preocupado. Eso no se hace, *sweetheart*.

El abogado me alertó de que, llegado el momento, no dudara en pedir ayuda aunque fuese a gritos, pero estaba en el vestíbulo del edificio. Si en algún lugar se esperaba algo de mí era allí, debía mantener las formas y él lo sabía. De nuevo me invadió un sentimiento de fragilidad similar al de la mañana en que hui del hotel.

Volvió a apretarme el brazo e intentó apartarme hacia una zona menos transitada. Noté cómo nos miraba la chica de recepción, nuestras miradas se cruzaron solo un instante. Supuse que llamaría al guardia de seguridad, pero apartó la vista y mi esperanza de que llegara la ayuda se esfumó. Me preguntaba por qué no era capaz de alzar la voz y llamar la atención de las personas que pasaban por allí. Asumí que se trataba de un asunto privado que solo nos incumbía a nosotros. Me sentí acorralada.

—Sara, ¡estás aquí! Al fin te encuentro. El CEO ha convocado una reunión urgente y quiere verte enseguida. Vamos, te están esperando.

No sé qué habría sucedido si Rodrigo no hubiese aparecido en ese momento. Le vi pasando el control de acceso para dirigirse a la salida y mi cara debió de llamar su atención. Andrew me soltó de inmediato y, fingiendo normalidad, se volvió hacia él dándole los buenos días. Me sentí como una estúpida princesa de cuento infantil salvada por un caballero que le recordaba que no era capaz de valerse por sí sola. Estaba tan enfadada conmigo misma que, antes de dejarle allí plantado, saqué valor suficiente para acercarme a él y susurrarle al oído.

—No te vas a salir con la tuya. Tendrás noticias de mi abogado muy pronto.

Acompañé a Rodrigo hasta los ascensores y, cuando se cerraron las puertas deslizantes, empecé a temblar como una niña. Me sentía incapaz de aplacar la tensión vivida hacía tan solo unos instantes con un simple «estoy bien». Saltaba a la vista que no era así. Como si él intuyera que necesitaba más tiempo para recomponerme y recuperar el ritmo normal de la respiración antes de llegar a mi despacho, pulsó el número de la última planta sin pronunciar una sola palabra.

—Gracias —acerté a decir cuando paramos en nuestra planta.

—No tienes por qué darlas, Sara. Sigo aquí, solo tienes que alargar la mano cuando me necesites.

33

Se acercaba el final de curso y en El Cuarto de Costura todo eran nervios. Las alumnas esperábamos con ilusión la ocasión de reunirnos a merendar y a comentar nuestros planes para el verano, como solíamos hacer. Esa vez habíamos acordado acudir vistiendo alguna de las prendas confeccionadas en las clases de Carmen y Malena. Era el momento ideal para mostrar orgullosas nuestros avances. Además, Julia había invitado a las modistas para que se unieran a la fiesta, y era una ocasión única para escucharlas hablar de su trabajo en el atelier.

Formábamos un conjunto muy variopinto que Carmen había clasificado por categorías con la ayuda de su habitual sentido del humor. «Las jovencitas» acudían a clase seducidas por las ideas de Malena, que inventaba proyectos de lo más originales, en especial reciclando prendas en desuso, por eso se había ganado el título de «reina del vaquero».

A «las mamás» les gustaba sobre todo coser para sus niños, aunque Carmen acababa por convencerlas de que ellas también se merecían hacerse algún trapito. Por último, a las que íbamos los viernes por la tarde nos llamaba «las profesionales». De nosotras decía que ya teníamos mucha soltura y que lo que buscábamos era pasar una tarde entre amigas, dándole a la aguja tanto como a la lengua. No le faltaba razón. En esas últimas semanas El Cuarto de Costura había sido más que nunca el lugar perfecto para olvidarme de lo que estaba viviendo fuera.

—¡Buenos días! —exclamó Catherine con la misma voz dulce con la que saludó la primera vez que abrió la puerta de la academia para preguntar por las clases de costura.

—Si las golondrinas anuncian la primavera, tú anuncias el fin de curso. Es pensar en organizar nuestra merienda y apareces por aquí —comentó Carmen levantándose a abrazarla.

—Ja, ja, ja, no me perdería una tarde de risas y dulces por nada del mundo. No he faltado una sola vez y tampoco iba a hacerlo esta.

—Ya me parecía a mí. ¿Los nietos ya están de vacaciones? Desde luego, si no fuera por las abuelas no sé qué harían las mujeres trabajadoras de este país. Tenéis el cielo ganado —añadió con todo tipo de gestos y miradas hacia el techo.

En los meses de verano conciliar la vida laboral y profesional era aún más difícil para cualquier familia. Catherine ya había aceptado que su papel de abuela incluía pasar unas semanas en Madrid hasta que su hija y su yerno estuvieran de vacaciones, una solución que también estaba normalizada en casa y gracias a la cual Elliot gozaba de unos meses muy entretenidos.

—¿Qué tal estáis todas?

—Estupendamente, ya me ves. ¿Y tú? ¿Repuesta de la operación de cadera?

—Estoy como nueva. Creía que la rehabilitación iba a ser muy complicada, pero recuperarme ha sido mucho más fácil de lo que pensaba.

—Me alegro. Yo me opero en un par de semanas.

—Entonces ¿al final te has decidido a reconstruirte el pecho?

—Estaba muy indecisa porque sé que Julia me necesita aquí y la idea de estar de baja me horroriza, pero ya sabes cómo son las «agujitas». Me han animado sin descanso y me han hecho ver que cuento con su apoyo. La jefa lo tiene todo organizado y las demás se han ofrecido a ayudarme en lo que necesite. Después de pensarlo mucho, creo que me alegraré de verme de nuevo con mis pechugas —rio.

—Mi amiga Jeanette se quejó toda la vida de tener demasiado pecho y cuando le detectaron el cáncer de mama tuvo claro que, una vez que le quitaran los dos, no iba a querer hacerse la reconstrucción. Después de la radioterapia y la operación lo último que deseaba era volver a pisar un hospital, y eso que no tenía más que palabras de agradecimiento para su oncóloga y el resto del equipo.

—Yo he fingido que estaba muy feliz así, pero me he dado cuenta de que ha sido por el miedo a entrar de nuevo en un quirófano y por desatender mi trabajo. Este *look* no me favorece tanto como yo creía. —Carmen zanjó el asunto con una nueva carcajada que acabó por contagiar a Catherine.

La campanita de la puerta llamó su atención y las dos se volvieron a ver quién entraba.

—Muy gracioso debe de ser lo que estáis hablando para reíros de esa manera.

—¡Julia, qué alegría verte! —exclamó Catherine—. Iba a subir ahora al taller a saludarte, pero me encanta que hayas bajado. Te veo muy bien.

—Estoy mucho mejor y por fin puedo decirlo en voz alta. Qué bien sienta. Cuéntame, ¿qué tal están tus nietos y tu hija?

—Todos fenomenal. Cada vez que los veo me siento más vieja, crecen demasiado rápido.

—De eso se trata —observó Carmen—, pero vieja, tú no te harás vieja nunca, con ese espíritu que tienes.

—Estoy deseando que subas a ver el atelier, creo que te encantará.

—Seguro que sí. Me dio mucha pena no poder venir para la reapertura. Pensé en ti todo el día, aunque sabía que rodeada de mis compañeras ibas a sentirte muy arropada.

—Así fue. Los días previos fueron de auténtica locura, apenas podía dormir por los nervios y, al final, todo salió a la perfección. He conseguido formar un equipo muy compenetrado y ya estamos trabajando en varios encargos para este otoño. Estoy muy contenta, pensaba que me costaría mucho volver a lanzar el negocio, claro que no lo hubiera logrado sin el apoyo de las chicas.

—Lo más importante es que tú estás bien y que has vuelto a encontrar una ilusión, se te nota en la cara. La vida sin ilusiones se hace mucho más dura, pero, si tienes un objetivo claro, nada te puede parar, encuentras las fuerzas donde haga falta.

—Hemos recuperado a nuestra Julia, de eso no tengas ninguna duda —apuntó Carmen emocionada.

—¿Cómo está Daniel?

—Hecho un hombrecito y feliz, creo, por verme de nuevo al frente de este proyecto. Se marcha dentro de unos días a Honrubia con el abuelo. El hombre ya está mayor, pero todavía pasan muy buenos ratos juntos; a mi hijo le encanta escuchar sus historias y mi suegro agradece la compañía. El crío tiene muy buenos recuerdos del pueblo. Dice que se acuerda mucho de su padre estando allí y que los vecinos le cuentan anécdotas de cuando llegó de joven. En la casa hay un montón de fotos suyas y disfruta viéndolas una y otra vez atendiendo a los comentarios de Aurelio, mi suegro. Aunque son siempre los mismos Daniel vuelve a escucharlos prestando mucha atención.

—Ese niño es un encanto, desde luego lo has criado bien —comentó Carmen.

—No creo que sea solo mérito mío, los hijos tienen su propia personalidad.

—Así es, pero la forjan en casa, y tú siempre has estado pendiente de él y le has inculcado unos valores muy sólidos. Será un buen hombre —afirmó Catherine.

—Eso espero, una no deja de preguntarse jamás si estará dándole el mejor ejemplo. Estos últimos años no han sido fáciles para ninguno de los dos, y siento que le he descuidado. Se ha hecho mayor a marchas forzadas.

—Las cosas suceden como suceden, no hay que lamentarse, solo mirar atrás para aprender y seguir construyendo una vida que merezca la pena. Todos cometemos errores y esa es la oportunidad que tenemos para mejorar como personas. Es igual que en la costura, tú misma nos lo explicaste en nuestras primeras clases.

—Cierto. Cuando me acuerdo de esos meses me entra

muchísima ternura. La ilusión con la que Amelia y yo creamos este lugar... No he vuelto a sentir nada igual. Además, vosotras fuisteis las alumnas soñadas, siempre tan aplicadas y atentas a mis explicaciones.

Julia miró a su alrededor. Cada objeto de la sala era testigo de diferentes historias, de infinitas tardes de costura en las que habíamos compartido nuestras vidas. Las paredes de la academia acotaban un espacio físico, pero nosotras no teníamos límite; al contrario, entre ellas nos hacíamos más grandes y más fuertes.

—Este sitio siempre ocupará un lugar especial en mi corazón —añadió Catherine.

—Ejem —carraspeó Carmen—, no nos pongamos ñoñas, que yo tengo mucho trabajo por delante y vosotras todavía tenéis que subir a ver el atelier. Amiga, te vas a quedar con la boca abierta cuando veas el mural de Malena.

—¡Carmen! —se quejó Julia—. Quería que fuese una sorpresa.

—Yo no he oído nada —se apresuró a decir Catherine llevándose las manos a las orejas.

Las advertencias de mi abogado parecían haber surtido efecto, aunque me había recomendado que no diera por hecho que Andrew se fuera a rendir tan fácilmente. Laura me llamó a media mañana para preguntarme qué tal iba la semana.

—Siento cierta ansiedad cuando llega la hora de volver a casa, pero Rodrigo se ha ofrecido a acompañarme hasta el metro y eso me da seguridad.

—¡Qué majo!

—Sí que lo es. Aunque lo nuestro no cuajó, le tengo cariño y me ha demostrado que puedo confiar en él. Pensaba que, después de haberle rechazado, me guardaría rencor, pero no ha sido así. No sabes lo que me alegro, porque es buen tío y lo pasábamos muy bien juntos.

—¡Alto, Sara! Estoy viendo que te vas a meter de cabeza en otra relación y eso no es sano.

—No tienes de qué preocuparte, de esta he salido escarmentada. Me va a costar confiar de nuevo en un hombre.

—A ver, que no quiero parecer tu madre, ya eres mayorcita.

—Tranquila, entiendo lo que quieres decir —contesté convencida de que mi amiga tan solo se preocupaba por mí—. Gracias por llamar. Nos vemos el viernes en El Cuarto de Costura.

—De acuerdo, pero prométeme que me mantendrás informada.

—Pues claro.

Los días previos a las vacaciones de verano eran una carrera por dejar cerrados algunos temas que me permitieran tomarme unas semanas de descanso sin pensar en si tal o cual asunto estaría yendo como esperaba. Ansiaba unos días de playa sin otra cosa que hacer que no fuera disfrutar de la familia y de un clima más llevadero que el que soportábamos en Madrid. Aunque Almuñécar era un hervidero de turistas, viajar hasta allí cada verano era una forma de honrar la memoria de mi tía y de compartir con Elliot mis propios recuerdos de la infancia.

El verano, para los que llegábamos de fuera, era un puñado de rituales que repetíamos felices cada temporada: días de playa, largas sobremesas, siestas entre sábanas blancas, paseos al caer la tarde y charlas infinitas recordando otros tiempos o descubriendo viejos secretos de familia. Añoraba esas primeras visitas en que mi única preocupación era encontrar suficiente arena para hacer un castillo con mi padre.

Intuía que esta vez, además, el pueblo iba a tener un efecto sanador en mí. Me ayudaría a olvidar los últimos meses y me daría la oportunidad de reflexionar acerca de las razones que me habían empujado de nuevo a los brazos de Andrew hasta ponernos en riesgo a Elliot y a mí. No me gustaba sentirme frágil y debía recuperar la confianza que tanto me había costado conquistar en el pasado. Laura tenía razón, ya no era una cría.

Me había propuesto terminar de contarle a mi padre por qué me volví tan repentinamente de Londres y cuál fue la naturaleza de mi relación. Una conversación sincera podría ayudarme a entender que sentirme la única culpable de ese fracaso y avergonzarme de ello hasta el punto de salir huyendo me había llevado a esconder lo que lo motivó. Necesitaba contarle la verdad.

Como era de esperar, cuando llegué a El Cuarto de Costura en la mesa de centro no cabía ni un alfiler. Julia había horneado su tradicional bizcocho de naranja con nueces, Carmen había comprado los cruasancitos de chocolate, que eran ya un clásico, y el resto de las chicas se había encargado de que no faltara ni uno solo de nuestros dulces favoritos.

—El año que viene en vez de café preparo gazpacho, no sé cómo podéis vivir con este calor —anunció Carmen saliendo de la trastienda con una cafetera recién hecha.

—Espera, que hago hueco en la mesa —comentó Malena.

Saludé a las modistas y charlé un rato con Catherine. Siempre era agradable encontrarla en El Cuarto de Costura, tenerla cerca me proporcionaba tal paz que mis preocupaciones se esfumaban como por arte de magia.

—¿Irás a ver a tus hermanas este verano?

—En cuanto mi hija coja vacaciones y me libere de mi título de abuela —bromeó—. Mis nietos son una alegría, pero cada vez me cuesta más seguir su ritmo. Ya no se conforman con sentarse a mi lado para que les lea un cuento. Los años no pasan en balde.

Era difícil imaginar que el tiempo dejara huella sobre ella, su espíritu permanecía inalterable y, al menos yo, era incapaz de ver las arrugas que atravesaban su frente o la hinchazón de sus dedos castigados por la artrosis. A mis ojos era Catherine, sin más, la compañera de mis primeras tardes de costura. Su sonrisa era tan amable como en esos días y sus ojos seguían igual de vivos, aunque los párpados le pesaran más.

No tardé en localizar a Laura entre el grupo de alumnas de Malena, que charlaban animadas al otro lado de la sala.

—¿Has tenido noticias del «innombrable»? —quiso saber al saludarme.

—Ja, ja, ese nombre le va que ni pintado —reí—. Sin novedad, aunque me ha parecido verle esta mañana cuando salía de casa para ir a trabajar. Puede que sean solo imaginaciones mías, todavía tengo el susto en el cuerpo.

—No bajes la guardia, Sara; un tipo como ese no se da por vencido tan pronto.

—Lo sé, eso mismo me dijo mi abogado. Hoy he hablado con Sam. Le colgué el teléfono de forma muy brusca cuando me llamó para advertirme sobre el innombrable y he querido disculparme con ella y de paso darle las gracias.

—Es un detalle de tu parte. Desde luego, te ha demostrado que es una amiga.

—No solo eso, me ha ayudado a completar la historia. Al parecer Andrew llamó hace unos días a Philip para que interceda por él ante el CEO y que lo vuelvan a admitir en la empresa. No sé cómo ha podido.

—Ese comportamiento coincide con un cuadro de psicopatía, aunque, en el fondo, es una buena noticia. Si está buscando reincorporarse al trabajo es que tiene intención de volver pronto a Londres. Hospedarse en un hotel y vivir en Madrid tanto tiempo no es barato. Si no dispone de unos ingresos fijos, le será complicado mantenerse —concluyó.

—Sam ya le había puesto al día de la conversación que mantuvimos y Philip aprovechó para mostrarse amigable e intentar que regresara prometiéndole que accedería a su petición. Sabiendo de su obsesión, querrá evitar que se meta en un lío, por mucho que ya no sean tan amigos.

—Me da escalofríos pensar lo cerca que he estado de caer de nuevo bajo su control y echar a perder todo lo conseguido en estos años lejos de él.

Vi que Julia se dirigía hacia nosotras y dejamos la conversación para saludarla.

—¿No es una alegría ver cómo ha crecido la familia? —nos preguntó al acercarse.

—Es increíble lo que has construido aquí —asentí.

—Vosotras sois este lugar. Lo hemos construido entre todas, yo sola hubiera sido incapaz —replicó sonriendo.

—Puede que lleves razón, pero no te quites mérito: la que arriesgó y apostó por un sueño fuiste tú. Tú eres la que ha peleado contra todas las adversidades para mantenerlo en pie —observó Laura.

—No te olvides de Amelia, su generosidad fue la que me impulsó a soñar a lo grande —puntualizó Julia.

—Imposible olvidarla, siempre formará parte de El Cuarto de Costura. Su manera de afrontar la vida fue una inspiración para mí, para todas nosotras —añadí.

—¿Cuándo os vais a Senegal? —preguntó dirigiéndose a Laura.

—El cuatro de agosto. Mis hijos están muy emocionados con la idea y estoy segura de que va a ser una experiencia inolvidable. Ya lo tenemos casi todo listo.

—Y tú, Sara, ¿qué planes tienes para este verano?

—Ahora mismo Elliot está con mi madre y cuando vuelvan de Oropesa mi hermano Fran ha quedado en recogerle y llevarle a Almuñécar; mi padre y Natalia estarán en el pueblo en julio y agosto. Me bajaré para coincidir con ellos, no los veo desde Navidad. ¿Qué vas a hacer tú?

—Daniel se va con su abuelo al pueblo dentro de unos

días y aprovecharé para adelantar trabajo en el atelier y acompañar a Carmen cuando se opere.

—Cuenta con nosotras, podemos hacer turnos para que no esté sola. A partir del lunes tengo horario de verano y salgo a las tres —apunté—. No será complicado organizarnos.

—En el hospital estará acompañada, hay que ingeniárselas para ayudarla cuando vuelva a casa. Es muy cabezota y no querrá que estemos pendientes de ella.

—Hola, «agujitas», ¿qué andáis tramando por aquí? —escuché a mi espalda.

—¿Qué, te pitaban los oídos? —preguntó Julia con una sonrisa.

—Amiga, estábamos hablando de tu intervención y de cómo vamos a organizarnos para acompañarte, porque, por mucho que intentes pasar por esto tú sola, no vamos a soltarte la mano —explicó Laura.

—Siento contradecirte, pero, ahora que no nos oye nadie, os voy a confesar que estoy muerta de miedo y que, si no fuese porque sé que vais a cuidar de mí, no se me ocurriría meterme en este embolado.

—O sea que reconoces que no eres una *superwoman* —ironizó Julia.

—No soy una *supernada*, pero con vosotras a mi lado puedo con lo que me echen.

—Esa es la actitud —celebré.

Un sobrehilado, un pespunte de refuerzo o una costura francesa podían aprenderse en cualquier academia. Sin embargo, mostrar nuestra vulnerabilidad, admitir que nuestra fuerza se multiplicaba cuando formábamos equipo y que nuestra amistad era mucho más grande que cualquier contrariedad eran enseñanzas que solo podíamos adquirir en ese lugar tan especial que habíamos construido juntas.

34

Tenía el presentimiento de que ese iba a ser un verano diferente. Aunque sentía la casa muy vacía, no me costó acostumbrarme a disfrutar de algunos ratos de soledad que me invitaron a la reflexión. El ritmo del día a día me absorbía hasta el punto de no encontrar el tiempo de pararme a pensar cómo estaba o, peor aún, en si me sentía feliz con la vida que había construido. Los acontecimientos de los últimos meses me habían desestabilizado emocionalmente y ahora tenía la oportunidad de analizar si el camino que estaba recorriendo me acercaba a mis metas. Esas semanas sin Elliot serían el momento adecuado para darme ese tiempo que parecía no encontrar nunca.

Tenía la tarde libre y pasé por El Cuarto de Costura totalmente convencida de que a Carmen no le vendría mal un rato de charla para aplacar los nervios previos a la operación.

—¿Estás muy liada? —pregunté al llegar.

—Hola, Sara. Bueno, aquí estoy, planchando los últimos arreglos para dejarlo todo listo. Quién sabe hasta cuándo no podré coger una plancha de nuevo.

—No pienses en eso, mujer. ¿A qué hora tienes que estar mañana en el hospital?

—A las ocho, en ayunas, con lo mal que me sienta. Me despertaré de la anestesia con un hambre de loba. Laura me ha asegurado que estará conmigo hasta que me lleven al quirófano, eso me tranquiliza. Si todo va bien, los médicos me han dicho que tardaré de seis a ocho semanas en recuperarme. Me gustaría que fueran menos.

—Serán las que deban ser, no tengas prisa. Pero, sobre todo, céntrate en la operación, el resto ya se verá. Nosotras vamos a estar a tu lado y tendrás que dejarte ayudar. No vale eso de hacerse la fuerte, que nos conocemos.

—Ay, Sara, si no fuera por vosotras…

—Anda, anda. ¿Sabes si está Julia arriba?

—Creo que sí. Pasó por aquí esta mañana, pero solo a saludar; tenía prisa por llegar al atelier. Me parece que esta tarde ha quedado con Fer para ir al cine —añadió con una sonrisa pícara.

—Hace bien, yo también voy a aprovechar que estoy sin niño para salir un poquito más. Nos lo merecemos, y ella más que nadie.

Julia y su equipo estaban ocupadas en un diseño para Roberta. Me había contado que, aunque en cada uno de sus trabajos se esforzaba al máximo, ese encargo era especial.

—Me encanta la idea de que este vestido viaje hasta una de las mecas de la moda, como es Italia, y quizá por eso siento más presión que otras veces. Roberta se ha puesto en mis manos sin apenas conocerme, confiando solo en la palabra de Patty. Es una gran responsabilidad.

—No más que cualquier otra. Tú siempre estás a la altura de tus clientas, no creo que debas preocuparte. Quedará igual de satisfecha que las demás mujeres que confían en ti para que las vistas en las ocasiones más importantes. Relájate y haz tu magia. Este será uno de tus grandes éxitos, estoy convencida. El boceto que me enseñaste era maravilloso. Me sorprendieron los volúmenes porque se alejan un poco de lo que has hecho hasta ahora, pero creo que el resultado final será impecable.

—Después de charlar un rato con Roberta, decidí que podía arriesgar algo más. Espero acertar —añadió cruzando los dedos—. ¿Tienes un momento? Quiero contarte una cosa.

—Claro —contesté intrigada.

Nos servimos un café y pasamos a su oficina. La habitación daba al amplio patio interior del edificio, era un espacio luminoso y funcional. Patty y Julia tuvieron claro desde el principio que aquella estancia debía ser elegante pero a la vez cómoda y acogedora. Una de sus mayores preocupaciones era lograr un ambiente de confianza y complicidad en el que su selecta clientela se sintiese a gusto.

—Pensé que no me quedaban lágrimas, pero esta mañana me he despertado llorando.

—¿Qué ha pasado? —pregunté sobresaltada.

—Nada, tranquila. Ha sido solo un sueño, uno de esos que parecen tan reales que te hacen olvidar que tu realidad es otra.

—Entiendo.

—Lo curioso es que cuando me he levantado no podía quitármelo de la cabeza y al final me ha hecho sonreír.

—¿Y me lo vas a contar o vas a seguir haciéndote la misteriosa?

—No, claro, perdona. ¿Tú crees en los sueños?

—¿Me estás preguntando que si creo que son premonitorios o si tienen algún significado concreto? Supongo que soñamos con las cosas que nos preocupan, con nuestros deseos y con nuestros miedos, pero de ahí a que nos anuncien lo que nos va a suceder... El tuyo, por lo que parece, ha debido de ser una pesadilla.

—He soñado con Ramón. Ha sido muy raro. Los dos éramos mucho más jóvenes, como cuando nos conocimos. Estábamos en un lugar que no logro identificar, no había nada que me resultase familiar y aun así me sentía en casa, como si nos hubiésemos citado allí mil veces, salvo que cada vez era distinta a la anterior, todo era distinto excepto nosotros. No sabría decirte si estábamos en una habitación cerrada o en un espacio abierto, a nuestro alrededor las cosas parecían flotar y mirara adonde mirara no encontraba un límite, una pared o un horizonte. No sé cómo explicarlo.

—Suena muy extraño, pero los sueños tienen su propio lenguaje.

—Al principio no le reconocí, solo sabía que me sentía feliz en su compañía. A ratos éramos reales, de carne y hueso, y al minuto siguiente cuerpos casi invisibles. Hasta que hizo ese gesto tan suyo…, se apartó el flequillo de la frente como hacía siempre; entonces me fijé en sus ojos. Lo único que no cambiaba eran aquellos ojos. No podía apartar la mirada de ellos. De nuestras bocas no salió una sola palabra y, sin embargo, nos comunicábamos. Nos lo decíamos todo con la mirada, cuánto nos echábamos de menos y qué afortunados habíamos sido al conocernos. Yo le contaba cómo le veía en los ojos de Daniel y él sonreía. Nos cogimos de la mano y aparecimos en un parque, en plena primavera. Había un sendero muy largo por el que avanzábamos sin mover un pie, como si una suave corriente nos llevara suspendidos en el aire. Tocamos suelo, me cogió ambas manos y las acercó a su cara. No sé si llegué a sentir el calor de sus mejillas o si solo quiero pensar que fue así; en ese momento estaba vivo, Sara. Éramos nosotros otra vez. Me besó ambas manos y me miró intentando retenerme en su mirada para dejarme ir, ligera, por uno de los caminos en los que se desdoblaba el sendero principal. Me pidió sin palabras que no mirara atrás. Entendí que él estaría siempre allí, pero que debía marcharme. Me estaba invitando a continuar con mi vida, a descubrir el tiempo que me quedaba por vivir.

—Qué bonito, Julia.

—Vosotras siempre me habéis animado a seguir adelante, me habéis hecho ver de mil formas distintas que puedo ser feliz. Ahora siento que Ramón también me lo ha dicho, a su manera. Por eso te digo que me desperté llorando, porque he entendido que ahora sí nos hemos despedido para siempre. Me quedo con la sensación de que no nos hemos perdido, solo nos hemos dado permiso, yo me he dado permiso para continuar mi camino. Todos los procesos llevan un tiempo, tienen un ritmo único que hay que respetar. No vale subir escalones de dos en dos ni vale bajarlos a la pata coja. Un paso tras otro, sintiendo el suelo bajo los pies, así es como Julia había decidido vivir. Al fin había abrazado su realidad, despojándose de un pasado doloroso, con la mirada puesta en un nuevo camino que ahora podría transitar sin el peso de una tristeza que le impedía florecer.

—Me hace muy feliz escucharte hablar así, amiga. Ramón te quiso mucho y el amor nunca se pierde. Cuando te han querido con tal intensidad, es imposible que una sola de las células de tu cuerpo olvide ese amor. ¿Sabes? A partir de hoy les prestaré más atención a mis sueños.

—Me siento como si hubiera hecho las paces con el mundo.

Unos días después, sentadas en el pasillo de un hospital, nos cogíamos de la mano esperando que un médico nos confirmara que todo había salido bien.

Oí el chirrido de unas suelas de goma a mi derecha e instintivamente ambas giramos la cabeza en esa dirección.

—Hola, chicas, seguís aquí, por lo que veo. Todavía es pronto para que haya alguna novedad. Que estéis pegadas a esa puerta no va a hacer que el tiempo pase más deprisa —afirmó Laura posando la mano sobre el hombro de Julia—. Vamos a tomarnos un café y a la vuelta intento hablar con algún compañero a ver si hay noticias.

—Ve tú, Julia, te vendrá bien. Yo me quedo de guardia.

Intentó resistirse, pero a Laura no le costó convencerla. La última vez que estuvo sola en un pasillo muy parecido a ese fue uno de los peores días de su vida y no iba a dejar que la asaltara ese recuerdo.

—¿Quieres que te traiga algo cuando vuelva?

—Un botellín de agua fría, gracias.

—Anda, deja —exclamó al verme buscar el monedero en el bolso—. Yo invito, pero prométeme que me llamarás si salen a decirte algo.

—Vete tranquila.

Aproveché para llamar a mi padre y confirmar que Elliot estaba bien. Almuñécar parecía un lugar muy lejano desde el caluroso Madrid de julio.

—Lo está pasando en grande. Ayer tarde Fran alquiló un hidropedal y le llevó hasta el peñón de Afuera. A la vuelta no dejaba de contarme que había visto un montón de pececillos y una medusa que parecía un huevo frito. A las diez cayó rendido en la cama, como un bendito.

—Acuérdate de ponerle crema aunque proteste. Se quema con mucha facilidad.

—Sí, no te preocupes, Natalia está muy pendiente de él. Procuramos que no se quite la gorra y que esté a la sombra cuando no está en el agua.

—Papá, por favor, no le pierdas de vista en la playa; con tanta gente me da miedo que se despiste.

—Tranquila, hija, no voy a dejar que le pase nada a mi nieto. ¿Sabes ya cuándo vendrás?

—Todavía no. Tengo muchas ganas de estar con vosotros, pero me quedan unos temas por cerrar en el trabajo antes de cogerme vacaciones. Os agradezco mucho que tengáis ahí a Elliot, ya sabes cómo son los veranos en Madrid.

—Pero si es un encanto y no da que hacer… Fran se ríe mucho con él. Tiene mano para los críos.

—Me gusta pensar que sus veranos se parecerán a los que yo viví con su edad, no quiero que pierda el contacto con esa tierra.

—Y no lo hará, ya verás. Es muy rico.

—Sí, un cielo, tengo que reconocerlo, aunque sea su madre. Nos vemos pronto.

—Cuídate, hija. Estamos deseando verte.

Fijé la mirada en las ventanas de cristal que había en el centro de las puertas blancas que tenía a mi izquierda. La espera se me estaba haciendo eterna.

—Hola, Sara, ¿se sabe ya algo?

—Fer, hola, no, todavía no. ¿Qué haces tú aquí? —pregunté después de levantarme para saludarle.

—Sé que a Julia no le gustan los hospitales y he venido a acompañarla. Hablé con ella esta mañana y parecía nerviosa. Pensé que algo de compañía la distraería.

—Ha bajado con Laura a la cafetería a tomarse algo, pero no tardará en volver.

—Debí suponer que estarías aquí con ella.

—Tratándose de Carmen, tenía que estar.

—Es increíble cómo cuidáis las unas de las otras. Julia tiene mucha suerte de teneros.

—Hemos pasado por mucho juntas y eso une, por muy distintas que seamos, que lo somos —comenté intentando contener la emoción.

En ese momento recordé que, unos días antes, habían ido al cine y, aun a riesgo de parecer demasiado directa, no dudé en preguntar.

—¿Cómo va lo vuestro?

—¿Lo nuestro? —No pudo esconder su sorpresa—. No sé si hay algo a lo que llamar «lo nuestro», aunque he notado un cambio bastante sorprendente en Julia. La noto más relajada, no sabría explicarte.

—Por lo que la conozco, yo diría que acaba de cerrar por fin una herida y está decidida a mirar hacia el futuro, al menos esa es mi impresión. Parece que las nubes grises por fin pasaron —insinué con una sonrisa.

—No pienso forzar la situación, pero tampoco voy a reprimir mis sentimientos por más tiempo. Ya sabes a qué me refiero.

—Creo que haces bien. Sé que Julia te aprecia y que te está muy agradecida por haber estado a su lado siempre.

—Me he dado cuenta de que, aunque haya tenido otras relaciones, ninguna funcionó porque jamás conseguí olvidarla. No sé si Julia te lo habrá contado, pero estuve a punto de casarme. Supongo que soy un romántico y la forma en que se truncó nuestra amistad cuando no éramos más que unos críos me dejó marcado. Por eso esta vez no la voy a dejar escapar.

Supuse que Fer ignoraba que yo conocía la aventura que ambos habían tenido unos años atrás cuando la relación de Julia y Ramón estuvo a punto de romperse. Aquello fue una prueba y no solo para mi amiga. Fernando también demostró su lealtad al respetar su decisión y eso le honraba. Tenía todo el derecho del mundo a apostar de nuevo por una vida junto a la mujer a quien, en sus propias palabras, nunca había dejado de querer.

Oímos unos pasos al fondo del pasillo. Laura y Julia se acercaban charlando animadamente, se las notaba más tranquilas.

—Fer, gracias por pasarte, no tenías por qué.

—Anda, mujer, si no me cuesta nada. ¿Sabemos ya algo? —preguntó dirigiéndose a Laura.

—Tengo un mensaje en el busca, voy a pasar.

—Seguro que son buenas noticias —comentó Fer intentando alentarnos.

—En cuanto tenga alguna novedad salgo y os cuento —anunció empujando las puertas que habíamos estado vigilando durante gran parte de la mañana.

Nos quedamos de pie confiando en que la espera fuese corta. Unos minutos después, a través de la pequeña ventana de cristal, la vimos acercarse. Caminaba deprisa por el pasillo, con la mano sobre la boca, intentando contener la risa.

—Acaban de terminar. Todo ha salido bien. Estará unas horas en reanimación y en cuanto la suban a la habitación os avisarán. Me he acercado a verla y lo primero que me ha dicho, todavía adormilada, es que espera que le hayáis traído unos cruasancitos. Esta amiga nuestra es la monda.

—Gracias a Dios —exclamó Julia aliviada.

—Ahora debemos tener paciencia. Cada cuerpo es un mundo, aunque estoy convencida de que su ánimo la ayudará a sobrellevar las molestias que pueda tener durante la recuperación. Serán unas semanas complicadas y habrá que convencerla de que se deje ayudar.

—Teneros a vosotras cerca será su mejor medicina —añadió Fernando.

—Eso por descontado —aseguró Laura.

—No tiene sentido que estemos todos aquí —comenté—. Ya está fuera de peligro y nos esperan muchas horas de hospital. ¿Por qué no salís un rato? Así te despejas, Julia, os dais una vuelta, coméis algo…

—Me parece una buena idea —asintió Fer buscando la aprobación de mi amiga.

—¿No te importa?

—En absoluto —contesté convencida de que alejarse de allí le sentaría bien.

—Te lo agradezco. Nos vemos dentro de un rato. Yo me encargo de avisar a Malena y a Elsa. Llámame si necesitas algo; estaré pendiente del teléfono.

—Márchate tranquila, mis compañeros me han dicho que me tendrán informada. Está en buenas manos, ahora mismo no podemos hacer más que esperar.

Me quedé observando cómo se alejaban por el pasillo. Julia se colocaba el pelo detrás de la oreja, un gesto que le había visto repetir mil veces cuando estaba cerca de Fer. Quizá era coquetería o quizá una forma de mantener las manos ocupadas cuando charlaba con él. Fernando la tomó por la cintura y ella le apartó el brazo tímidamente. Me parecieron dos adolescentes y no pude evitar sonreír. La complicidad era tan evidente como el afecto mutuo. A pesar de mi experiencia, seguía creyendo en las segundas oportunidades y deseé con todas mis fuerzas que mi amiga volviera a enamorarse.

—¿Cómo va el asunto del «innombrable»? ¿Has vuelto a saber de él? —preguntó Laura cuando nos quedamos solas.

—Pues sí. No he querido comentarle nada a Julia porque no era el momento, pero esta vez creo que me lo he quitado de encima para siempre.

—Lo celebro, amiga. Tu abogado ha conseguido asustarle.

—No exactamente. Ha sido tan raro que supongo que lo único que explica su actitud es lo que tú apuntaste, es un psicópata.

—¿Por qué lo dices?

—Me lo encontré en la puerta de Torre Picasso, con una actitud chulesca, como si viniera a pedirme explicaciones. Me advirtió de que había tirado el dinero contratando a un abogado. «Picapleitos» fue la palabra que utilizó el muy engreído. Me comentó que se volvía a Londres. Al parecer el CEO de su compañía le ha hecho una oferta muy interesante que él ha interpretado como una rectificación de su despido. Vete a saber si es cierto o no. Antes de despedirse me soltó que era una pena que lo nuestro no llegara a funcionar y me dejó claro que era yo la que salía perdiendo.

—¿Qué? Desde luego es mucho más impresentable de lo que me imaginaba.

—No podía creer lo que oía. Le había dado la vuelta a la historia y se estaba creyendo su propia mentira. Su relato estaba totalmente alejado de la versión que me había dado mi amiga Sam, pero seguí allí clavada escuchándole. Entonces se acercó Rodrigo y se puso muy borde con él. «Te la puedes quedar», le dijo con cara de desprecio, «a mí ya no me sirve de nada. Te podría hacer una lista de lo que más le pone, pero imagino que lo descubrirás muy pronto, si es que no lo sabes ya».

Tuve que sujetar a mi compañero y pedirle que no le contestara. Por suerte, Andrew soltó un *bye* y desapareció. En otro momento de mi vida me hubiera sentido como un trapo viejo.

—De buena te has librado, ese tipo no está bien de la cabeza. Te aseguro que tiene el típico perfil de misógino y maltratador.

—Exacto, todavía me pregunto cómo pude caer en sus redes.

—Bien está lo que bien acaba. Olvídate de él cuanto antes y no le des más vueltas al asunto. Y, hablando de otra cosa, ¿te has fijado en qué buena pareja hacen Julia y Fer?

—Imposible no fijarse.

—Ojalá ella se diera cuenta de lo feliz que podría ser a su lado.

—Algo me dice que lo hará —afirmé.

35

Me costó hacerme a la idea de que Andrew había salido de mi vida para siempre. Todavía me sorprendía a mí misma temiendo que volviera a aparecer en algún momento. La experiencia había sido tan aterradora al final que me costaba borrarla de la memoria.

—Es algo muy común —me comentó Elsa cuando coincidimos en El Cuarto de Costura—. Durante un tiempo, después de que mi madre falleciera, temía encontrarme con Ricardo al regresar a casa. Mi abogado me aseguraba que no se atrevería a aparecer, pero cuando has vivido algo así es complicado sacarse el miedo del cuerpo.

—Carmen siempre dice eso de que un clavo saca otro clavo. Seguro que pronto tienes a alguien más en el horizonte —apuntó Elsa.

—No sé, me será difícil confiar de nuevo en un hombre y tampoco tengo ninguna prisa. Desde pequeñas nos hacen creer que no estamos completas sin una pareja, pero no es así. Es más, puedo afirmar que he sido muy feliz estos últimos años. He criado sola a mi hijo y me he sentido valorada en mi vida personal y profesional. Está bien contar con un compañero de vida, pero no tiene por qué ser el estado ideal de toda mujer. Esta es otra de esas ideas absurdas que nos han metido en la cabeza y que tenemos que empezar a cuestionar. Estamos en el siglo XXI, ¿verdad? ¿Todavía van a venir a decirnos cómo tenemos que vivir? Si ya me parece una locura que hace cuarenta años una mujer no pudiera mover un dedo sin el consentimiento de su marido, imagínate ahora lo que pienso sobre eso de que necesito a alguien a mi lado para sentirme «completa». Es ridículo.

—En eso te doy la razón.

—A lo mejor soy yo, que me fijo en quien no debo o que me dejo engañar. Es algo a lo que le estoy dando muchas vueltas. Hay hombres increíbles a mi alrededor; tú misma, Elsa, tienes a tu lado a una persona maravillosa —añadí.

La academia se había convertido en nuestro «cuartel general», como la propia Carmen lo había bautizado, pero también era nuestro oasis particular, en el que todas éramos aprendices y maestras al mismo tiempo. Lo curioso es que cuando más aprendíamos era cuando las máquinas no hacían ruido o cuando las tijeras se quedaban sobre la mesa.

—Hola, chicas —saludó Julia cerrando la puerta tras de sí—. ¿Qué sabemos hoy de Carmen?

—Laura iba a pasar la tarde con ella. Cuando llegue a casa la llamo y le pregunto cómo la ve. Yo la encontré muy animada cuando estuve ayer con ella, y más recuperada de lo que esperaba —contesté.

—Mi compañera es una fuerza de la naturaleza, seguro que está de vuelta antes incluso de que se lo recomienden los médicos —señaló Malena—. Además, es tan cabezota que se dará el alta ella misma, ya veréis.

—Estar animada la ayuda, estoy segura. Me pasaré mañana por su casa.

—Llámala antes, por si necesita que le lleves alguna cosa —apuntó Julia.

—Claro, descuida. Ahora os dejo, que he quedado con José para ver más pisos. La inmobiliaria nos tiene locos. No queríamos meternos en una reforma, pero todo lo que vemos está muy viejo y nos estamos planteando comprar algo fuera de Madrid. Quizá por tu zona, Julia, aunque tendríamos que acostumbrarnos a la distancia del trabajo. Bueno, ya veremos. Deseadme suerte.

—¡Suerte! —exclamamos a coro antes de que se marchara.

—Malena, me vuelvo al taller. Si necesitas algo, ya sabes.

—¿Qué tal van esos primeros encargos? —pregunté intrigada.

—Mejor de lo que imaginaba. Mi equipo es increíble, esas mujeres tienen unas manos de oro. Ya hemos entregado algunos trajes y las clientas han quedado muy satisfechas. La inversión en equipamiento y material de calidad ayuda mucho a conseguir acabados impecables, así se lo he hecho saber a Patty. No dejo de agradecerle su apoyo. Si no fuese por ella y por lo pesadas que os pusisteis, este sueño se hubiese evaporado.

—Ja, ja, ja —reí—. ¡No pensarías que íbamos a permitirlo!

Patty era la socia perfecta. Pasaba por Madrid dos o tres veces al año y siempre estaba dispuesta a escuchar nuevas ideas y sugerencias, pero sin inmiscuirse demasiado. Seguía conservando ese aire de eterna juventud y ese estilo tan particular que hacía que luciera mucho más joven de lo que era, sin resultar artificial. No se parecía en nada a ninguna señora de su edad. Ella mantenía, con una sonrisa pícara, que su secreto era conservar la ilusión y dejarse querer.

—¿Quieres subir a ver lo que tenemos entre manos?

—Claro, ¿me harás firmar antes un contrato de confidencialidad?

—Anda, no seas tonta.

Me extrañó la invitación, Julia era muy celosa de su trabajo y la discreción era una de las normas que más respetaba en el taller.

—Estoy viendo por aquí un favoritismo que no me gusta nada —bromeó Malena—. ¿No tengo yo algún derecho a husmear qué se cuece ahí arriba? Al fin y al cabo, soy la hija de la dueña.

—Ja, ja, ja, lo siento, no cuela. Un poco de paciencia; cuando el trabajo esté más avanzado, te prometo que te dejaré echar un vistazo —afirmó Julia en un intento de apaciguar una queja impostada—. Además, necesito que te quedes al frente del negocio, nadie mejor que tú.

—Eso ha sonado a peloteo —protestó.

Me despedí de Malena apresuradamente. Mi amiga parecía impaciente por hablar conmigo a solas; de hecho, al entrar en el edificio me retuvo en el portal.

—Espera, vamos a sentarnos aquí un momento. Quería comentarte algo.

—¿No podemos hablar arriba? —Un portal no me parecía el sitio más cómodo para conversar.

—Aquí estamos fresquitas y no nos molesta nadie. ¿No te importa?

—En absoluto. Te escucho —contesté confundida.

Nos sentamos sobre uno de los peldaños de la escalera que subía al atelier. El mármol proporcionaba un frescor que agradecí de inmediato, ya que nos salvaba del insoportable calor que hacía en la calle a esas horas.

—Llevas razón, aquí se está muy bien —comenté.

Después de unos segundos, noté que le costaba encontrar las palabras y decidí romper el hielo preguntando por mi ahijado.

—Daniel está feliz en Honrubia. Me ha contado que los nuevos vecinos de mi suegro se han hecho una piscina y que le han invitado a ir siempre que quiera. Tienen un hijo de su edad y parece que han congeniado, así que él está entretenido y Aurelio acompañado. Le echo muchísimo de menos, pero sé que allí está bien y es bueno que pase tiempo con su abuelo.

—Cuánto me alegro, pero no es eso lo que me querías contar, ¿verdad?

—No exactamente, aunque está relacionado. Aprovechando que no tengo que atender a mi hijo, Fer y yo hemos estado viéndonos con más frecuencia. Después del sueño que te conté, tengo la sensación de que los años que compartí con Ramón han quedado atrás. No es que le haya olvidado —se apresuró a decir justificando sus palabras—, quiero pensar que fue un sueño premonitorio. Si tengo la suficiente valentía para recorrer el camino que vi mientras dormía, Fernando puede ser el compañero ideal para hacerlo. Sé que sus sentimientos son sinceros y estoy empezando a aceptar que yo también siento algo especial hacia él. No por lo que tuvimos en el pasado, sino por lo que tenemos ahora, por su cercanía todos estos años y por su entrega incondicional. Estar a mi lado desde que falleció mi marido no ha debido de ser fácil para él, para ninguna de vosotras —aclaró posando la mano sobre la mía—. Han sido unos años difíciles, pero lo más importante es que ya son historia. Los he superado y me han ayudado a conocerme mejor a mí misma. No te miento si te digo que llegué a perder la esperanza y que creí que jamás saldría del lugar en el que me he estado ocultando tanto tiempo. Creo que la vida me está dando una nueva oportunidad para ser feliz junto a un hombre bueno que me quiere y me respeta. Nos conocemos tan bien que dudo que me equivoque al apostar por él. Nuestra relación se basa en años de amistad y de confianza, dar un paso más es casi algo natural. Es más, creo que me estoy enamorando de él.

Me hubiese puesto a dar saltos de alegría, pero preferí reprimirme para que mi amiga siguiese hablando con la seguridad y la confianza que una declaración de ese tipo necesitaba.

—Anoche, mientras volvíamos de pasear a Bimba, me contó que su primo de Barcelona tiene un apartamento en Sitges, donde va de vacaciones con su familia, pero que este verano no van a poder ir. Han quedado en verse aprovechando que tenía que venir a Madrid y a estas horas —añadió consultando su reloj— deben de estar tomándose algo juntos. Le va a dejar las llaves para que pase allí unos días. Me ha invitado a acompañarle y no he dudado en aceptar.

Asentí con la cabeza, intentando asimilar todo lo que había escuchado.

—¿No dices nada? —preguntó.

—Nada, porque todo lo que me has contado me parece perfecto. Porque no puedo más que darte la razón y porque, aunque no te lo haya dicho nunca, sabía, en el fondo de mi corazón, que era cuestión de tiempo que volvieras a sonreírle a la vida. Porque, amiga, esa decisión que has tomado no solo tiene que ver con Fer, es una actitud que celebro como una más de las tantas metas que te he visto alcanzar. No sé qué va a pasar en Sitges, no sé si ese camino del que hablas es para recorrerlo o no con Fer, pero lo que sí sé es que has recobrado tu fuerza. El coraje que has demostrado en todos los momentos importantes de tu vida te llevará de nuevo hasta el lugar que mereces.

Nos abrazamos, con los ojos llenos de lágrimas. Julia, con toda seguridad aliviada por haber compartido algo tan profundo que no deseaba seguir ocultando, y yo por sentir que recuperaba a la amiga que conocí, la que tantas veces me había servido de inspiración.

—¿Y qué? —pregunté intentando restarle intensidad al momento—. ¿Ya te has comprado algún biquini para lucirte en las playas de Sitges?

—¿Qué dices? ¿Yo en biquini? No me veo. Tengo un par de bañadores viejos que uso cuando bajo a la piscina de la urbanización, creo que me servirán.

—De eso nada, mañana mismo quedamos para ir de

compras. Tómate esos días como unas merecidas vacaciones y date algún lujo.

—Está bien, iremos de compras, pero lo del biquini me lo tengo que pensar —puntualizó riendo.

—Y ahora me enseñas esas maravillas en las que estás trabajando.

—¿Estás loca? De eso nada. Yo soy pura discreción. Lo de antes ha sido una excusa para poder charlar a solas.

—Ja, ja, ja, ya me extrañaba.

—¡Ah! ¿Sabes quién ha estado esta mañana por aquí?

—Ni idea, dime.

—Marta, de nuestro grupo de primeras «agujitas».

—¿Y qué tal está?

—La vi muy bien. Por lo que me contó, los padres quieren vender su casa de Alcobendas y mudarse al piso de la abuela, aquí, en el barrio, pero tienen líos de herencia, ya sabes cómo son esas cosas. Iba con prisa, pero me dijo que pasaría otro día para que le enseñara el atelier. Tiene pensado quedarse un par de semanas en Madrid hasta que se solucione el papeleo.

—Si la vuelves a ver, la saludas de mi parte.

—Eso haré. Me preguntó por todas vosotras y la puse al día sin dar demasiados detalles. Le conté lo de Amelia y lo ha sentido mucho.

—Cómo han cambiado las cosas desde la última vez que nos vimos, parece que hubiera pasado un siglo.

—Pues casi.

—No lo digo tanto por los años como por la cantidad de cosas que nos han pasado y, en mi caso, por lo mucho que ha cambiado mi vida desde entonces.

—Quién te ha visto y quién te ve. De la Sara apocada que yo conocí a la profesional de la comunicación en la que te has convertido. No me olvido de que una parte del éxito de la reapertura te lo debo a ti.

—No digas eso; sin un gran producto no hay forma de vender, y tú lo tienes, amiga. Y ahora sube al taller y sigue trabajando, que seguro que has hecho planes para esta noche y tendrás que irte a casa pronto para ponerte guapa.

—Gracias, Sara.

—Anda, no me des las gracias. Te mereces todo lo bueno que te pase.

La dejé a los pies de la escalera, apoyada en la barandilla de madera. Su sonrisa delataba su ilusión y era para mí una esperanza. Ahora podía asegurar que las segundas oportunidades existían y ella se las merecía más que ninguna otra persona.

Llamé a Laura de camino a casa y me aseguró que Carmen se encontraba bien, que ya le habían retirado los drenajes y las cicatrices presentaban buen aspecto.

—No tardará en dar guerra de nuevo —bromeó—. Está algo apurada porque dice que no le gusta que estemos tan encima de ella. Le he dejado claro que eso no es negociable y que no vamos a quitarle ojo hasta que le den el alta.

—Protestar no le va a servir de nada —aseguré.

—De todos modos, se está recuperando muy rápido, creo que después de estas primeras semanas podemos relajar la «vigilancia».

—Todavía no sé cuándo me iré a Almuñécar. En la oficina las cosas se complican, pero el tiempo que esté aquí, andaré pendiente. Seguro que para cuando te marches a Senegal estará completamente recuperada.

—Laura lo llevaba en su ADN, era una cuidadora nata. Sabía que lo que más le preocupaba era desatender a nuestra amiga cuando se fuese de vacaciones.

—¿Tú estás bien?

—Estupendamente, disfrutando de mi soledad mientras Elliot se divierte en la playa.

—Perfecto. Nos vemos pronto.

Llegué a casa deseando meterme de nuevo en la ducha. En tardes como esa echaba de menos los veranos suaves de Londres, en los que los días eran luminosos y la temperatura me permitía disfrutar de los parques y los espacios abiertos sin tener que resguardarme del sol que azotaba Madrid.

Me puse una camiseta vieja y me preparé un té helado. No me acostumbraba al silencio, pero ya no me sentía incómoda escuchando mis propios pensamientos sin tener que preocuparme de nadie más. En mi cabeza inventé una lista de derechos que todas las madres del mundo deberían tener: una tarde para una misma, una ducha sin interrupciones, un sábado perezoso… La lista habría crecido sin límites, si no hubiera sido porque recibí un mensaje en el móvil.

> Nos tomamos algo esta noche?

Rodrigo. Repasé las razones para quedarme en casa. Ninguna.

> Dónde nos vemos?

36

Mi primer pensamiento de la mañana fue para Julia. Ya estaría de vuelta de sus breves vacaciones y algo me decía que unos días de descanso junto a Fer le habrían sentado de maravilla. Por primera vez en muchos años no se escondió tras la excusa del trabajo y fue capaz de delegarlo en su equipo, una prueba de los muchos cambios que había experimentado recientemente. Los últimos meses habían sido muy intensos y estaba segura de que esa pausa era la ocasión perfecta para que tomara aire.

En mi oficina los días eran más ajetreados que de costumbre y no veía la hora de despedirme de Madrid. Ansiaba reunirme con mi hijo. Consideraba un privilegio compartir unas semanas con mi padre y con mi hermano, algo impensable unos años atrás. Eso me hacía reflexionar sobre los giros que da la vida. Nos afanamos en trazar un plan y nos aferramos a él como si tenerlo nos asegurara alcanzarlo. En el fondo es una suerte que no sea así y que la sorpresa sea el ingrediente que le da sabor a nuestra existencia.

Esa mañana salía de una reunión cuando recibí una llamada de Carmen.

—Hola, Sara, ¿puedes hablar?

—Sí, claro. Dime. ¿Estás bien?

—Fenomenal. No te llamo por mí, sino por la jefa. He hablado con ella hace un rato, volvió anoche de Sitges y me ha pedido que os convoque a Malena, a Laura y a ti esta tarde en El Cuarto de Costura.

—¿Esta tarde? —comprobé mi agenda de sobremesa—. ¿A qué hora?

—Malena no puede hasta las siete porque tiene que ir a Barajas a recoger a Patty, mañana salen de viaje.

—Laura estará muy liada, ella también se marcha en unos días.

—Sí, pero me ha confirmado que a las siete le va bien. Si tú también puedes acercarte a esa hora, se lo comento a Julia y nos vemos esta tarde.

—Cuenta conmigo, allí estaré. ¿No te ha dicho de qué se trata?

—No, no ha soltado prenda.

—Pero se encuentra bien, ¿verdad?

—Yo diría que más que bien; se la notaba contenta, pero la llamada ha sido tan breve que no me ha dado pie a preguntarle nada.

—¿Quieres que me pase a recogerte?

—No, mujer. Solo me han operado del pecho, las piernas me funcionan estupendamente —añadió en el mismo tono guasón con el que se reía de tantas cosas que algunas podríamos considerar una adversidad.

En cualquier otro momento del año me hubiera pasado el resto de la mañana elucubrando acerca de la razón por la que Julia quería vernos a todas en la academia esa tarde, pero lo cierto era que no podía permitírmelo. Mi objetivo principal era cerrar cuanto antes los frentes que tenía abiertos en el trabajo y marcharme de vacaciones. Las necesitaba.

—¿Te queda mucho? —preguntó Rodrigo asomando la cabeza por mi despacho.

—Mucho —contesté intentando ocultar mi frustración.

—Había pensado que podíamos...

—Perdona —le interrumpí—, hoy no cuentes conmigo. Imposible moverme de aquí hasta que solucione un par de asuntos. Vaya, eso no ha sonado muy educado —añadí a modo de disculpa al instante.

—Tranquila, no pasa nada. Entiendo. ¿Quieres que te suba algo de comer antes de irme?

—No, gracias, me comeré un sándwich de la máquina.

—Pero ¿qué dices? No puedo consentirlo. En cinco minutos estoy de vuelta. No voy a dejar que te quedes trabajando con el estómago vacío o, peor aún, lleno de no sé qué cosas.

—Te lo agradezco, pero no es necesario.

—Insisto.

Volví a fijarme en la pantalla del ordenador. Tenía varios correos que requerían mi atención inmediata, pero un SMS se coló en el primer puesto de mis tareas pendientes.

> Elliot quiere hablar contigo.
> Llama cuando puedas

—Papá, ¿pasa algo?

—No, hija, estamos todos perfectamente, pero creo que tu hijo te echa de menos y cuando me ha pedido que te llame, he pensado que lo mejor era mandarte un mensaje.

—Has hecho bien, pásamelo.

A veces olvidaba lo pequeño que era todavía. Desde que empecé a trabajar había confiado su cuidado a otras personas. Primero a mi madre, cuando apenas tenía ocho meses, y después a la guardería. Era normal que me echara en falta. Durante el embarazo me convencí de que no sentiría la culpa de otras madres que trabajaban fuera de casa, que sabría hacerle ver que no le quería menos por marcharme cada mañana ni por no ser yo quien le bañara cada tarde. Pero me equivoqué, como se equivocan todas las madres antes de serlo. No tenía forma de prepararme para uno de los papeles más importantes de mi vida, entre otras cosas porque era difícil hacerme a la idea de cuánto iba a cambiar la mía cuando tuviera a mi cargo a la persona más importante de mi universo.

Oí un toc toc en la puerta antes de que se abriera.

Al verme al teléfono, Rodrigo saludó con la mano y se acercó a mi mesa, tomó el taco de notas amarillo, escribió algo en una de ellas y me la dejó pegada al paquetito que traía consigo.

—Gracias —susurré tapando el auricular—. Dime qué te debo.

—Otro día.

«Que aproveche», leí cuando tuve ocasión.

Después de hablar con Elliot y algunas gestiones, calculé que aún tenía tiempo suficiente para llegar a casa, cambiarme y salir hacia la academia para averiguar qué era eso tan misterioso que Julia tenía que comunicarnos.

Cuando llegué, Carmen, Laura, Malena y su madre ya estaban allí.

—Qué sorpresa, Patty, no esperaba encontrarte aquí.

—Acabo de aterrizar, como quien dice. Malena y yo volamos mañana mismo hacia nuestro destino soñado.

—¿Por fin vais a Argentina?

—Tú lo has dicho, Laura. ¡Por fin! —exclamó Malena—. Hemos hablado tantas veces de ir a conocer el país que me parece increíble que haya llegado el momento.

—Me alegro muchísimo. Volver allí debe de ser muy emocionante para ti.

—Sí —admitió Patty—, emocionante y raro. Argentina forma parte de un pasado que se truncó tan de repente que estoy segura de que se me removerán muchas cosas por dentro en cuanto pise tierra.

—Normal —intervino Carmen—, pero seguro que lo pasáis en grande. Aquí mi amiga se moría de ganas de ir.

—Sin duda ha sido una gran idea —comenté—. Ya nos contaréis a la vuelta cómo lo habéis pasado.

Sonó la campanita de la puerta y todas a una volvimos la cabeza.

—Hola, chicas, qué bien que hayáis venido —saludó Julia con una amplia sonrisa.

—Como para no venir —contestó Malena.

—Estás guapísima, ese bronceado te favorece un montón —comentó Patty.

—Estoy de acuerdo —añadió Carmen—. Vuelves con el guapo subido.

—Nos tienes intrigadísimas. Todas estamos deseando que nos cuentes qué tal lo has pasado en Sitges, pero eso de convocarnos así nos ha extrañado —observé.

—Sé que estás ultimando los preparativos para el viaje a Senegal, Laura. Te agradezco que hayas podido venir.

Esta asintió sin querer añadir una palabra más, confiando en que, de ese modo, averiguaríamos antes la razón de esa reunión.

—Bueno, os lo agradezco a todas. Sé que entre el calor que hace y lo ocupadas que estáis…

—Jefa —la interrumpió Carmen—, vamos al grano, que nos tienes en ascuas. A la vista está que te lo has pasado pipa en Sitges, se te ve en la cara, pero ¿esta prisa por reunirnos?

Nos miramos unas a otras y nos echamos a reír. Nos acabábamos de dar cuenta de lo mucho que habíamos echado de menos a Carmen durante su convalecencia.

—Eres incorregible —contestó Julia—. No lo puedo negar, han sido unos días increíbles. La zona es preciosa. He disfrutado mucho de la playa y he conseguido desconectar del todo, que falta me hacía. Además, Fer ha sido el acompañante perfecto, ya le conocéis, pendiente de mí todo el rato, intentando darme todos los caprichos. Ha sido mucho mejor de lo que imaginaba.

—Te estás yendo por las ramas.

—Ay, Carmen, déjala hablar —la riñó Laura.

—Está bien, ahí va. —Julia hizo una breve pausa de unos segundos que me parecieron minutos, durante los cuales mi imaginación consideró múltiples posibilidades—. Me ha pedido que me case con él.

—¿Qué? —exclamamos a coro.

—Supongo que os parecerá muy precipitado, pero a mis cincuenta y tres años, y después de lo que he aprendido, no sería lógico dejar que pasara el tiempo hasta encontrar el momento perfecto. Creo que todas sabemos que el momento perfecto es ahora, el presente es lo único que tenemos.

—¿Precipitado? Ya era hora de que te dieras cuenta de que ese muchacho está coladito por ti desde hace mucho.

—A mí no me lo parece en absoluto. Os conocéis bien y salta a la vista que os queréis. De eso no me cabe ni la menor duda. Ay, Julia, qué alegría más grande —concluí emocionada.

—Cuéntanos todos los detalles —intervino Patty—. Me encantan estas historias.

—Necesitamos saber dónde ha sido, ¿en la playa, en un paseo, en una cena romántica...? Desembucha, amiga.

—Siento decepcionaros, pero ha sido aquí. Bueno, unos metros por encima de nuestras cabezas —añadió Julia señalando el techo.

—¿En el atelier? Ay, qué mono nuestro Fer —exclamó Carmen.

—Cuando me dejó en casa anoche, le comenté que hoy vendría temprano para ponerme al día antes de que llegaran las modistas, y se ofreció a traerme en coche. Me dejó en la puerta, subí, abrí las ventanas, comprobé la agenda y unos diez minutos después sonó el timbre.

—¿Qué haces tú aquí? Pensé que te volvías de nuevo a Las Rozas.

—Pues ya ves, te equivocas. He aparcado el coche y he subido a preguntarte algo.

—Tú dirás.

—Esta ha sido la mejor semana de mi vida y he llegado a la conclusión de que quiero que el resto de las semanas que me quedan por vivir sean iguales. Me estaría traicionando a mí mismo si no pusiera todo mi empeño en conseguirlo, pero para ello necesito contar contigo. El destino te ha puesto en mi camino y yo no puedo mirar hacia otro lado. Me preguntas qué hago aquí. Aquí es donde tú viste cumplido uno de tus mayores sueños y aquí es donde yo quiero que se cumpla el mío. Aquí es donde quiero que empecemos a soñar juntos con las mismas cosas. Julia, ¿quieres casarte conmigo?

—Hubiera dado cualquier cosa por ver mi cara de sorpresa en un espejo.

—Pero no veo ningún anillo —observó Malena tomándole la mano a Julia.

—No podía decir que sí.

—¿Qué? Ese hombre te quiere con locura y, si te soy

sincera, creo que tú también le quieres de la misma manera —observó Laura.

—Tranquilas. Dejad que me explique. No podía decirle que sí sin antes hablarlo con Daniel. Al fin y al cabo, casarme afecta a nuestra pequeña familia. No quiero que piense que pretendo reemplazar a Ramón ni que Fer le quitará parte de mi atención. Quiero estar muy segura de que se siente cómodo con la idea. Se llevan muy bien y se aprecian mucho, pero el matrimonio es algo muy serio. Nos hemos acostumbrado a ser solo dos, incluir a Fer en nuestra vida cambiaría muchas cosas. Él lo ha entendido y me ha dado un tiempo para contestarle.

—¿Y cuándo se lo vas a decir a tu hijo? —pregunté.

—Vuelve de Honrubia mañana. Hablaré con él en cuanto llegue. Estoy deseando contárselo, aunque no os voy a negar que tengo un pellizco en el estómago. Fer está convencido de que se alegrará de la noticia, pero yo no las tengo todas conmigo.

—Hay que ser optimista. Yo estoy con Fer —apuntó Malena sin dudarlo.

—Me nombro vuestra *wedding planner* —se apresuró a señalar Patty.

—«Güedin» ¿qué? —preguntó Carmen extrañada.

—Es otra forma de decir que yo me ocuparé de organizarlo todo: ceremonia, banquete, flores, vestido, música…

—Creo que estás yendo demasiado rápido —observó Julia sin ánimo de contrariarla.

—De eso nada, no tenemos tiempo que perder. Si nos pusimos de acuerdo para reformar y decorar el atelier, estaremos de acuerdo en esto. Tú déjame a mí —añadió.

—Si crees que ganas algo negándote, es que aún no conoces a mi madre —rio Malena.

—Contemos con que, como Fer sospecha, a Daniel le parezca bien la idea. Organizar una boda lleva tiempo —aseguró Laura.

—No quiero nada especial. Mejor algo íntimo, sin mucha pompa. A nuestra edad creo que es lo apropiado.

—Querida socia, escucharé tus sugerencias, pero te aseguro que esta será una boda para recordar.

—No te adelantes, recuerda que todavía no he aceptado.

—Pero lo harás, ¿vosotras tenéis alguna duda? —nos preguntó.

Negamos con la cabeza y nos echamos a reír. Qué bonito era sentir que nuestra alegría era compartida, que todas celebrábamos con la misma ilusión el compromiso de Julia. Fer estaba en lo cierto, en aquel lugar ya se habían cumplido algunos sueños y este era uno más, quizá el sueño común de todas nosotras: ver cómo Julia dejaba que el amor entrara de nuevo en su vida.

—En cuanto tengamos fecha avisaré a Alfonso y a Felipe.

—Y a Elsa, no te olvides —señaló Carmen.

—Elsa ya lo sabe. Me dijo que no podía venir esta tarde y se lo conté por teléfono. Por cierto, dice que tiene un regalo para mí. Me ha sorprendido mucho, porque no creo que se esperara una noticia como esta.

—Llega la última y se entera antes que nadie, no hay derecho —protestó Carmen soltando una de sus risotadas.

La razón por la que cada una de nosotras había llegado hasta el número cinco de la calle Lagasca era diferente; sin embargo, compartíamos las razones por las que nos seguíamos reuniendo allí. Éramos una familia y, como tal, nos juntábamos con cualquier excusa, coser era ya una más.

37

Rodrigo y yo nos tomamos unas copas y nos despedimos hasta septiembre. Disfrutaba en su compañía, pero me había prometido a mí misma dejar que pasara un tiempo antes de empezar una nueva relación. Entendía que era importante. Tenía mucho que analizar. Si estábamos destinados a estar juntos, sucedería sin más. Esa vez iba a evitar que los acontecimientos se precipitaran. Había aprendido la lección.

Apenas un par de días antes de marcharme de vacaciones, Julia me dio la noticia de que Daniel estaba entusiasmado con la idea de su boda y que los tres pasarían unas semanas en el apartamento de Torremolinos. Patty, por su parte, nos había asegurado que, en cuanto volviese de Argentina, pondría en marcha sus planes para lograr que el enlace fuese inolvidable. Saboreé mi mes de descanso como quien sabe que al otro lado de ese 31 de agosto que muchos temían me aguardaba una gran fiesta.

—¡Mami! —Elliot fue el primero en celebrar mi llegada a Almuñécar.

—Hola, mi amor, cuánto te he echado de menos. Me tienes que contar qué has hecho estos días —le pedí mientras nos fundíamos en un abrazo—. Me ha dicho el abuelo que ya nadas solo con un manguito.

—Sí, pero me da un poco de miedo.

—No te preocupes. Ahora que estoy aquí nos bañaremos juntos todos los días y jugaremos con la arena.

—Papá, Natalia, qué ganas tenía de veros. Estas últimas semanas se me han hecho eternas.

—Pasa, hija. Qué alegría tenerte ya aquí.

—¿Fran no está en casa?

—Apenas le vemos el pelo —aclaró Natalia—. Tan solo un rato por las mañanas y luego desaparece con su pandilla de amigos, regresa de noche, se cambia de ropa y de vuelta a la calle.

—Está en la edad de divertirse. Dejadlo que disfrute.

Ese fue el preámbulo de unos días de relax que tenía más que merecidos. Tras instalarme en la casa de mi tía, me abandoné a la cadencia pausada que marcaba el calor y la humedad de esa tierra. Un clima que me tumbaba los primeros días y me obligaba a cambiar el ritmo hasta que conseguía rendirme ante él.

Volver tenía un sabor agridulce. Me reencontraba con la familia, con los recuerdos de mi infancia, las tardes de paseo, los juegos en la calle con mis hermanos cuando éramos unos críos…, pero también con las ausencias. Volver era aceptar que el tiempo pasaba para todos y que nada es eterno. Por suerte, me esperaban el mismo mar y el mismo cielo bajo los que viví tantos días felices tiempo atrás. Era un regreso que esperaba cada año con ilusión, pero también con cierto desasosiego. Aun así, recuperar la rutina de cada agosto era sentirse en casa.

Desde que nació, deseaba que mi hijo creara un vínculo fuerte con su abuelo. Cuando coincidíamos, pasábamos muchas tardes recordando aventuras familiares. Él fue quien me dio la clave para descifrar el misterio que escondía la llavecita que encontré en el cajetín de la vieja máquina de coser de tía Aurora.

Aquel mes de agosto del año 2000, mi ánimo no era el mejor y confiaba en que unos días cerca del mar me ayudarían a recomponerme. Por entonces aún no habíamos remodelado la casa por completo; sin embargo, ya nos habíamos adueñado de los espacios. Natalia se había encargado de cambiar algunos electrodomésticos de la cocina y comprar menaje nuevo, y Fran había decorado su dormitorio a su gusto. El resto permanecía prácticamente igual que cuando ella vivía. Habían transcurrido algunos años desde que nos dejó y todavía podía sentirla muy cerca cuando estaba allí. Volver cada verano me hacía creer que los años que estuve alejada de ella se diluían en el tiempo.

—Entonces ¿dices que puede ser la llave de su escritorio? Recuerdo un cajoncito a cada lado, pero ninguno tenía cerradura.

—Estoy seguro.

Era la última conversación que habíamos tenido mi padre y yo por teléfono antes de llegar al pueblo ese verano. Al entrar en la casa dejé las maletas en el salón, busqué la llave en mi bolso y corrí al dormitorio principal. Mi familia no llegaba hasta la tarde y eso me daba la oportunidad de resolver el misterio y disfrutar del momento en soledad. Había pasado muchas horas imaginando lo que escondía el cajón secreto. Descorrí las cortinas, subí las persianas y abrí las ventanas de par en par. La luz a esas horas del mediodía era cegadora. Volví a correr las cortinas y me senté frente el escritorio. Ahora sí, ahí estaba esa pequeña cerradura en la que nunca me había fijado.

La llave encajó a la primera. Sin embargo, se resistía a girar. Con toda seguridad los años que habían pasado desde la última vez que se abrió el cajón eran los culpables de que fracasara en mi primer intento. Probé una segunda vez y una tercera. Por fin, tras una vuelta de muñeca, tiré suavemente del pomo y el cajón se deslizó hacia mí.

El orden tan perfecto de su contenido me dibujó una sonrisa en la cara. Una bandeja forrada de terciopelo azul marino ocupaba la mayor parte de la superficie. A la derecha algunas tarjetas postales amarilleadas por el tiempo y unas cartas sujetas por un lazo. Al fondo una caja alargada que a primera vista me pareció el estuche de una pluma, y una cajita de piel color burdeos.

La bandeja tenía pequeños compartimentos cuadrados y cada uno de ellos albergaba un dedal de porcelana. Algunos llevaban el nombre de ciudades europeas, Londres, París, Bruselas…; otros solo algún adorno floral o una bandera. Deduje que eran recuerdos que habría comprado durante sus viajes o quizá se los traía de regalo a su madre y después de fallecer esta los había organizado en una colección. Sabiendo lo mucho que le gustaba coser a mi abuela, lo más razonable era inclinarme por esta segunda opción.

Saqué las cartas y las dejé sobre el escritorio. Leerlas era muy tentador. Intenté justificar mi impulso, pero logré contenerme. Retiré la silla para abrir el cajón por completo y saqué la caja alargada. Mi intuición no me había engañado. Dentro encontré una pluma con las iniciales de mi abuelo. Era el único objeto que le había pertenecido que había tenido jamás entre mis manos. Ni siquiera sabía si mi padre tenía conocimiento de su existencia y deduje que se alegraría de mi hallazgo.

Por último, saqué la cajita. La piel estaba muy cuarteada y el color burdeos adquiría un desvaído tono rosado hacia las esquinas.

«Será un broche con un camafeo o algo así», pensé.

No era descabellado. Recuerdo haber visto broches similares en las solapas de las chaquetas de verano de las amigas de mi abuela cuando era pequeña. Me fascinaban los perfiles blancos de las señoras que aparecían en ellos y me gustaba inventar historias sobre sus vidas plasmadas sobre un fondo de distintos tonos rosas o azules verdosos.

Era una posibilidad completamente lógica. Abrí la tapa y, para mi sorpresa, me encontré con un dedal más. Me extrañó que no formara parte de la colección de la bandeja de terciopelo, donde hubiera encajado a la perfección. Lo saqué de su estuche y lo examiné con cuidado. La palabra «Roma» rodeaba su contorno en unas letras doradas que habían perdido gran parte de su brillo; bajo ellas se intuía la silueta del Coliseo.

—¿Qué haces tú aquí tan solo? —pregunté mirando hacia los compartimentos vacíos que quedaban en la bandeja azul.

Entonces me fijé en un pequeño lazo de raso blanco

que asomaba bajo la tela con la que estaba forrada la cajita. Tiré del lazo y saqué el forro. Bajo él se escondía un trozo de papel que con toda seguridad había sido recortado de un pliego mayor. En una de sus caras se leían palabras inconexas que solo tendrían sentido unidas a la hoja en la que habían sido escritas. En la otra cara, una despedida.

«Siempre tuya».

Debajo, una firma ilegible que intenté descifrar.

Dejé el dedal en la caja de piel, volví a meterlo todo en el cajón y lo cerré.

No sabía muy bien qué pensar. Barajé la posibilidad de que el rabito de la *a* fuese en realidad el rabito de la *o*, que algunas personas acababan con un pequeño bucle. Puede que el remitente tuviese prisa en despedirse y la estilográfica se la hubiera jugado. Sí, estaba segura de que la tinta no provenía de un bolígrafo, una prueba más de que la carta había sido escrita con un mimo que contradecía una despedida apresurada.

Consulté mi reloj, tenía mucho que hacer antes de que llegaran los demás. En contra de la costumbre local de cerrar las ventanas para evitar el calor de las horas centrales del día, abrí toda la casa para que se ventilara y llevé mis cosas a la habitación del fondo del pasillo. Deshice la maleta, me cambié de ropa y me calcé unas chanclas.

Mi hermano Gabriel y su familia habían estado allí en julio y la casa estaba bastante limpia. No necesitaba más de una hora para pasar la mopa y quitar un poco el polvo. Aún tendría tiempo de acercarme al súper a comprar agua y algo de fruta, pero antes saqué las sábanas del armario de la ropa blanca para hacer las camas. Rosario solía ocuparse de tener la casa a punto a nuestra llegada, pero desde que falleció no teníamos a nadie de nuestra confianza a quien dejarle las llaves.

A media tarde ya estábamos todos en casa. No veía la hora de quedarme a solas con mi padre, estaba segura de que él podría arrojar algo de luz sobre la firma de aquella despedida tan emotiva. Mi tía y él se conocían bien; si había alguna historia tras de esas palabras, él la sabría.

Tal como había calculado, después de saludarme efusivamente, Fran salió disparado hacia la playa poco después de llegar, y Natalia se dedicó a deshacer maletas y revisar la despensa. Por delante nos esperaban baños de mar, tardes de siesta, helados de turrón y paseos a la puesta del sol.

—Te veo fenomenal, Sara, te sienta bien esta tierra.

—Tienes toda la razón, es llegar al pueblo y cambiar el chip. El aire del mar me relaja.

—Pues yo te noto nerviosa. Déjame que adivine. ¿Se trata de la famosa llave? Tu instinto de periodista no descansa ni en vacaciones —rio—. Cuéntame qué has descubierto.

—Prefiero que lo veas tú mismo. Ven, vamos al dormitorio de tía Aurora.

Esa vez la cerradura no se resistió y al primer giro de la llave el contenido del cajón quedó a la vista.

—Recuerdo estos dedales, le encantaba coleccionarlos. Cada vez que volvía de viaje traía uno nuevo. No sé cómo no los eché en falta cuando recogimos sus pertenencias.

Saqué el estuche alargado y la cajita de piel burdeos.

—Esto sí que es una sorpresa —exclamó tomando el primero entre las manos—. La pluma de papá. Creía que se había perdido. No conservo ningún recuerdo suyo, no era nada apegado a lo material, pero siempre le tuvo mucho cariño a esta pluma. Es una suerte que la hayas encontrado.

—Sí, pensé que te alegraría recuperarla. Sin embargo, lo que más me ha llamado la atención es esta caja.

Abrí la tapa y se la entregué.

—Un dedal de la ciudad eterna. Recuerdo ese viaje. Fue el último que hizo con su amiga Emilia. Estaban muy unidas, pero después de Roma no volvimos a verla por casa. Aurora nos contó que se había mudado a Madrid a vivir con unos familiares.

Ahora que conocía su nombre la primera letra de esa despedida se me antojaba una *e* mayúscula sin una sombra de duda. Saqué el trocito de papel de debajo del forro, lo desdoblé y se lo mostré a mi padre. Se quedó muy callado. Sus palabras ya habían confirmado mis sospechas iniciales.

—Podría decirte que esto no me lo esperaba, pero, atando cabos... ¿Has leído las cartas?

—¡No! ¿Qué dices? No se me ocurriría —contesté.

—Tranquila, solo preguntaba.

—¿Crees que eran algo más que amigas? —No encontré razón alguna para no preguntarle directamente.

Mi padre adoptó un gesto serio y tras un escueto silencio me contestó.

—Creo que tu tía era un ser extraordinario, luchadora, curiosa ante la vida, generosa como nadie y una gran persona. Nunca le conocí una pareja más allá del intento de tu abuelo de casarla con aquel chico que la pretendía y por el que no mostró un interés verdadero. Debes entender que ahora las cosas son muy distintas, pero en aquel entonces y con sus creencias religiosas...

Por un momento sentí que mi padre se ponía a la defensiva, como si hubiese algo que justificar, pero luego entendí que lo que quería transmitirme era que por encima de esa cuestión estaba la persona, y que mi tía era alguien muy especial.

—Tienes mucha suerte de haber nacido cuando lo hiciste —continuó—. Las mujeres como tu tía no gozaron de la misma libertad que vosotras. Tuvieron que conquistar cada paso que daban para que ahora podáis disfrutar de la sociedad en que vivimos.

—Soy muy consciente de ello y aprecio cada puerta que han abierto las que vinieron antes que yo. Sin embargo, yo hubiera jurado que tía Aurora no estaba sujeta a ciertos convencionalismos, la tenía por una mujer muy libre que se regía por sus propios códigos.

—Y así era, aunque debes tener en cuenta que el peso de una sociedad tan influida por la religión y la responsabilidad de salvaguardar el nombre de su familia eran muy grandes. No sería de extrañar que ni ella misma se permitiera plantearse qué sentía por Emilia y por eso su amiga se marchara lejos. ¿Quieres que leamos las cartas?

Mi curiosidad era ahora mayor que la que sentí al descubrirlas. Sería tan fácil buscar entre ellas la que completaba aquel trocito de papel y conocer la verdadera historia que se escondía tras lo que ahora sabía que fue una separación definitiva... Sin embargo, la sensación de estar invadiendo una privacidad que no me correspondía me hacía sentir incómoda. Si nunca había hablado de esa relación con nosotros, no teníamos por qué tomarnos la libertad de descifrar lo que tan celosamente había guardado en secreto.

—No, papá. Guárdalas tú. Lo que esas cartas digan no cambiaría en nada mis sentimientos hacia ella. Sé que me quería, a mí y a mis hermanos, y sé que fue una persona fiel a su familia, con unos valores tan firmes que a veces la vida le costaba. La última vez que nos vimos me dio la clave para tomar una de las decisiones más difíciles de mi vida, ella fue la que me impulsó y siempre le estaré agradecida por compartir conmigo lo que la vida le había enseñado. Tengo sus palabras grabadas a fuego en la memoria. Me quedo con su mirada amable, con sus ganas de vivir, con su incesante búsqueda de la felicidad y me siento agradecida por haber formado parte de su vida. No necesito nada más.

Habían pasado unos años desde entonces, pero aún barajaba la idea de que no había sido casualidad que encontrara la llave en el cajetín de la máquina de coser que me regaló. Quizá esconderla allí fue algo premeditado. Quizá Rosario, que la cuidó hasta sus últimos días, fue cómplice sin saberlo. Ya era tarde para averiguarlo. Creo que tía Aurora presentía que indagaría hasta el final si sospechaba que la llave ocultaba algo. Podría ser una forma de desvelarme su secreto y compartir conmigo la historia de un amor imposible.

Era injusto pensar que hubo un tiempo en que no éramos libres de amar a quien quisiéramos. Reconocer que existen distintas formas de amar compensaba de alguna manera el sufrimiento de enamorarse en silencio y entregarse a escondidas.

38

No tardé más de un par de días en olvidarme del trabajo, aunque tenía otras tareas pendientes que quería completar cuanto antes para encontrar la paz que necesitaba y disfrutar de lo que me rodeaba.

Había llegado el momento de hablar con mi padre. Reuní el valor para contarle los detalles que desconocía acerca de mi relación con Andrew, con la esperanza de que, verbalizándolos y dejando de esconderlos, podría aceptar lo sucedido en los últimos meses y cerrar ese capítulo del todo.

—Hija, tenías que haberlo contado antes, si no a mí o a tu madre, al menos a tus hermanos. ¿Cómo has podido callarte algo así? Se me parte el alma al pensar que pasaste por eso tú sola —se lamentó en una de nuestras tardes de charla frente al mar.

—No te falta razón, pero poco podíais hacer vosotros

estando tan lejos. Me fui a tiempo, es lo único que importa. El reciente intento de retomar nuestra relación me pilló desprevenida, pero mis amigas han estado ahí, aconsejándome de la mejor manera. Ahora ya sí se acabó, está fuera de mi vida para siempre y fuera de la vida de Elliot, que es lo que más me preocupaba todo este tiempo.

Hablar con mi padre era fácil, tenía el don de saber escuchar y nunca me sentía juzgada.

Había decidido que cuando llegara el momento, si mi hijo necesitara saber de su padre, le contaría la verdad. Le haría entender que fue fruto del amor que un día nos tuvimos, pero que lo nuestro se terminó antes incluso de saber que él ya crecía dentro de mí. Me esforzaré para que entienda que padre es quien te quiere y quien te cuida, y que no todos tenemos la suerte de tener un padre y una madre, que hay muchos tipos de familia y que nunca le faltará el amor de la suya.

—¿Qué tal van las cosas por casa? —preguntó en clara alusión a mi madre.

—Todos bien —respondí—. Mamá está fenomenal, viviendo una segunda juventud, diría yo, y disfrutando mucho de Elliot. Miguel Ángel y ella hacen buena pareja.

—Me alegro, díselo: me alegro de que sea feliz.

—Descuida, se lo diré.

—¿Vas a acercarte a ver a Julia?

—Todavía no lo he decidido. Hablaré con ella a ver qué planes tienen.

Instalada en mi segundo hogar, me hice pronto a la rutina de la casa. Una rutina que incluía mañanas lentas, risas compartidas, baños en el mar y largos paseos que a veces tenía la suerte de disfrutar en soledad, caminando a mi ritmo, bordeando una costa en cuyas aguas había aprendido a nadar. Respirar ese aire me transformaba. Hacía que me percibiera como alguien muy distinto a quien era en Madrid, atrapada en un ritmo mucho más alocado, desconectada a veces de mi propia esencia. No eran pocas las ocasiones en las que me venían a la cabeza los consejos de mi tía en la última visita que le hice antes de despedirme de ella. Su sabiduría y su forma de enfrentar la vida habían dejado una huella en mí. Debía reconectar con su legado para volver a encontrarme.

Julia no tardó en llamarme. Torremolinos no quedaba lejos y cada año hacíamos lo posible para vernos y pasar un día juntas con nuestros hijos.

—Fer me ha propuesto que este año seamos nosotros los que nos acerquemos hasta allí, si te parece bien.

—Pues claro, para mí es mucho más cómodo y además puedes saludar a mi padre y al resto de la familia, que están aquí todavía. Hasta os podemos hacer hueco en casa si decidís pasar la noche.

—Lo comentaré con estos dos a ver qué les parece. Ahora las decisiones no son solo mías.

—Es lo normal. Dime, ¿cómo os va?

—Mejor que bien. Estoy en una nube. Todo ha sucedido tan rápido… No habíamos vuelto de Sitges y ya estábamos haciendo las maletas para venir aquí. Todo es nuevo y a la vez tengo una sensación de cotidianidad que me ayuda a encajar con mucha paz los cambios que estoy viviendo. Todo va como la seda, como se suele decir. A Daniel se le ve feliz y Fer…, no sé, Fer está como si le hubiera tocado la lotería.

—Le ha tocado; créeme, amiga, le ha tocado.

—Y a mí, estoy convencida. Con él todo es tan fácil… Hay días que me levanto y tengo la impresión de que vive para hacerme feliz. Es bonito sentirse cuidada.

—Me alegro mucho por ti y también por mi ahijado. Nada va a sustituir a su padre, pero Fer, que ya era un gran amigo, ahora será también un referente en su vida diaria. Es un gran hombre y será una buena influencia para él.

—Siempre lo ha sido. Estos dos se llevan tan bien que a veces creo que la que sobra soy yo —bromeó.

—¿Hablaste con Alfonso?

—Sí, se ha alegrado mucho de la noticia. Me ha confirmado que Felipe y él vendrán a la boda, y ha aceptado encantado ser el padrino. Patty volverá pronto de Argentina y me ha asegurado que, en cuanto ponga un pie en Madrid, se pondrá a trabajar. No me sentía cómoda dejándolo todo en sus manos, pero la verdad es que yo tampoco tengo mucho tiempo de organizar nada. En cuanto vuelva al atelier tenemos que terminar los encargos de septiembre, entre ellos el de Roberta, que lo dejé casi acabado, pero todavía requiere unas horas de trabajo. Si por mí fuera, ni fotos, ni flores, ni banquete; una ceremonia sencilla y punto. No es que no me guste la idea de la celebración, es que me parece complicado coordinar tantas cosas.

—Precisamente por eso tienes una *wedding planner* —apunté—. Patty lo hará bien, sabe que no te gustan los excesos, pero también que la ocasión hay que celebrarla como se merece. Yo no me preocuparía por nada. Déjala hacer.

—Daniel está tan ilusionado que antes de salir de viaje se quiso probar el traje que llevó en octubre en la boda de Alfonso. No sabes qué risa me dio cuando bajó las escaleras para que viera cómo le quedaba. El pantalón le llega a los tobillos y las mangas... parece que hubiera metido la chaqueta en la lavadora.

—Pues como madrina suya que soy le llevaré de compras en cuanto volváis y le regalaré un traje de su talla. Va a estar guapísimo. Oye, y tu vestido, ¿has decidido qué vas a hacer?

—Pero si no te lo he contado, ¡qué cabeza la mía!

—¿Qué ha pasado?

—Al día siguiente de reuniros en El Cuarto de Costura, Elsa vino a verme al taller. Las modistas ya se habían marchado y yo estaba acabando de dejarlo todo listo para cerrar e irme de vacaciones. Llevaba consigo una caja de cartón bastante grande que, con toda probabilidad, fue de color blanco en algún momento.

—¿Qué traes ahí?

—Déjame que suelte esto y te cuento. Como te dije en su día, Amelia me dejó parte de su ajuar. Pero, además, cuando quedé con Alfonso poco después del entierro, me explicó que antes de morir le obligó a prometer que me haría llegar esta caja. Sé que a ti te dejó los mejores trajes de su vestidor. Todos menos este. Le dio reparo enviártelo porque pensó que podría causarte mucha tristeza. Recuerda que por entonces aún arrastrabas la pérdida de Ramón. Alfonso me pidió que lo custodiara y creo que ha llegado el día de entregártelo.

—Dejó la caja sobre una de las mesas del atelier, retiró la tapa y abrió hacia los lados unos pliegos de papel de seda amarillentos que protegían su contenido. Era su traje de novia, Sara, el Pedro Rodríguez con el que se casó

Amelia. No daba crédito. Me quedé mirándolo, inmóvil, incapaz de tocarlo siquiera, y empecé a llorar como una tonta.

—¡Qué gesto más bonito y tan propio de ella!

—Elsa me ayudó a colgarlo en una percha. Estaba impecable, como si acabase de salir del taller del maestro. En ese instante recordé el día en el que me contó que había viajado con su madre hasta San Sebastián para encargarlo poco después de prometerse con don Javier. Un fotógrafo local le hizo unas fotos preciosas en su estudio. La más bonita la tenía en el salón de su casa, pero cuando se mudó al piso de la calle Castelló, la perdí de vista. Supongo que el álbum de fotos de su boda acabó olvidado en algún cajón.

—¿Y qué vas a hacer con él?

—Estoy indecisa. Por un lado, me encantaría arreglármelo y usarlo; pero por otro tocar lo que es casi una pieza de museo me da mucho respeto. Había pensado coserme algo muy sencillo a la vuelta, pero ahora ya dudo. ¿Qué harías tú?

—Ni idea, pero entiendo lo que quieres decir. ¿Sabes qué? Lo hablamos cuando nos veamos. Ahora tengo que dejarte, mi hijo me está esperando para bajar a la playa —apunté apurada.

—Claro, perdona, no te robo más tiempo. Nos vemos en unos días. Dale un beso a Elliot de mi parte.

Cuando al fin coincidimos, me di cuenta de que, incluso antes de que Julia y Fer se casaran, ya formaban una familia preciosa. Tuve la sensación de que cada uno de los acontecimientos de la vida de Julia habían sido necesarios para llevarla hasta ese momento. Etiquetamos lo que nos sucede en la vida, clasificamos nuestras vivencias como buenas o malas cuando en realidad, sean dolorosas o alegres, tienen un sentido. Y, desde luego, la sucesión de todas ellas conforma nuestro presente, un presente único que no sería el que es si faltara una sola.

Los días pasaron más aprisa de lo que hubiese deseado, de lo que hubiésemos deseado todos. Casi sin darnos cuenta, Elliot y yo nos despedíamos de la familia con tristeza y poníamos rumbo a casa con la promesa de volver a reunirnos muy pronto.

39

Madrid nos recibió sumida todavía en la quietud de los últimos días de agosto, con un calor que parecía surgir de debajo de las aceras. No tardé en añorar la brisa fresca de las noches de playa y el ritmo calmado de los días de descanso.

En septiembre volvió la normalidad: las clases de Elliot, el trabajo, la casa... y mis compañeras, esas sin las cuales ya no sabía vivir y que estaba deseando volver a ver.

> Reunión urgente en El Cuarto de Costura el martes a las 5

Carmen se asomaba a la pantalla de mi móvil con un escueto mensaje que no podía ignorar.

A la hora señalada acudí a la academia, donde encontré al resto de las chicas charlando sin parar. Tras saludarnos y contarnos por encima cómo lo habíamos pasado cada una, Patty nos invitó a sentarnos.

—El plan es el siguiente: Julia me ha contado que le gustaría casarse en una pequeña iglesia que hay cerca del pinar de Las Rozas. He estado allí esta mañana y he hablado con el cura. Podría casarlos el primer sábado de noviembre.

—Eso es después del día de los difuntos —comenté.

—Exacto, el día tres. Era la única fecha libre. Tenemos el tiempo justo.

—Pero ¿ya lo has hablado con ella? —preguntó Laura.

—Ni con ella ni con Fer hasta que no concrete algunas cosas.

—Igual tienen algo que opinar —apunté.

—No te preocupes por eso. Julia ha aceptado dejarlo todo en mis manos, aunque me ha hecho prometer que tendrá una boda sencilla.

—«Sencilla» es una palabra muy relativa —apuntó Carmen.

—Exacto. Juego con esa baza.

—Mamá, ¿tú te estás oyendo?

Las pocas semanas que nos separaban de la fecha prevista fueron pura adrenalina. Como hicimos para la boda de Alfonso, acordamos coser nuestros propios vestidos para acompañar a los novios en su gran día. Acudimos a la academia puntuales dos veces a la semana, tan centradas en acabar nuestros trajes que había tardes que apenas cruzábamos un par de palabras. De pronto, la ocasión se había convertido en una carrera contrarreloj y nuestro combustible era la ilusión de ver a Julia y a Fer celebrar su unión.

Patty puso toda su energía en encontrar un salón cercano y asegurarse de que se decorara con un gusto exquisito. Eligió las flores, las invitaciones, la música y el menú. Mandó traer los vinos desde su bodega en Italia. Las botellas llegaron con una etiqueta diseñada especialmente para los novios. Pese a que se negaba a compartir los detalles de los preparativos con nosotras, todas nos contagiamos de su entusiasmo y su entrega. Lo único que dejó en manos de Julia fue el vestido de novia.

—No es como si se casara mi hija, pero estaréis conmigo en que esta boda es muy especial —nos repetía a menudo—, y voy a hacer lo imposible para que la recordemos siempre.

Ninguna de nosotras dudaba de la capacidad Patty para lograr algo así. Incluso Julia, que al principio mostró cierta reticencia a delegar, sucumbió sin remedio.

Apenas dos meses más tarde, nos citábamos en la iglesia que Patty nos había indicado. Hacía un día radiante, inusual en esa época del año. La sierra de Madrid era bastante impredecible en otoño, pero el cielo parecía haberse vestido de fiesta para la ocasión.

Laura y Michel se acercaron al verme llegar.

—Malena me comentó ayer que, literalmente, «nos vamos a caer de culo» cuando lleguen los invitados sorpresa, así, tal cual —me anunció mi amiga incrédula.

—¿Invitados sorpresa? Qué intriga. Por cierto, estáis elegantísimos.

—Tú también, Sara, me encanta el tocado.

—Gracias. ¿La *wedding planner* no ha llegado todavía? No la veo por aquí.

—Me ha mandado un mensaje hace unos minutos avisándome de que está de camino.

Al momento vimos un coche aparcar a unos metros de nosotros. El chófer se bajó para abrir la puerta por donde bajaron Patty y Malena.

En ese momento nos fijamos en Catherine, que caminaba hacia nosotras acompañada de una mujer. Su cara me era familiar; sin embargo, no acertaba a identificarla.

—Laura, Sara, ¡mirad quién está aquí! —anunció agitando la mano con energía.

Nos miramos extrañadas hasta que un segundo después Laura me dio un ligero codazo.

—¿Esa es Marta? ¿Qué hace aquí? —preguntó susurrando.

—Ni idea, estoy tan sorprendida como tú.

—Pero bueno, ¡qué alegría volver a veros! —exclamó saludándonos a ambas con un par de besos—. Por vosotras no pasan los años, no habéis cambiado lo más mínimo. Estáis igual que siempre —añadió como si coincidir allí fuese lo más normal del mundo—. No pongáis esa cara, yo también me quedé de piedra cuando descubrí que el novio de Julia es el primo de Madrid del que Rafa me ha hablado tanto.

—¿Fer? ¿Primo de Rafa? Tu marido, imagino. —Laura no salía de su asombro.

—Eso es. Supongo que estarán al llegar. Nos tomamos algo anoche con los novios y se quedó a dormir en casa de Fernando. Me dijo que le hacía ilusión ayudarle a vestirse. Se adoran. El mundo es un pañuelo, ¿no?

Ni en sueños hubiera imaginado encontrarme con Marta en la boda de Julia. Era una de esas casualidades que solo había visto en las comedias románticas.

—¿Qué tal estás, Catherine?

—Dispuesta a bailar hasta caer rendida —declaró divertida—. Mi cadera nueva lo está deseando. ¿No ha venido Elliot?

—He preferido dejarle con mi madre, así puedo disfrutar del día sin tener que estar pendiente de él.

Malena se acercó a nosotras, se deshizo en halagos y nos entregó unas bolsitas de tul blanco que contenían los pétalos de flores que Patty había dispuesto que llovieran sobre los novios al salir de la iglesia.

—Queridas mías, ¡qué placer encontrarlas de nuevo! —oí a mis espaldas.

Esa voz… ¿Margarita? No podía creer lo que veía.

—Ya os dije que ibais a flipar con los invitados sorpresa —anunció Malena.

—Os presento a mi marido, Diego.

—Encantado de saludarlas, señoras. Mi esposa me ha hablado tantas veces de sus compañeras de costura que es un placer conocerlas al fin.

—¡Qué callado lo tenías, Patty! ¿Cómo no nos habías dicho nada? —le recriminé bromeando—. Ni por asomo hubiese imaginado volver a verte por Madrid, Margarita, aunque, bien pensado, esta es la ocasión perfecta.

—París no queda lejos, pero los compromisos de Diego nos tienen muy atados y hasta hace bien poco no sabíamos si íbamos a poder asistir. Yo misma pedí que nuestra visita se mantuviera en secreto, por si acaso.

—Te felicito. Has logrado reunir a todas las «agujitas» del primer año, es una gran hazaña. Tienes mucho mérito, Patty —celebró Laura.

—Solo nos falta Amelia —apuntó Marta—, me dio tanta tristeza saber que había fallecido…

—No creas —comentó Catherine—, Amelia está presente en cada una de nosotras.

Se hizo un breve silencio en el que todas pensamos en ella, y se nos dibujó una sonrisa.

—¡Reunión de «agujitas»! —oímos exclamar a Carmen, que llegaba acompañada de Alfonso y Felipe—. ¡Qué guapísimas estáis todas! Margarita, Diego, qué ganas tenía de conoceros en persona.

—¡Ah! ¿Tú sabías que venían?

—Algún privilegio debía tener la ayudante de la «güedinplaner».

Nos volvimos hacia Patty y, antes de que pudiéramos decir una palabra, nos indicó que entráramos en la iglesia.

—Os he reservado los primeros bancos —anunció—. Pasad, Elsa y José ya están dentro y la novia está a punto de llegar.

—Tengo un mensaje de Rafa. Acaban de coger el coche. Por lo visto, Fernando está hecho un flan —rio Marta.

Dejé que las demás ocuparan sus asientos mientras disfrutaba de un segundo a solas. Desde la entrada de la iglesia, en el centro del pasillo que los novios recorrerían en unos minutos, cerré los ojos y agradecí, no sé si a ese dios ante el que iban a jurarse amor eterno o al universo entero, que Julia y Fer se hubiesen encontrado. En ese momento, en el que no podía pensar en ninguna otra pareja que mereciera ser tan feliz como lo eran ellos, tuve una visión. Alguien, a quien no podía ver, pero cuya presencia sentía sutilmente, manejaba desde el cielo unos hilos que nos empujaban con suavidad, aunque con paso certero, hacia la vida que estaba destinada para nosotros, como si fuésemos marionetas.

El extremo de cada banco de madera estaba decorado con un pequeño buqué de flores en tonos champán rodeadas de hojas verdes y unidas entre sí por varios lazos finos de organza que casi rozaban el suelo. Unos centros a juego decoraban ambos lados de los reclinatorios destinados a los novios y los padrinos.

Vi a Fer saludar a la madrina, su hermana, que le esperaba algo nerviosa junto a su marido y sus dos hijos, los sobrinos de los que me había hablado en alguna ocasión.

El coche de Julia no tardó en llegar. Daniel, que la acompañaba en el asiento trasero, bajó para abrirle la puerta. Nuestra amiga había renunciado a tocar ni una sola de las costuras del traje de novia de Amelia, convencida de que hubiera sido profanar la obra de un maestro que debía conservarse tal cual fue creada. En vez de eso, había dedicado las últimas semanas a confeccionar su propio vestido, del que había conseguido que no trascendiera ni un solo detalle hasta ese mismo día. Aunque sentí curiosidad por verlo antes que nadie, me apresuré a reunirme con las demás para poder contemplarla caminando hacia el altar del brazo de Alfonso.

La claridad que se colaba por la amplia entrada de la iglesia me impedía distinguir su rostro, pero adivinaba el reflejo de una felicidad imposible de ocultar, un lienzo que al fin había recuperado la luz de tiempos pasados. Recordé la viveza de sus ojos la primera vez que la vi, la pasión con la que hablaba de su trabajo, su forma de mover las manos al expresar su entusiasmo… Esa era la Julia que recorría ahora los últimos pasos hacia el hombre que la esperaba inquieto a solo unos metros.

—Menos mal que me he puesto el «guaterpruf», otra máscara de pestañas no aguantaría esta llorera. —Carmen fue la primera en reconocer que se había emocionado al oír el «sí, quiero» de nuestra amiga.

Poco después dejábamos atrás una alfombra de pétalos de rosas y llegábamos al banquete. El salón estaba rodeado de amplios ventanales que daban a un jardín plagado de castaños. Sus hojas todavía conservaban los mismos tonos ocres que Patty había elegido para decorar las mesas. Era como estar en medio de un bosque mágico.

—Déjanos ver esa maravilla que llevas puesta —le pedí a Julia cuando tuvimos la oportunidad de acercarnos a ella.

Todas convinimos que era el vestido ideal. El blanco marfil del tejido casaba con su tono de piel, y cada una de las costuras se adaptaba a su figura como un guante.

—Estás espectacular. El diseño es perfecto para ti, elegante, sin estridencias y discreto en su justa medida. Guapísima —afirmó Laura, mientras las demás asentíamos confirmando cada una de sus palabras.

—Muchas gracias, me alegro de que os guste. Desde el principio tenía claro lo que buscaba, nunca me han gustado los diseños muy recargados y quería que fuese cómodo de llevar. Ha sido raro eso de coserme mi propio vestido de novia, antes se decía que daba mala suerte, pero ya sabéis que no soy supersticiosa.

—La novia está preciosa, pero ¿qué me decís del novio? No lo pierdas de vista por la cuenta que te trae —rio Carmen.

—Bellísima, Julia, estás bien linda. Mi más sincera enhorabuena y mis mejores deseos para que seáis muy dichosos en vuestro matrimonio —declaró Margarita.

—Prima, felicidades y bienvenida a la familia. ¿Quién nos iba a decir que acabaríamos siendo parientes?

—Sí, Marta, qué casualidad más bonita.

—Tengo la corazonada de que el brillo de tu mirada durará para siempre —observó Catherine—. Sé distinguir el amor verdadero, y tus ojos no mienten.

—Gracias, chicas, vosotras sois en parte responsables de mi felicidad, os estoy muy agradecida. No puedo imaginar un momento más feliz ni una vida más plena que la que tengo con vosotras a mi lado.

—Yo también tendré que contratarte para mi boda —comentó Elsa girándose hacia Patty—. Os recuerdo que seré la próxima en dar el «sí, quiero».

—Tengo que reconocer que ha sido un trabajo duro, pero ha merecido la pena. Quería que todo saliera a la perfección y parece que así ha sido.

—Bueno, queda la noche de bodas, pero ahí no nos vamos a meter.

Esa última frase, que solo podía salir de la boca de Carmen, nos hizo estallar de risa.

Cerca de la mesa de los novios oímos un tintineo. Daniel golpeaba una copa de champán con un tenedor y requería nuestra atención. Julia y Fer volvieron a su lado y el resto de los invitados abandonaron sus conversaciones, expectantes.

—Es la primera vez que hablo en público y me da un poco de vergüenza, pero voy a decir unas palabras. —Hizo una pausa, se retiró el flequillo de la cara y continuó con su pequeño discurso—. Primero, quiero daros las gracias a todos por estar aquí, y en especial a Patty por haber organizado esta fiesta, espero que lo estéis pasando muy bien. A ver cómo digo esto, tendría que haberlo escrito —añadió con una tímida sonrisa—. Fer, siempre has sido un buen amigo, desde que te conocí cuando era un renacuajo. En estos últimos años te has portado muy bien conmigo y con mi madre. Me alegro mucho de que ahora formes parte de la familia, aunque tendré que acostumbrarme a compartir el mando a distancia contigo. Mamá —añadió volviéndose hacia Julia, que no le había quitado ojo desde que había empezado a hablar—, no te lo he dicho antes, estás muy guapa. No te imaginaba vestida de novia y te queda muy bien. Yo no sé nada de vestidos, pero sí sé que si hoy estás más guapa que nunca y no es por la ropa, sino por la cara de felicidad que tienes. He echado de menos esa cara durante algunos años y espero que ahora que Fer está a tu lado no la cambies jamás.

Julia, con los ojos llenos de lágrimas, abrazó a su hijo y le agradeció sus palabras mientras el resto aplaudimos emocionadas y brindamos por la eterna felicidad de los novios. Después se acercó a nuestra mesa.

—Sara, quiero que mi ramo de novia sea para ti. Es mi forma de darte las gracias por hacerme ver que merecía vivir un nuevo amor junto a Fer. Somos la prueba de que nunca es tarde para emprender nuevas aventuras.

—No sé qué decir —titubeé sorprendida—. Mi mayor deseo es que viváis felices muchos años y que os hagáis mayores juntos. Si alguien tiene que estar agradecida soy yo por tenerte en mi vida y por ser tan generosa.

Los brindis se sucedieron en nuestra mesa: por la mejor maestra de costura, por Amelia, por los padrinos, por el novio, por la *wedding planner*, por nosotras…, hasta que agotamos los motivos por los que alzar nuestras copas y la risa nos pudo. La fiesta se alargó hasta entrada la noche.

Mientras observaba a las chicas bailar al ritmo de la música me preguntaba: ¿qué nos había convertido en familia? Y, sobre todo, ¿qué fuerza nos mantenía unidas pese a nuestras diferencias?

El hilo invisible que nos ligaba no estaba enhebrado en una aguja afilada. Atravesaba nuestros corazones con la suavidad de una caricia, engarzándolos en una joya que todas llevábamos cerca del pecho. Tendría que buscar una palabra más grande que «amistad» para explicar qué nos había hecho inseparables y cómo habían cambiado nuestras vidas desde que coincidimos por primera vez en El Cuarto de Costura.

Ninguna éramos ya la misma persona, el tiempo se había encargado de moldearnos a su antojo, poniendo en nuestro camino las pruebas necesarias para convertirnos en quienes éramos: mujeres fruto de nuestras propias decisiones. Sin embargo, ninguna habríamos llegado a ser quienes éramos de no haber sido por la cercanía de las demás. Contagiarse de otra mirada, de experiencias ajenas, de vivencias inimaginables en nuestro día a día; eso era lo que nos había hecho crecer.

Julia me regalaba de nuevo una lección que me invitaba no ya a creer en las segundas oportunidades, sino a tener la certeza de que, mientras sienta la tierra bajo mis pies, todo es posible. Esas oportunidades tienen formas diversas: a veces es una persona; otras, una intuición; otras vienen envueltas en papeles de mil colores o en un discreto envoltorio que nada hace presagiar que harán que cambie para siempre nuestra existencia. Una frase en el momento exacto, un arcoíris o una tarde de lluvia son la forma que el mundo tiene de decirnos que, mientras estés viva, tienes en tus manos el barro sagrado con el que moldear las baldosas que formarán tu camino.

La vida es lo que queda cuando te deshaces del ruido que te rodea, cuando te despojas de lo que oculta tu brillo y cuando aceptas que solo tú eres la dueña de tu corazón, ese que no pierdes cuando se lo entregas a alguien, sino que se expande hasta donde nunca pensaste que pudiera llegar. Como sucede con la alegría, el corazón se ensancha en compañía de otros.

Hoy soy consciente, más consciente que nunca, de mi suerte. He encontrado los corazones que me hacen ser mejor persona. Habitan el pecho de las mujeres que han creído en mí, me han nutrido y me han cuidado sin abandonarme nunca. Ellas son mis maestras, el faro que me guía cuando hay oscuridad a mi alrededor. Nos cogemos de la mano con tan solo una mirada. No necesitamos más.

Nos buscamos en medio de una noche oscura con la certeza de que nuestra llamada será atendida, porque somos tribu. Poderosas por nosotras mismas e invencibles cuando nos unimos. Las adversidades nos hacen más fuertes de lo que nunca pensamos que llegaríamos a ser. Flexibles pero firmes. Ancladas a un suelo que reconocemos como nuestro, conquistado tras batallas que aún no han terminado.

Mis amigas, las mujeres que me sostienen, son esa caja de galletas que todos tenemos en casa, esa lata redonda de un azul descascarillado donde se mezclan sin orden las bobinas de hilo de mil colores. Ellas son el hogar donde reposa mi corazón.

FIN

Nota de la autora

Después de leer la última novela de esta trilogía, ya te habrás dado cuenta, mi querida lectora, mi también querido lector, de que El Cuarto de Costura no existe. Tengo que pedirte perdón si has llegado hasta el número cinco de la calle Lagasca y has comprobado con tristeza que no hay ni rastro de ninguna academia de costura ni de ningún atelier. No existe una fachada de madera con los escaparates redondeados, ni una lámpara de araña testigo de una antigua sombrerería, ni un maniquí con nombre propio. Pero no me refiero exactamente a que no exista en esa precisa localización.

Y es que El cuarto de Costura no es un lugar, como bien habrás adivinado. Se diría que es un momento, un paréntesis en el tiempo, ese que todos necesitamos para encontrarnos, para desprendernos de nuestras etiquetas y ser nosotros mismos. Sin condicionantes, libres. Seguros.

De la misma manera que ese lugar no existe, no existen tampoco ninguno de sus personajes o, dicho con más precisión, todos habitan en cada uno de nosotros. ¿Imaginas ser siempre la misma persona? La vida nos moldea a cada paso. Estamos en constante evolución, por eso puedes sentirte como uno de los personajes de esta historia en un capítulo y en el siguiente identificarte con otro. Esa es la magia de lo que nos toca vivir. El cambio. La sorpresa.

Igual que el viento cambia de dirección a su antojo, el devenir de las cosas es también caprichoso. Para sobrevivir a tanta incertidumbre he encontrado una clave, volverme flexible y aprender de cada soplo, de cada tormenta y también de cada efímero momento de quietud. No hallo sentido en vivir si no es para aprender, para crecer y hacerme más sabia sacando una enseñanza de cada revés y también de cada caricia, nutriéndome de quienes me rodean.

Déjame desvelarte, llegados a este punto y aun a riesgo de causarte una decepción mayor, que las tres novelas que componen esta trilogía no hablan de costura, ni siquiera de la aventura de dos mujeres emprendedoras que crearon ese espacio sagrado donde reunirse. Este es el relato de un viaje personal, de un cambio profundo que puede darse porque ninguna de sus protagonistas camina por sus páginas sola. La fuerza y la determinación para transformarse reside en el interior de cada una de ellas; sin embargo, el resto las acompaña en ese periplo enriquecedor y sanador que, quizá, solas nunca hubieran emprendido.

Te animo a construir tu propio cuarto de costura, aunque no tenga alfileres ni telas; a conquistar un lugar único donde dejes entrar solo a quien tú quieras, donde te sientas arropada por las mujeres que te sostienen. Un templo de sororidad donde seas libre, donde seas TÚ.

Agradecimientos

Poner fin a una historia que lleva tanto de mí es complicado. Me cuesta despedirme de mis siete «agujas» después de haber convivido con ellas estos últimos años.

Gran parte de esta aventura se la debo a mis lectores, gracias por acompañarme y por acoger esta historia con tanta emoción. Solo vosotros habéis hecho posible que un tímido paso se haya convertido en un camino precioso.

Igual que mis «agujitas» se apoyan unas en otras, yo me apoyo en mi familia, que está a mi lado durante los largos meses de escritura. Gracias, Rafa, por ser el más fiel de los compañeros, por sostener mis dudas, mis miedos y mis inseguridades, por decir siempre que sí, por estar. Gracias, Eva y Lucía, a quienes tengo tan presentes en cada línea, consciente de que al convertirme en madre me habéis enseñado la importancia de mostrarme vulnerable.

A mi primera familia a quien, a pesar de los kilómetros que nos separan, siento tan cerca. Gracias por la inspiración, por compartir mi alegría, por emocionaros conmigo, por celebrar a nuestra manera. Gracias a papá y a mamá, cuya historia de amor fue la motivación para crear un personaje que es memoria de quien ya apenas recuerda.

Gracias a las mujeres que rodean a «mi Catherine» y en especial a Gerda. Vosotras me dais la paz que necesito para construir la historia que habla de todas nosotras. Os debo mucho.

A Cova, quien sabe sostener con delicadeza mis emociones, quien ha sabido agitarlas y me ha enseñado a dejar que vuelvan a asentarse para permitir que habiten en mis personajes. Por retarme a dar siempre más, por las horas compartidas, por ser faro en mi incertidumbre. Gracias.

A Clara y a Carmen y a todo el equipo de Penguin Random House, gracias. Hacéis magia. No podría imaginar mejor compañía, vuestro compromiso, vuestra profesionalidad y vuestra dedicación lo hacen todo más fácil.

A Alicia, mi agente, mi nueva compañera de camino. Estoy segura de que celebraremos mucho juntas.

Y, como consta en la dedicatoria, gracias a las mujeres que me sostienen, mis amigas, mis hermanas, mis maestras, a las que admiro profundamente, de las que aprendo, con quienes me río, quienes me abrazan. Agradezco de corazón que estéis en mi vida. Somos una.

Quién sabe si este «adiós» no es un «hasta luego». La vida siempre nos sorprende.

Si quieres encontrarme en redes, escanea este QR.